L'Impérialisme

Hannah Arendt

Les Origines du totalitarisme

L'Impérialisme

Traduit de l'américain par Martine Leiris,
révisé par Hélène Frappat

Fayard

La plupart des notes de l'Éditeur (NdÉ) ainsi que les mentions figurant entre crochets dans les notes d'Hannah Arendt sont reprises de l'édition H. Arendt, *Les Origines du totalitarisme, Eichmann à Jérusalem*, Gallimard, « Quarto », 2002.

Titre original : *Imperialism* (et « Preface to the *Imperialism* »)
© 1973, 1968, 1966, 1958 by Hannah Arendt
© 1951, 1948 by Hannah Arendt
© renewed 1979 by Mary McCarthy West
© renewed 1994, 1979, 1976 by Lotte Kohler
Published by arrangement with Hartcourt Inc.

ISBN 978-2-7578-2062-9
(ISBN 2-02-008521-6, 1re publication poche)

© Librairie Arthème Fayard, 1982, pour la traduction française,
et Gallimard, 2002, pour la nouvelle édition
et la traduction française de la préface

Le code de la propriété intellectuelle interdit les copies ou reproductions destinées à une utilisation collective. Toute représentation ou reproduction intégrale ou partielle faite par quelque procédé que ce soit, sans le consentement de l'auteur ou de ses ayants cause, est illicite et constitue une contrefaçon sanctionnée par les articles L. 335-2 et suivants du Code de la propriété intellectuelle.

Préface

Rares sont les périodes historiques comme l'ère impérialiste, dont on a pu dater avec autant de précision le début et dont les observateurs contemporains ont eu autant de chance d'attester la fin. Car l'impérialisme, qui est né du colonialisme et a pour cause l'inadéquation du système de l'État-nation aux évolutions économiques et industrielles du dernier tiers du XIXe siècle, ne s'est pas lancé dans sa politique d'expansion pour l'expansion avant l'année 1884. Et cette nouvelle version de la politique de puissance est aussi différente des conquêtes nationales issues des guerres entre voisins que de l'édification d'un véritable empire sur le mode romain. Sa fin sembla inévitable quand la déclaration d'indépendance de l'Inde signa « la liquidation de l'empire de Sa Majesté » à laquelle Churchill avait refusé de « présider ». Il faut toutefois compter au nombre des événements les plus importants de l'histoire du XXe siècle le fait que les Britanniques ont volontairement liquidé leur empire colonial ; à partir de ce moment-là, aucune nation européenne n'a pu garder ses possessions d'outre-mer. Seul le Portugal fait exception, et l'étonnante capacité de ce pays à poursuivre un combat que toutes les autres puissances coloniales d'Europe avaient dû abandonner s'explique sans doute encore plus par son retard national que par la dictature de Salazar ; en effet, ce ne sont pas seulement la faiblesse et l'épuisement imputables à la succession de deux guerres meurtrières en l'espace d'une génération, mais aussi les scrupules moraux et les craintes politiques qui ont dissuadé les États-nations les plus développés d'adopter des mesures radicales, de recourir à « des massacres administratifs » (A. Carthill) capables de briser le soulèvement non violent de l'Inde, et de maintenir un « gouvernement des races assujetties » (lord Cromer). C'est qu'ils redoutaient les effets en retour de telles mesures sur les métropoles. Quand la France eut enfin le courage, grâce à l'autorité encore intacte de De Gaulle, d'abandonner l'Algérie, cette terre qu'elle avait toujours considérée comme une partie d'elle-même au même titre que le *département de la Seine**[1], il est apparu qu'on avait atteint un point de non-retour.

Cet espoir aurait été fondé si, à la guerre chaude contre l'Allemagne nazie, n'avait succédé la guerre froide entre la Russie soviétique et les États-Unis. Quoi qu'il en soit, on est tenté rétrospectivement d'identifier les vingt dernières années à la période qui a vu une lutte pour la suprématie s'instaurer entre les deux pays les plus puissants de la terre, chacun manœuvrant pour l'emporter sur l'autre dans des régions qui étaient à peu de choses près celles que les nations européennes avaient auparavant colonisées. Dans le même esprit, on est tenté de voir dans les nouveaux rapports de *détente** qui s'instaurent difficilement entre la Russie et l'Amérique le résultat de l'émergence d'une possible troisième puissance mondiale, la Chine, plutôt que la conséquence saine et naturelle de l'abandon du totalitarisme par la Russie après la mort de Staline. Et si des évolutions ultérieures devaient corroborer des interprétations aussi fragiles, cela voudrait dire, historiquement parlant, que nous sommes revenus, avec un changement d'échelle considérable, à notre point de départ, c'est-à-dire à l'ère impérialiste et sur la voie conflictuelle qui a mené à la Première Guerre mondiale.

On a souvent dit que les Britanniques ont acquis leur empire par distraction, sous l'effet d'évolutions automatiques plutôt qu'en suivant une politique délibérée, en allant vers ce qui semblait possible et ce qui était tentant. Si cela est vrai, alors la route de l'enfer peut tout aussi bien n'être

---

1. NdÉ. L'astérisque signale l'utilisation de termes en français dans le texte original.

pavée d'aucune intention que des bonnes intentions dont parle le proverbe. Et les faits objectifs, susceptibles d'encourager un retour aux politiques impérialistes, sont en vérité si convaincants, à l'époque actuelle, qu'on est tenté de croire du moins à la demi-vérité de ce proverbe, malgré les assurances trompeuses que chacun des deux côtés donne de ses bonnes intentions – d'une part, les « engagements » de l'Amérique en faveur d'un *statu quo* intenable, où règnent la corruption et l'incompétence, d'autre part, le discours pseudo-révolutionnaire que tient la Russie sur les guerres de libération nationale. Le processus de construction de la nation dans des territoires peu évolués, où les conditions requises pour l'indépendance nationale sont d'autant moins réunies que le chauvinisme est plus agressif et plus stérile, a engendré d'énormes vides de pouvoir. Ils sont devenus l'enjeu d'une rivalité d'autant plus acharnée entre les deux superpuissances que le développement des armes atomiques semble définitivement exclure une confrontation directe de leurs instruments de violence comme dernier recours pour « résoudre » tous les conflits. Non seulement chaque conflit qui éclate dans ces vastes contrées entre de petits pays sous-développés, qu'il s'agisse d'une guerre civile comme au Vietnam ou d'un conflit entre nations comme au Moyen-Orient, appelle potentiellement ou réellement l'intervention immédiate des superpuissances, mais on peut présumer que ces conflits eux-mêmes, ou du moins le choix du moment où ils se déclenchent, ont été manipulés ou directement causés par des intérêts et des agissements qui n'ont strictement rien à voir avec les conflits et les intérêts en jeu dans la région même. Ce qui caractérisait le mieux la politique de puissance à l'ère impérialiste, c'était de substituer à des objectifs d'intérêt national localisés et limités, donc prévisibles, la recherche illimitée de toujours plus de puissance, qui pouvait sillonner et dévaster la planète entière sans finalité nationale ou territoriale bien définie et par conséquent sans orientation prévisible. Cette rechute est devenue manifeste aussi sur le plan idéologique, car la célèbre théorie des dominos, à laquelle se conforme la politique étrangère américaine, lorsqu'elle se croit obligée de faire la guerre dans un pays pour préserver l'intégrité d'autres pays qui ne sont même pas ses voisins, n'est clairement qu'une nouvelle version de l'ancien « Grand Jeu ». Ses règles permettaient et même prescrivaient de considérer des nations entières comme des marchepieds ou comme des pions, pour employer une terminologie actuelle, afin de s'assurer des richesses et la domination sur un troisième pays, qui à son tour devenait un simple marchepied dans la course sans fin à l'expansion et à l'accumulation. De cette réaction en chaîne propre à la politique de puissance impérialiste, et dont la meilleure représentation est, humainement parlant, le personnage de l'agent secret, Kipling disait (dans *Kim*) : « Quand tout le monde est mort, le Grand Jeu s'achève. Pas avant. » Or, si sa prophétie ne s'est pas réalisée, c'est seulement à cause du frein que représente la constitution de l'État-nation, tandis qu'aujourd'hui, le seul espoir que nous ayons de la fausseté de cette prophétie repose sur les freins constitutionnels de la République américaine, sans oublier les freins technologiques de l'ère nucléaire.

Il n'en demeure pas moins que le renouveau inattendu des politiques et des méthodes impérialistes se produit dans des conditions et dans des circonstances qui ont considérablement changé. L'initiative d'une expansion outre-mer s'est déplacée vers l'ouest, de l'Angleterre et de l'Europe occidentale vers l'Amérique, et l'initiative d'une expansion continentale vers des territoires immédiatement voisins ne vient plus de l'Europe centrale ou de l'Europe de l'Est, elle se situe maintenant exclusivement en Russie. Les politiques impérialistes ont joué un rôle plus important dans le déclin de l'Europe que tout autre facteur pris à part. Les hommes d'État et les historiens qui prédisaient que les deux géants, situés sur les flancs occidental et oriental des nations européennes, hériteraient un jour de leur puissance ont apparemment vu juste. Plus personne ne justifie l'expansion en alléguant soit « le fardeau de l'homme blanc », soit « une conscience tribale élargie » censée unir les individus de même origine ethnique ; à la place, nous entendons parler des « engagements » contractés envers des États clients, des responsabilités incombant à une puissance et de la solidarité avec les mouvements révolutionnaires de libération natio-

Préface

nale. Le mot même d'« expansion » a disparu de notre vocabulaire politique, et nous employons désormais les mots d'« extension » ou, sur le mode critique, de « surextension » pour désigner quelque chose de très proche. Mais il y a plus important sur le plan politique : l'aide économique et politique extérieure, fournie directement par les gouvernements, l'emporte aujourd'hui sur les investissements privés dans les contrées lointaines qui ont été à l'origine la cause première des progrès de l'impérialisme. (Rien qu'en 1966, le gouvernement américain a dépensé 4,6 milliards de dollars en aide économique et en crédits extérieurs, auxquels il faut ajouter 1,3 milliard par an d'aide militaire au cours de la décennie 1956-1965, tandis que les sorties de capitaux privés s'élevaient en 1965 à 3,69 milliards et en 1966 à 3,91 milliards de dollars[2].) Cela signifie que ce que l'on a appelé l'impérialisme du dollar, c'est-à-dire la version spécifiquement américaine de l'impérialisme d'avant-guerre qui, du point de vue politique, est la moins dangereuse de toutes, appartient définitivement au passé. Les investissements privés – « les activités d'un millier de compagnies américaines opérant dans une centaine de pays étrangers » et « concentrées dans les secteurs les plus modernes, les plus stratégiques, les plus dynamiques de l'économie des pays étrangers » – créent de nombreux problèmes politiques, même lorsque la puissance de la nation n'est pas là pour les protéger[3] ; mais l'aide extérieure, quand bien même elle serait dispensée pour des raisons purement humanitaires, est, quant à elle, politique par nature, justement parce qu'elle n'est pas motivée par la recherche du profit. On a dépensé des milliards de dollars dans des régions politiquement et économiquement incultes où ils ont disparu en raison de l'incompétence et de la corruption, avant qu'on ait pu mettre sur pied une entreprise productive. Et cet argent n'est plus le capital « superflu »

---

2. Les chiffres sont empruntés respectivement à Leo Model, « The Politics of Private Foreign Investment » et à Kenneth M. Kauffman et Helena Stalson, « US Assistance to less Developed Countries, 1956-1965 », articles publiés l'un et l'autre dans *Foreign Affairs*, juillet, 1967.

3. L'article de L. Model cité ci-dessus propose (p. 641) une analyse très précieuse et très pertinente de ces problèmes.

qu'on ne pouvait pas investir d'une manière rentable et lucrative en métropole, mais le trop-plein miraculeux né de la seule abondance que les pays riches, les nantis, peuvent se permettre de perdre, contrairement aux pays déshérités. En d'autres termes, le mobile du profit dont on a souvent surestimé, même par le passé, le rôle joué dans les politiques impérialistes, a désormais complètement disparu ; seuls des pays très riches et très puissants peuvent se permettre d'assumer les pertes immenses qu'entraîne l'impérialisme.

Il est probablement trop tôt pour analyser ces évolutions récentes et en apprécier l'importance avec un tant soit peu de certitude ; cela en tout cas dépasse le champ de mes réflexions. Ce qui apparaît malheureusement dès à présent en toute clarté, c'est la force avec laquelle certains processus apparemment incontrôlables tendent à briser tous les espoirs qu'on pouvait mettre dans la transformation des jeunes nations en États constitutionnels et sapent les institutions républicaines des vieilles nations. Les exemples sont trop nombreux pour qu'il soit possible de les citer tous, même hâtivement, mais l'émergence d'un « gouvernement invisible » aux mains des services secrets, dont l'influence sur les affaires intérieures, sur la vie culturelle, éducative et économique a été révélée seulement récemment, est un bien trop mauvais présage pour devoir être passé sous silence. Il n'y a aucune raison de mettre en doute l'affirmation de Mr Allan Dulles selon laquelle le renseignement jouirait dans notre pays, depuis 1947, d'« une position plus influente auprès de notre gouvernement que celle dont le renseignement jouit auprès de tout autre gouvernement du monde[4] » ; il n'y a pas de raison non plus de croire que cette influence aurait diminué depuis 1958, date à laquelle il a fait cette déclaration. On a souvent souligné le danger mortel qu'un « gouvernement invisible » fait courir aux institutions du « gouvernement visible » ; ce qu'on a peut-être moins remarqué, c'est la relation étroite qui existe traditionnellement entre la politique

---

4. Ce sont les propos tenus en 1957 par Mr Dulles dans un discours à l'Université de Yale, d'après David Wise et Thomas B. Ross, *The Invisible Government*, 1964, p. 2.

impérialiste et le règne du « gouvernement invisible » et des agents secrets. L'erreur serait de croire qu'en créant, après la Seconde Guerre mondiale, un réseau de services secrets, notre pays répondait à une menace directe du réseau d'espions de la Russie soviétique sur la survie de la nation ; la guerre avait propulsé les États-Unis au rang de la plus grande puissance mondiale et c'était ce rang, plutôt que son existence comme nation, que contestait la puissance révolutionnaire du communisme d'obédience moscovite[5].

Parmi les causes de l'accession de l'Amérique au rang de puissance mondiale ne figurent ni la poursuite d'une politique étrangère qui y conduirait, ni une quelconque prétention à la domination planétaire. Et il en va sans doute de même des quelques pas timides que ce pays a faits récemment, en direction d'une politique de puissance impérialiste à laquelle sa forme de gouvernement le prédispose moins que celle des autres pays. Le fossé énorme qui sépare les pays occidentaux du reste du monde, non seulement en matière de richesses, mais aussi et surtout en matière d'éducation, de savoir-faire technique et de qualification générale, empoisonne les relations internationales depuis qu'il existe une politique mondiale digne de ce nom. Et, loin de s'amoindrir au cours des dernières décennies sous l'effet du développement rapide des systèmes de communication et du rétrécissement consécutif des distances terrestres, ce gouffre n'a cessé de s'élargir et a pris désormais des proportions vraiment alarmantes. « Les taux de croissance démographique des pays les moins développés sont deux fois plus élevés que ceux des pays les plus avancés[6]. » À lui seul, ce facteur devrait les obliger à se

---

5. D'après Mr Dulles, le gouvernement devait « combattre le feu par le feu », puis l'ancien patron de la CIA, avec cette franchise désarmante qui le distinguait de ses collègues des autres pays, se mit à expliquer ce qu'il voulait dire. La CIA devait, en conséquence, prendre pour modèle les Services de sécurité de l'État soviétique, qui « est davantage qu'une police secrète, davantage qu'un service de renseignement et de contre-espionnage. C'est un instrument de *subversion, de manipulation et de violence, qui permet d'intervenir secrètement dans les affaires des autres pays* » (c'est moi qui souligne). Cf. Allen W. Dulles, *The Craft of Intelligence*, 1963, p. 155.

6. Cf. l'article très instructif d'Orville L. Freeman, « Malthus, Marx and the North American Breadbasket », dans *Foreign Affairs*, juillet 1967.

tourner vers ceux qui disposent d'un excédent alimentaire et d'un excédent de savoir technologique et politique, pourtant c'est également ce même facteur qui réduit toute l'aide à néant. De toute évidence, plus la population est nombreuse, moins elle reçoit d'aide par tête d'habitant, et la vérité est qu'après vingt ans de programmes d'aides massives, tous les pays qui n'ont pas été capables de se prendre en charge – à l'instar du Japon – sont devenus plus pauvres et plus éloignés que jamais de toute stabilité économique ou politique. Quant aux chances de l'impérialisme, cette situation les accroît terriblement, tant il est vrai que les données chiffrées pures n'ont jamais compté aussi peu ; en Afrique du Sud, la domination des Blancs n'a probablement jamais couru moins de dangers qu'aujourd'hui, alors que cette minorité tyrannique ne représente guère plus d'un dixième de la population. C'est cette situation objective qui transforme toute aide de l'étranger en instrument de la domination étrangère ; c'est elle qui place tous les pays qui ont besoin de cette aide, en raison de leurs chances de plus en plus faibles de survie, devant une alternative : se soumettre à une forme de « gouvernement des races assujetties » ou entrer rapidement dans un état de décomposition et d'anarchie.

Ce livre traite uniquement de l'impérialisme colonial strictement européen, lequel a pris fin avec la liquidation de la domination britannique en Inde. Il raconte l'histoire de la désintégration de l'État-nation, une histoire qui s'est avérée contenir tous les éléments sans lesquels l'essor ultérieur des mouvements et des gouvernements totalitaires eût été impossible. Avant l'ère impérialiste, ce qu'on appelle une politique mondiale n'existait pas ; sans elle, la prétention totalitaire à la domination de la terre n'aurait eu aucun sens. Tout au long de cette période, le système des États-nations se révéla aussi peu capable d'inventer de nouvelles règles dans le domaine des affaires étrangères, devenues des affaires planétaires, que d'imposer une *Pax Romana* au reste du monde. Sa mesquinerie et sa myopie politiques entraînèrent la catastrophe du totalitarisme, dont les horreurs sans précédent ont éclipsé les événements inquiétants et la mentalité non moins inquiétante de l'époque antérieure. La recherche spécialisée s'est presque exclusivement focalisée sur l'Allemagne de Hitler et la Russie de Staline, au risque de négliger leurs précurseurs moins malfaisants. Le règne de l'impérialisme est à moitié oublié, si ce n'est que le mot sert maintenant d'injure ; la chose est d'autant plus déplorable que ces dernières années ont montré d'une manière assez évidente l'application qu'on pouvait en faire aux événements contemporains. Ainsi, dans la controverse sur la guerre du Vietnam, que les États-Unis n'auraient pas déclarée, on raisonne d'un côté comme de l'autre par analogie avec Munich ou avec d'autres précédents tirés des années 30, en se référant à un temps où en réalité le seul danger clairement présent, par trop présent, était celui de la domination totalitaire. Mais les actes et les paroles qui donnent à la politique d'aujourd'hui son caractère si menaçant présentent une ressemblance bien plus sinistre avec les actions et les justifications verbales qui ont précédé le déclenchement de la Première Guerre mondiale : il suffisait alors qu'une étincelle jaillisse d'une contrée marginale présentant peu d'intérêt pour les parties concernées pour que s'embrase le monde entier.

Insister sur le rapport malheureux entre cette période à demi oubliée et les événements contemporains ne signifie pas, bien entendu, que les dés sont jetés et que nous entrons dans une période de renouveau des politiques impérialistes, ni que l'impérialisme doit dans tous les cas déboucher sur les désastres du totalitarisme. Quelle que soit notre capacité à tirer des leçons du passé, elle ne nous permettra pas de connaître le futur.

HANNAH ARENDT
Juillet 1967
(Traduction de Didier Maes.)

Si je le pouvais, j'annexerais les planètes.

Cecil Rhodes,
*The Last Will and Testament
of Cecil John Rhodes*, 1902

Chapitre premier

L'émancipation politique de la bourgeoisie

Entre 1884 et 1914, trois décennies séparent le XIXe siècle, qui s'acheva par la mêlée pour l'Afrique et par la naissance de mouvements annexionnistes comme le pangermanisme, et le XXe siècle, qui commença avec la Première Guerre mondiale. C'est le temps de l'impérialisme, accompagné d'un calme plat en Europe, et d'évolutions saisissantes en Afrique et en Asie[1]. Il se dégage de certains aspects fondamentaux de cette période une telle similitude avec les phénomènes totalitaires du XXe siècle qu'on pourrait, non sans raison, y voir l'étape préparatoire des catastrophes à venir. D'un autre point de vue, son calme la place encore tout à fait dans le XIXe siècle. Il est difficile de ne pas observer ce passé si proche de nous, et cependant étranger, avec le regard trop averti de ceux qui connaissent déjà la fin de l'histoire et savent qu'elle devait aboutir à une rupture quasi totale dans le flux ininterrompu de l'histoire occidentale telle que l'homme l'avait connue durant plus de deux millénaires. Mais nous devons également avouer une certaine nostalgie de ce qu'on peut encore appeler un « âge d'or de la sécurité », d'un âge, en tout cas, où l'horreur elle-même demeurait dans les limites d'une certaine modération et sous le contrôle de la respectabilité, et pouvait de ce fait relever d'un monde apparemment sain d'esprit. En d'autres termes,

---
1. John Atkinson Hobson, *Imperialism*, 1905 et 1938, p. 19 : « Bien qu'on ait décidé de choisir, pour des raisons de commodité, l'année 1870 comme point de départ d'une politique consciente de l'impérialisme, il apparaîtra à tous que le mouvement n'a véritablement commencé qu'au milieu des années 80 […] à partir de 1884 environ. »

ce passé a beau être très proche de nous, nous sommes parfaitement conscients que notre expérience des camps de concentration et des usines de mort est aussi éloignée de son atmosphère générale qu'elle l'est de toute autre période de l'histoire occidentale.

Pour l'Europe, l'événement majeur de l'ère impérialiste sur le plan de la politique intérieure fut l'émancipation politique de la bourgeoisie, jusque-là seule classe dans l'histoire à avoir obtenu la domination économique sans briguer l'autorité politique. La bourgeoisie s'était développée dans et en même temps que l'État-nation, lequel régnait pour ainsi dire par définition sur et au-dessus d'une société de classes. Même quand la bourgeoisie se fut d'ores et déjà instituée en classe dirigeante, elle laissa à l'État toutes les décisions d'ordre politique. C'est seulement au moment où la structure de l'État-nation se révéla impropre à permettre à l'économie capitaliste de poursuivre son expansion que l'État et la société passèrent du conflit latent à la guerre ouverte pour le pouvoir. Au cours de la période impérialiste, ni l'État ni la bourgeoisie ne l'emportèrent nettement. Les institutions nationales résistèrent bel et bien à la brutalité et à la mégalomanie des aspirations impérialistes, et les tentatives de la bourgeoisie de se servir de l'État et de ses instruments de violence à ses propres fins économiques ne réussirent jamais qu'à moitié. Les choses changèrent lorsque la bourgeoisie allemande décida de tout miser sur le mouvement hitlérien et chercha à gouverner avec l'appui de la populace, mais il était trop tard. La bourgeoisie avait certes réussi à détruire l'État, mais c'était une victoire à la Pyrrhus : la populace se révéla parfaitement capable de régler les questions politiques toute seule, et elle liquida la bourgeoisie en même temps que toutes les autres classes et institutions.

1. L'expansion et l'État-nation

« L'expansion, tout est là », disait Cecil Rhodes, et il sombrait dans le désespoir, car chaque nuit il voyait au-dessus de lui « ces étoiles [...] ces vastes mondes qui demeurent toujours hors d'atteinte. Si je le pouvais, j'annexerais les planètes[2] ». Il avait découvert le moteur de l'ère nouvelle, l'ère impérialiste : en moins de vingt ans, l'Empire britannique devait s'accroître de 12 millions de km^2 et de 66 millions d'habitants, la nation française gagnait 9 millions de km^2 et sa population 26 millions d'individus, les Allemands se taillaient un nouvel empire de 2,5 millions de km^2 et de 13 millions d'indigènes et la Belgique, grâce à son roi, hérita de 2,3 millions de km^2 et d'une population de 8,5 millions d'individus[3]. Pourtant le même Rhodes reconnaissait aussitôt dans une lueur de sagesse la folie inhérente à un tel principe, en totale contradiction avec la condition humaine. Naturellement, ni la clairvoyance ni la tristesse ne modifièrent sa ligne de conduite politique. Il n'avait que faire de ces lueurs de sagesse qui le transportaient à tant de lieues des facultés normales d'un homme d'affaires ambitieux, doté d'une forte tendance à la mégalomanie.

« Une politique mondiale est à la nation ce que la mégalomanie est à l'individu[4] », disait Eugen Richter (leader du parti progressiste allemand) à peu près au même moment de l'histoire. Toutefois, en s'opposant au sein du Reichstag à la proposition de Bismarck d'aider financièrement les compagnies privées à établir des comptoirs commerciaux et maritimes, Richter montra clairement qu'il était encore moins capable de comprendre les impératifs économiques d'une nation de son temps que Bismarck lui-même. Les hommes qui combattaient ou ignoraient l'impérialisme – tels Richter en Allemagne, Gladstone en Angleterre ou Clemenceau en France – semblaient avoir perdu tout contact avec la réalité et ne pas se rendre compte que les besoins du commerce et

---

2. Sarah Gertrude Millin, *Rhodes*, 1933, p. 138.
3. Ces chiffres sont cités par Carlton J. H. Hayes, *A Generation of Materialism, 1871-1900*, 1941, p. 237, et recouvrent la période 1871-1900. Voir également John Atkinson Hobson, *Imperialism*, p. 19 : « En quinze ans, l'Empire britannique s'est agrandi de quelque 6,75 millions de km^2, l'Allemagne de 1,8 million de km^2 et de 14 millions d'habitants, la France de 6,3 millions de km^2 et de 37 millions d'habitants. »
4. Voir Ernst Hasse, « Deutsche Weltpolitik », *Flugschriften des alldeutschen Verbandes*, n° 5, 1897, p. 1.

de l'industrie avaient d'ores et déjà impliqué toutes les nations dans la politique mondiale. Le principe national conduisait à une ignorance provinciale et la bataille livrée par la raison était perdue.

Modération et confusion d'esprit étaient les seules récompenses accordées aux hommes d'État qui s'entêtaient dans leur opposition à l'expansion impérialiste. Ainsi, en 1871, Bismarck refusa d'échanger l'Alsace-Lorraine contre certaines possessions françaises en Afrique, pour acheter l'île d'Helgoland à la Grande-Bretagne vingt ans plus tard, en échange de l'Ouganda, de Zanzibar et de l'île de Witu – deux royaumes pour une baignoire, comme le lui firent remarquer, non sans raison, les impérialistes allemands. Ainsi, dans les années 1880, Clemenceau s'opposa au parti impérialiste français qui voulait envoyer un corps expéditionnaire contre les forces britanniques d'Égypte, pour rendre, trente ans plus tard, les gisements de pétrole de Mossoul à l'Angleterre à seule fin de sauvegarder une alliance franco-britannique. Ainsi, Cromer dénonça la politique de Gladstone en Égypte comme celle d'un homme « à qui l'on ne pouvait confier sans dommage le sort de l'Empire britannique ».

Pour ces hommes d'État qui raisonnaient essentiellement en termes de territoire national, il y avait évidemment toutes les raisons de se méfier de l'impérialisme, si l'on excepte qu'il ne se limitait pas à ce qu'ils appelaient des « aventures outre-mer ». Par instinct plutôt que par clairvoyance, ils savaient que ce nouveau mouvement expansionniste, pour qui « le gain [...] est la meilleure preuve de patriotisme » (Huebbe-Schleiden) et le drapeau national une « carte commerciale » (Rhodes), ne pouvait que détruire le corps politique de l'État-nation. L'esprit de conquête et la notion d'empire avaient l'un et l'autre été discrédités non sans raison. Seuls les avaient menés à bien les gouvernements qui, telle la République romaine, reposaient sur le principe de la loi, en sorte que la conquête pouvait se poursuivre par l'intégration des peuples les plus hétérogènes, auxquels était imposée une loi commune. En se fondant sur le consentement actif d'une population homogène à son gouvernement

(« *le plébiscite de tous les jours**5 »), l'État-nation, en revanche, se voyait privé de ce principe unificateur et, en cas de conquête, contraint d'assimiler au lieu d'intégrer, de faire respecter le consentement au lieu de la justice, c'est-à-dire de dégénérer en tyrannie. Robespierre en était déjà pleinement conscient lorsqu'il s'écriait : « *Périssent les colonies si elles nous en coûtent l'honneur, la liberté**. »

L'expansion en tant que but politique permanent et suprême est l'idée politique centrale de l'impérialisme. Parce qu'elle n'implique ni pillage temporaire ni, en cas de conquête, assimilation à long terme, c'est un concept entièrement neuf dans les annales de la pensée et de l'action politiques. La raison de cette surprenante originalité – surprenante parce que les concepts vraiment neufs sont très rares en politique – tient tout simplement à ce que ce concept n'a en réalité rien de politique, mais prend au contraire ses racines dans le domaine de la spéculation marchande, où l'expansion signifiait l'élargissement permanent de la production industrielle et des marchés économiques qui a caractérisé le XIXe siècle.

Dans les milieux économiques, le concept d'expansion était parfaitement adéquat puisque la croissance industrielle représentait une réalité effective. Expansion signifiait augmentation de la production existante de biens de consommation et d'usage. Les processus de production sont aussi illimités que la capacité de l'homme à produire pour le monde humain, à l'organiser, à le pourvoir et à l'améliorer. Lorsque la production et la croissance économique commencèrent à ralentir leur rythme, ce ne fut pas tant pour des motifs économiques que politiques, dans la mesure où une multitude de peuples constitués en corps politiques radicalement différents assuraient la production et s'en partageaient les fruits.

---

5. Dans son essai classique *Qu'est-ce qu'une nation ?*, 1882 [H. Arendt se réfère à l'édition anglaise, *The Poetry of the Celtic Races, and other Studies*, parue en 1896], Ernest Renan insistait sur « le consentement véritable, le désir de vivre ensemble, la volonté de préserver dignement l'héritage intact qui a été transmis », comme principaux éléments qui maintiennent la cohésion des membres d'un même peuple de manière telle qu'ils forment une nation.

L'impérialisme naquit lorsque la classe dirigeante détentrice des instruments de production capitaliste s'insurgea contre les limitations nationales imposées à son expansion économique. C'est par nécessité économique que la bourgeoisie s'est tournée vers la politique : en effet, comme elle refusait de renoncer au système capitaliste – dont la loi implique structurellement une croissance économique constante –, il lui fallut imposer cette loi à ses gouvernements et faire reconnaître l'expansion comme but final de la politique étrangère.

Avec pour mot d'ordre « l'expansion pour l'expansion », la bourgeoisie s'efforça – et elle y parvint en partie – de convaincre ses gouvernements nationaux d'entrer sur la voie de la politique mondiale. La nouvelle politique qu'ils proposaient sembla un moment trouver d'elle-même ses limites et son équilibre naturels, plusieurs nations abordant l'expansion en même temps et dans un même esprit de concurrence. À ses débuts, l'impérialisme pouvait encore se définir comme la lutte d'« empires rivaux », et se distinguer de l'« idée d'empire [qui], dans le monde antique et médiéval, impliquait l'existence d'une fédération d'États, sous la domination d'une hégémonie et couvrant [...] la totalité du monde connu[6] ». Cet esprit de compétition n'était pourtant que l'un des nombreux vestiges d'une ère révolue, une concession au principe national qui prévalait encore et selon lequel l'humanité se présente comme une famille de nations faisant assaut de mérite, ou à la croyance libérale selon laquelle la concurrence se donnerait d'elle-même ses propres limites stabilisatrices et prédéterminées avant que l'un des concurrents ait liquidé tous les autres. Néanmoins, cet heureux équilibre ne fut guère l'aboutissement inévitable de mystérieuses lois économiques, mais il s'appuya lourdement sur des institutions politiques, et davantage encore sur des institutions policières destinées à empêcher les concurrents d'user de revolvers. Que la compétition entre des intérêts marchands armés jusqu'aux

---

6. John Atkinson Hobson, *Imperialism*.

dents – des « empires » – puisse se terminer autrement que par la victoire de l'un et la mort des autres, voilà qui est difficile à comprendre. Autrement dit, pas plus que l'expansion, la compétition n'est un principe politique, et elle ne peut se passer du pouvoir politique, nécessaire aux fins de contrôle et de contrainte.

À la différence de la structure économique, la structure politique ne peut pas s'étendre à l'infini parce qu'elle ne se fonde pas sur la productivité de l'homme qui, elle, est illimitée. De toutes les formes de gouvernement et d'organisation des gens, l'État-nation est la moins favorable à une croissance illimitée, car le consentement authentique sur lequel il repose ne peut se perpétuer indéfiniment : il ne s'obtient que rarement, et non sans peine, des peuples conquis. Aucun État-nation ne pourrait songer à conquérir en toute conscience des peuples étrangers, puisqu'une telle conscience suppose que la nation conquérante ait la conviction d'imposer une loi supérieure à des barbares[7]. Or la nation considérait sa loi comme l'émanation d'une substance nationale unique, sans validité au-delà de son propre peuple et des frontières de son propre territoire.

Partout où l'État-nation s'est posé en conquérant, il a fait naître une conscience nationale et un désir de souveraineté chez les peuples conquis, ruinant par là toute tentative authentique de créer un empire. Ainsi la France incorpora-t-elle l'Algérie comme un département de la métropole sans pour autant imposer ses propres lois à une population arabe. Bien au contraire, elle continua à respecter la loi islamique et garantit à ses citoyens arabes un « statut particulier », créant un produit hybride totalement absurde, à savoir un territoire décrété français, juridiquement aussi français que

---

7. Cette mauvaise conscience née de la croyance au consentement comme base de toute organisation politique est parfaitement décrite par Harold Nicolson, *Curzon : The Last Phase 1919-1925*, 1934, dans son analyse de la politique britannique en Égypte : « La justification de notre présence en Égypte demeure fondée, non pas sur le droit acceptable de conquête, ou sur la force, mais sur notre propre croyance au principe du consentement. Ce principe, en 1919, n'existait sous aucune forme précise. Il a été remis en question de façon dramatique en Égypte par les violents événements de mars 1919. »

le *département de la Seine**, mais dont les habitants n'étaient pas des citoyens français.

Les premiers « bâtisseurs d'empire » britanniques, qui plaçaient leur foi dans la conquête en tant que méthode de domination permanente, ne parvinrent jamais à embrigader leurs plus proches voisins, les Irlandais, dans la structure très étendue de l'Empire ou du Commonwealth britanniques ; mais quand, après la dernière guerre, l'Irlande s'est vu accorder le statut de dominion et qu'elle a été accueillie comme membre à part entière au sein du Commonwealth, l'échec, pour être moins manifeste, demeura cependant tout aussi réel. Ce pays, à la fois « possession » la plus ancienne et dominion le plus récent, a dénoncé unilatéralement son statut de dominion (en 1937) et rompu tous ses liens avec la nation anglaise lorsqu'il a refusé d'entrer en guerre à ses côtés. Cette politique de conquête permanente de l'Angleterre, qui « échoua simplement à détruire » l'Irlande (Chesterton), n'avait pas tant éveillé le « génie de l'impérialisme qui sommeillait[8] » en elle que fait naître un esprit de résistance nationale chez les Irlandais.

La structure nationale du Royaume-Uni avait rendu impossibles l'assimilation et l'incorporation rapides des peuples conquis ; le Commonwealth britannique ne fut jamais une « République de nations », mais l'héritier du Royaume-Uni, *une* nation disséminée dans le monde entier. Du fait de cette dissémination et de la colonisation, la structure politique ne fut pas développée mais transplantée ; les membres de ce nouveau corps fédéré demeurèrent par conséquent étroitement liés à leur mère patrie commune, car ils partageaient un même passé et une même loi. L'exemple irlandais prouve combien le Royaume-Uni était peu apte à élaborer une structure d'empire dans laquelle une multitude de peuples différents pussent vivre ensemble harmo-

---

8. Pour reprendre les propres termes de lord Salisbury se réjouissant de l'échec du premier projet de Home Rule de Gladstone. Au cours des vingt années de gouvernement conservateur qui suivirent – et c'était à l'époque un gouvernement impérialiste (1885-1905) – non seulement le conflit irlandais ne fut pas réglé, mais il devint encore plus aigu. Voir également Gilbert K. Chesterton, *The Crimes of England*, 1915, p. 57 et suiv.

L'émancipation politique de la bourgeoisie

nieusement[9]. La nation anglaise se révéla experte, non à pratiquer l'art des bâtisseurs d'empire romains, mais bien à suivre le modèle de la colonisation grecque. Au lieu de conquérir et de doter de leur propre loi des peuples étrangers, les colons anglais s'installèrent dans des territoires fraîchement conquis aux quatre coins du monde, tout en demeurant membres de la même nation britannique[10]. Reste à savoir si la structure fédérée du Commonwealth, admirablement construite sur la réalité d'une nation dispersée sur toute la terre, sera assez souple pour équilibrer les difficultés inhérentes à une nation qui bâtit un empire, et pour accueillir indéfiniment des peuples non britanniques en tant que « partenaires à part entière » du Commonwealth. L'actuel statut de dominion de l'Inde – statut que, pendant la guerre, les nationalistes indiens ont d'ailleurs carrément refusé – a

---

9. Pourquoi les Tudors ne réussirent-ils pas, au début du développement national, à incorporer l'Irlande à la Grande-Bretagne de la même manière que les Valois avaient réussi à incorporer la Bretagne et la Bourgogne à la France, voilà qui demeure une énigme. Il se peut toutefois qu'un processus similaire se soit vu brutalement interrompu par le gouvernement Cromwell, qui considérait l'Irlande comme un gros gâteau à partager entre ses tenants. Quoi qu'il en soit, après la révolution de Cromwell, qui eut pour la constitution de la nation britannique une importance aussi cruciale que la Révolution française pour les Français, le Royaume-Uni avait déjà atteint le stade de maturité qui s'accompagne toujours de la perte de cette force d'assimilation et d'intégration que le corps politique de la nation ne possède que dans sa phase initiale. La suite ne fut plus, au fond, que la longue et triste histoire d'une « coercition grâce à laquelle il n'était pas indispensable que le peuple pût vivre en paix, mais qu'il pût mourir en paix » (Gilbert K. Chesterton, *The Crimes of England*, p. 60). Pour avoir un aperçu historique de la question irlandaise qui rende également compte des événements récents, on pourra comparer avec l'excellente et impartiale étude faite par Nicholas Mansergh (*Britain and Ireland*, 1942).

10. La déclaration que fit James Anthony Froude peu avant le début de l'ère impérialiste est tout à fait caractéristique : « Qu'il soit bien entendu une fois pour toutes que l'Anglais qui émigrait au Canada, au Cap, en Australie ou encore en Nouvelle-Zélande n'était pas déchu de sa nationalité, qu'il restait toujours sur le sol anglais, ni plus ni moins que s'il s'était trouvé dans le Devonshire ou dans le Yorkshire, et qu'il demeurerait citoyen anglais aussi longtemps que durerait l'Empire britannique ; et si nous dépensions le quart des sommes qui ont été englouties dans les marais de Balaclava à envoyer s'établir dans ces colonies 2 millions de nos concitoyens, cela contribuerait bien plus à développer la force essentielle du pays que toutes les guerres dans lesquelles nous nous sommes englués, d'Azincourt à Waterloo. » Extrait de Robert Livingston Schuyler, *The Fall of the Old Colonial System*, 1945, p. 280-281.

souvent été considéré comme une solution temporaire et transitoire[11].

La contradiction interne entre le corps politique de la nation et la conquête considérée comme un moyen politique est devenue manifeste depuis l'échec du rêve napoléonien. C'est à cause de cette expérience, et non en vertu de considérations humanitaires, que la conquête a depuis lors été condamnée et n'a joué qu'un rôle mineur dans le règlement des conflits de frontières. L'incapacité de Napoléon à réaliser l'unité de l'Europe sous le drapeau français indiqua clairement que toute conquête menée par une nation conduisait soit à un éveil de la conscience nationale chez les peuples conquis, donc à leur rébellion contre le conquérant, soit à la tyrannie. Et bien que la tyrannie, parce qu'elle n'a pas besoin du consentement, puisse régner avec succès sur des peuples étrangers, elle ne peut se maintenir au pouvoir qu'à condition de préalablement détruire les institutions nationales de son propre peuple.

À la différence des Britanniques et de toutes les autres nations européennes, les Français ont réellement essayé, dans un passé récent, de combiner le *jus* et l'*imperium*, et de bâtir un empire dans la tradition de la Rome antique. Eux seuls ont au moins tenté de transformer le corps politique de la nation en une structure politique d'empire, et ont cru que « la nation française était en marche [...] pour répandre les bienfaits de la civilisation française » ; ils ont eu le désir d'assimiler leurs colonies au corps national en traitant les peuples conquis « à la fois [...] en frères et [...] en sujets – frères en tant qu'unis par la fraternité d'une civilisation française commune, et sujets dans le sens où ces peuples sont les disciples du rayonnement de la France et les partisans de son

---

11. Jan Disselboom, le célèbre écrivain sud-africain, a exprimé sans équivoque possible l'attitude des peuples du Commonwealth sur cette question : « La Grande-Bretagne ne saurait être un partenaire à part entière [que de] ceux qui sont issus de la même souche étroitement alliée [...]. Les parties de l'Empire qui ne sont pas habitées par des races dont on puisse dire cela n'ont jamais été des partenaires à part entière. Elles ont toujours été la propriété privée du partenaire dominant [...]. Vous pouvez avoir le dominion blanc, ou bien le dominion de l'Inde, mais vous ne sauriez avoir les deux. » (Al. Carthill, *The Lost Dominion*, 1924.)

commandement[12] ». Cela se réalisa en partie lorsque des députés de couleur purent siéger au Parlement français et que l'Algérie fut déclarée département français.

Cette entreprise audacieuse devait aboutir à une exploitation particulièrement brutale des colonies au nom de la nation. Au mépris de toutes les théories, on évaluait en réalité l'Empire français en fonction de la défense nationale[13], et les colonies étaient considérées comme des terres à soldats susceptibles de fournir une *force noire** capable de protéger les habitants de la France contre les ennemis de leur nation. La fameuse phrase prononcée par Poincaré en 1923 : « La France n'est pas un pays de 40 millions d'habitants ; c'est un pays de 100 millions d'habitants », annonçait purement et simplement la découverte d'une « forme économique de chair à canon, produite selon des méthodes de fabrication en série[14] ». Quand, lors de la conférence sur la paix de 1918, Clemenceau insista sur le fait qu'il ne désirait rien d'autre qu'« un droit illimité à lever des troupes noires destinées à contribuer à la défense du territoire français en Europe si la France venait à être attaquée par l'Allemagne[15] », il ne protégeait pas la nation française contre une agression allemande, comme nous sommes malheureusement désormais en mesure de le savoir, bien que son plan ait été mené à bien par l'état-major, mais il portait un coup fatal à l'existence, jusque-là encore concevable, d'un Empire

---

12. Ernest Barker, *Ideas and Ideals of the British Empire*, 1941, p. 4. Voir également les excellentes remarques introductives à l'analyse des fondements de l'Empire français dans *The French Colonial Empire* (*Information Department Papers*, n° 25, publiés par le Royal Institute of International Affairs, 1941), p. 9 et suiv. « Le but est d'assimiler les peuples des colonies au peuple français, ou bien, quand la chose n'est pas possible, dans le cas de communautés plus primitives, de les "associer", de telle sorte que la différence entre *la France métropole* et *la France d'outre-mer* tende à devenir de plus en plus une différence géographique et non une différence fondamentale. »

13. Voir Gabriel Hanotaux, « Le général Mangin », *Revue des Deux Mondes*, 1925, t. 27.

14. W. P. Crozier, « France and her "Black Empire" », *New Republic*, 23 janvier 1924.

15. David Lloyd George, *Memoirs of the Peace Conference*, 1939, I, p. 362 et suiv.

français[16]. Face à ce nationalisme désespérément aveugle, les impérialistes britanniques qui acceptaient le compromis du système du mandat faisaient figure de gardiens de l'autodétermination des peuples. Et cela, bien qu'ils eussent fait d'emblée un mauvais usage du système du mandat en pratiquant le « gouvernement indirect », méthode qui permet à l'administrateur de gouverner un peuple « non pas directement mais par le biais de ses propres autorités locales et tribales[17] ».

Les Britanniques tentèrent d'échapper à la dangereuse incohérence, inhérente à l'effort d'une nation pour se doter d'un empire, en laissant les peuples conquis livrés à eux-mêmes, tant qu'il s'agissait de culture, de religion et de droit, en demeurant à distance et en s'interdisant de répandre la loi et la culture britanniques. Cela n'empêcha pas les indigènes de s'éveiller à une conscience nationale et de revendiquer leur souveraineté et leur indépendance – bien que

---

16. Les Pays-Bas tentèrent d'exercer la même exploitation brutale de leurs colonies des Indes néerlandaises au nom de la nation après que la défaite de Napoléon les eut restituées à une métropole hollandaise considérablement appauvrie. Contraints de devenir agriculteurs contre leur gré, les indigènes se virent ainsi réduits en esclavage au profit du gouvernement hollandais. Le *Max Havelaar*, de Multatuli, publié pour la première fois dans les années 1860, visait le gouvernement local et non pas les services étrangers. (Voir Arnold D. A. de Kat Angelino, *Colonial Policy*, vol. II : *The Dutch East Indies*, 1931, p. 45.) Ce système devait bientôt être abandonné et les Indes néerlandaises devinrent pour un temps objet de « l'admiration de toutes les nations colonisatrices » (Sir Hesketh Bell, ancien gouverneur de l'Ouganda, du Nigéria du Nord, etc., *Foreign Colonial Administration in the Far East*, 1928, 1ʳᵉ partie). Les méthodes hollandaises ressemblent beaucoup aux méthodes françaises : garantie d'un statut européen pour les indigènes dociles, introduction d'un système scolaire à l'européenne et autres procédés d'assimilation progressive. De ce fait, les Hollandais obtinrent le même résultat : la naissance d'un fort mouvement d'indépendance nationale chez les peuples assujettis. Dans cette étude, les impérialismes hollandais et belge ont tous deux été négligés. Le premier est un curieux mélange oscillant entre les méthodes françaises et les méthodes anglaises ; le second est l'histoire non pas du développement de la nation belge, ni même de celui de la bourgeoisie belge, mais du rôle personnel du roi des Belges, que nul gouvernement ne contrôlait et qui n'avait de liens avec aucune autre institution. Dans la forme, l'impérialisme belge et l'impérialisme hollandais sont tous deux atypiques. Au cours des années 1880, les Pays-Bas ne se sont pas agrandis, ils se sont contentés de consolider et de moderniser leurs vieilles colonies. Les atrocités sans pareilles commises au Congo belge donneraient par ailleurs une image par trop injuste de ce qui se passait en général dans les possessions d'outre-mer.

17. Ernest Barker, *Ideas and Ideals of the British Empire*, p. 69.

l'attitude britannique ait peut-être retardé quelque peu ce processus. Mais cela a énormément conforté la nouvelle conscience impérialiste dans le sentiment d'une supériorité fondamentale, et non pas simplement temporaire, de l'homme sur l'homme, des races « supérieures » sur les races « inférieures ». En retour, ce sentiment devait exacerber la lutte des peuples assujettis pour leur liberté et les rendre aveugles aux incontestables bienfaits de la domination britannique. En raison de cette distance observée par des administrateurs qui, « malgré leur sincère respect pour les indigènes en tant que peuple, et même dans certains cas leur amour pour eux [...] comme pour des êtres presque humains, ne pensent pas qu'ils sont ou qu'ils seront un jour capables de se gouverner eux-mêmes sans surveillance[18] », les « indigènes » ne pouvaient en conclure qu'une chose : c'est qu'on les excluait et qu'on les séparait à tout jamais du reste de l'humanité.

Impérialisme ne signifie pas construction d'un empire, et expansion ne signifie pas conquête. Les conquérants britanniques, ces vieux « briseurs de lois en Inde » (Burke), avaient peu de chose en commun avec les exportateurs de devises britanniques ou les administrateurs des peuples de l'Inde. Si ces derniers s'étaient mis à faire des lois au lieu d'appliquer des décrets, ils auraient pu devenir des bâtisseurs d'empire. Quoi qu'il en soit, la nation anglaise n'en avait cure et elle ne les aurait guère soutenus. De fait, les spéculateurs animés par l'esprit impérialiste étaient secondés par des fonctionnaires qui voulaient que « l'Africain reste africain », cependant qu'une certaine minorité d'hommes qui ne s'étaient pas encore défaits de ce que Harold Nicolson devait appeler leurs « idéaux de jeunesse[19] » voulaient aider l'Africain à « devenir un meilleur Africain[20] » – quoi que cela pût signifier. Ils n'étaient en aucun cas « disposés à appliquer le système administratif et politique de leur propre pays

---

18. Selwyn James, *South of the Congo*, 1943, p. 326.
19. À propos de ces idéaux de jeunesse et de leur rôle dans l'impérialisme britannique, voir chap. III. La manière dont ils étaient encouragés et exploités est décrite dans le roman de Kipling intitulé *Stalky and Company*, 1899.
20. Ernest Barker, *Ideas and Ideals of the British Empire*, p. 150.

au gouvernement de populations arriérées[21] », ni à rattacher les vastes colonies de la Couronne britannique à la nation anglaise.

À la différence des authentiques structures d'empire où les institutions de la métropole sont diversement intégrées dans l'empire, l'impérialisme présente cette caractéristique que les institutions nationales y demeurent distinctes de l'administration coloniale, tout en ayant le pouvoir d'exercer un contrôle sur celle-ci. En réalité, la motivation de cette séparation consistait en un curieux mélange d'arrogance et de respect : l'arrogance toute nouvelle des administrateurs allant affronter au loin des « populations arriérées », des « races inférieures », avait pour corrélat le respect suranné des hommes d'État qui, demeurés au pays, étaient fermement convaincus qu'aucune nation n'avait le droit d'imposer sa loi à un peuple étranger. L'arrogance était tout naturellement vouée à s'ériger en mode de gouvernement, tandis que le respect, qui demeurait, lui, totalement négatif, donc incapable d'engendrer le nouveau modèle nécessaire à des peuples appelés à vivre ensemble, ne parvenait qu'à contenir l'impitoyable et despotique administration impérialiste au moyen de décrets. C'est à cette salutaire modération exercée par les institutions nationales et leurs responsables politiques que nous devons les seuls bienfaits qu'il ait été donné aux peuples non européens, malgré tout, de tirer de la domination occidentale. Mais l'administration coloniale n'a jamais cessé de protester contre l'ingérence de la « majorité non avertie » – la nation – qui essayait de faire pression sur la « minorité avertie » – les administrateurs impérialistes – « dans la voie de l'imitation[22] », autrement dit, dans la voie d'un gouvernement calqué sur les modèles de justice et de liberté en vigueur dans la métropole.

Qu'un mouvement d'expansion pour l'expansion se soit développé dans des États-nations qui étaient, plus que tout

---

21. Lord Cromer, « The Government of Subject Races », *Edinburgh Review*, janvier 1908.
22. *Ibid.*

autre corps politique, définis par des frontières et des limitations à toute conquête possible, voilà bien un exemple de ces écarts apparemment absurdes entre cause et effet qui sont devenus la marque de l'histoire moderne. L'extrême confusion qui règne dans la terminologie historique moderne n'est qu'un sous-produit de ces disparités. En dressant des comparaisons avec les Empires de l'Antiquité, en confondant expansion et conquête, en négligeant la différence entre Commonwealth et Empire (que les historiens pré-impérialistes ont appelée différence entre plantations et possessions, ou colonies et dépendances, ou encore, un peu plus tard, entre colonialisme et impérialisme[23]), autrement dit en négligeant la différence entre exportation de population (britannique) et exportation de capitaux (britanniques)[24], les historiens se sont efforcés de passer sous silence ce fait gênant : bon nombre des événements importants de l'histoire contemporaine font penser à des souris qui auraient accouché de montagnes.

Devant le spectacle d'une poignée de capitalistes parcourant le globe, tels des prédateurs à la recherche de nouvelles possibilités d'investissement, flattant la soif de profit chez les bien-trop-riches, et l'instinct du jeu chez les bien-trop-pauvres, les historiens contemporains voudraient revêtir l'impérialisme de l'antique grandeur de Rome ou d'Alexandre le Grand, grandeur qui rendrait la suite des événements

---

23. Le premier érudit à avoir utilisé le terme d'impérialisme pour distinguer clairement entre l'« Empire » et le « Commonwealth » fut John. A. Hobson. Mais la différence fondamentale entre les deux avait toujours été bien connue. Le principe de « liberté coloniale », par exemple, cher à tous les hommes d'État libéraux de Grande-Bretagne d'après la Révolution américaine, ne resta en vigueur que dans la mesure où la colonie était « constituée de Britanniques ou […] d'un pourcentage de population britannique permettant d'introduire sans risques des institutions représentatives ». Voir Robert Livingston Schuyler, *The Fall of the Old Colonial System*, p. 236 et suiv. Au XIXe siècle, il faut distinguer trois types de territoires d'outre-mer à l'intérieur de l'Empire britannique : les terres de peuplement, plantations ou colonies, comme l'Australie et autres dominions ; les comptoirs commerciaux et possessions, comme l'Inde ; enfin les bases militaires, comme le cap de Bonne-Espérance, mises en place dans le but de protéger les premiers. Toutes ces possessions virent leur gouvernement et leur importance politique changer à l'ère de l'impérialisme.

24. Ernest Barker, *Ideas and Ideals of the British Empire*.

humainement plus tolérable. Le fossé entre la cause et l'effet a été révélé par la fameuse – et malheureusement juste – observation selon laquelle l'Empire britannique avait été conquis dans un moment d'inadvertance ; cela est devenu cruellement manifeste à notre époque, où il aura fallu une guerre mondiale pour se débarrasser d'un Hitler, phénomène d'autant plus honteux qu'il est aussi comique. L'affaire Dreyfus avait déjà révélé quelque chose d'analogue quand la nation avait dû faire appel à ses meilleurs éléments pour mettre fin à une bagarre qui avait débuté comme une conspiration grotesque et s'était terminée en farce.

L'impérialisme doit sa seule grandeur à la défaite qu'il a infligée à la nation. L'aspect tragique de cette timide opposition ne vient pas de ce que de nombreux représentants de la nation aient pu être achetés par les nouveaux hommes d'affaires impérialistes ; il y avait pire que la corruption, c'est que les incorruptibles fussent convaincus que l'unique voie pour mener une politique mondiale résidait dans l'impérialisme. Comme les nations avaient toutes réellement besoin de comptoirs maritimes et d'accès aux matières premières, ils en vinrent à croire qu'annexion et expansion allaient œuvrer au salut de la nation. Ils furent les premiers à commettre l'erreur de ne pas discerner la différence fondamentale entre les comptoirs commerciaux et maritimes jadis établis au nom du commerce, et la nouvelle politique d'expansion. Ils croyaient Cecil Rhodes quand il leur disait de « prendre conscience que vous ne pouvez pas vivre à moins d'entretenir un commerce avec le monde », « que votre commerce, c'est le monde, et que votre vie, c'est le monde, non l'Angleterre », et qu'en conséquence ils devaient « régler ces questions d'expansion et de mainmise sur le monde[25] ». Sans le vouloir, parfois même sans le savoir, ils devinrent non seulement les complices de la politique impérialiste, mais aussi les premiers à être blâmés et dénoncés pour leur « impérialisme ». Tel fut le cas de Clemenceau qui, parce qu'il se sentait si désespérément inquiet pour

---

25. Sarah Gertrude Millin, *Rhodes*, p. 175.

l'avenir de la nation française, devint « impérialiste » dans l'espoir que les effectifs en provenance des colonies protégeraient les citoyens français contre des agresseurs.

La conscience nationale, représentée par le Parlement et par une presse libre, avait une action réelle et provoquait la rancœur des administrateurs coloniaux dans tous les pays européens dotés de colonies – aussi bien en Angleterre qu'en France, en Belgique, en Allemagne ou en Hollande. En Angleterre, afin de distinguer entre le gouvernement impérial en place à Londres, contrôlé par le Parlement, et les administrateurs coloniaux, cette influence était désignée sous le terme de « facteur impérial », prêtant de ce fait à l'impérialisme des mérites et des reliquats de légalité que celui-ci mettait tant d'ardeur à détruire[26]. Le « facteur impérial » se traduisait politiquement par l'idée selon laquelle le « Parlement impérial » britannique non seulement protégeait mais, d'une certaine manière, représentait les indigènes[27]. Sur ce point, les Anglais se trouvèrent à deux doigts de l'expérience des bâtisseurs d'empire français ; toutefois, ils n'allèrent jamais jusqu'à accorder une véritable représentation aux peuples assujettis. Quoi qu'il en fût, ils espéraient

---

26. L'origine de ce malentendu réside probablement dans l'histoire de la domination britannique en Afrique australe, et remonte au temps où les gouverneurs locaux, Cecil Rhodes et Jameson, engagèrent le « gouvernement impérial » de Londres, bien contre son gré, dans la guerre contre les Boers. En fait, Rhodes, ou plutôt Jameson, régnait en despote absolu sur un territoire trois fois grand comme l'Angleterre, et qu'on pouvait administrer « sans attendre l'assentiment pincé ou la censure polie d'un Haut-Commissaire » représentant un gouvernement impérial qui n'exerçait plus qu'un « contrôle nominal » (Reginald Ivan Lovell, *The Struggle for South Africa, 1875-1899*, 1934, p. 194). Et ce qui se produit dans les territoires où le gouvernement britannique s'est démis de son autorité au profit d'une population européenne locale totalement privée de la limitation traditionnelle et constitutionnelle propre aux États-nations trouve sa meilleure expression dans la tragique histoire de l'Union sud-africaine depuis son indépendance, c'est-à-dire depuis le moment où le « gouvernement impérial » a cessé d'avoir le droit d'intervenir.

27. Le débat qui eut lieu à la Chambre des communes en mai 1908 entre Charles Dilke et le secrétaire aux Colonies est à cet égard très intéressant. Dilke déconseillait vivement d'accorder l'autonomie aux colonies de la Couronne, alléguant que cela aboutirait à la domination des colons blancs sur leurs travailleurs de couleur. On lui répondit que les indigènes eux aussi étaient représentés à la Chambre des communes anglaise. Voir Gottfried Zoepfl, « Kolonien und Kolonialpolitik », dans *Handwörterbuch der Staatswissenschaften*.

manifestement que la nation dans son ensemble pourrait en somme se comporter comme une sorte d'administrateur de biens pour ses peuples conquis, et il faut bien reconnaître qu'elle a invariablement fait de son mieux pour éviter le pire.

Le conflit entre les représentants du « facteur impérial » (qu'il serait plus juste d'appeler facteur national) et les administrateurs coloniaux court en filigrane à travers toute l'histoire de l'impérialisme britannique. On a cité maintes et maintes fois la « supplique » que Cromer, alors gouverneur d'Égypte, adressa en 1896 à lord Salisbury : « Protégez-moi des ministères anglais[28] », jusqu'au moment où, dans les années 20 de ce siècle, le parti ultra-impérialiste s'est mis à blâmer ouvertement la nation et tout ce qu'elle représentait en l'accusant de vouloir la perte de l'Inde. Les impérialistes avaient toujours trouvé profondément irritant que le gouvernement de l'Inde dût « justifier son existence et sa politique aux yeux de l'opinion publique anglaise » ; ce contrôle interdisait désormais de prendre les mesures de « massacres administratifs[29] » qui, aussitôt après la fin de la Première Guerre mondiale, avaient été expérimentées à diverses reprises ailleurs comme méthode radicale de pacification[30], et qui auraient certainement pu faire obstacle à l'indépendance de l'Inde.

En Allemagne régnait la même hostilité entre élus nationaux et administrateurs coloniaux d'Afrique. En 1897, Carl

---

28. Lawrence J. Zetland, *Lord Cromer*, 1932, p. 224.

29. Al. Carthill, *The Lost Dominion*, p. 41-42, 93.

30. Dans un article intitulé « France, Britain and the Arabs » écrit pour *The Observer* (1920), Thomas Edward Lawrence a donné la description minutieuse d'un tel exemple de « pacification » au Proche-Orient : « Les Arabes connaissent d'abord le succès, puis les renforts britanniques arrivent en tant que force punitive. Ils se fraient un chemin [...] jusqu'à leur objectif que bombardent pendant ce temps l'artillerie, les avions et les canonnières. Finalement, on détruit peut-être un village, et le district est pacifié. Il est étrange que nous n'utilisions pas de gaz toxiques en de telles circonstances. Bombarder les maisons est une manière coûteuse de contrôler des femmes et des enfants [...]. En attaquant au gaz, on pourrait liquider proprement toute la population des districts récalcitrants ; et, comme méthode de gouvernement, cela ne serait pas plus immoral que le système actuel. » Voir ses *Letters*, 1939, p. 311 et suiv.

Peters fut relevé de ses fonctions dans le Sud-Est africain allemand et dut démissionner des services gouvernementaux en raison des atrocités commises sur les indigènes. Le gouverneur Zimmerer partagea le même sort. Et, en 1905, les chefs tribaux adressèrent pour la première fois leurs plaintes au Reichstag et obtinrent l'intervention du gouvernement allemand lorsque les administrateurs coloniaux les jetèrent en prison[31].

Il en allait de même de la domination française. Les gouverneurs généraux nommés par le gouvernement en place à Paris ou bien étaient l'objet d'une forte pression de la part des coloniaux français, comme ce fut le cas en Algérie, ou bien refusaient carrément d'appliquer en faveur des indigènes les réformes soi-disant « inspirées par la faiblesse des principes démocratiques de [leur] gouvernement[32] ». Partout les administrateurs impérialistes voyaient dans le contrôle exercé par la nation un insupportable fardeau et une menace contre leur domination.

Les impérialistes avaient parfaitement raison. Ils connaissaient bien mieux les conditions modernes du gouvernement des peuples assujettis que ceux qui, d'un côté, s'élevaient contre le gouvernement par décrets et contre une bureaucratie arbitraire, et de l'autre espéraient conserver à tout jamais leurs colonies pour la plus grande gloire de la nation. Mieux que les nationalistes, les impérialistes savaient que le corps politique de la nation n'est pas capable de construire un empire. Ils étaient parfaitement conscients que la marche de la nation et sa conquête d'autres peuples, dès qu'on laisse libre cours à sa propre loi, s'achève avec la prise de conscience de l'identité nationale des peuples conquis et la défaite du conquérant. C'est pourquoi les méthodes françaises, qui se sont toujours efforcées de concilier les aspirations nationales et l'édification d'un empire, ont été beaucoup moins

---

31. En 1910, par ailleurs, le secrétaire aux Colonies, B. Dernburg, fut contraint de démissionner parce qu'il avait indisposé les colons en protégeant les indigènes. Voir Mary E. Townsend, *The Rise and Fall of Germany's Colonial Empire*, 1930, et Paul Leutwein, *Kämpfe um Afrika*, 1936.

32. Propos tenus par Léon Cayla, qui fut gouverneur général de Madagascar et ami de Pétain.

fructueuses que les méthodes britanniques qui, après les années 1880, devinrent ouvertement impérialistes, tout en demeurant tempérées par une mère patrie qui tenait à ses institutions démocratiques nationales.

2. Le pouvoir et la bourgeoisie

En réalité, les impérialistes souhaitaient une expansion du pouvoir politique sans que soit institué un corps politique. L'expansion impérialiste avait été déclenchée par une curieuse forme de crise économique, la surproduction de capitaux et l'apparition d'argent « superflu » résultant d'une épargne excessive qui ne parvenait plus à trouver d'investissement productif à l'intérieur des frontières nationales. Pour la première fois, ce ne fut pas l'investissement du pouvoir qui prépara la voie à l'investissement de l'argent, mais l'exportation du pouvoir qui suivit docilement le chemin de l'argent exporté, puisque des investissements incontrôlables réalisés dans les pays lointains menaçaient de transformer en joueurs de larges couches de la société, de changer l'économie capitaliste tout entière de système de production qu'elle était en système de spéculation financière, et de substituer aux profits tirés de la production des profits tirés des commissions. La décennie précédant l'ère impérialiste, c'est-à-dire les années 1870, connut une augmentation inouïe d'escroqueries, de scandales financiers et de spéculation sur le marché des valeurs.

Les pionniers de ce mouvement pré-impérialiste furent les financiers juifs qui avaient bâti leur fortune en dehors du système capitaliste et à qui les États-nations en plein essor avaient dû faire appel pour des emprunts sous garantie internationale[33]. Une fois instauré un système fiscal permettant d'assainir les finances gouvernementales, ce groupe avait toutes raisons de craindre d'être complètement éliminé. Eux

---

33. À ce sujet et sur ce qui suit, voir le chap. II de *Sur l'antisémitisme* [Éditions du Seuil, « Points Essais », 2005 (nouvelle édition, révisée par Hélène Frappat, Gallimard, « Quarto », 2002)].

qui pendant des siècles avaient gagné leur argent en percevant des commissions, ils étaient les premiers tentés – et d'ailleurs invités à le faire – de placer le capital qu'on ne pouvait plus investir avec profit dans le marché intérieur. Les financiers juifs internationaux semblaient évidemment tout désignés pour ces affaires possédant une dimension essentiellement internationale[34]. Bien plus, les gouvernements eux-mêmes, dont l'aide était d'une certaine manière indispensable aux investissements dans les pays lointains, avaient tendance, au début, à préférer les financiers juifs qu'ils connaissaient bien aux nouveaux venus dans la finance internationale, dont beaucoup étaient des aventuriers.

Une fois que les financiers eurent ouvert la voie de l'exportation des capitaux « superflus » qui avaient été condamnés à dormir à l'intérieur des étroites limites de la production nationale, il devint bientôt manifeste que les actionnaires absents n'avaient pas la moindre intention de prendre les risques immenses correspondant à l'immense augmentation de leurs profits. Les financiers à la commission ne disposaient pas, même avec l'aide bénévole de l'État, d'un pouvoir suffisant pour garantir ces risques : seul le pouvoir matériel d'un État pouvait le faire.

---

34. Il est intéressant de noter que les premiers observateurs des événements impérialistes insistent tous énormément sur l'élément juif, alors que les ouvrages plus récents le mentionnent à peine. Parce qu'elle donne des faits une observation parfaitement digne de foi et une analyse très honnête, il convient à cet égard d'accorder à l'étude de John Atkinson Hobson une attention particulière. Dans le premier essai qu'il écrivit à ce sujet, « Capitalism and Imperialism in South Africa » (*Contemporary Review*, 1900), il disait : « La plupart des financiers étaient des Juifs, car les Juifs sont les financiers par excellence, et que, tout en étant de langue anglaise, ils sont pour la plupart d'origine continentale [...]. Ils sont allés là-bas (au Transvaal) pour faire fortune et ceux qui étaient arrivés les premiers et qui avaient particulièrement bien réussi ont pour la plupart plié bagages, laissant leurs crocs économiques plantés dans la carcasse de leur proie. Ils se sont agrippés au Rand [...] comme ils sont prêts à le faire en n'importe quel point du globe [...]. Ce sont essentiellement des spéculateurs financiers, qui ne tirent pas leurs gains des véritables fruits de l'industrie, ni même de l'industrie d'autrui, mais de la fondation, de la promotion et de la manipulation des entreprises. » Pourtant, dans l'étude ultérieure de John Atkinson Hobson, *Imperialism*, les Juifs ne sont même plus mentionnés ; entre-temps, il était devenu évident que leur influence et leur rôle avaient été momentanés et somme toute assez superficiels. Sur le rôle des financiers juifs en Afrique du Sud, voir le chap. III.

Dès qu'il fut devenu clair qu'à l'exportation de capitaux allait devoir succéder une exportation du pouvoir gouvernemental, la position des financiers en général, et celle des financiers juifs en particulier, s'affaiblit considérablement, et la direction des transactions financières et de l'entreprise impérialiste passa peu à peu aux mains des membres de la bourgeoisie locale. À cet égard, la carrière de Cecil Rhodes en Afrique du Sud est fort instructive, si l'on songe que, malgré sa totale ignorance du pays, il réussit en quelques années à évincer les tout-puissants financiers juifs. En Allemagne, Bleichröder, qui, en 1885, participait encore comme coassocié à la fondation de l'*Ostafrikanische Gesellschaft*, se vit évincé quatorze ans plus tard, en même temps que le baron Hirsch, lorsque l'Allemagne entreprit la construction de la ligne ferroviaire de Bagdad, par les futurs géants de l'entreprise impérialiste, Siemens et la Deutsche Bank. Au fond, la répugnance du gouvernement à consentir un pouvoir réel aux Juifs, et la répugnance des Juifs à participer à des affaires impliquant un engagement politique, coïncidaient si bien qu'aucune lutte véritable pour le pouvoir ne s'engagea vraiment, en dépit de la richesse considérable du groupe juif, une fois dépassé le stade initial de la spéculation et de la commission.

Les divers gouvernements nationaux observaient avec méfiance la tendance de plus en plus marquée à transformer les affaires en question politique et à identifier les intérêts économiques d'un groupe relativement restreint aux intérêts nationaux comme tels. Mais il semblait que la seule alternative à l'exportation du pouvoir fût le sacrifice délibéré d'une part importante de la richesse nationale. Seule l'expansion des instruments de violence de la nation pouvait rationaliser le mouvement d'investissement à l'étranger et réintégrer à l'intérieur du système économique de la nation les spéculations sauvages sur le capital superflu qui avaient conduit à risquer l'épargne à tout va. L'État élargit son pouvoir parce qu'entre des pertes supérieures à celles que le corps économique d'une nation était capable de supporter et des gains supérieurs à ceux dont pouvait rêver un peuple livré à lui-même, il ne pouvait que choisir la seconde solution.

La première conséquence de l'exportation du pouvoir fut que les instruments de violence de l'État, police et armée, qui, dans la structure de la nation, allaient de pair avec les autres institutions nationales et demeuraient sous le contrôle de celles-ci, se trouvèrent séparés de ce corps et promus au rang de représentants nationaux dans des pays arriérés ou sans défense. Là, dans ces régions privées d'industries et d'organisation politique, où la violence avait les coudées bien plus franches qu'en n'importe quel pays occidental, les prétendues lois du capitalisme jouissaient en fait du pouvoir de créer les réalités. Le vain désir de la bourgeoisie de voir l'argent engendrer l'argent comme l'homme engendre l'homme était resté un rêve honteux tant que l'argent avait dû passer par la longue route de l'investissement productif ; non que l'argent eût engendré l'argent, mais les hommes avaient créé des choses et de l'argent. Le secret de ce rêve devenu réalité tenait précisément à ce que dorénavant les lois économiques ne faisaient plus obstacle à la voracité des classes possédantes. L'argent pouvait enfin engendrer l'argent parce que le pouvoir, au mépris total de toute loi – économique aussi bien qu'éthique – pouvait s'approprier la richesse. C'est seulement quand l'argent exporté eut réussi à provoquer l'exportation du pouvoir qu'il put accomplir les desseins de ceux qui le détenaient. Seule l'accumulation illimitée du pouvoir était capable de susciter l'accumulation illimitée du capital.

Les investissements à l'étranger – exportation de capital qui avait débuté comme mesure d'urgence – devinrent l'un des aspects caractéristiques de tous les systèmes économiques dès qu'ils se trouvèrent sous la protection d'un pouvoir exporté. Le concept impérialiste d'expansion, selon lequel l'expansion est une fin en soi et non un moyen temporaire, fit son apparition dans la pensée politique lorsqu'il fut devenu manifeste que l'une des fonctions permanentes les plus importantes de l'État-nation allait être l'expansion du pouvoir. Les agents de la violence appointés par l'État constituèrent bientôt une nouvelle classe à l'intérieur des nations et, bien que leur champ d'action fût très éloigné de la métropole, ils se mirent à exercer une influence considérable sur le corps politique de celle-ci. Étant donné qu'ils n'étaient en fait rien d'autre que des fonctionnaires de la violence, ils ne pouvaient penser qu'en termes d'une politique de pouvoir. Ils furent les premiers à proclamer, en tant que classe et forts de leur expérience quotidienne, que le pouvoir est l'essence de toute structure politique.

L'aspect novateur de cette philosophie politique impérialiste n'est pas d'avoir accordé une telle prépondérance à la violence, ni d'avoir découvert que le pouvoir est l'une des réalités fondamentales de la politique. La violence a toujours été l'*ultima ratio* en matière d'action politique, et le pouvoir a toujours été l'expression visible de l'autorité et du gouvernement. Mais jamais auparavant ni la violence ni le pouvoir n'avaient représenté le but conscient d'un corps politique ou l'enjeu ultime d'une politique définie. Car le pouvoir livré à lui-même ne saurait produire autre chose que davantage encore de pouvoir, et la violence exercée au nom du pouvoir (et non de la loi) devient un principe de destruction qui ne cessera que lorsqu'il n'y aura plus rien à violenter.

Cette contradiction, que l'on retrouvera dans toutes les politiques de pouvoir qui suivront, prend toutefois un semblant de sens si on la considère dans le contexte d'un processus supposé permanent et qui n'a pas d'autre terme ou d'autre finalité que lui-même. Alors, en effet, il devient possible de dire que le succès en soi n'a plus la moindre signification, et de considérer le pouvoir comme le moteur perpétuel et autonome de toute action politique, correspondant à la légende de l'accumulation perpétuelle de l'argent qui engendre l'argent. Le concept d'expansion illimitée, seul capable de répondre à l'espérance d'une accumulation illimitée du capital et qui entraîne la vaine accumulation de pouvoir, rend la constitution de nouveaux corps politiques – qui, jusqu'à l'ère de l'impérialisme, avait toujours été une conséquence de la conquête – pratiquement impossible. En fait, sa suite logique est la destruction de toutes les communautés humaines, tant celles des peuples conquis que celles des peuples de la métropole. Car, livrée à elle-même, toute structure politique neuve ou ancienne développe des forces stabilisatrices qui font obstacle à une transformation et à une expansion constantes. C'est pourquoi les corps politiques apparaissent tous comme des obstacles momentanés dès lors qu'ils sont considérés comme membres du flux éternel d'un pouvoir toujours croissant.

Alors qu'au temps de l'impérialisme modéré les administrateurs de ce pouvoir sans cesse grandissant ne cherchaient même pas à incorporer les territoires conquis et qu'ils préservaient les communautés politiques existantes de ces pays arriérés comme les vestiges désertés d'une vie révolue, leurs successeurs totalitaires se sont acharnés à dissoudre et à détruire toutes les structures politiquement stables, aussi bien les leurs que celles des autres peuples. L'exportation de la violence avait suffi à faire des serviteurs des maîtres, sans leur donner la prérogative du maître : la possibilité de créer du nouveau. La concentration monopolistique et l'immense accumulation de la violence dans la métropole firent de ses serviteurs les agents actifs de la destruction, jusqu'à ce que l'expansion totalitaire devînt finalement une force de destruction dirigée contre les nations et contre les peuples.

Le pouvoir devint l'essence de l'action politique et le centre de la pensée politique lorsqu'il fut séparé de la communauté politique qu'il était supposé servir. Il est vrai que c'est un facteur économique qui avait tout déclenché. Mais ce qui en est résulté, à savoir l'avènement du pouvoir comme unique contenu de la politique, et de l'expansion comme son unique but, n'aurait sans doute pas rencontré une approbation aussi unanime, de même que la dissolution du corps politique de la nation n'aurait pas à son tour rencontré si peu d'opposition, si ces phénomènes n'avaient pas eux-mêmes répondu aussi parfaitement aux désirs cachés et aux secrètes convictions des classes économiquement et socialement dominantes. La bourgeoisie, que l'État-nation et son propre désintérêt pour les affaires publiques avaient si longtemps tenue à l'écart du gouvernement, doit son émancipation politique à l'impérialisme.

L'impérialisme doit être compris comme la première phase de la domination politique de la bourgeoisie bien plus que comme le stade ultime du capitalisme. On sait assez que, jusque-là, les classes possédantes n'avaient guère aspiré à gouverner, et qu'elles s'étaient accommodées de bon gré de n'importe quelle forme d'État pourvu que celui-ci garantît la protection des droits de la propriété. Pour elles, en effet, l'État n'avait jamais été qu'une police bien organisée. Cette fausse modestie avait néanmoins curieusement abouti à maintenir la classe bourgeoise tout entière en dehors du corps politique ; avant d'être sujets d'un monarque ou citoyens d'une république, les membres de la bourgeoisie étaient essentiellement des personnes privées. Ce caractère privé, allié au souci primordial de s'enrichir, avait créé un ensemble de modèles de comportement qui s'expriment dans tous ces proverbes – « le succès sourit au succès », « la raison du plus fort est toujours la meilleure », « qui veut la fin veut les moyens », etc. – qui naissent fatalement de l'expérience d'une société de concurrence.

Quand, à l'ère de l'impérialisme, les hommes d'affaires devinrent des politiciens et qu'ils se virent acclamés au même titre que des hommes d'État, alors que les hommes d'État n'étaient pris au sérieux que s'ils parlaient le langage des hommes d'affaires couronnés par le succès et « pensaient en termes de continents », ces pratiques et ces procédés qui étaient ceux de particuliers se transformèrent peu à peu en règles et en principes applicables à la conduite des affaires publiques. Le fait marquant, à propos de ce processus de réévaluation qui a commencé à la fin du siècle dernier et se poursuit encore aujourd'hui, tient à ce qu'il est né avec la mise en pratique des convictions bourgeoises en matière de politique étrangère et ne s'est étendu que lentement à la politique intérieure. Par conséquent, les nations concernées furent à peine conscientes que l'imprudence qui avait toujours prévalu dans la vie privée, et contre laquelle le corps public avait toujours dû se protéger et protéger ses citoyens en tant qu'individus, allait être élevée au rang de principe politique officiellement consacré.

Il est significatif que les champions modernes du pouvoir s'accordent totalement avec la philosophie de l'unique grand penseur qui prétendit jamais dériver le bien public des intérêts privés et qui, au nom du bien privé, conçut et esquissa l'idée d'une République qui aurait pour base et pour fin ultime l'accumulation du pouvoir. Hobbes est en effet le seul grand philosophe que la bourgeoisie puisse revendiquer à juste titre comme exclusivement sien, même si la classe bourgeoise a mis longtemps à reconnaître ses principes. Dans son *Léviathan*[35], Hobbes a exposé la seule théorie politique selon laquelle l'État ne se fonde pas sur une quelconque loi constitutive – que ce soit la loi divine, la loi naturelle, ou celle du contrat social – déterminant les droits et interdits de l'intérêt individuel vis-à-vis des affaires publiques, mais sur les intérêts individuels eux-mêmes, de sorte que « l'intérêt privé est le même que l'intérêt public[36] ».

Il n'est pratiquement pas un seul modèle de la morale bourgeoise qui n'ait été anticipé par la magnificence hors pair de la logique de Hobbes. Il donne un portrait presque complet, non pas de l'Homme, mais du bourgeois, analyse qui en trois cents ans n'a été ni dépassée ni améliorée. « La Raison [...] n'est rien d'autre qu'un Calcul » ; « Sujet libre, libre Arbitre [sont] des mots [...] vides de sens ; c'est-à-dire Absurdes. » Être privé de raison, incapable de vérité, sans libre arbitre – c'est-à-dire incapable de responsabilité –, l'homme est essentiellement une fonction de la société et sera en conséquence jugé selon sa « valeur ou [sa] fortune [...] son prix ; c'est-à-dire la somme correspondant à l'usage de son pouvoir ». Ce prix est constamment évalué et réévalué par la société, l'« estime des autres » variant selon la loi de l'offre et de la demande.

Pour Hobbes, le pouvoir est le contrôle accumulé qui permet à l'individu de fixer les prix et de moduler l'offre et la demande de manière qu'elles contribuent à son propre profit. L'individu envisagera son profit dans un isolement complet, du point de vue d'une minorité absolue, pourrait-on dire ; il s'apercevra alors qu'il ne peut œuvrer et satisfaire à son

---

35. Lorsqu'elles ne renvoient pas à une note, toutes les citations qui suivent sont tirées du *Léviathan* [1651].

36. La coïncidence de cette identification avec la prétention totalitaire d'abolir la contradiction entre intérêts individuels et intérêts publics est significative [voir *Le Système totalitaire*, Éditions du Seuil, « Points Essais », 2005 (nouvelle édition, révisée par Hélène Frappat, Gallimard, « Quarto », 2002)]. Toutefois, il ne faut pas négliger le fait que Hobbes souhaitait par-dessus tout protéger les intérêts privés sous le prétexte que, bien compris, ceux-ci représentaient également les intérêts du corps politique, tandis que le totalitarisme proclame au contraire la non-existence de l'individualité.

intérêt sans l'appui d'une quelconque majorité. Par conséquent, si l'homme n'est réellement motivé que par ses seuls intérêts individuels, la soif de pouvoir doit être la passion fondamentale de l'homme. C'est elle qui règle les relations entre individu et société, et toutes les autres ambitions, richesse, savoir et honneur, en découlent elles aussi.

Dans la lutte pour le pouvoir comme dans leurs aptitudes innées au pouvoir, Hobbes souligne que tous les hommes sont égaux ; en effet, l'égalité des hommes entre eux se fonde sur le fait que chaque homme a par nature assez de pouvoir pour en tuer un autre. La ruse peut compenser la faiblesse. Leur égalité en tant que meurtriers en puissance place tous les hommes dans la même insécurité, d'où le besoin d'avoir un État. La *raison d'être** de l'État est le besoin de sécurité éprouvé par l'individu, qui se sent menacé par tous ses semblables.

L'aspect crucial du portrait de l'homme tracé par Hobbes n'est pas du tout ce pessimisme réaliste qui lui a valu tant d'éloges à une époque récente. Car si l'homme était vraiment la créature que Hobbes a voulu voir en lui, il serait incapable de fonder le moindre corps politique. Hobbes, en effet, ne parvient pas – et d'ailleurs ne cherche pas – à faire entrer nettement cette créature dans une communauté politique. L'Homme de Hobbes n'a aucun devoir de loyauté envers son pays si celui-ci est vaincu, et il est pardonné pour toutes ses trahisons si jamais il est fait prisonnier. Ceux qui vivent à l'extérieur de la République (les esclaves, par exemple) n'ont pas davantage d'obligations envers leurs semblables, mais sont autorisés à en tuer autant qu'ils peuvent ; en revanche, « résister au Glaive de la République afin de porter secours à un autre homme, coupable ou innocent, aucun homme n'en a la Liberté », ce qui signifie qu'il n'y a ni solidarité ni responsabilité entre l'homme et son prochain. Ce qui les lie est un intérêt commun qui peut être « quelque crime Capital, pour lequel chacun d'entre eux s'attend à mourir » ; dans ce cas, ils ont le droit de « résister au Glaive de la République », de « se rassembler, et se secourir, et se défendre l'un l'autre […]. Car ils ne font que défendre leurs vies ».

Ainsi, pour Hobbes, la solidarité dans n'importe quelle forme de communauté est une affaire temporaire et limitée ;

elle ne modifie pas essentiellement le caractère solitaire et privé de l'individu (qui ne trouve « aucun plaisir mais au contraire mille chagrins dans la fréquentation de ses semblables, lorsque aucun pouvoir ne réussit à les tenir tous en respect ») ni ne crée de liens permanents entre lui-même et ses semblables. C'est comme si le portrait de l'homme tracé par Hobbes allait à l'encontre de son projet, qui consiste à fonder la République, et qu'il avançait à la place un modèle cohérent de comportements par le biais desquels toute communauté véritable peut être facilement détruite. D'où l'instabilité inhérente et avouée de la République de Hobbes qui, dans sa conception, inclut sa propre dissolution – « quand, à l'occasion d'une guerre (étrangère ou intestine) les ennemis emportent la Victoire finale [...] alors la République est dissoute et chaque homme se trouve libre de se protéger » –, instabilité d'autant plus frappante que le but primordial et répété de Hobbes était d'assurer un maximum de sécurité et de stabilité.

Ce serait commettre une grave injustice envers Hobbes et sa dignité de philosophe que de considérer son portrait de l'homme comme une tentative de réalisme psychologique ou de vérité philosophique. En fait, Hobbes ne s'intéresse ni à l'un ni à l'autre, son seul et unique souci étant la structure politique elle-même, et il décrit les aspects de l'homme selon les besoins du Léviathan. Au nom du raisonnement et de la persuasion, il présente son schéma politique comme s'il partait d'une analyse réaliste de l'homme, être qui « désire pouvoir après pouvoir », et comme s'il s'appuyait sur cette analyse pour concevoir un corps politique parfaitement adapté à cet animal assoiffé de pouvoir. Le véritable processus, c'est-à-dire le seul processus dans lequel son concept de l'homme ait un sens et dépasse la banalité manifeste d'une méchanceté humaine reconnue, est précisément à l'opposé.

Ce corps politique nouveau était conçu au profit de la nouvelle société bourgeoise telle qu'elle était apparue au cours du XVIIe siècle, et cette peinture de l'homme est une esquisse du type d'Homme nouveau qui s'accorderait avec elle. La République a pour fondement la délégation du pouvoir et non des droits. Elle acquiert le monopole de l'assassinat et offre en retour une garantie conditionnelle contre le risque d'être assassiné. La sécurité est assurée par la loi, qui est une émanation directe du monopole du pouvoir dont jouit l'État (et n'est pas établie par l'homme en vertu des critères humains du bien et du mal). Et comme cette loi découle directement du pouvoir absolu, elle représente une nécessité absolue aux yeux de l'individu qu'elle régit. En ce qui concerne la loi de l'État – à savoir le pouvoir accumulé par la société et monopolisé par l'État –, il n'est plus question de bien ou de mal, mais uniquement d'obéissance absolue, du conformisme aveugle de la société bourgeoise.

Privé de droits politiques, l'individu, pour qui la vie publique et officielle se manifeste sous l'apparence de la nécessité, acquiert un intérêt nouveau et croissant pour sa vie privée et son destin personnel. Exclu d'une participation à la conduite des affaires publiques qui concernent tous les citoyens, l'individu perd sa place légitime dans la société et son lien naturel avec ses semblables. Il ne peut désormais juger sa vie privée personnelle que par comparaison avec celle d'autrui, et ses relations avec ses semblables à l'intérieur de la société prennent la forme de la compétition. Une fois les affaires publiques réglées par l'État sous le couvert de la nécessité, les carrières sociales ou politiques des concurrents deviennent la proie du hasard. Dans une société d'individus, tous pourvus par la nature d'une égale aptitude au pouvoir et semblablement protégés les uns des autres par l'État, seul le hasard peut décider des vainqueurs[37].

37. L'avènement du hasard au rang d'arbitre suprême de toutes choses dans la vie devait atteindre son apogée au XIXe siècle. Avec lui apparut un nouveau genre littéraire, le roman, et le déclin du drame. Car le drame devenait inutile dans un monde sans action, tandis que le roman était l'expression idéale de la destinée d'êtres humains qui étaient soit les victimes de la nécessité, soit les protégés de la chance. Balzac a révélé toute la portée de ce nouveau genre et présenté les passions humaines comme le destin même de l'homme, ne contenant ni vertu ni vice, ni raison ni libre arbitre. Ce n'est que dans sa pleine maturité que le roman a pu, après avoir interprété à l'envi l'échelle tout entière des choses humaines, prêcher ce nouvel évangile où chacun se noie dans la contemplation de son propre destin, qui a joué un si grand rôle auprès des intellectuels du XIXe siècle. Ainsi, l'artiste et l'intellectuel se sont complaisamment efforcés de tirer un trait entre eux-mêmes et les philistins, de se protéger contre l'inhumanité de la bonne ou de la mauvaise fortune, ils ont développé tous les dons de la sensibilité moderne – souffrir, comprendre, jouer un rôle prescrit – dont a si désespérément besoin la dignité humaine, qui exige de l'homme d'être au moins, à défaut d'autre chose, une victime consentante.

L'émancipation politique de la bourgeoisie 49

Selon les critères bourgeois, ceux à qui la chance ou le succès ne sourient jamais sont automatiquement rayés de la compétition, laquelle est la vie de la société. La bonne fortune s'identifie à l'honneur, la mauvaise à la honte. En déléguant ses droits politiques à l'État, l'individu lui abandonne également ses responsabilités sociales : il demande à l'État de le soulager du fardeau que représentent les pauvres, exactement comme il demande à être protégé contre les criminels. La différence entre indigent et criminel disparaît – tous deux se tenant en dehors de la société. Ceux qui n'ont pas de succès sont dépouillés de la vertu que leur avait léguée la civilisation classique ; ceux qui n'ont pas de chance ne peuvent plus en appeler à la charité chrétienne.

Hobbes libère tous les bannis de la société – ceux qui n'ont pas de succès, ceux qui n'ont pas de chance, les criminels – de toutes leurs obligations envers la société et envers l'État si ce dernier ne prend pas soin d'eux. Ils peuvent lâcher la bride à leur soif de pouvoir et sont invités à tirer profit de leur aptitude élémentaire à tuer, restaurant ainsi cette égalité naturelle que la société ne dissimule que par opportunisme. Hobbes prévoit et justifie l'organisation des déclassés sociaux en un gang de meurtriers comme une issue logique de la philosophie morale de la bourgeoisie.

Étant donné que le pouvoir est essentiellement et exclusivement le moyen d'arriver à une fin, une communauté fondée seulement sur le pouvoir doit tomber en ruine dans le calme de l'ordre et de la stabilité ; sa complète sécurité révèle qu'elle est construite sur du sable. C'est seulement en gagnant toujours plus de pouvoir qu'elle peut garantir le *statu quo* ; c'est uniquement en étendant constamment son autorité par le biais du processus d'accumulation du pouvoir qu'elle peut demeurer stable. La République de Hobbes est une structure vacillante qui doit sans cesse se procurer de nouveaux appuis à l'extérieur si elle ne veut pas sombrer du jour au lendemain dans le chaos dépourvu de but et de sens des intérêts privés dont elle est issue. Pour justifier la nécessité d'accumuler le pouvoir, Hobbes s'appuie sur la théorie de l'état de nature, la « condition de guerre perpétuelle » de tous contre tous dans laquelle les divers États individuels demeurent encore les uns vis-à-vis des autres exactement comme l'étaient leurs sujets respectifs avant de se soumettre à l'autorité d'une République[38]. Cet état permanent de guerre potentielle garantit à la République une espérance de permanence parce qu'il donne à l'État la possibilité d'accroître son pouvoir aux dépens des autres États.

Ce serait une erreur de prendre à la légère la contradiction manifeste entre le plaidoyer de Hobbes pour la sécurité de l'individu et l'instabilité fondamentale de sa République. Là encore il s'efforce de convaincre, de faire appel à certains instincts de sécurité fondamentaux dont il savait bien qu'ils ne pourraient survivre, chez les sujets du *Léviathan*, que sous la forme d'une soumission absolue au pouvoir qui « en impose à tous », autrement dit à une peur omniprésente, irrépressible – ce qui n'est pas exactement le sentiment caractéristique d'un homme en sécurité. Le véritable point de départ de Hobbes est une analyse extrêmement pénétrante des besoins politiques du nouveau corps social de la bourgeoisie montante, chez qui la confiance fondamentale en un processus perpétuel d'accumulation des biens allait bientôt éliminer toute sécurité individuelle. Hobbes tirait les conclusions nécessaires des modèles de comportement social et économique quand il proposait ses changements révolutionnaires en matière de constitution politique. Il esquissait le seul corps politique possible capable de répondre aux besoins et aux intérêts d'une classe nouvelle. Ce qu'il donnait, au fond, c'était le portrait de l'homme tel qu'il allait devoir devenir et tel qu'il allait devoir se comporter s'il voulait entrer dans le moule de la future société bourgeoise.

L'insistance de Hobbes à faire du pouvoir le moteur de toutes choses humaines et divines (même le règne de Dieu sur les hommes est « dérivé, non pas de la Création […]

---

38. La notion libérale, actuellement si populaire, de gouvernement mondial est fondée, comme toutes les notions libérales relatives au pouvoir politique, sur le même concept d'individus se soumettant à une autorité centrale qui « en impose à tous », à cette différence près que les nations ont aujourd'hui pris la place des individus. Le gouvernement mondial – c'est-à-dire des peuples différents s'accordant pour réaliser l'union massive de leur pouvoir – est voué à engloutir et à éliminer toute politique authentique.

mais de l'Irrésistible Pouvoir ») découlait de la proposition théoriquement irréfutable selon laquelle une accumulation indéfinie de biens doit s'appuyer sur une accumulation indéfinie de pouvoir. Le corollaire philosophique de l'instabilité essentielle d'une communauté fondée sur le pouvoir est l'image d'un processus historique perpétuel qui, afin de demeurer en accord avec le développement constant du pouvoir, se saisit inexorablement des individus, des peuples et, finalement, de l'humanité entière. Le processus illimité d'accumulation du capital a besoin de la structure politique d'« un Pouvoir illimité », si illimité qu'il peut protéger la propriété croissante en augmentant sans cesse sa puissance. Compte tenu du dynamisme fondamental de la nouvelle classe sociale, il est parfaitement exact qu'« il ne saurait s'assurer du pouvoir et des moyens de vivre bien, dont il jouit présentement, sans en acquérir davantage ». Cette conclusion ne perd rien de sa logique même si, en trois cents ans, il ne s'est trouvé ni un roi pour « convertir cette Vérité de la Spéculation en l'Utilité de la Pratique », ni une bourgeoisie dotée d'une conscience politique et d'une maturité économique suffisantes pour adopter ouvertement la philosophie du pouvoir de Hobbes.

Ce processus d'accumulation indéfinie du pouvoir nécessaire à la protection d'une accumulation indéfinie du capital a suscité l'idéologie « progressiste » de la fin du XIXe siècle et préfiguré la montée de l'impérialisme. Ce n'est pas l'illusion naïve d'une croissance illimitée de la propriété, mais bien la claire conscience que seule l'accumulation du pouvoir pouvait garantir la stabilité des prétendues lois économiques, qui ont rendu le progrès inéluctable. La notion de progrès du XVIIIe siècle, telle que la concevait la France prérévolutionnaire, ne faisait la critique du passé que pour mieux maîtriser le présent et contrôler l'avenir ; le progrès trouvait son apogée dans l'émancipation de l'homme. Mais cette notion n'avait que peu de rapport avec le progrès sans fin de la société bourgeoise, qui non seulement s'oppose à la liberté et à l'autonomie de l'homme, mais qui, de plus, est prête à sacrifier tout et tous à des lois historiques prétendument supra-humaines. « Ce que nous appelons progrès, c'est

[le] vent [qui] guide irrésistiblement [l'ange de l'histoire] jusque dans le futur auquel il tourne le dos cependant que devant lui l'amas des ruines s'élève jusqu'aux cieux[39]. » C'est seulement dans le rêve de Marx d'une société sans classes qui, selon les mots de Joyce, allait réveiller l'humanité du cauchemar de l'histoire, qu'une ultime – bien qu'utopique – influence du concept du XVIIIe siècle apparaît encore.

L'homme d'affaires pro-impérialiste, que les étoiles ennuyaient parce qu'il ne pouvait pas les annexer, avait vu que le pouvoir organisé au nom du pouvoir engendrait un pouvoir accru. Quand l'accumulation du capital eut atteint ses limites naturelles, nationales, la bourgeoisie comprit que ce serait seulement avec une idéologie selon laquelle « l'expansion, tout est là » et seulement avec un processus d'accumulation du pouvoir correspondant que l'on pourrait remettre le vieux moteur en marche. Néanmoins, au moment même où il semblait que le véritable principe du mouvement perpétuel venait d'être découvert, l'esprit explicitement optimiste de l'idéologie du progrès se voyait ébranlé. Non que quiconque commençât à douter du caractère inéluctable du processus lui-même ; mais beaucoup commençaient à voir ce qui avait effrayé Cecil Rhodes, à savoir que la condition humaine et les limitations du globe opposaient un sérieux obstacle à un processus qui ne pouvait ni cesser ni se stabiliser, mais seulement déclencher les unes après les autres toute une série de catastrophes destructrices une fois ces limites atteintes.

À l'époque impérialiste, une philosophie du pouvoir devint la philosophie de l'élite qui découvrit bientôt – et fut rapidement prête à admettre – que la soif de pouvoir ne saurait être étanchée que par la destruction. Telle fut la principale raison d'être de son nihilisme (particulièrement manifeste en France au tournant du siècle, et en Allemagne dans les années 20) qui remplaçait la croyance superstitieuse au progrès

---

39. Walter Benjamin, *Über den Begriff der Geschichte* (1940), 1942. Les impérialistes eux-mêmes étaient pleinement conscients des implications de leur concept de progrès. Pour l'auteur, parfait représentant de l'administration en Inde, et qui écrivait sous le pseudonyme d'Al. Carthill : « On doit toujours éprouver quelque peine pour ces personnes qu'écrase le char triomphal du progrès » (*The Lost Dominion*, p. 209).

par une croyance non moins superstitieuse et vulgaire en la chute, et qui prêchait l'annihilation automatique avec autant d'enthousiasme qu'en avaient mis les fanatiques du progrès automatique à prêcher le caractère inéluctable des lois économiques. Il avait fallu trois siècles pour que Hobbes, ce grand adorateur du Succès, puisse enfin triompher. La Révolution française en avait été pour une part responsable, qui, avec sa conception de l'homme comme législateur et comme *citoyen**, avait failli réussir à empêcher la bourgeoisie de développer pleinement sa notion de l'histoire comme processus nécessaire. Cela résultait également des implications révolutionnaires de la République, de sa rupture farouche avec la tradition occidentale, que Hobbes n'avait pas manqué de souligner.

Tout homme, toute pensée qui n'œuvrent ni ne se conforment au but ultime d'une machine, dont le seul but est la génération et l'accumulation du pouvoir, sont dangereusement gênants. Hobbes estimait que les livres des « Grecs et des Romains de l'Antiquité » étaient aussi « nuisibles » que l'enseignement chrétien d'un « Summum bonum […] tel qu'[il] est dit dans les Livres des anciens Moralistes », ou que la doctrine du « quoi qu'un homme fasse contre sa Conscience est Péché », ou que « les Lois sont les Règles du Juste et de l'Injuste ». La profonde méfiance de Hobbes à l'égard de toute la tradition de la pensée politique occidentale ne nous surprendra pas si nous nous souvenons seulement qu'il souhaitait ni plus ni moins la justification de la Tyrannie qui, pour s'être exercée à plusieurs reprises au cours de l'histoire de l'Occident, n'a cependant jamais connu les honneurs d'un fondement philosophique. Hobbes est fier de reconnaître que le Léviathan se résume en fin de compte à un gouvernement permanent de la tyrannie : « le nom de Tyrannie ne signifie pas autre chose que le nom de Souveraineté… » ; « pour moi, tolérer une haine déclarée de la Tyrannie, c'est tolérer la haine de la République en général… ».

En tant que philosophe, Hobbes avait déjà pu déceler dans l'essor de la bourgeoisie toutes les qualités antitraditionalistes de cette classe nouvelle qui devait mettre plus de trois cents ans à arriver à maturité. Son *Léviathan* n'avait rien à voir avec une spéculation oiseuse sur de nouveaux principes politiques, ni avec la vieille quête de la raison telle qu'elle gouverne la communauté des hommes ; il n'était que le strict « calcul des conséquences » découlant de l'essor d'une classe nouvelle dans une société fondamentalement liée à la propriété conçue comme élément dynamique générateur d'une propriété toujours nouvelle. La fameuse accumulation du capital qui a donné naissance à la bourgeoisie a changé les notions mêmes de propriété et de richesse : on ne les considérait plus désormais comme les résultats de l'accumulation et de l'acquisition, mais bien comme leurs préalables ; la richesse devenait un moyen illimité de s'enrichir. Étiqueter la bourgeoisie comme classe possédante n'est que superficiellement correct, étant donné que l'une des caractéristiques de cette classe était que quiconque pouvait en faire partie du moment qu'il concevait la vie comme un processus d'enrichissement perpétuel et considérait l'argent comme quelque chose de sacro-saint, qui ne saurait en aucun cas se limiter à un simple bien de consommation.

En elle-même, la propriété est néanmoins vouée à être employée et consommée, et elle s'amenuise donc constamment. La forme de possession la plus radicale et la seule vraiment sûre est la destruction, car seules les choses que nous avons détruites sont à coup sûr et définitivement nôtres. Les possédants qui ne consomment pas mais s'acharnent à étendre leur avoir se heurtent continuellement à une limitation bien fâcheuse, à savoir que les hommes doivent malheureusement mourir. La mort, voilà la véritable raison pour laquelle propriété et acquisition ne pourront jamais devenir un principe politique authentique. Un système social essentiellement fondé sur la propriété est incapable d'aller vers autre chose que la destruction finale de toute forme de propriété. Le caractère limité de la vie de l'individu est un obstacle aussi sérieux pour la propriété en tant que fondement de la société que les limites du globe pour l'expansion en tant que fondement du corps politique. Du fait qu'elle transcende les limites de la vie humaine en misant sur une croissance automatique et continue de la richesse au-delà de tous les besoins personnels et de toutes les possibilités de consommation imaginables, la propriété individuelle est promue au rang d'affaire publique et sort du domaine de la stricte vie privée. Les intérêts privés, qui sont par nature temporaires, limités par l'espérance de vie naturelle de l'homme, peuvent désormais chercher refuge dans la sphère des affaires publiques et leur emprunter la pérennité indispensable à l'accumulation continue. Il semble ainsi se créer une société très proche de celle des fourmis et des abeilles, où « le bien Commun ne diffère pas du bien Privé ; leur nature les poussant à satisfaire leur profit personnel, elles œuvrent du même coup au profit commun ».

Comme les hommes ne sont néanmoins ni des fourmis ni des abeilles, tout cela n'est qu'illusion. La vie publique prend l'aspect fallacieux d'une somme d'intérêts privés comme si ces intérêts pouvaient suffire à créer une qualité nouvelle par le simple fait de s'additionner. Tous les concepts politiques prétendument libéraux (c'est-à-dire toutes les notions politiques pré-impérialistes de la bourgeoisie) – tel celui d'une compétition illimitée réglée par quelque secret équilibre découlant mystérieusement de la somme totale des activités en compétition, celui de la quête d'un « intérêt personnel éclairé » comme vertu politique adéquate, ou celui d'un progrès illimité contenu dans la simple succession des événements – ont un point commun : ils mettent tout simplement bout à bout les vies privées et les modèles de comportement individuels et présentent cette somme comme des lois historiques, économiques ou politiques. Les concepts libéraux, qui expriment la méfiance instinctive et l'hostilité foncière de la bourgeoisie à l'égard des affaires publiques, ne sont toutefois qu'un compromis momentané entre les vieux principes de la culture occidentale et la foi de la classe nouvelle en la propriété en tant que principe dynamique en soi. Les anciennes valeurs finissent par perdre tant de terrain que la richesse et sa croissance automatique se substituent en réalité à l'action politique.

Bien que jamais reconnu officiellement, Hobbes fut le véritable philosophe de la bourgeoisie, parce qu'il avait compris que seule la prise de pouvoir politique peut garantir l'acquisition de la richesse conçue comme processus perpétuel, dans la mesure où le processus d'accumulation doit tôt ou tard détruire les limites territoriales existantes. Il avait deviné qu'une société qui s'était engagée sur la voie de l'acquisition perpétuelle devait mettre sur pied une organisation politique dynamique, capable de produire à son tour un processus perpétuel de génération du pouvoir. Il sut même, par la seule puissance de son imagination, esquisser les principaux traits psychologiques du nouveau type d'homme capable de s'adapter à une telle société et à son corps politique tyrannique. Il devina que ce nouveau type humain devrait nécessairement idolâtrer le pouvoir lui-même, qu'il se flatterait d'être traité d'animal assoiffé de pouvoir, alors qu'en fait la société le contraindrait à se démettre de toutes ses forces naturelles, vertus et vices, pour faire de lui ce pauvre type qui n'a même pas le droit de s'élever contre la tyrannie et qui, loin de lutter pour le pouvoir, se soumet à n'importe quel gouvernement en place et ne bronche même pas quand son meilleur ami tombe, victime innocente, sous le coup d'une incompréhensible *raison d'État**.

Car un État fondé sur le pouvoir accumulé et monopolisé de tous ses membres individuels laisse nécessairement chacun impuissant, privé de ses facultés naturelles et humaines. Ce régime le laisse dégradé, simple rouage de la machine à accumuler le pouvoir ; libre à lui de se consoler avec de sublimes pensées sur le destin suprême de cette machine, construite de telle sorte qu'elle puisse dévorer le globe en obéissant simplement à sa propre loi interne.

L'ultime objectif destructeur de cet État est au moins indiqué par l'interprétation philosophique de l'égalité humaine comme « égalité dans l'aptitude » à tuer. Vivant avec toutes les autres nations « dans une situation de conflit perpétuel et, aux confins de l'affrontement, ses frontières en armes et ses canons de toutes parts pointés sur ses voisins », cet État n'a d'autre règle de conduite que celle qui « concourt le plus à son profit ». Il dévorera peu à peu les structures les plus faibles jusqu'à ce qu'il en arrive à une ultime guerre « qui fixera le sort de chaque homme dans la Victoire ou dans la Mort ».

« Victoire ou Mort » : fort de cela, le Léviathan peut certes balayer toutes les limitations politiques découlant de l'existence des autres peuples et englober la terre entière dans sa tyrannie. Mais quand survient la dernière guerre et que chaque homme y a pourvu, une paix ultime n'est pas pour autant établie sur terre : la machine à accumuler le pouvoir, sans qui l'expansion continue n'aurait pu être menée à bien, a encore besoin d'une proie à dévorer dans son fonctionnement perpétuel. Si le dernier État victorieux n'est pas en mesure de se mettre à « annexer les planètes », il n'a plus qu'à se détruire lui-même afin de reprendre à son origine le processus perpétuel de génération du pouvoir.

3. L'alliance de la populace et du capital

Lorsque l'impérialisme fit son entrée sur la scène politique, à l'occasion de la mêlée pour l'Afrique des années 1880, ce fut à l'instigation des hommes d'affaires, contre l'opposition sans merci des gouvernements en place, et avec le soutien d'une partie étonnamment importante des classes cultivées[40]. Pour ces dernières, il paraissait un don de Dieu, un remède à tous les maux, une panacée facile pour tous les conflits. Et il est vrai que, en un sens, l'impérialisme ne déçut point ces espérances. Il donna un nouveau souffle à des structures politiques et sociales que menaçaient très clairement les nouvelles forces sociales et politiques et qui, en d'autres circonstances, sans l'interférence des développements

---

40. « L'administration apporte le soutien le plus entier et le plus naturel en faveur d'une politique étrangère agressive ; l'aristocratie et les membres des professions libérales voient l'expansion d'un très bon œil, puisqu'elle leur offre des domaines nouveaux et toujours plus vastes pour dispenser un emploi aussi honorable que profitable à leurs fils » (John Atkinson Hobson, « Capitalism and Imperialism in South Africa »). « C'étaient avant tout [...] des professeurs et des journalistes patriotes n'ayant que faire de quelconques attaches politiques et faisant peu de cas de leurs intérêts économiques personnels » qui avaient cautionné les « poussées impérialistes à l'extérieur dans les années 1870 et 1880 » (Carlton J. H. Hayes, *A Generation of Materialism, 1871-1900*, p. 220).

impérialistes, n'auraient guère eu besoin de deux guerres mondiales pour disparaître.

Dans le contexte de l'époque, l'impérialisme balayait toutes les difficultés et offrait ce semblant de sécurité, si universel dans l'Europe d'avant-guerre, qui trompait tout le monde à l'exception des esprits les plus fins. Péguy en France et Chesterton en Angleterre avaient compris d'instinct qu'ils vivaient dans un monde de faux-semblants et que sa stabilité constituait le pire des mensonges. Jusqu'à ce que tout se mît à tomber en miettes, la stabilité de structures politiques manifestement dépassées était un fait, et leur longévité impavide et obstinée semblait faire mentir ceux qui sentaient le sol trembler sous leurs pieds. La solution de l'énigme, c'était l'impérialisme. À la question fatidique : pourquoi le concert des nations européennes a-t-il permis à ce fléau de se répandre jusqu'à ce que tout fût détruit, le bon comme le mauvais, la réponse est que tous les gouvernements sans exception savaient parfaitement que leurs pays étaient secrètement en train de se désintégrer, que le corps politique se détruisait de l'intérieur et qu'ils vivaient en sursis.

Sous un abord assez inoffensif, l'expansion apparut dans un premier temps comme le débouché pour l'excédent de capitaux auquel elle offrait un remède : l'exportation du capital[41]. L'enrichissement galopant qu'avait provoqué la production capitaliste dans un système social fondé sur la distribution inégalitaire avait abouti à la « surépargne », autrement dit l'accumulation d'un capital condamné à l'inertie à l'intérieur des capacités nationales existantes à produire et à consommer. C'était véritablement de l'argent superflu, utile à personne, bien que détenu par une classe de plus en plus importante de quidams. Les crises et dépressions qui suivirent

---

41. À ce propos, et sur ce qui suit, voir John Atkinson Hobson, *Imperialism*. Dès 1905, il donne une analyse magistrale des forces et facteurs économiques moteurs de l'impérialisme aussi bien que de certaines de ses implications politiques. Lorsque cette étude, qu'il avait écrite longtemps auparavant, fut rééditée en 1938, Hobson put à juste titre déclarer dans son introduction à un texte auquel il n'avait apporté aucun remaniement, que son livre était bien la preuve « que les périls et les menaces majeurs [...] d'aujourd'hui [...] étaient tous latents et discernables dans le monde de la génération précédente... ».

pendant les décennies du pré-impérialisme[42] avaient conforté les capitalistes dans l'idée que leur système économique de production tout entier dépendait d'une offre et d'une demande qui devaient désormais provenir de « l'extérieur de la société capitaliste[43] ». Ce système d'offre et de demande venait de l'intérieur de la nation tant que le système capitaliste ne contrôlait pas toutes ses classes au moyen de la totalité de sa capacité productive. Lorsque le capitalisme eut pénétré la structure économique tout entière et que toutes les couches sociales se trouvèrent dans l'orbite de son système de production et de consommation, les capitalistes eurent clairement à choisir entre voir s'écrouler le système entier ou bien trouver de nouveaux marchés, autrement dit pénétrer de nouveaux pays qui n'étaient pas encore soumis au capitalisme et qui pouvaient par conséquent fournir un système d'offre et de demande nouveau, non capitaliste.

Les dépressions des années 1860 et 1870, qui ont ouvert l'ère de l'impérialisme, ont joué un rôle décisif en contraignant la bourgeoisie à prendre conscience pour la première fois que le péché originel de pillage pur et simple qui, des siècles auparavant, avait permis « l'accumulation originelle du capital » (Marx) et amorcé toute l'accumulation à venir, allait finalement devoir se répéter si l'on ne voulait pas voir soudain mourir le moteur de l'accumulation[44]. Face à ce

---

42. Le lien manifeste entre la grave crise qui eut lieu en Angleterre dans les années 1860, et sur le continent dans les années 1870, et l'impérialisme est mentionné chez Carlton J. H. Hayes, *A Generation of Materialism, 1871-1900*, mais en note seulement (p. 219), et chez Robert L. Schuyler, *The Fall of the Old Colonial System*, qui pense que « le regain d'intérêt pour l'émigration a été un facteur important dans les débuts du mouvement impérial », et que cet intérêt avait été suscité par « un grave déclin du commerce et de l'industrie britanniques » vers la fin des années 1860 (p. 280). Schuyler donne également une description assez étendue du puissant « sentiment anti-impérial du milieu de l'époque victorienne ». Malheureusement, Schuyler ne distingue pas entre le Commonwealth et l'Empire proprement dit, bien que l'analyse de la situation pré-impérialiste eût facilement pu lui suggérer cette distinction.

43. Rosa Luxemburg, *Die Akkumulation des Kapitals*..., 1923, p. 273.

44. Rudolf Hilferding, *Das Finanzkapital*..., 1910, p. 401, mentionne – sans toutefois en analyser les implications – le fait que l'impérialisme « retrouve soudain les méthodes qui ont été celles de l'accumulation originelle de la richesse capitaliste ».

danger, qui ne menaçait pas uniquement la bourgeoisie, mais aussi la nation tout entière, d'une chute catastrophique de la production, les producteurs capitalistes comprirent que les formes et les lois de leur système de production « avaient depuis l'origine été calculées à l'échelle de la terre entière[45] ».

La première réaction à la saturation du marché intérieur, à la pénurie de matières premières et aux crises grandissantes fut l'exportation de capital. Les détenteurs de la richesse superflue tentèrent d'abord d'investir à l'étranger sans volonté d'expansion ni de contrôle politique, ce qui eut pour résultat une orgie sans pareille d'escroqueries, de scandales financiers et de spéculations boursières, d'autant plus alarmante que les investissements à l'étranger rapportaient beaucoup plus que les investissements intérieurs[46]. Les gros sous issus de la surépargne ouvraient la voie au modeste bas de laine, fruit du travail du petit peuple. De la même manière, les entreprises métropolitaines, soucieuses de ne pas se laisser distancer par les gros profits de l'investissement à l'étranger, en vinrent elles aussi à des méthodes frauduleuses et attirèrent un nombre croissant de gens qui jetaient l'argent par les fenêtres dans l'espoir d'en tirer des profits miraculeux.

---

45. Selon les brillantes recherches de Rosa Luxemburg sur la structure politique de l'impérialisme (*Die Akkumulation des Kapitals...*, p. 273 et suiv., p. 361 et suiv.), le « processus historique de l'accumulation du capital repose sur l'existence de couches sociales non capitalistes », si bien que « l'impérialisme est l'expression politique de l'accumulation du capital dans sa course pour s'emparer des restes du monde non capitaliste ». Cette dépendance fondamentale du capitalisme vis-à-vis d'un monde non capitaliste se retrouve à la base de tous les autres aspects de l'impérialisme, que l'on peut alors expliquer comme le résultat de la surépargne et de la distribution inégalitaire (John Atkinson Hobson, *Imperialism*), comme le résultat de la surproduction et du besoin de nouveaux marchés qui en découle (Lénine, *L'Impérialisme, stade suprême du capitalisme*, 1917), comme le résultat de la pénurie de matières premières (Carlton J. H. Hayes, *A Generation of Materialism, 1871-1900*), ou comme une exportation du capital destinée à égaliser le taux de profit national (Rudolf Hilferding, *Das Finanzkapital...*).

46. Selon Rudolf Hilferding (*Das Finanzkapital...*, p. 409, note), de 1865 à 1898, le revenu tiré par les Britanniques de l'investissement à l'étranger fut multiplié par neuf, tandis que le revenu national n'avait que doublé. Il indique une augmentation analogue, bien que probablement moins marquée, des investissements allemands et français à l'étranger.

Le scandale de Panama en France, le *Gründungsschwindel*[47] en Allemagne et en Autriche, devinrent des exemples classiques. En contrepartie des énormes profits promis, on assistait à des pertes énormes. Les petits épargnants perdirent tant et si vite que les détenteurs du gros capital superflu restèrent bientôt seuls en course sur ce qui était, en un sens, un champ de bataille. Après avoir échoué à transformer la société entière en une communauté de joueurs, ils se sentaient encore une fois superflus, exclus du processus normal de production auquel toutes les autres classes, après un certain émoi, revinrent tranquillement, bien que quelque peu appauvries et aigries[48].

L'exportation de l'argent et l'investissement à l'étranger ne sont pas en eux-mêmes l'impérialisme et ne mènent pas nécessairement à l'expansion érigée en système politique. Tant que les détenteurs du capital superflu se contentaient d'investir « une part importante de leurs biens dans des contrées étrangères », même si cette tendance allait « à l'encontre de toutes les traditions nationalistes passées[49] », ils ne faisaient guère que confirmer leur séparation d'avec un corps national dont ils étaient de toute manière les parasites. C'est seulement lorsqu'ils demandèrent aux gouvernements de protéger leurs investissements (une fois que l'escroquerie des débuts leur eut ouvert les yeux sur la possibilité d'utiliser la politique contre les risques du jeu) qu'ils reprirent place dans la vie de la nation. À cet égard, ils suivaient néanmoins la tradition bien établie de la société bourgeoise, consistant à ne voir dans les institutions politiques qu'un instrument destiné à protéger la

---

47. NdÉ. Voir *Sur l'antisémitisme*, note 42, p. 73 [Éditions du Seuil, « Points Essais », 2005 (nouvelle édition, révisée par Hélène Frappat, Gallimard, « Quarto », 2002)].

48. Pour la France, voir Georges Lachapelle, *Les Finances de la IIIe République*, 1937, et Denis W. Brogan, *The Development of Modern France*, 1941. Pour l'Allemagne, comparer des témoignages contemporains très intéressants comme Max Wirth, *Geschichte der Handelskrisen*, 1874, chap. 15, et Albert Schaeffle, « Der grosse Boersenkrach des Jahres 1873 », *Zeitschrift für die gesamte Staatswissenschaft*, 1874, vol. 30.

49. John Atkinson Hobson, « Capitalism and Imperialism in South Africa ».

propriété individuelle[50]. Seule l'heureuse coïncidence de l'essor d'une nouvelle classe de propriétaires avec la révolution industrielle avait fait de la bourgeoisie le promoteur et le nerf de la production. Tant qu'elle remplissait cette fonction essentielle dans la société moderne, qui est surtout une communauté de producteurs, sa richesse jouait un rôle important pour la nation dans son ensemble. Les détenteurs du capital superflu ont été la première fraction de la classe bourgeoise à vouloir des profits sans remplir de réelle fonction sociale – fût-ce la fonction de producteur exploitant – et la première, par conséquent, qu'aucune police n'aurait pu protéger contre la colère du peuple.

Dès lors, l'expansion représentait une planche de salut pas seulement pour le capital superflu. Plus important encore, elle protégeait les détenteurs de ce capital contre la perspective menaçante de demeurer à tout jamais superflus et parasites. Elle sauva la bourgeoisie des conséquences de la distribution inégalitaire et régénéra son concept de propriété à une époque où la richesse ne pouvait plus servir de facteur de production à l'intérieur de la structure nationale, et où elle était entrée en conflit avec l'idéal de production de l'ensemble de la communauté.

Plus ancien que la richesse superflue, il y avait cet autre sous-produit de la production capitaliste : les déchets humains

---

50. Voir Rudolf Hilferding, *Das Finanzkapital*... : « D'où la requête de tous les capitalistes qui ont des intérêts financiers dans les pays étrangers en faveur d'un pouvoir étatique fort [...]. Les capitaux exportés sont davantage en sécurité lorsque le pouvoir gouvernemental métropolitain régit entièrement le nouveau domaine [...]. Si possible, leurs profits doivent être garantis par l'État. Ainsi l'exportation du capital favorise-t-elle une politique impérialiste » (p. 406). « Il va de soi que l'attitude de la bourgeoisie face à l'État subit une transformation totale lorsque le pouvoir politique de l'État devient sur le marché mondial un instrument compétitif pour le capital financier. La bourgeoisie avait été hostile à l'État dans sa lutte contre le mercantilisme économique et l'absolutisme politique [...]. Du moins en théorie, la vie économique devait être totalement libre vis-à-vis d'une intervention de l'État ; l'État devait se limiter à exercer une action politique assurant la sécurité et l'instauration de l'égalité civile » (p. 423). « Son désir d'une politique expansionniste provoque toutefois un changement révolutionnaire dans la mentalité de la bourgeoisie. Elle cesse d'être pacifiste et humaniste » (p. 426). « Socialement parlant, l'expansion est une condition vitale pour la préservation d'une société capitaliste ; économiquement parlant, c'est la condition du maintien et de l'augmentation momentanés du taux de profit » (p. 470).

que chaque crise, succédant invariablement à chaque période de croissance industrielle, éliminait en permanence de la société productive. Les hommes devenus des oisifs permanents étaient aussi superflus par rapport à la communauté que les détenteurs de la richesse superflue. Tout au long du XIX° siècle, on avait dénoncé la véritable menace que ces hommes faisaient peser sur la société, et leur exportation avait contribué à peupler les dominions du Canada et de l'Australie aussi bien que les États-Unis. L'élément nouveau, à l'ère impérialiste, est que ces deux forces superflues, l'argent superflu et la main-d'œuvre superflue, se sont donné la main pour quitter ensemble le pays. Le concept d'expansion – exportation du pouvoir gouvernemental et annexion de tout territoire où les nationaux avaient investi soit leur argent soit leur travail – semblait être la seule alternative à des pertes de plus en plus lourdes en argent et en hommes. L'impérialisme et sa notion d'expansion illimitée semblaient offrir un remède permanent à un mal permanent[51].

Ironie du sort, le pays où la richesse superflue et les hommes superflus se trouvèrent réunis pour la première fois était lui-même en passe de devenir superflu. L'Afrique du Sud était une possession britannique depuis le début du siècle parce qu'elle assurait la route maritime des Indes. Cependant l'ouverture du canal de Suez, et la conquête administrative de l'Égypte qui en découla, privèrent bientôt d'une grande part de son importance le vieux comptoir commercial du Cap. Les Britanniques se seraient alors vraisemblablement retirés d'Afrique, tout comme l'avaient fait les autres nations européennes une fois liquidés leurs biens et leur commerce en Inde.

---

51. Ces motifs étaient particulièrement clairs dans l'impérialisme allemand. Parmi les premières activités de l'Alldeutscher Verband (fondé en 1891), on voit les efforts déployés pour empêcher les émigrants allemands de changer de citoyenneté ; le premier discours impérialiste de Guillaume II, prononcé à l'occasion du 25° anniversaire de la fondation du Reich, comportait le passage suivant, typique : « L'empire allemand est devenu un empire mondial. Partout vivent des milliers de nos compatriotes, en de lointains endroits de la terre [...]. Messieurs, c'est votre devoir solennel de m'aider à unir cet immense empire allemand à notre pays natal. » Comparer également avec les propos de James Anthony Froude reproduits en note 10 du présent chapitre.

L'ironie particulière et, en un sens, la circonstance symbolique qui firent de manière inattendue de l'Afrique du Sud « le berceau de l'impérialisme[52] » tiennent à la nature même de son soudain attrait alors qu'elle avait perdu toute valeur pour l'empire proprement dit : on y découvrit des gisements de diamants dans les années 1870, et d'importantes mines d'or dans les années 1880. La soif nouvelle du profit à tout prix coïncidait pour la première fois avec la vieille course au trésor. Prospecteurs, aventuriers et déchets des grandes villes émigrèrent vers le continent noir de concert avec le capital des pays industriellement développés. Désormais la populace, engendrée par la monstrueuse accumulation du capital, accompagnait ce qui l'avait engendrée, dans ces voyages de découverte où rien n'était découvert hormis de nouvelles possibilités d'investissement. Les détenteurs de la richesse superflue étaient les seuls hommes susceptibles de se servir des hommes superflus accourant des quatre coins de la planète. Ils établirent ensemble le premier paradis des parasites, dont l'or était le principe vital. L'impérialisme, produit de l'argent superflu et des hommes superflus, commença son extraordinaire carrière en produisant les biens les plus superflus et les plus irréels qui soient.

On peut encore se demander si la panacée de l'expansion aurait inspiré une telle tentation aux non-impérialistes si elle avait proposé ses dangereuses solutions aux seules forces superflues qui, de toute façon, étaient déjà sorties du corps constitué de la nation. La complicité de tous les groupes parlementaires en faveur des programmes impérialistes est un fait notoire. L'histoire du parti travailliste britannique est à cet égard une chaîne pratiquement ininterrompue de justifications de la précoce prédiction de Cecil Rhodes : « Les travailleurs découvrent qu'en dépit de l'immense attachement que leur témoignent les Américains et des sentiments extrêmement fraternels qu'ils se vouent réciproquement en ce moment même, ceux-ci interdisent toutefois leurs produits.

---

52. Edward Herbert Dance, *The Victorian Illusion*, 1928, p. 164 : « L'Afrique, qui ne figurait ni dans l'histoire de la Saxonité ni chez les philosophes professionnels de l'histoire impériale, est devenue le berceau de l'impérialisme britannique. »

Les travailleurs s'aperçoivent aussi que la Russie, la France et l'Allemagne font localement de même, et ils voient que s'ils n'y prennent pas garde, il n'y aura plus pour eux un seul endroit au monde avec lequel faire du commerce. Voilà pourquoi les travailleurs sont devenus impérialistes, et pourquoi le parti libéral les suit[53]. » En Allemagne, les libéraux (et non le parti conservateur) ont été les véritables promoteurs de cette fameuse politique navale qui devait peser si lourd dans le déchaînement de la Première Guerre mondiale[54]. Le parti socialiste hésitait entre un soutien actif à la politique navale des impérialistes (il vota à plusieurs reprises des crédits pour la création d'une marine de guerre allemande après 1906) et un total mépris vis-à-vis de toute préoccupation de politique étrangère. Les mises en garde isolées contre le *Lumpen-proletariat* et la possibilité de corrompre certaines fractions de la classe ouvrière par les miettes du banquet impérialiste ne conduisirent pas à une meilleure compréhension de la fascination qu'exerçaient les programmes impérialistes sur les hommes de troupe du parti. En termes marxistes, le phénomène nouveau d'une alliance entre les masses et le capital semblait tellement contre nature, si manifestement en désaccord avec la doctrine de la lutte des classes, que les réels dangers de l'ambition impérialiste – diviser l'humanité en races de maîtres et races d'esclaves, en races supérieures et inférieures, en hommes blancs et en peuples de couleur, autant de distinctions qui étaient en fait des tentatives pour unifier le peuple en se fondant sur la populace – passèrent totalement inaperçus. Même l'effondrement de la solidarité internationale, lorsque éclata la Première Guerre mondiale, ne parvint pas à troubler la béatitude des socialistes ni leur foi dans le prolétariat en tant que tel. Les socialistes en

---

53. Tiré de Sarah Gertrude Millin, *Rhodes*.
54. « C'étaient les libéraux, et non la droite parlementaire, qui soutenaient la politique navale. » Alfred von Tirpitz, *Erinnerungen*, 1920. Voir également Daniel Frymann (pseudonyme de Heinrich Class), *Wenn ich der Kaiser wär...*, 1912 : « Le véritable parti impérial, c'est le parti national libéral. » Daniel Frymann, l'une des figures de proue du chauvinisme allemand au cours de la Première Guerre mondiale, ajoute même à propos des conservateurs : « La réserve des milieux conservateurs à l'égard des doctrines raciales est également à noter. »

étaient encore à étudier les lois économiques de l'impérialisme alors que les impérialistes avaient pour leur part cessé depuis longtemps de leur obéir : dans les pays outre-mer, ces lois avaient été sacrifiées au « facteur impérial » ou au « facteur de race », et seuls une poignée de messieurs d'un certain âge appartenant à la haute finance croyaient encore aux droits inaliénables du taux de profit.

L'étrange faiblesse de l'opposition populaire à l'impérialisme, les nombreuses incohérences et les manquements brutaux à leurs promesses d'hommes d'État libéraux fréquemment taxés d'opportunisme et d'escroquerie, ont d'autres causes plus profondes. Ni l'opportunisme ni l'escroquerie n'auraient pu persuader un homme comme Gladstone, leader du parti libéral, de manquer à sa promesse d'évacuer l'Égypte lorsqu'il deviendrait Premier ministre. Sans en avoir nettement conscience, ces hommes partageaient avec le peuple la conviction que le corps national lui-même était si profondément scindé en classes et que la lutte des classes était une caractéristique si universelle de la vie politique moderne que la cohésion même de la nation était en péril. Là encore, l'expansion apparaissait comme une planche de salut, dès lors et aussi longtemps qu'elle serait capable de susciter un intérêt commun pour la nation dans son intégralité ; c'est principalement pour cette raison que les impérialistes purent devenir les « parasites du patriotisme[55] ».

Pour une part, évidemment, ces espérances s'apparentaient encore à la vieille et perverse pratique consistant à « cicatriser » les conflits intérieurs au moyen d'aventures lointaines. Pourtant la différence est nette. Les aventures sont, par leur nature même, limitées dans le temps et dans l'espace ; elles peuvent réussir à surmonter momentanément les conflits, bien qu'en règle générale elles échouent et tendent plutôt à les aviver. L'aventure impérialiste de l'expansion était apparue d'emblée comme une solution éternelle, parce qu'on croyait cette expansion illimitée. Du reste, l'impérialisme n'était pas une aventure au sens habituel du terme, car il s'appuyait

---

55. John Atkinson Hobson, *Imperialism*, p. 61.

moins sur les slogans nationalistes que sur la base apparemment solide des intérêts économiques. Dans une société d'intérêts contradictoires, où le bien commun était identifié à la somme globale des intérêts individuels, l'expansion semblait, elle, pouvoir représenter un intérêt commun pour la nation tout entière. Comme les classes possédantes et dominantes avaient convaincu tout le monde que l'intérêt économique et la passion de la propriété confèrent une base raisonnable au corps politique, même les hommes d'État non impérialistes se laissèrent aisément persuader d'applaudir lorsqu'un intérêt économique commun se profila à l'horizon.

Voilà donc les raisons qui ont amené le nationalisme à nourrir un tel penchant envers l'impérialisme, en dépit des contradictions internes entre les deux principes[56]. Moins les nations étaient aptes à incorporer les peuples étrangers (ce qui allait contre la constitution de leur propre corps politique), plus elles étaient tentées de les opprimer. En théorie, un abîme sépare le nationalisme de l'impérialisme ; dans la pratique, cet abîme peut être franchi, et il l'a été, par le nationalisme tribal et le racisme brutal. Dès le début, et dans tous les pays, les impérialistes déclarèrent bien haut et à qui voulait les entendre qu'ils se situaient « au-delà des partis », et ils furent les seuls à parler au nom de la nation dans son ensemble. Cela était particulièrement vrai des pays d'Europe centrale et orientale, qui avaient peu ou pas de comptoirs outre-mer ; dans ces pays, l'alliance entre la populace et le capital s'effectuait sur place et souffrait d'autant plus fortement des institutions nationales et de tous les partis nationaux (qu'elle attaquait beaucoup plus violemment)[57].

L'indifférence méprisante des politiciens impérialistes à l'égard des questions intérieures était partout évidente, particulièrement en Angleterre. Tandis que l'influence des « partis

---

56. John Atkinson Hobson (*Imperialism*) fut le premier à discerner l'opposition fondamentale entre l'impérialisme et le nationalisme ainsi que la tendance du nationalisme à devenir impérialiste. Il considérait l'impérialisme comme une perversion du nationalisme « dans laquelle les nations [...] transforment la rivalité saine et stimulante entre divers types nationaux en une lutte à mort entre empires concurrents » (p. 9).

57. Voir le chap. III.

au-dessus des partis » comme la Primrose League demeurait secondaire, c'est principalement à cause de l'impérialisme que le système bipartite dégénéra en système des *Front Benches*[58], ce qui aboutit à une « diminution du pouvoir de l'opposition » au Parlement et à une augmentation du « pouvoir du cabinet au détriment de la Chambre des communes[59] ». Bien entendu, on présentait aussi cette situation comme une politique dépassant la guerre des partis et des intérêts individuels, et les acteurs en étaient des hommes qui affirmaient parler au nom de la nation tout entière. Comment un tel langage n'aurait-il pas séduit et abusé ceux qui, précisément, conservaient encore une étincelle d'idéalisme politique ? La clameur unitaire ressemblait exactement aux cris de bataille qui, depuis toujours, avaient conduit les peuples à la guerre ; et pourtant personne ne sut déceler dans ce recours universel et permanent à l'unité le germe d'une guerre universelle et permanente.

Les fonctionnaires s'engagèrent plus activement que tous les autres groupes dans le courant impérialiste et furent les principaux responsables de la confusion entre impérialisme et nationalisme. Les États-nations avaient créé une administration en tant que corps permanent de fonctionnaires remplissant leur rôle sans tenir compte des intérêts de classe ni des changements de gouvernement, et ils s'appuyaient sur eux. Leur honneur et leur amour-propre professionnels – surtout en Angleterre et en Allemagne – venaient de ce qu'ils étaient les serviteurs de la nation en tant que telle. Seul leur groupe avait directement intérêt à soutenir la revendication fondamentale de l'État à l'indépendance vis-à-vis des classes et des factions. Que l'autorité de l'État-nation lui-même dépendît largement

---

58. NdÉ. *Front Bench* : littéralement banc de devant. En Grande-Bretagne, premier banc au Parlement où siègent les membres du Shadow Cabinet, ou Cabinet fantôme, qui regroupe les ministres du parti d'opposition, face aux bancs où siègent les membres du cabinet au pouvoir.

59. John Atkinson Hobson, *Imperialism*, p. 146 et suiv. « Il ne fait aucun doute que le pouvoir du Cabinet par rapport à celui de la Chambre des communes s'est accru régulièrement et rapidement, et il semble continuer à le faire », notait Bryce en 1901, dans ses *Studies in History and Jurisprudence*, 1901, I, 177. À propos du fonctionnement du *Front Bench*, voir également Hilaire Belloc et Cecil Chesterton, *The Party System*, 1911.

de l'indépendance économique et de la neutralité politique de ses fonctionnaires semble aujourd'hui évident ; le déclin des nations a invariablement commencé avec la corruption de leurs administrations permanentes et avec la conviction générale que les fonctionnaires sont à la solde non de l'État, mais des classes possédantes. À la fin du siècle, celles-ci avaient acquis une telle prépondérance qu'il eût été pour ainsi dire ridicule de la part d'un agent de l'État de s'entêter à prétendre servir la nation. La division en classes les excluait du corps social et les contraignait à former une clique à part. Dans les administrations coloniales, ils échappaient à la véritable désintégration du corps national. En gouvernant les peuples étrangers de lointains pays, il leur était beaucoup plus facile de se prétendre les héroïques serviteurs de la nation – « eux qui, par les services rendus, avaient glorifié la race britannique[60] » – que s'ils étaient restés en Angleterre. Les colonies n'étaient plus simplement « une grande organisation de détente en plein air pour les classes supérieures », ainsi que James Mill pouvait encore les décrire ; elles allaient devenir l'ossature même du nationalisme britannique, qui découvrit dans la domination de pays lointains et dans le gouvernement de peuples étrangers le seul moyen de servir les intérêts britanniques et rien qu'eux. L'administration croyait en fait que « le génie particulier d'une nation ne se dévoile jamais plus clairement que dans sa manière de traiter les races assujetties[61] ».

En vérité, c'est seulement une fois loin de son pays qu'un citoyen d'Angleterre, d'Allemagne ou de France pouvait réellement n'être rien d'autre qu'anglais, allemand ou français. Dans son propre pays, il était tellement englué dans des questions d'intérêt économique ou de loyalisme vis-à-vis de

---

60. Lord Curzon, lors de l'inauguration de la plaque commémorative érigée à la mémoire de lord Cromer. Voir Lawrence J. Zetland, *Lord Cromer*, 1932, p. 362.
61. Sir Hesketh Bell, *Foreign Colonial Administration in the Far East*, 1re partie, p. 300. Le même sentiment animait l'administration coloniale néerlandaise. « C'est la tâche la plus élevée, une tâche sans précédent, celle qui attend le fonctionnaire du service administratif de l'Inde orientale [...]. Il doit considérer comme un honneur insigne de pouvoir servir dans ses rangs [...], ce corps d'élite qui remplit la mission de la Hollande par-delà les mers. » Voir Kat Angelino, *Colonial Policy*, 1931, II, p. 129.

la société qu'il se sentait plus proche d'un membre de sa propre classe en pays étranger que d'un homme d'une autre classe dans son propre pays. L'expansion régénéra le nationalisme, et fut accueillie par conséquent comme un instrument de la politique nationale. Les membres des nouvelles sociétés coloniales et des ligues impérialistes se sentaient « bien au-dessus de la lutte entre partis », et plus ils allaient s'expatrier loin, plus s'enracinait leur conviction de « ne représenter qu'un intérêt national[62] ». Cela montre bien la situation désespérée des nations européennes avant l'impérialisme, à quel point leurs institutions s'étaient affaiblies, et la désuétude de leur système social face à la capacité grandissante de l'homme à produire. Les expédients utilisés étaient eux aussi désespérés, et finalement le remède se révéla pire que le mal – que, d'ailleurs, il ne sut pas guérir.

Il faut s'attendre à trouver l'alliance entre le capital et la populace à l'origine de toute politique impérialiste de quelque importance. Dans certains pays, surtout la Grande-Bretagne, cette nouvelle alliance entre les beaucoup trop riches et les beaucoup trop pauvres était et demeura limitée aux possessions outre-mer. La prétendue hypocrisie des politiques britanniques fut le résultat du bon sens des hommes d'État qui avaient marqué très nettement la limite entre les méthodes coloniales et la politique intérieure normale, évitant de la sorte, et avec un succès considérable, l'effet en retour tant redouté de l'impérialisme sur la métropole. Dans d'autres pays, principalement en Allemagne et en Autriche, l'alliance prit la forme, à l'intérieur, de mouvements annexionnistes, et à un degré moindre, en France, d'une politique dite « coloniale ». Ces « mouvements » avaient pour but d'impérialiser, pour ainsi dire, la nation tout entière (et pas seulement sa frange « superflue »), de combiner politique intérieure et politique étrangère de manière à organiser la nation à seule fin de mieux rançonner les territoires étrangers et d'avilir en permanence leurs peuples étrangers.

---

62. Le président des Kolonialverein allemands, Hohenlohe-Langenburg, en 1884. Voir Mary E. Townsend, *Origin of Modern German Colonialism, 1871-1885*, 1921.

L'émergence de la populace au sein même de l'organisation capitaliste a été observée très tôt par tous les grands historiens du XIXᵉ siècle, qui notaient soigneusement et anxieusement son développement. Le pessimisme historique, de Burckhardt à Spengler, découle essentiellement de ce constat. Mais les historiens, tristement préoccupés par le phénomène en soi, échouèrent à saisir que l'on ne pouvait identifier cette populace avec la classe ouvrière grandissante, ni avec le peuple pris dans son ensemble, mais qu'elle se composait en fait des déchets de toutes les classes. Sa composition donnait à croire que la populace et ses représentants avaient aboli les différences de classe et que ces individus, qui se tenaient en dehors de la nation divisée en classes, étaient le peuple lui-même (la *Volksgemeinschaft*, comme les appelaient les nazis) plutôt que sa déformation et sa caricature. Les tenants du pessimisme historique comprenaient l'irresponsabilité fondamentale de cette nouvelle couche sociale ; ils avaient également raison de prévoir l'éventualité que la démocratie se transforme en un despotisme dont les tyrans seraient issus de la populace et s'appuieraient sur elle. Ce qu'ils ne parvenaient pas à comprendre, c'est que la populace est non seulement le rebut mais aussi le sous-produit de la société bourgeoise, qu'elle est directement produite par elle et qu'on ne peut, par conséquent, l'en séparer tout à fait. C'est pourquoi ils ne surent pas remarquer l'admiration grandissante de la haute société à l'égard du monde des bas-fonds, qui traverse en filigrane tout le XIXᵉ siècle, sa dérobade, pas à pas, devant toute considération morale, et son goût croissant pour le cynisme anarchiste de sa progéniture. Au tournant du siècle, l'affaire Dreyfus révéla que les bas-fonds et la haute société étaient, en France, si étroitement liés qu'il devenait bien difficile de situer l'un quelconque des « héros » parmi les antidreyfusards de l'une ou l'autre catégorie.

Ce sentiment de complicité, cette réunion du géniteur et de sa progéniture, dont les romans de Balzac ont donné une peinture déjà classique, sont à mettre ici à l'origine de toute considération économique, politique ou sociale, et rappellent les traits psychologiques de ce nouveau type d'homme occidental que Hobbes avait définis trois siècles plus tôt. Mais, il est vrai, c'est essentiellement grâce à la clairvoyance acquise par la bourgeoisie au cours des crises et dépressions qui précédèrent l'impérialisme que la haute société avait fini par admettre qu'elle était prête à accepter le retournement révolutionnaire des valeurs morales que le « réalisme » de Hobbes avait proposé, et qui était de nouveau proposé, cette fois, par la populace et ses meneurs. Le seul fait que le « péché originel » d'« accumulation originelle du capital » allait rendre indispensables des péchés supplémentaires, afin de permettre le fonctionnement du système, persuadait beaucoup plus efficacement la bourgeoisie de se débarrasser des contraintes de la tradition occidentale que n'auraient pu le faire, au demeurant, son philosophe ou ses bas-fonds. C'est ainsi que la bourgeoisie allemande finit par jeter bas le masque de l'hypocrisie et par avouer ouvertement ses liens avec la populace, en demandant à celle-ci de se faire le champion de ses intérêts de propriété.

Il est significatif que ce phénomène se soit produit en Allemagne. En Angleterre et en Hollande, le développement de la société bourgeoise avait progressé assez paisiblement et la bourgeoisie de ces pays put jouir de plusieurs siècles de sécurité en ignorant la peur. Cependant, en France, son essor fut interrompu par une grande révolution populaire dont les conséquences vinrent contrecarrer la suprématie béate de la bourgeoisie. En Allemagne, où la bourgeoisie dut attendre la seconde moitié du XIXe siècle pour atteindre à son plein épanouissement, son essor s'accompagna d'emblée du développement d'un mouvement révolutionnaire ouvrier de tradition pratiquement aussi ancienne que la sienne. Il allait de soi que plus la classe bourgeoise se sentait menacée au sein de son propre pays, plus elle était tentée de déposer le lourd fardeau de l'hypocrisie. En France, les affinités de la haute société avec la populace surgirent au grand jour plus tôt qu'en Allemagne, mais, en fin de compte, elles devinrent aussi fortes dans l'un et l'autre pays. Du fait de sa tradition révolutionnaire et d'une industrialisation encore faiblement développée, la France produisait toutefois une populace relativement peu nombreuse, si bien que sa bourgeoisie finit par se voir contrainte de chercher appui au-delà de ses frontières et de s'allier avec l'Allemagne de Hitler.

Quelle que soit la nature précise de la longue évolution historique de la bourgeoisie dans les divers pays d'Europe, les principes politiques de la populace, tels qu'ils apparaissent dans les idéologies impérialistes et les mouvements totalitaires, trahissent une affinité étonnamment forte avec le comportement politique de la société bourgeoise quand celui-ci est exempt de toute hypocrisie et de toute concession à la tradition chrétienne. Ce qui, dans une période plus récente, a rendu les attitudes nihilistes de la populace si attirantes, intellectuellement, aux yeux de la bourgeoisie est une relation de principe qui va bien au-delà de la naissance de la populace proprement dite.

En d'autres termes, la disparité entre cause et effet, qui a caractérisé la naissance de l'impérialisme, a ses raisons d'être. L'occasion – une richesse superflue créée par un excès d'accumulation et qui avait besoin de l'aide de la populace pour trouver un investissement à la fois sûr et rentable – a déclenché une force qui avait toujours existé dans la structure de base de la société bourgeoise, bien qu'elle fût jusqu'alors dissimulée par de plus nobles traditions et par cette bienheureuse hypocrisie dont La Rochefoucauld disait qu'elle est l'hommage du vice à la vertu. En même temps, une politique du pouvoir totalement dépourvue de principes ne pouvait s'exercer qu'à partir du moment où il se trouvait une masse de gens, eux-mêmes totalement dépourvus de principes, si importants en nombre qu'ils dépassaient la capacité de l'État et de la société à les prendre en charge. Le fait que seuls des politiciens impérialistes pouvaient utiliser cette populace, et que seules des doctrines raciales pouvaient séduire celle-ci porte à croire qu'il n'y avait que l'impérialisme pour régler les graves problèmes intérieurs, sociaux et économiques, des temps modernes.

La philosophie de Hobbes, il est vrai, ne contient rien des doctrines raciales modernes, qui non seulement excitent la populace mais qui, dans leur forme totalitaire, dessinent très clairement les traits d'une organisation grâce à laquelle l'humanité pourrait mener à bien le processus perpétuel d'accumulation du capital et du pouvoir jusqu'à son terme logique : l'autodestruction. Du moins Hobbes a-t-il donné à la pensée politique le préalable à toute doctrine raciale, c'est-à-dire l'exclusion a priori de l'idée d'humanité qui constitue la seule idée régulatrice en termes de droit international. En partant du principe que la politique étrangère se situe nécessairement hors du contrat humain, qu'elle s'exprime par une guerre perpétuelle de tous contre tous, ce qui est la loi de « l'état de nature », Hobbes apporte le meilleur fondement théorique possible à ces idéologies naturalistes qui maintiennent les nations à l'état de tribus, séparées par nature les unes des autres, sans nul contact possible, inconscientes de la solidarité humaine et n'ayant en commun que l'instinct de conservation que l'homme partage avec le monde animal. Si l'idée d'humanité, dont le symbole le plus décisif est l'origine commune de l'espèce humaine, n'a plus cours, alors rien n'est plus plausible qu'une théorie selon laquelle les races brunes, jaunes et noires descendent de quelque espèce de singes différente de celle de la race blanche, et qu'elles sont toutes destinées par nature à se faire la guerre jusqu'à disparaître de la surface du globe.

S'il devait se révéler exact que nous sommes emprisonnés dans ce processus perpétuel d'accumulation du pouvoir conçu par Hobbes, alors l'organisation de la populace prendra inévitablement la forme d'une transformation des nations en races, car il n'existe, dans les conditions d'une société d'accumulation, aucun autre lien unificateur possible entre des individus qui, du fait même du processus d'accumulation du pouvoir et d'expansion, sont en train de perdre toutes les relations qui par nature les unissent à leurs semblables.

Le racisme peut conduire le monde occidental à sa perte et, par suite, la civilisation humaine tout entière. Quand les Russes seront devenus des Slaves, quand les Français auront assumé le rôle de chefs d'une *force noire**, quand les Anglais se seront changés en « hommes blancs », comme déjà, par un désastreux sortilège, tous les Allemands sont devenus des Aryens, alors ce changement signifiera lui-même la fin de l'homme occidental. Peu importe ce que des scientifiques chevronnés peuvent avancer : la race est, politiquement parlant, non pas le début de l'humanité mais sa fin, non pas l'origine des peuples mais leur déchéance, non pas la naissance naturelle de l'homme mais sa mort contre nature.

Chapitre II

La pensée raciale avant le racisme

Si la pensée raciale était, comme on l'a parfois affirmé, une invention allemande, alors la « pensée allemande » (quelle qu'elle soit) avait triomphé dans de nombreuses régions du monde de l'esprit bien avant que les nazis n'aient entrepris leur désastreuse tentative de conquérir le monde lui-même. L'hitlérisme a exercé sa puissante séduction internationale et inter-européenne au cours des années 30, parce que le racisme, pourtant doctrine d'État dans la seule Allemagne, était déjà fortement implanté dans les opinions publiques. La machine de guerre de la politique nazie était depuis longtemps en marche quand, en 1939, les chars allemands commencèrent leur course destructrice, puisque – en matière de guerre politique – le racisme avait été conçu comme un allié plus puissant que n'importe quel agent stipendié ou que n'importe quelle organisation secrète de la cinquième colonne. Forts des expériences menées depuis presque deux décennies dans les diverses capitales, les nazis étaient convaincus que leur meilleure « propagande » serait précisément cette politique raciale dont, en dépit de nombreux autres compromis et de manquements à leurs promesses, ils n'avaient jamais dévié, fût-ce au nom de l'opportunisme[1]. Le racisme n'était ni une arme nouvelle ni une arme secrète, bien que jamais auparavant il n'eût été exploité avec une aussi profonde cohérence.

La vérité historique est que la pensée raciale, dont les racines sont profondément ancrées dans le XVIIIe siècle, est apparue simultanément dans tous les pays occidentaux au

---

1. Tant que dura le pacte germano-russe, la propagande nazie cessa toutes ses attaques contre le « bolchevisme », mais elle n'abandonna jamais sa position raciste.

cours du XIXe siècle. Le racisme a fait la force idéologique des politiques impérialistes depuis le tournant de notre siècle. Il a indéniablement absorbé et régénéré tous les vieux types d'opinions raciales qui, toutefois, n'auraient jamais été en eux-mêmes assez forts pour créer – ou plutôt pour dégénérer en – ce racisme considéré comme une *Weltanschauung* [une vision du monde] ou comme une idéologie. Au milieu du siècle dernier, les opinions raciales étaient encore mesurées à l'aune de la raison politique : jugeant les doctrines de Gobineau, Tocqueville écrivait à ce dernier : « Je les crois très vraisemblablement fausses et très certainement pernicieuses[2]. » La pensée raciale dut attendre la fin du siècle pour se voir célébrée, en dignité et en importance, comme l'une des plus importantes contributions à l'esprit du monde occidental[3].

Jusqu'aux jours fatidiques de la « mêlée pour l'Afrique », la pensée raciale avait fait partie de cette multitude de libres opinions qui, au sein de la structure d'ensemble du libéralisme, se disputaient les faveurs de l'opinion publique[4]. Seules quelques-unes devinrent des idéologies à part entière, c'est-à-dire des systèmes fondés sur une opinion unique se révélant assez forte pour attirer et convaincre une majorité de gens et suffisamment étendue pour les guider à travers les diverses expériences et situations d'une vie moderne moyenne. Car une idéologie diffère d'une simple opinion en ce qu'elle affirme détenir soit la clé de l'histoire, soit la solution à toutes les « énigmes de l'univers », soit encore la connaissance profonde des lois universelles cachées, censées gouverner la nature et l'homme. Peu d'idéologies ont su acquérir assez de prépondérance pour survivre à la lutte sans merci menée par la persuasion, et seules deux d'entre elles y sont effectivement parvenues en écrasant vraiment toutes les autres : l'idéologie qui interprète l'histoire comme une lutte économique entre classes et celle qui l'interprète comme une

---

2. « Correspondance d'Alexis de Tocqueville et d'Arthur de Gobineau », *Revue des Deux Mondes*, 1907, vol. 199, lettre du 17 novembre 1853.

3. Le meilleur exposé historique de la notion de race dans l'esprit d'une « histoire des idées » est celui d'Éric Voegelin, *Rasse und Staat*, 1933.

4. À propos de la kyrielle d'opinions rivales au XIXe siècle, voir Carlton J. H. Hayes, *A Generation of Materialism, 1871-1900*, 1941, p. 111-122.

lutte naturelle entre races. Toutes deux ont exercé sur les masses une séduction assez forte pour se gagner l'appui de l'État et pour s'imposer comme doctrines nationales officielles. Mais, bien au-delà des frontières à l'intérieur desquelles la pensée raciale et la pensée de classe se sont érigées en modèles de pensée obligatoires, la libre opinion publique les a faites siennes à un point tel que non seulement les intellectuels mais aussi les masses n'accepteraient désormais plus une analyse des événements passés ou présents en désaccord avec l'une ou l'autre de ces perspectives.

L'immense pouvoir de persuasion inhérent aux idéologies maîtresses de notre temps n'est pas fortuit. Persuader n'est possible qu'à condition de faire appel soit aux expériences, soit aux désirs, autrement dit aux nécessités politiques immédiates. En l'occurrence, la vraisemblance ne provient ni de faits scientifiques, comme voudraient nous le faire croire les divers courants darwinistes, ni de lois historiques, comme le prétendent les historiens en quête de la loi selon laquelle naissent et meurent les civilisations. Les idéologies à part entière ont toutes été créées, perpétuées et perfectionnées en tant qu'arme politique et non doctrine théorique. Il est vrai qu'il est parfois arrivé – tel est le cas du racisme – qu'une idéologie modifie son sens originel, mais, sans contact immédiat avec la vie politique, aucune d'elles ne serait même imaginable. Leur aspect scientifique est secondaire ; il découle d'abord du désir d'apporter des arguments sans faille, ensuite de ce que le pouvoir de persuasion des idéologies s'est aussi emparé des scientifiques qui, cessant de s'intéresser au résultat de leurs recherches, ont quitté leurs laboratoires et se sont empressés de prêcher à la multitude leurs nouvelles interprétations de la vie et du monde[5]. C'est à ces prédicateurs

---

5. Huxley a abandonné ses propres recherches scientifiques dès les années 1870, bien trop occupé qu'il était à jouer le rôle du « bouledogue de Darwin, aboyant et mordant les théologiens » (Carlton J. H. Hayes, *A Generation of Materialism, 1871-1900*, p. 126). La passion d'Ernst Haeckel pour la vulgarisation des travaux scientifiques, qui était au moins aussi grande que sa passion pour la science elle-même, a été récemment célébrée par un écrivain nazi enthousiaste, Heinz Bruecher, dans « Ernst Haeckel, Ein Wegbereiter biologischen Staatsdenkens », *Nationalsozialistische Monatshefte*, 1935, fascicule 69. Pour montrer ce dont

« scientifiques », bien plus qu'aux découvertes scientifiques, que nous devons le fait qu'il ne soit aujourd'hui pas une science dont le système de catégories n'ait été profondément pénétré par la pensée raciale. C'est encore une fois ce qui a conduit les historiens, dont certains ont été tentés de tenir la science pour responsable de la pensée raciale, à prendre à tort certains résultats de la recherche philologique ou biologique pour les causes de la pensée raciale, alors qu'ils en sont les conséquences[6]. Le contraire eût été plus proche de la vérité.

---

les scientifiques sont capables, on pourra citer deux exemples extrêmes. L'un et l'autre étaient des chercheurs de haut niveau, qui ont écrit durant la Première Guerre mondiale. Dans son *Altai, Iran und Völkerwanderung* (1917), l'historien de l'art Josef Strzygowski découvrit que la race nordique se composait des Allemands, des Ukrainiens, des Arméniens, des Perses, des Hongrois, des Bulgares et des Turcs (p. 306, 307). Non contente de publier son rapport sur la découverte de la « polychesia » (défécation excessive) et de la « bromidosis » (odeurs corporelles) dans la race allemande, l'Académie de Médecine de Paris proposa encore de procéder à des analyses d'urine pour détecter les espions allemands ; on avait « découvert » que l'urine allemande contenait 20 % de nitrogène non urique, contre 15 % pour les autres races. Voir Jacques Barzun, *Race. A Study in Modern Superstition*, 1937, p. 239.

6. Ce quiproquo était dû pour une part au zèle de chercheurs qui s'appliquèrent à démolir tous les cas où la notion de race était utilisée. Ainsi ont-ils pris certains auteurs relativement inoffensifs, pour qui une explication par la race était une opinion possible et quelquefois fascinante, pour de véritables racistes. Ces opinions, en elles-mêmes inoffensives, avaient été avancées par les premiers anthropologues, qui en faisaient le point de départ de leurs investigations. On en trouve un exemple typique avec Paul Broca, anthropologue français renommé du milieu du siècle dernier, dont la naïve hypothèse affirmait que « le cerveau a quelque chose à voir avec la race et que mesurer la forme du crâne est la meilleure méthode pour évaluer le contenu du cerveau » (cité d'après Jacques Barzun, *Race. A Study in Modern Superstition*, p. 162). Il est évident que, si elle ne s'appuie pas sur une conception de la nature de l'homme, une telle affirmation est tout simplement ridicule. Les philologues du début du XIXe siècle utilisaient le concept d'« aryanisme » ; c'est pourquoi pratiquement tous les spécialistes du racisme les ont comptés au nombre des propagandistes, voire des inventeurs de la pensée raciale – ils sont pourtant aussi innocents que possible. Lorsqu'ils franchirent les limites de la recherche pure, c'est parce qu'ils voulaient inclure dans la même fraternité culturelle autant de nations que faire se pouvait. Citons Ernest Seillière, *La Philosophie de l'impérialisme*, 1903-1906, 4 vol. : « Ce fut alors une sorte d'enivrement : la civilisation moderne crut avoir retrouvé ses titres de famille, égarés durant de longs siècles, et l'aryanisme naquit, unissant dans une même fraternité toutes les nations dont la langue présentait quelques affinités sanscrites. » (*Le Comte de Gobineau et l'aryanisme historique*, introduction, t. I, p. xxxv.) Autrement dit, ces hommes restaient dans la tradition humaniste du XVIIIe siècle et partageaient son enthousiasme pour les peuples étrangers et les cultures exotiques.

La pensée raciale avant le racisme 79

De fait, il fallut plusieurs siècles (du XVIIe au XIXe) à la doctrine de la « force fait droit » pour conquérir la science naturelle et produire la « loi » de la survie des meilleurs. Et si, pour prendre un autre exemple, la théorie de Maistre et de Schelling, selon laquelle les tribus sauvages sont les résidus dégénérés de peuples plus anciens, avait aussi bien répondu aux procédés politiques du XIXe siècle que la théorie du progrès, il est probable que nous n'aurions guère entendu parler de « primitifs » et qu'aucun scientifique n'aurait perdu son temps à chercher le « chaînon manquant » entre le singe et l'homme. Le blâme n'en revient pas tant à la science elle-même qu'à certains scientifiques qui n'étaient pas moins hypnotisés par ces idéologies que leurs compatriotes.

Que le racisme soit la principale arme idéologique des politiques impérialistes est si évident que bon nombre des chercheurs donnent l'impression de préférer éviter les sentiers battus du truisme. En revanche, la vieille confusion entre le racisme et une sorte de nationalisme exacerbé est encore monnaie courante. Les remarquables études qui ont été faites, en France surtout, et qui ont prouvé non seulement que le racisme est un phénomène très différent, mais qu'il tend à détruire le corps politique de la nation, sont généralement passées sous silence. Face à la gigantesque compétition que se livrent la pensée raciale et la pensée de classe pour régner sur l'esprit des hommes modernes, certains ont fini par voir dans l'une l'expression des tendances nationales et dans l'autre celle des tendances internationales, par penser que l'une est la préparation mentale aux guerres nationales et l'autre l'idéologie des guerres civiles. Si l'on a pu en arriver là, c'est à cause de la Première Guerre mondiale et de son curieux mélange de vieux conflits nationaux et de conflits impérialistes nouveaux, mélange dans lequel les vieux slogans nationaux ont fait la preuve que, partout dans le monde, ils exerçaient encore sur les masses une influence bien plus grande que toutes les ambitions impérialistes. Toutefois, la dernière guerre, avec ses Quisling et ses collaborateurs omniprésents, devrait avoir prouvé que le racisme peut engendrer des luttes civiles en n'importe quel pays, et que c'est l'un des plus ingénieux stratagèmes jamais inventés pour fomenter une guerre civile.

Car la vérité est que la pensée raciale est entrée sur la scène de la politique active au moment où les populations européennes avaient préparé – et dans une certaine mesure réalisé – le nouveau corps politique de la nation. D'entrée de jeu, le racisme a délibérément coupé à travers toutes les frontières nationales, qu'elles fussent déterminées par la géographie, la langue, les traditions ou par tout autre critère, et nié toute existence politico-nationale en tant que telle. Bien plus que la pensée de classe, c'est la pensée raciale qui n'a cessé de planer comme une ombre au-dessus du développement du concert des nations européennes, pour devenir finalement l'arme redoutable de la destruction de ces nations. Du point de vue historique, les racistes détiennent un record de patriotisme pire que les tenants de toutes les autres idéologies pris ensemble, et ils ont été les seuls à nier sans cesse le grand principe sur lequel sont bâties les organisations nationales des peuples : le principe d'égalité et de solidarité de tous les peuples, garanti par l'idée d'humanité.

1. Une « race » d'aristocrates contre une « nation » de citoyens

Un intérêt sans cesse croissant envers les peuples les plus différents, les plus étranges, et même les plus sauvages, a caractérisé la France du XVIIIe siècle. C'était l'époque où l'on admirait et copiait les peintures chinoises, où l'un des écrits les plus célèbres du siècle s'appelait les *Lettres persanes*, et où les récits de voyages constituaient la lecture favorite de la société. On opposait l'honnêteté et la simplicité des peuples sauvages et non civilisés à la sophistication et à la frivolité de la culture. Bien avant que le XIXe siècle et son immense développement des moyens de transport eussent mis le monde non européen à la porte de tout citoyen moyen, la société française du XVIIIe siècle s'était efforcée de s'emparer en pensée du contenu des cultures et des contrées qui s'étendaient loin au-delà des frontières de l'Europe. Un vaste enthousiasme pour les « nouveaux spécimens de l'humanité » (Herder) gonflait le cœur des héros de la Révolution française qui, avec la nation française, libérèrent tous les peuples de toute couleur sous la bannière de la France. Cet enthousiasme à l'égard des pays étrangers et lointains a culminé dans le message de fraternité, parce que celui-ci était inspiré par le désir de prouver auprès de tous ces nouveaux et surprenants « spécimens de l'humanité » le vieil adage de La Bruyère : « *La raison est de tous les climats**. »

C'est pourtant dans ce siècle créateur de nations et dans le pays de l'amour de l'humanité que nous devons chercher les germes de ce qui devait plus tard devenir la capacité du racisme à détruire les nations et à annihiler l'humanité[7]. Il est remarquable que le premier auteur à faire l'hypothèse de la coexistence, en France, de peuples différents, d'origines différentes, fut aussi le premier à élaborer une pensée de classe définie. Le comte de Boulainvilliers, noble français qui écrivit au début du XVIIIe siècle des œuvres qui ne furent publiées qu'après sa mort, interprétait l'histoire de la France comme l'histoire de deux nations différentes dont l'une, d'origine germanique, avait conquis les premiers habitants, les « Gaulois », leur avait imposé sa loi, avait pris leurs terres et s'y était installée comme classe dirigeante, en « pairs » dont les droits suprêmes s'appuyaient sur le « droit de conquête » et sur la « nécessité de l'obéissance toujours due au plus fort »[8]. Essentiellement préoccupé de trouver de nouveaux arguments contre la montée du pouvoir politique du *Tiers État** et de ses porte-parole, ce « *nouveau corps** » composé de « *gens de lettres et de loi** », Boulainvilliers devait aussi combattre la monarchie parce que le roi de France ne voulait plus représenter les pairs en tant que

---

7. On tient parfois François Hotman, l'auteur de *Franco-Gallia*, au XVIe siècle, pour l'un des précurseurs des doctrines raciales du XVIIe siècle, ainsi Ernest Seillière, *La Philosophie de l'impérialisme*. À juste titre, Théophile Simar a protesté contre cette erreur : « Hotman apparaît non pas comme le chantre des Teutons, mais comme le défenseur du peuple qui était opprimé par la monarchie » (*Étude critique sur la formation de la doctrine des races au XVIIIe et son expansion au XIXe siècle*, 1922, p. 20).

8. *Histoire de l'Ancien Gouvernement de la France*, 1727, t. I, p. 33.

primus inter pares, mais bien la nation tout entière : en lui, de ce fait, la nouvelle classe montante trouva un moment son allié le plus puissant. Soucieux de rendre à la noblesse une primauté sans conteste, Boulainvilliers proposait à ses semblables, les nobles, de nier avoir une origine commune avec le peuple français, de briser l'unité de la nation et de se réclamer d'une distinction originelle, donc éternelle[9]. Avec beaucoup plus d'audace que la plupart des défenseurs de la noblesse ne le firent par la suite, Boulainvilliers niait tout lien prédestiné avec le sol ; il reconnaissait que les « Gaulois » étaient en France depuis plus longtemps, que les « Francs » étaient des étrangers et des barbares. Sa doctrine se fondait exclusivement sur le droit éternel de la conquête et affirmait sans trop de difficulté que « la Frise [...] fut le véritable berceau de la nation française ». Des siècles avant le développement du racisme impérialiste, et ne suivant que la logique intrinsèque de son concept, il avait vu dans les habitants originels de la France des indigènes au sens moderne du terme ou, selon ses propres mots, des « sujets » – non pas du roi, mais de tous ceux dont le privilège était de descendre d'un peuple de conquérants qui, par droit de naissance, devaient être appelés « Français ».

Boulainvilliers était profondément influencé par les doctrines de la « force fait droit » chères au XVIIe siècle, et il fut certainement l'un des plus cohérents parmi les disciples contemporains de Spinoza, dont il traduisit l'*Éthique* et dont il analysa le *Traité théologico-politique*. Selon son interprétation et son application des idées politiques de Spinoza, la force devenait conquête et la conquête agissait comme une sorte de jugement unique quant aux qualités naturelles et aux privilèges humains des hommes et des nations. On décèle ici les premières traces des transformations naturalistes que devait subir par la suite la doctrine de la « force fait droit ». Cette perspective se trouve renforcée par le fait que Boulainvilliers fut l'un des libres penseurs les plus marquants de son

---

9. C'est Montesquieu, *De l'esprit des lois*, 1748, XXX, chap. x, qui affirme que l'histoire du comte de Boulainvilliers était destinée à agir comme arme politique contre le *tiers état**.

époque, et que ses attaques contre l'Église chrétienne n'auraient pu être motivées par le seul anticléricalisme.

La théorie de Boulainvilliers ne s'applique toutefois qu'aux peuples, non aux races ; elle fonde le droit des peuples supérieurs sur une action historique, la conquête, et non sur un fait physique – bien que l'action historique exerce déjà une certaine influence sur les qualités naturelles des peuples conquis. Il invente deux peuples différents au sein de la France pour s'opposer à la nouvelle idée nationale, telle qu'elle était représentée dans une certaine mesure par l'alliance de la monarchie absolue et du *Tiers État**. Boulainvilliers est antinational à une époque où l'idée de nation était ressentie comme neuve et révolutionnaire, et à un moment où l'on n'avait pas perçu, comme cela se produisit à l'occasion de la Révolution française, combien elle était liée à une forme de gouvernement démocratique. Boulainvilliers préparait son pays à la guerre civile sans savoir ce que la guerre civile signifiait. Il est représentatif d'une bonne fraction des nobles qui ne se considéraient pas comme représentants de la nation mais comme classe dirigeante à part, susceptible d'avoir beaucoup plus en commun avec un peuple étranger de « même société et condition » qu'avec ses compatriotes. Ce sont bien ces tendances antinationales qui ont exercé leur influence dans le milieu des *émigrés** avant d'être finalement absorbées par des doctrines raciales nouvelles et sans ambiguïté de la fin du XIXe siècle.

Ce n'est que lorsque l'explosion proprement dite de la Révolution eut contraint une grande part de la noblesse française à chercher refuge en Allemagne et en Angleterre que les idées de Boulainvilliers se révélèrent une précieuse arme politique. Entre-temps, son influence sur l'aristocratie française était restée intacte, comme en témoignent les travaux d'un autre comte, Dubuat-Nançay[10], qui souhaitait voir se resserrer plus encore les liens de la noblesse française avec ses frères du continent. À la veille de la Révolution, ce porte-parole du féodalisme français se sentait si peu en sécurité

---

10. Louis Gabriel Dubuat-Nançay, *Les Origines de l'Ancien Gouvernement de la France, de l'Allemagne et de l'Italie* [1757], 1789.

qu'il appelait de ses vœux « la création d'une sorte d'*Internationale** de l'aristocratie d'origine barbare[11] », et comme la noblesse allemande était la seule dont on pût espérer un secours, pour lui la véritable origine de la nation française était supposée identique à celle des Allemands ; quant au bas-peuple français, bien que n'étant plus constitué par des serfs, il n'était pas libre de naissance mais par « *affranchissement** », par la grâce de ceux qui étaient nés libres, les nobles. Quelques années plus tard, les Français en exil tentèrent effectivement de constituer une *internationale** d'aristocrates dans le but d'écraser la révolte de ceux qu'ils considéraient comme un peuple étranger d'esclaves. Et, bien que sous un aspect plus pratique, ces tentatives eussent subi un désastre spectaculaire à Valmy, des *émigrés** comme Charles-François Dominique de Villiers – qui vers 1800 opposait les « *Gallo-Romains** » aux Germains – ou comme William Alter – qui, dix ans plus tard, rêvait d'une fédération de tous les peuples germaniques[12] – refusaient de s'avouer vaincus. Sans doute ne leur vint-il jamais à l'idée qu'ils étaient en fait des traîtres, tant ils étaient convaincus que la Révolution française était une « guerre entre peuples étrangers », ainsi que devait l'écrire beaucoup plus tard François Guizot.

Tandis que Boulainvilliers, avec la paisible équité d'un temps moins troublé, fondait uniquement les droits de la noblesse sur ceux de la conquête, sans déprécier directement la nature même de l'autre nation conquise, le comte de Montlosier, l'un de ces personnages plutôt douteux qui gravitaient parmi ces Français en exil, exprimait ouvertement son mépris pour ce « nouveau peuple né d'esclaves [...] (mélange) de toutes les races et de tous les temps[13] ». Il était

---

11. Ernest Seillière, *La Philosophie de l'impérialisme*, I, p. XXXII.
12. Voir René Maunier, *Sociologie coloniale*, 1936, t. II : *Psychologies des expansions*, p. 115.
13. Même en exil, Montlosier gardait des rapports étroits avec le chef de la police française, Fouché, qui l'aida à améliorer sa triste condition financière de réfugié. Plus tard, il fut agent secret de Napoléon dans la société française. Voir Joseph Brugerette, *Le Comte de Montlosier et son temps*, 1931, et Théophile Simar, *Étude critique sur la formation de la doctrine des races*..., p. 71.

clair que les temps avaient changé et que les nobles, qui n'appartenaient plus à une race victorieuse, devaient eux aussi changer. Ils abandonnèrent la vieille idée, si chère à Boulainvilliers et même à Montesquieu, selon laquelle seule la conquête, *fortune des armes**, déterminait les destinées des hommes. Les idéologies de la noblesse connurent leur Valmy quand, dans son fameux pamphlet, l'abbé Sieyès eut invité le *Tiers État** à « renvoyer dans les forêts de Franconie toutes ces familles qui conservent la folle prétention d'être issues de la race des conquérants et d'avoir succédé à leurs droits de conquête[14] ».

Il est assez étrange que depuis les premiers temps où, à l'occasion de sa lutte de classe contre la bourgeoisie, la noblesse française découvrit qu'elle appartenait à une autre nation, qu'elle avait une autre origine généalogique et qu'elle entretenait des liens plus étroits avec une caste internationale qu'avec le sol de France, toutes les théories raciales françaises aient soutenu le germanisme, ou tout au moins la supériorité des peuples nordiques contre leurs propres compatriotes. Si les hommes de la Révolution française s'identifiaient mentalement à Rome, ce n'est pas parce qu'ils opposaient au « germanisme » de leur noblesse un « latinisme » du *Tiers État**, mais parce qu'ils avaient le sentiment d'être les héritiers spirituels de la République romaine. Cette revendication historique, dans sa différence par rapport à l'identification tribale de la noblesse, pourrait avoir été l'une des raisons qui ont empêché le « latinisme » de se développer en soi comme doctrine raciale. En tout cas, et aussi paradoxal que cela puisse paraître, le fait est que ce sont les Français qui, avant les Allemands ou les Anglais, devaient insister sur cette *idée fixe** d'une supériorité germanique[15]. De la même manière, la naissance de la conscience de race allemande après la défaite prussienne de 1806, alors

---

14. *Qu'est-ce que le Tiers État ?*, 1789, publié peu de temps avant que n'éclate la Révolution. Citation tirée de J. H. Clapham, *The Abbé Sieyès : An Essay in the Politics of the French Revolution*, 1912, p. 62.

15. « L'aryanisme historique est parti du féodalisme au XVIIIe siècle, [et] s'est appuyé sur le germanisme au XIXe siècle... », note Ernest Seillière, *La Philosophie de l'impérialisme*, p. 11.

qu'elle était dirigée contre les Français, ne changea en rien le cours des idéologies raciales en France. Dans les années 1840, Augustin Thierry adhérait encore à l'identification des classes et des races et distinguait entre « noblesse germanique » et « bourgeoisie celte »[16], cependant que le comte de Rémusat, encore un noble, proclamait les origines germaniques de l'aristocratie européenne. Finalement, le comte de Gobineau développa une opinion déjà couramment admise parmi la noblesse française en une doctrine historique à part entière, affirmant avoir découvert la loi secrète de la chute des civilisations et promu l'histoire à la dignité d'une science naturelle. Avec lui, la pensée raciale achevait son premier cycle, pour en entamer un second dont les influences devaient se faire sentir jusqu'aux années 20 de notre siècle.

2. L'unité de race
comme substitut à l'émancipation nationale

En Allemagne, la pensée raciale ne s'est développée qu'après la déroute de la vieille armée prussienne devant Napoléon. Elle dut son essor aux patriotes prussiens et au romantisme politique bien plus qu'à la noblesse et à ses porte-parole. À la différence du mouvement racial français qui visait à déclencher la guerre civile et à faire éclater la nation, la pensée raciale allemande fut inventée dans un effort pour unir le peuple contre toute domination étrangère. Ses auteurs ne cherchaient pas d'alliés au-delà des frontières ; ils voulaient éveiller dans le peuple la conscience d'une origine commune. En fait, cette attitude excluait la noblesse et ses relations notoirement cosmopolites – lesquelles étaient d'ailleurs moins caractéristiques des Junkers prussiens que du reste de la noblesse européenne ; en tout cas, cela excluait que cette pensée raciale pût s'appuyer sur la classe sociale la plus fermée.

Comme la pensée raciale allemande allait de pair avec les vieilles tentatives déçues visant à unifier les innombrables

---

16. Augustin Thierry, *Lettres sur l'histoire de France*, 1840.

États allemands, elle demeura à ses débuts si étroitement liée à des sentiments nationaux d'ordre plus général qu'il est assez malaisé de distinguer entre le simple nationalisme et un racisme avoué. D'inoffensifs sentiments nationaux s'exprimaient en des termes que nous savons aujourd'hui être racistes, si bien que même les historiens qui identifient le courant raciste allemand du XXe siècle avec le langage très particulier du nationalisme allemand ont curieusement été amenés à confondre le nazisme avec le nationalisme allemand, contribuant ainsi à sous-estimer le gigantesque succès international de la propagande hitlérienne. Ces circonstances particulières du nationalisme allemand changèrent seulement quand, après 1870, l'unification de la nation se fut effectivement réalisée et que le racisme allemand eut, de concert avec l'impérialisme allemand, atteint son plein développement. De ces débuts, un certain nombre de caractéristiques ont toutefois survécu, qui sont restées significatives du courant de pensée raciale spécifiquement allemand.

À la différence des nobles français, les nobles prussiens avaient le sentiment que leurs intérêts étaient étroitement liés à la position de la monarchie absolue et, dès l'époque de Frédéric II en tout cas, ils cherchèrent à se faire reconnaître comme représentants légitimes de la nation tout entière. À l'exception des quelques années de réformes prussiennes (de 1808 à 1812), la noblesse prussienne n'était pas effrayée par la montée d'une classe bourgeoise qui aurait pu vouloir s'emparer du gouvernement, pas plus qu'elle n'avait à craindre une coalition entre les classes moyennes et la dynastie au pouvoir. Le roi de Prusse, jusqu'en 1809 le plus grand propriétaire terrien du pays, demeurait *primus inter pares* en dépit de tous les efforts des réformistes. Aussi la pensée raciale se développa-t-elle à l'extérieur de la noblesse et comme l'arme de certains nationalistes qui, désireux de faire l'union de tous les peuples de langue allemande, insistaient sur l'idée d'une origine commune. Ces hommes étaient des libéraux en ce sens qu'ils étaient plutôt opposés à la domination exclusive des Junkers prussiens. Dans la mesure où cette origine commune était définie par une langue identique, il est encore difficile de parler ici de pensée raciale[17].

Il faut noter que c'est seulement après 1814 que cette origine commune est fréquemment décrite en termes de « liens du sang », d'attaches familiales, d'unité tribale, d'origine sans mélange. Ces définitions, qui apparaissent presque simultanément sous la plume du catholique Josef Goerres et de libéraux nationalistes comme Ernst Moritz Arndt ou F. L. Jahn, témoignent de l'échec total de ceux qui avaient espéré éveiller des sentiments nationaux véritables parmi le peuple allemand. De cet échec à élever le peuple au rang de nation, de l'absence de mémoire historique commune et de l'indifférence du peuple, semblait-il, à la vision d'une commune destinée future, naquit un mouvement naturaliste qui faisait appel à l'instinct tribal en tant que substitut possible à ce qui était apparu aux yeux du monde entier comme le glorieux pouvoir de l'identité nationale française. La doctrine organique d'une histoire pour qui « chaque race est un tout distinct, complet[18] » fut inventée par des hommes qui avaient besoin de définitions idéologiques de l'unité nationale à défaut d'une identité nationale politique. C'est un fanatisme frustré qui amena Arndt à affirmer que les Allemands – qui étaient apparemment les derniers à développer une unité organique – avaient la chance d'être de souche pure, sans mélange, d'être un « peuple authentique[19] ».

Les définitions organiques et nationalistes des peuples sont un trait saillant des idéologies et de la réflexion historique allemandes. Mais elles ne sont pas pour autant réellement racistes, car les hommes qui parlent en ces termes « raciaux » sont aussi ceux qui soutiennent encore le pilier

---

17. C'est le cas, par exemple, dans le *Philosophische Vorlesungen aus den Jahren 1804 bis 1806* (1837), II, p. 357 de Friedrich Schlegel. Il en va de même d'Ernst Moritz Arndt. Voir Alfred G. Pundt, *Arndt and the National Awakening in Germany*, 1935, p. 116 et suiv. Fichte lui-même, ce bouc émissaire n° 1 du monde contemporain en ce qui concerne la pensée raciale allemande, n'a pour ainsi dire jamais dépassé les limites du nationalisme.

18. Josef Goerres, *Rheinischer Merkur*, 1814, n° 25.

19. Ernst Moritz Arndt, *Phantasien zur Berichtigung der Urteile über künftige deutsche Verfassungen*, 1815.

central de l'identité nationale authentique : l'égalité de tous les peuples. Ainsi, dans l'article même où il compare les lois des peuples aux lois de la vie animale, Jahn insiste-t-il sur l'égale pluralité originelle des peuples dans la multiplicité desquels le genre humain peut seul se réaliser[20]. Et Arndt, qui devait par la suite exprimer une chaude sympathie pour le mouvement de libération nationale des Polonais et des Italiens, s'écriait : « Maudit soit celui qui oserait soumettre et gouverner des peuples étrangers[21]. » Dans la mesure où le sentiment national allemand n'était pas le fruit d'un élan national authentique, mais plutôt une réaction à l'occupation étrangère[22], les doctrines nationales avaient un singulier caractère négatif, car elles étaient destinées à bâtir un mur autour du peuple, à agir comme substitut à des frontières que ni la géographie ni l'histoire ne pouvaient définir nettement.

Si, à ses débuts au sein de l'aristocratie française, la pensée raciale avait été inventée comme instrument de division interne et s'était révélée arme de guerre civile, cette première forme de la doctrine raciale allemande fut élaborée pour être l'arme de l'unité nationale intérieure, et devint celle des guerres nationales. De même que le déclin de la noblesse française, en tant que classe importante de la nation française, aurait rendu cette arme inutile si les adversaires de

---

20. « Les animaux de souche mêlée n'ont aucun pouvoir géniteur réel ; de même, les peuples hybrides n'essaiment aucune tradition folklorique de leur propre fait [...]. L'ancêtre de l'humanité est mort, la race originelle est éteinte. C'est pourquoi chaque peuple qui meurt est un malheur pour l'humanité [...]. La noblesse humaine ne peut pas s'exprimer dans un seul et unique peuple » (Friedrich Ludwig Jahn, *Das Deutsches Volkstum* (1810) [1928]). Le même exemple est donné par Goerres qui, en dépit de sa définition naturaliste du peuple (« tous les membres sont unis par un lien de sang commun »), suit un principe véritablement nationaliste lorsqu'il déclare : « Aucune branche n'a le droit de dominer l'autre » (Friedrich Ludwig Jahn, *Das Deutsches Volkstum*).

21. *Ein Blick aus der Zeit auf die Zeit*, 1814. Traduction tirée d'Alfred G. Pundt, *Arndt and the National Awakening in Germany*.

22. « Ce n'est que lorsque l'Autriche et la Prusse furent tombées après un vain combat que j'ai réellement commencé à aimer l'Allemagne [...]. Comme l'Allemagne a succombé à la conquête et à l'assujettissement, elle est devenue pour moi une et indissoluble », écrit Ernst M. Arndt dans son *Erinnerungen aus Schweden : eine Weihnachtgabe*, 1818, p. 82. Traduction empruntée à Alfred G. Pundt, *Arndt and the National Awakening in Germany*, p. 151.

la IIIe République ne l'avaient ranimée, de même la doctrine organique de l'histoire aurait perdu tout son sens, une fois l'unité nationale allemande réalisée, si les intrigants impérialistes modernes n'avaient eu le désir de la ressusciter afin de séduire le peuple et de cacher leurs faces hideuses sous le couvert d'un nationalisme de bon aloi. Mais il n'en va pas de même d'une autre source du racisme allemand qui, bien qu'apparemment plus éloignée de la scène politique, devait avoir une portée profonde et beaucoup plus puissante sur les idéologies politiques qui ont suivi.

On a accusé le romantisme politique d'avoir inventé la pensée raciale, de même qu'on l'a accusé, à juste titre, d'avoir engendré toutes les opinions irresponsables possibles et imaginables. Adam Mueller et Friedrich Schlegel témoignent au plus haut degré de cet engouement général de la pensée moderne qui permet à pratiquement n'importe quelle opinion de gagner du terrain momentanément. Aucun fait réel, aucun événement historique, aucune idée politique n'échappa à la contagion de l'omniprésente folie destructrice, en vertu de laquelle tous ces maîtres-littérateurs réussissaient toujours à trouver des occasions aussi nouvelles qu'originales pour répandre des opinions aussi inédites que fascinantes. « Il faut romanticiser le monde », disait Novalis, qui voulait « inculquer un sens élevé au commun, une apparence mystérieuse à l'ordinaire, la dignité de l'inconnu au connu [23] ». Le peuple était l'un des objets de cette romantisation, et cet objet pouvait devenir à tout moment l'État, la famille, la noblesse ou n'importe quoi d'autre, c'est-à-dire – dans les premiers temps – tout ce qui pouvait venir à l'esprit de l'un de ces intellectuels, ou – plus tard, quand, avec l'âge, ils eurent appris la réalité du pain quotidien – tout ce que pouvait commander la bourse d'un mécène [24]. Aussi est-il pratiquement impossible d'étudier le développement de n'importe laquelle de ces libres opinions rivales, dont le XIXe siècle fut

---

23. Novalis, *Neue Fragmentensammlung* (1798), *Schriften*, 1929, t. II, p. 335.
24. À propos de l'attitude romantique en Allemagne, voir Carl Schmitt, *Politische Romantik*, 1925.

si étonnamment prodigue, sans se trouver en présence du romantisme sous sa forme allemande.

Ce que ces premiers intellectuels modernes préparèrent vraiment, ce ne fut pas tant l'apparition d'une opinion particulière que la mentalité générale des penseurs allemands modernes ; ces derniers ont maintes fois prouvé qu'il n'est pas une idéologie à laquelle ils ne se rallient si elle ne tient pas compte de ce seul fait – que même un romantique ne saurait totalement négliger : la réalité de leur position. La meilleure justification de cette singulière attitude, le romantisme l'apportait avec son idolâtrie sans limites de la « personnalité » de l'individu, dont l'arbitraire même devenait preuve de génie. Tout ce qui pouvait servir la prétendue productivité de l'individu, en un mot le jeu totalement arbitraire de ses « idées », pouvait devenir le centre d'une conception globale de la vie et du monde.

Ce cynisme inhérent au culte romantique de la personnalité a ouvert la voie à certaines attitudes modernes parmi les intellectuels. Elles trouvèrent un porte-parole idéal en Mussolini, l'un des derniers héritiers de ce mouvement, quand il se décrivait à la fois comme « aristocrate et démocrate, révolutionnaire et réactionnaire, prolétaire et antiprolétaire, pacifiste et antipacifiste ». L'individualisme à tous crins du romantisme n'a jamais exprimé d'affirmation plus sérieuse que celle-ci : « Chacun est libre de se créer sa propre idéologie. » L'expérience de Mussolini avait ceci de nouveau qu'elle représentait la « tentative de la mener à bien avec toute l'énergie possible [25] ».

À cause de ce « relativisme » fondamental, la contribution directe du romantisme au développement de la pensée raciale est presque négligeable. Dans ce jeu anarchique dont les règles donnent à chacun le droit d'avoir à un moment quelconque au moins une opinion personnelle et arbitraire, il va pratiquement de soi que toutes les opinions imaginables peuvent être formulées et dûment imprimées. Beaucoup plus caractéristique que ce chaos était la croyance fondamentale

---

25. Mussolini, « Relativismo e Fascismo », *Diuturna*, 1924. Traduction empruntée à Franz Neumann, *Behemoth*, 1942, p. 462, 463.

en la personnalité en tant que but suprême en soi. En Allemagne, où le conflit entre noblesse et classe moyenne montante ne s'est jamais réglé sur la scène politique, le culte de la personnalité s'est développé comme l'unique moyen d'obtenir au moins une sorte d'émancipation sociale. La classe dirigeante de ce pays exprimait ouvertement son mépris traditionnel pour les affaires, et sa répugnance à s'associer avec des marchands en dépit de la richesse et de l'importance croissantes de ces derniers, si bien qu'il n'était pas facile de trouver le moyen de gagner quelque espèce de respect de soi. Le *Bildungsroman*[26] allemand classique, *Wilhelm Meister*, où le héros, issu de la classe moyenne, est éduqué par des nobles et par des acteurs dans la mesure où, dans sa propre sphère sociale, le bourgeois n'a pas de « personnalité », témoigne assez de cette situation désespérée.

Même s'ils ne cherchaient pas vraiment à déclencher une lutte politique en faveur de la classe moyenne à laquelle ils appartenaient, les intellectuels allemands livrèrent une bataille sans merci, et hélas victorieuse, pour obtenir un statut social. Même ceux qui avaient défendu la noblesse dans leurs écrits sentaient néanmoins que leur propre intérêt se trouvait en jeu dès lors qu'il s'agissait de rang social. Afin de pouvoir entrer en lice avec des droits et qualités de naissance, ils formulèrent un concept neuf, celui de « personnalité innée », qui devait rencontrer une approbation unanime auprès de la société bourgeoise. Tout comme le titre dont héritait l'aîné d'une vieille famille, la « personnalité innée » était donnée à la naissance et non acquise à force de mérite. De même que l'absence d'une histoire commune, nécessaire à la construction d'une nation, avait été artificiellement compensée par le concept naturaliste de développement organique, de même, dans la sphère sociale, la nature elle-même était censée dispenser un titre que la réalité politique avait refusé d'accorder. Les écrivains libéraux ne tardèrent pas à revendiquer une « noblesse vraie » par opposition aux misérables petits titres de baron ou autres, donnés et repris,

---

26. NdÉ. Roman d'apprentissage.

et à affirmer par déduction que leurs privilèges naturels, tels que « force ou génie », ne sauraient découler d'aucune action humaine[27].

L'aspect discriminatoire de ce nouveau concept social s'affirma d'emblée. Pendant la longue période de simple antisémitisme social, qui introduisit et prépara la découverte de la haine des Juifs comme arme politique, c'étaient son absence de « personnalité innée », son absence innée de tact, son absence innée de productivité, ses dispositions innées pour le commerce, etc., qui faisaient la différence entre le comportement de l'homme d'affaires juif et celui de son collègue moyen. Cherchant fiévreusement à trouver quelque orgueil en elle-même face à l'arrogance de caste des Junkers, sans toutefois oser se battre pour le leadership politique, la bourgeoisie s'efforça dès le début de dénigrer, non tant les autres classes en elles-mêmes inférieures, mais tout simplement les autres peuples. Parfaitement significatif de cette volonté est le court ouvrage de Clemens Brentano[28] qui fut destiné et lu au club ultra-nationaliste des ennemis de Napoléon groupés en 1808 sous le nom de « die christlich-deutsche Tischgesellschaft ». À sa manière brillante et extrêmement sophistiquée, Brentano insiste sur le contraste entre la « personnalité innée », l'individu de génie, et le « philistin », qu'il identifie immédiatement aux Français et aux Juifs. À la suite de quoi les bourgeois allemands voulurent au moins essayer d'attribuer aux autres peuples toutes les qualités que la noblesse méprisait comme typiquement bourgeoises – d'abord aux Français, plus tard aux Anglais, et de tout temps aux Juifs. Quant à ces mystérieuses qualités qu'une « personnalité innée » recevait à la naissance, elles étaient exactement les mêmes que celles dont se réclamaient les véritables Junkers.

---

27. Voir le très intéressant pamphlet contre la noblesse écrit par un auteur libéral, Paul Friedrich Buchholz, intitulé *Untersuchungen über den Geburtsadel*, 1807, p. 68 : « La vraie noblesse [...] ne peut pas se donner ou se reprendre ; car, tels le pouvoir et le génie, elle se développe d'elle-même et existe en elle-même. »

28. Clemens Maria Brentano, *Der Philister vor, in und nach der Geschichte*, 1811.

Bien que, dans ce sens, les valeurs de la noblesse aient contribué à l'essor de la pensée raciale, les Junkers eux-mêmes furent pour ainsi dire étrangers au façonnement de cette mentalité. Le seul Junker de l'époque à avoir développé une théorie politique en propre, Ludwig von der Marwitz, n'employa jamais de termes raciaux. Selon lui, les nations étaient séparées par la langue – différence spirituelle et non physique – et bien qu'il condamnât farouchement la Révolution française, il s'exprimait de la même manière que Robespierre sur la question de l'agression éventuelle d'une nation contre une autre nation : « Celui qui songerait à étendre ses frontières devrait être considéré comme un traître déloyal par la République des États européens tout entière[29]. » C'est Adam Mueller qui insista sur la pureté de lignage comme critère de noblesse, et c'est Haller qui, partant de cette évidence que les puissants dominent ceux qui sont privés de pouvoir, n'hésita pas à aller plus loin et à déclarer qu'en vertu de la loi naturelle, les faibles doivent être dominés par les forts. Bien entendu, les nobles applaudirent avec enthousiasme en apprenant que leur usurpation du pouvoir non seulement était légale, mais encore obéissait aux lois naturelles, et c'est à cause de ces définitions bourgeoises que, pendant tout le XIXe siècle, ils prirent encore plus soin que par le passé d'éviter les *mésalliances**[30].

Cette insistance sur une origine tribale commune comme condition essentielle de l'identité nationale, formulée par les nationalistes allemands pendant et après la guerre de 1814, et l'accent mis par les romantiques sur la personnalité innée et la noblesse naturelle, ont intellectuellement préparé le terrain à la pensée raciale en Allemagne. L'une a donné naissance à la doctrine organique de l'histoire et de ses lois naturelles ; de l'autre naquit à la fin du siècle ce pantin grotesque, le surhomme, dont la destinée naturelle est de gou-

---

29. « Entwurf eines Friedenspaktes. » Gerhard Ramlow, *Ludwig von der Marwitz und die Anfänge konservativer Politik und Staatsanchaaung in Preussen*, 1930, p. 92.

30. Voir Sigmund Neumann, *Die Stufen des preussischen Konservatismus...*, 1930, en particulier les p. 48, 51, 64, 82. À propos d'Adam Mueller, voir *Elemente der Staatskunst*, 1809.

verner le monde. Tant que ces courants cheminaient côte à côte, ils n'étaient rien de plus qu'un moyen temporaire d'échapper aux réalités politiques. Une fois amalgamés, ils constituèrent la base même du racisme en tant qu'idéologie à part entière. Ce n'est pourtant pas en Allemagne que le phénomène se produisit en premier lieu, mais en France, et il ne fut pas le fait des intellectuels de la classe moyenne, mais d'un noble aussi doué que frustré, le comte de Gobineau.

3. La nouvelle clef de l'histoire

En 1853, le comte Arthur de Gobineau publia son *Essai sur l'inégalité des races humaines*, qui devait attendre quelque cinquante ans pour devenir, au tournant du siècle, une sorte d'ouvrage modèle pour les théories raciales de l'histoire. La première phrase de cet ouvrage en quatre volumes – « La chute de la civilisation est le phénomène le plus frappant et, en même temps, le plus obscur de l'histoire[31] » – révèle clairement l'intérêt fondamentalement neuf et moderne de son auteur, ce nouvel état d'esprit pessimiste qui imprègne son œuvre et qui constitue une force idéologique capable de faire l'unité de tous les éléments et opinions contradictoires antérieurs. C'est vrai, l'humanité a de tout temps cherché à en savoir le plus possible sur les cultures passées, sur les empires déchus, sur les populations éteintes ; mais personne avant Gobineau n'avait eu l'idée de découvrir une raison unique, une force unique selon laquelle, de tout temps et en tout lieu, une civilisation naît et meurt. Les doctrines de la décadence semblent avoir un rapport étroit avec la pensée raciale. Ce n'est certainement pas une coïncidence si un autre de ces premiers « croyants en la race », Benjamin Disraeli, éprouvait la même fascination pour le déclin des cultures, tandis que, de son côté, Hegel, dont la philosophie traite pour une grande part de la loi dialectique du développement

---

31. Comte Joseph Arthur de Gobineau, *Essai sur l'inégalité des races humaines* [H. Arendt se réfère à l'édition anglaise : *The Inequality of Human Races*, 1915].

dans l'histoire, ne montra jamais le moindre intérêt pour l'essor et le déclin des cultures en soi, ni pour une quelconque loi qui expliquât la mort des nations : Gobineau démontrait précisément une telle loi. Ignorant le darwinisme ou toute autre loi évolutionniste, cet historien se piquait d'avoir introduit l'histoire dans la famille des sciences naturelles, d'avoir su déceler la loi naturelle du cours de tous événements, d'avoir réduit l'ensemble des propositions spirituelles ou des phénomènes culturels à quelque chose « que, de par la vertu de la science exacte, nos yeux peuvent voir, nos oreilles entendre, nos mains toucher ».

L'aspect le plus surprenant de cette théorie, avancée au cœur de cet optimiste XIXe siècle, tient au fait que l'auteur soit fasciné par la chute des civilisations, et fort peu intéressé par leur essor. À l'époque où l'*Essai* fut écrit, Gobineau n'imaginait guère que sa théorie pût être exploitée comme arme réellement politique, aussi avait-il le courage de décrire les sinistres conséquences inhérentes à sa loi de la décadence. À la différence d'un Spengler qui prédit la chute de la seule culture occidentale, Gobineau, avec une précision « scientifique », ne prévoit rien de moins que la disparition pure et simple de l'Homme – ou, selon ses propres termes, de la race humaine – de la surface de la terre. Ayant pendant quatre volumes réécrit l'histoire de l'humanité, il conclut : « On serait donc tenté d'assigner à la domination de l'homme sur la terre une durée totale de douze à quatorze mille ans, divisée en deux périodes : l'une, qui est passée, aura vu, aura possédé la jeunesse [...] l'autre, qui est commencée, en connaîtra la marche défaillante vers la décrépitude. »

On a observé avec justesse que Gobineau, trente ans avant Nietzsche, se préoccupait déjà du problème de la « *décadence* *[32] ». Mais il y a néanmoins entre eux une différence : Nietzsche possédait l'expérience fondamentale de la décadence européenne, puisqu'il écrivit alors que ce mouvement vivait son apogée avec Baudelaire en France, Swinburne en

---

32. Voir Robert Dreyfus, « La vie et les prophéties du comte de Gobineau », *Cahiers de la quinzaine*, 1905, 6e série, cahier 16, p. 56.

Angleterre et Wagner en Allemagne, tandis que Gobineau avait à peine conscience de la variété des *taedium vitae* modernes et doit être considéré comme le dernier héritier de Boulainvilliers et de la noblesse française en exil, lesquels, sans complications psychologiques, tremblaient tout simplement (et à juste titre) pour le sort de l'aristocratie en tant que caste. Non sans naïveté, il prenait pour ainsi dire à la lettre les doctrines du XVIIIe siècle à propos de l'origine du peuple français : les bourgeois sont les descendants des esclaves gallo-romains, les nobles sont germaniques[33]. Même chose lorsqu'il insiste sur le caractère international de la noblesse. Ses théories révèlent un aspect plus moderne si l'on songe qu'il n'était peut-être qu'un imposteur (son titre français étant plus que douteux), et qu'il a exagéré et déformé à tel point les vieilles doctrines qu'elles en devinrent franchement ridicules – ainsi prétendait-il que sa généalogie remontait jusqu'à Odin par le biais d'un pirate scandinave : « Moi aussi, je suis de la race des Dieux[34]. » Mais sa réelle importance tient à ce qu'au moment où s'épanouissaient les idéologies progressistes il ait prophétisé le Jugement dernier, la fin de l'humanité par une lente catastrophe naturelle. Lorsque Gobineau commença son œuvre à l'époque du roi bourgeois Louis-Philippe, le sort de la noblesse semblait réglé. La noblesse n'avait plus à craindre la victoire du *Tiers État**, celle-ci était déjà accomplie et elle ne pouvait plus que se plaindre. Sa détresse, telle que l'exprime Gobineau, est parfois très proche du grand désespoir des poètes de la décadence qui, quelques décennies plus tard, chanteront la fragilité de toutes choses humaines – *les neiges d'antan**. En ce qui concerne Gobineau lui-même, cette affinité est plutôt accidentelle ; mais il est intéressant de noter qu'une fois celle-ci établie, il n'y avait plus rien pour empêcher des intellectuels parfaitement respectables, tels Robert Dreyfus en France ou Thomas Mann en Allemagne, de prendre au sérieux ce descendant d'Odin quand vint la fin du siècle.

---

33. *Essai sur l'inégalité des races humaines*, t. II, livre IV, p. 445, et l'article « Ce qui est arrivé à la France en 1870 », *Europe*, 1923.

34. Jacques Duesberg, « Le comte de Gobineau », *Revue générale*, 1939.

Bien avant que ne se profile ce mélange humainement incompréhensible d'horrible et de ridicule que notre siècle porte pour sceau, le ridicule avait perdu le pouvoir de tuer.

C'est aussi au singulier esprit pessimiste, au désespoir actif des dernières décennies du siècle que Gobineau dut son succès tardif. Ce qui ne signifie pas nécessairement qu'il ait lui-même été un précurseur de la génération de « la joyeuse ronde de la mort et du négoce » (Joseph Conrad). Il n'était ni l'un de ces hommes d'État qui avaient foi dans les affaires, ni l'un de ces poètes qui chantaient la mort. Il était seulement un curieux mélange de noble frustré et d'intellectuel romantique, qui inventa le racisme pour ainsi dire par hasard : lorsqu'il s'aperçut qu'il ne pouvait plus se contenter des vieilles doctrines des deux peuples réunis au sein de la France et que, vu les circonstances nouvelles, il devait réviser le vieux principe selon lequel les meilleurs se trouvent nécessairement au sommet de la société. À contrecœur, il dut contredire ses maîtres à penser et expliquer que les meilleurs, les nobles, ne pouvaient même plus espérer retrouver leur position première. Petit à petit, il identifia la chute de sa caste à la chute de la France, puis avec celle de la civilisation occidentale, et enfin à celle de l'humanité tout entière. Ainsi fit-il cette découverte – qui lui valut par la suite tant d'admirateurs parmi les écrivains et les biographes – que la chute des civilisations est due à une dégénérescence de la race, ce pourrissement étant causé par un sang mêlé. Cela implique que dans tout mélange la race inférieure est toujours dominante. Ce type d'argumentation, qui devint presque un lieu commun après le tournant du siècle, ne coïncidait pas avec les doctrines progressistes des contemporains de Gobineau, qui connurent bientôt une autre *idée fixe**, la « survie des meilleurs ». L'optimisme libéral de la bourgeoisie victorieuse voulait une nouvelle édition de la théorie de la « force fait droit », non une clef de l'histoire ou la preuve d'une inéluctable déchéance. Gobineau chercha en vain à élargir son public en prenant parti dans la question esclavagiste en Amérique, et en construisant habilement tout son système sur le conflit fondamental entre Blancs et Noirs. Il lui fallut près de cinquante ans pour devenir une gloire auprès de l'élite, et ses ouvrages durent attendre la Première Guerre mondiale et sa vague de philosophies de la mort pour jouir d'une réelle et large popularité[35].

Ce que Gobineau cherchait en réalité dans la politique, c'était la définition et la création d'une « élite » qui remplacerait l'aristocratie. Au lieu de princes, il proposait une « race de princes », les Aryens, qui, du fait de la démocratie, disait-il, risquaient de se voir submergés par les classes inférieures non aryennes. Le concept de race permettait d'introduire les « personnalités innées » du romantisme allemand et de les définir comme les membres d'une aristocratie naturelle, destinée à régner sur tous les autres hommes. Si la race et le mélange des races sont les facteurs déterminants de l'individu – et Gobineau n'affirmait pas l'existence de sangs « purs » –, rien n'empêche de prétendre que certaines supériorités physiques pourraient se développer en tout individu, quelle que soit sa position sociale présente, et que tout homme d'exception fait partie de ces « authentiques fils et survivants [...] des Mérovingiens », les « fils de rois ». Grâce à la race, une « élite » allait se former qui pourrait revendiquer les vieilles prérogatives des familles féodales du seul fait qu'elle avait le sentiment d'être une noblesse ; la reconnaissance de l'idéologie de race allait en soi devenir la preuve formelle qu'un individu était de « bon sang », que du « sang bleu » coulait dans ses veines et qu'une telle origine supérieure impliquait des droits supérieurs. D'un même événement politique, le déclin de la noblesse, le comte tirait donc deux conséquences contradictoires : la dégénérescence de la race humaine et la constitution d'une aristocratie nouvelle et naturelle. Mais il ne vécut pas assez longtemps pour assister à la mise en œuvre pratique de ses enseignements

---

35. Voir le numéro de la revue française *Europe*, n° 9, 1923, consacré à la mémoire de Gobineau, et plus particulièrement l'article de Clément Serpeille de Gobineau, « Le gobinisme et la pensée moderne ». « Toutefois ce n'est qu'[...] en pleine guerre que l'*Essai sur les races* m'apparut comme dominé par une thèse féconde, et seule capable d'expliquer certains phénomènes qui se déroulaient sous nos yeux [...]. J'ai eu la surprise de constater que mon opinion était presque unanimement partagée. Après la guerre, je remarquai que pour presque tous les hommes des jeunes générations, l'œuvre de Gobineau fut une révélation. »

qui résolut leurs contradictions fondamentales – la nouvelle aristocratie de race commença effectivement à réaliser la ruine « inévitable » de l'humanité dans un effort suprême pour la détruire.

Suivant l'exemple de ses prédécesseurs, les nobles français en exil, Gobineau ne voyait pas seulement dans son élite de race un rempart contre la démocratie, mais aussi un rempart contre la « monstruosité chananéenne » du patriotisme [36]. Et puisque la France se trouvait encore être la *« patrie » par excellence**, dans la mesure où son gouvernement – qu'il fût monarchie, empire ou république – continuait à reposer sur le principe de l'égalité fondamentale entre les hommes, et puisque, pis encore, c'était à l'époque le seul pays où même les gens de peau noire pouvaient jouir de droits civiques, il semblait tout naturel à Gobineau de ne pas faire allégeance au peuple français, mais aux Anglais et, par la suite, après la défaite française de 1871, aux Allemands [37]. Nul ne saurait prendre ce manque de dignité pour un faux pas, ni cet opportunisme pour une malheureuse coïncidence. Le vieux dicton qui dit que le succès appelle le succès s'applique aux gens qui ont coutume de nourrir des opinions aussi variées qu'arbitraires. Les idéologues qui prétendent détenir la clef de la réalité sont obligés de modifier leurs opinions et de les adapter coûte que coûte aux cas isolés en fonction des événements les plus récents, et ils ne peuvent jamais se permettre d'entrer en conflit avec leur insaisissable dieu, la réalité. Il serait absurde de demander d'être fiables à des gens qui, en vertu de leurs convictions,

---

36. Arthur Joseph de Gobineau, *Essai*, t. II, livre IV, note 29 et pages précédentes. « Le mot "patrie" [...] ne nous est vraiment revenu que lorsque les couches gallo-romaines ont relevé la tête et joué un rôle dans la politique. C'est avec leur triomphe que le patriotisme a recommencé à être une vertu. »

37. Voir Ernest Seillière, *La Philosophie de l'impérialisme*, t. I : *Le Comte de Gobineau et l'aryanisme historique*, p. 131 : « Tandis que l'Allemagne est à peine germanique dans l'*Essai*, en revanche l'Angleterre l'est au plus haut degré [...]. Il changera d'avis sans doute, mais sous l'influence du succès. » Il est intéressant de noter que Seillière, qui à l'occasion de ses recherches devint un adhérent fervent du gobinisme – « le climat intellectuel auquel les poumons du XXe siècle devront probablement s'adapter » –, voyait dans le succès une raison parfaitement suffisante pour le soudain revirement de Gobineau.

doivent précisément pouvoir justifier n'importe quelle situation donnée.

Il faut reconnaître que, jusqu'au moment où les nazis, en s'instaurant comme élite de race, ont exprimé ouvertement leur mépris de tous les peuples, y compris le peuple allemand, le racisme français était resté le plus cohérent car il n'avait jamais eu la faiblesse de céder au patriotisme. (La dernière guerre même n'a rien changé à cette attitude ; au vrai, l'« *essence aryenne** » n'était plus désormais le monopole des Allemands, mais plutôt des Anglo-Saxons, des Suédois et des Normands, et, en tout cas, nation, patriotisme et loi étaient toujours considérés comme « préjugés, valeurs factices et nominales[38] ».) Taine lui-même croyait fermement au génie supérieur de la « nation germanique[39] », et Ernest Renan a probablement été le premier à opposer les « Sémites » aux « Aryens » en une *« division du genre humain* »* décisive, bien qu'il reconnût en la civilisation la grande force supérieure qui détruit les originalités locales aussi bien que les différences de race originelles[40]. Tous ces propos décousus, qui caractérisent les écrivains français après 1870[41], même s'ils ne sont pas racistes au sens strict du mot, obéissent aux principes antinationaux et pro-germaniques.

Si la ligne antinationale cohérente du gobinisme a permis de fournir aux ennemis de la démocratie française, et plus tard de la IIIe République, des alliés, réels ou fictifs, par-delà les frontières de leur pays, la fusion spécifique des concepts de race et d'« élite » a offert à l'intelligentsia internationale des jouets psychologiques aussi nouveaux qu'excitants pour se divertir sur le grand terrain de jeux de l'histoire. Les *« fils de rois* »* de Gobineau étaient les proches parents des héros

---

38. On pourrait multiplier les exemples. La citation est tirée de Camille Spiess, *Impérialismes. La conception gobinienne de la race*, 1917.

39. À propos de l'attitude de Taine, voir John S. White, « Taine on Race and Genius », *Social Research*, février 1943.

40. Selon Gobineau, les Sémites étaient une race blanche hybride abâtardie par un mélange avec des Noirs. À propos de Renan, voir *Histoire générale et système comparé des langues sémitiques*, 1863, 1re partie, p. 4, 503 et *passim*. On trouve la même distinction dans ses *Langues sémitiques*, I, p. 15.

41. Ce qu'a très bien rendu Jacques Barzun, *Race. A Study in Modern Superstition*.

romantiques, des saints, des génies et des surhommes du XIXᵉ siècle finissant, dont aucun ne saurait cacher ses origines romantiques allemandes. L'irresponsabilité foncière des opinions romantiques reçut un nouvel élan du mélange des races de Gobineau, parce que celui-ci révélait un fait historique passé dont chacun pouvait retrouver la trace dans les profondeurs de lui-même. Cela signifiait qu'on pouvait accorder un sens historique aux expériences intimes, que le soi était devenu le champ de bataille de l'histoire. « Depuis que j'ai lu l'*Essai*, je n'ai pas cessé de sentir vivre dans mon être, chaque fois que quelque conflit, quelque hésitation, quelque anxiété ou au contraire quelque élan irrépressible remuaient mes sources cachées, qu'il se livrait dans mon âme une bataille sans merci [...] l'inexorable bataille du Noir, du Jaune, du jésuite et de l'Aryen[42]. » On peut sans doute trouver quelque chose d'aussi significatif que cet aveu et d'autres confessions similaires dans l'état d'esprit des intellectuels modernes, qui sont les héritiers directs du romantisme ; quelle que soit leur opinion, ils n'en expriment pas moins l'innocence et la candeur politiques propres à ceux que toutes les idéologies qui passent ont pu modeler à leur gré.

4. Les « droits des anglais » contre les droits des hommes

Alors que les graines de la pensée raciale allemande ont été semées au moment des guerres napoléoniennes, les prémices du futur développement anglais sont apparues au cours de la Révolution française et l'on peut en suivre la trace jusqu'à l'homme qui la dénonça avec violence comme la crise « la plus ahurissante qui soit jusque-là survenue dans le monde » – Edmund Burke[43]. On sait quelle énorme

---

42. Ce surprenant gentleman n'est autre que l'historien et écrivain bien connu Élie Faure, « Gobineau et le problème des races », *Europe*, n° 9, 1923.

43. Edmund Burke, *Réflexions sur la Révolution de France* [H. Arendt se réfère à la 1ʳᵉ édition parue en anglais en 1790 : *Reflections on the Revolution in France*, p. 8].

influence son œuvre a exercée non seulement sur la pensée politique anglaise, mais aussi allemande. Il faut néanmoins insister sur ce fait, à cause des similitudes entre les pensées raciales anglaise et allemande, par rapport au courant français. Ces ressemblances s'expliquent du fait que ces deux pays avaient vaincu les Tricolores et montraient par conséquent une certaine tendance à critiquer les idées de *Liberté-Égalité-Fraternité* * en tant qu'inventions étrangères. L'inégalité sociale étant la base de la société anglaise, les conservateurs britanniques éprouvèrent quelque gêne quand on se mit à parler de « droits de l'homme ». Selon l'opinion couramment répandue par les Tories du XIXe siècle, l'inégalité faisait partie du caractère national de l'Angleterre. Disraeli trouvait « quelque chose de mieux que les Droits des Hommes dans les droits des Anglais », et, pour Sir James Stephen, il était apparu dans l'histoire « peu de choses aussi pitoyables que le degré auquel les Français se laissaient aller à s'exciter à ce propos[44] ». C'est l'une des raisons pour lesquelles les Anglais purent se permettre de développer jusqu'à la fin du XIXe siècle une pensée raciale en accord avec les grands principes nationaux, alors qu'en France les mêmes opinions avaient révélé d'emblée leur vrai visage antinational.

Le principal argument de Burke contre les « principes abstraits » de la Révolution française apparaît dans cette phrase : « La ligne constante de notre Constitution a toujours été de revendiquer nos libertés et de les faire respecter en tant qu'*héritage inaliénable* transmis par nos aïeux et que nous devons transmettre à la postérité ; en tant que bien qui appartient en propre au peuple de ce royaume, sans aucune référence à un autre droit plus général ni plus ancien. » La notion d'héritage, appliquée à la nature même de la liberté, a été le fondement idéologique qui conféra au nationalisme anglais cette curieuse touche de sentiment racial à partir de la Révolution française. Sous la plume d'un écrivain issu de la classe moyenne, cela signifiait la reconnaissance

---

44. Sir James F. Stephen, *Liberty, Equality, Fraternity*, 1873, p. 254. À propos de lord Beaconsfield, voir Benjamin Disraeli, *Lord George Bentinck*, 1853, p. 184.

directe du concept féodal de liberté en tant que somme totale des privilèges hérités en même temps que le titre et les terres. Sans empiéter sur les droits de la classe privilégiée au sein de la nation anglaise, Burke élargissait le principe de ces privilèges jusqu'à y inclure le peuple anglais tout entier, en faisant de celui-ci une sorte de noblesse des nations. D'où son mépris pour ceux qui revendiquaient leur liberté au nom des droits des hommes, droits qui, à ses yeux, ne pouvaient se revendiquer qu'au titre de « droits des Anglais ».

En Angleterre, le nationalisme se développa sans s'attaquer sérieusement aux vieilles classes féodales, et cela parce que la petite noblesse anglaise s'était, dès le XVIIe siècle et dans des proportions croissantes, assimilée aux rangs les plus élevés de la bourgeoisie, à tel point qu'il arrivait parfois à l'homme du commun d'atteindre à la position de lord. Par suite, l'habituelle arrogance de caste de la noblesse disparut pour une bonne part, tandis que se créait dans l'ensemble de la nation un sens étendu des responsabilités ; mais, en même temps, la mentalité et les concepts féodaux se trouvaient bien plus qu'ailleurs à même d'influencer les idées politiques des classes inférieures. Ainsi le concept d'héritage se trouva-t-il pratiquement admis tel quel et étendu à la totalité de la « souche » anglaise. Cette assimilation des valeurs de la noblesse finit par rendre la pensée raciale anglaise comme obsédée par les théories de l'héritage et leur équivalent moderne, l'eugénisme.

Chaque fois que les peuples européens ont concrètement tenté d'englober tous les peuples de la terre dans leur conception de l'humanité, ils ont été irrités par l'importance des différences physiques entre eux-mêmes et ceux qu'ils rencontraient sur les autres continents[45]. L'enthousiasme du XVIIIe siècle pour la diversité des formes que pouvait revêtir la nature identique et omniprésente de l'homme et de la rai-

---

45. Les récits de voyages du XVIIIe siècle abondent en échos significatifs, en dépit de leur modération, de ce profond ahurissement. Voltaire y voyait un phénomène assez important pour mériter une note spéciale dans son *Dictionnaire philosophique* (art. « Homme ») : « Nous avons vu ailleurs combien ce globe porte de races d'hommes différentes, et à quel point le premier nègre et le premier blanc qui se rencontrèrent durent être étonnés l'un de l'autre. »

son n'apportait qu'un bien faible argument à la question de savoir si le dogme chrétien d'unité et d'égalité de tous les hommes entre eux, fondé sur une commune descendance à partir d'un groupe originel de parents, demeurerait dans le cœur d'hommes confrontés à des peuples qui, à notre connaissance, n'avaient jamais su trouver par eux-mêmes une expression adéquate de la raison ou de la passion humaines soit dans des faits culturels, soit dans des coutumes populaires, et qui n'avaient que modérément développé des institutions humaines. Ce nouveau problème, qui apparaissait sur la scène historique de l'Europe et de l'Amérique avec la connaissance plus approfondie des tribus africaines, avait déjà provoqué un retour en arrière, surtout en Amérique et dans certaines possessions britanniques, sous forme de certains types d'organisation sociale que l'on avait crus définitivement liquidés par le christianisme. Pourtant, même l'esclavage, bien que fondamentalement établi sur une base strictement raciale, n'a pas éveillé de conscience de race chez les peuples esclavagistes avant le XIXe siècle. Pendant tout le XVIIIe, les esclavagistes américains eux-mêmes l'avaient considéré comme une institution temporaire qu'ils voulaient abolir progressivement. La plupart d'entre eux auraient probablement dit comme Jefferson : « Je tremble quand je pense que Dieu est juste. »

En France, où le problème des tribus noires avait éveillé le désir d'assimiler et d'éduquer, le grand savant Leclerc de Buffon avait donné une première classification des races qui, fondée sur les peuples européens, et classant tous les autres selon leurs différences par rapport à eux, avait professé l'égalité par stricte juxtaposition[46]. Le XVIIIe siècle, pour reprendre l'admirable précision de cette formule de Tocqueville, « croyait à la diversité des races, mais à l'unité de l'espèce humaine[47] ». En Allemagne, Herder avait refusé d'appliquer l'« ignoble mot » de race aux hommes, et même le premier historien de la culture de l'humanité à faire usage de la classification en différentes espèces, Gustav Klemm[48],

---

46. Buffon, *Histoire naturelle...*, 1769-1789.
47. Lettre d'Alexis de Tocqueville à Arthur de Gobineau, du 15 mai 1852.
48. Gustav Klemm, *Allgemeine Kulturgeschichte der Menschheit*, 1843-1852.

respectait encore assez l'idée d'humanité pour en faire la structure générale de ses recherches.

Mais, en Amérique et en Angleterre, où la population avait à résoudre un problème de coexistence depuis l'abolition de l'esclavage, les choses étaient beaucoup moins simples. À l'exception de l'Afrique du Sud, pays qui n'influença le racisme occidental qu'après la « mêlée pour l'Afrique » des années 1880, ces nations furent les premières à devoir tenir compte du problème racial dans leur politique. L'abolition de l'esclavage aiguisa les conflits latents au lieu d'apporter une solution aux graves difficultés du présent. C'était notamment le cas en Angleterre où les « droits des Anglais » n'avaient pas été remplacés par une nouvelle orientation politique qui eût permis de proclamer les droits des hommes. L'abolition de l'esclavage dans les possessions britanniques en 1834 et la controverse qui précéda la guerre civile en Amérique trouvèrent par conséquent en Angleterre une opinion publique en pleine confusion, qui constitua un terrain propice aux diverses doctrines naturalistes qui naquirent au cours de ces décennies.

La première de ces doctrines fut celle des polygénistes qui, accusant la Bible d'être un recueil de pieux mensonges, niaient toute parenté entre les « races » humaines ; la destruction de l'idée de loi naturelle, ce lien unissant tous les hommes et tous les peuples, constitua leur plus belle victoire. Bien qu'il ne stipulât pas une supériorité raciale prédestinée, le polygénisme isolait arbitrairement les peuples les uns des autres par les abysses d'une impossibilité physique des hommes à se comprendre et à communiquer. Le polygénisme explique pourquoi « l'est est l'est et l'ouest est l'ouest, et jamais ne se rencontreront » ; il fut d'une aide précieuse pour empêcher les mariages mixtes dans les colonies et pour encourager la discrimination à l'égard des métis. Selon le polygénisme, ceux-ci ne sont pas de véritables êtres humains ; ils n'appartiennent à aucune race précise, mais sont des sortes de monstres dont « chaque cellule est le théâtre d'une guerre civile[49] ».

---

49. Al. Carthill, *The Lost Dominion*, 1924, p. 158.

La pensée raciale avant le racisme

Malgré l'influence durable qu'en fin de compte le polygénisme a exercée sur la pensée raciale anglaise, le XIXᵉ siècle devait bientôt le voir détrôné dans l'opinion publique par une autre doctrine. Celle-ci partait elle aussi du principe d'héritage, mais elle y ajoutait un principe politique cher au XIXᵉ siècle, celui de progrès ; elle en arrivait dès lors à la conclusion inverse, mais beaucoup plus convaincante, que l'homme est non seulement lié à l'homme mais aussi à la vie animale, que l'existence de races inférieures montre clairement que seules des différences de degré séparent l'homme de la bête, et qu'une puissante lutte pour subsister domine tous les êtres vivants. Le darwinisme tira une force particulière du fait qu'il s'inspirait de la vieille doctrine de la « force fait droit ». Mais tandis que cette doctrine, lorsqu'elle était exclusivement le fait des aristocrates, avait parlé le fier langage de la conquête, elle était désormais traduite dans la langue bien plus amère des peuples qui avaient dû lutter pour se procurer leur pain quotidien et s'étaient frayés un chemin jusqu'à la relative sécurité des parvenus.

Si le darwinisme a connu un tel succès, c'est parce qu'il apportait, sur la base de l'héritage, les armes idéologiques de la domination de race aussi bien que de classe, et parce que l'on pouvait aussi bien s'en servir en faveur de la discrimination que contre celle-ci. Du point de vue politique, le darwinisme en tant que tel était neutre : il a donné lieu à toutes sortes de pacifisme et de cosmopolitisme aussi bien qu'aux formes les plus aiguës d'idéologie impérialiste[50]. Dans les années 1870 et 1880, le darwinisme était encore en Angleterre presque exclusivement aux mains du parti utilitariste anticolonialiste. Et le premier philosophe de l'évolution, Herbert Spencer, qui traitait la sociologie comme une branche de la biologie, pensait que la sélection naturelle profiterait à l'évolution de l'humanité et qu'elle amènerait une paix éternelle. Le darwinisme introduisait dans le débat politique deux concepts importants : la lutte pour la subsistance, avec la foi optimiste en la nécessaire et automatique « survie

---

50. Voir Friedrich Brie, *Imperialistische Strömungen in der englischen Literatur*, 1928.

des meilleurs », et les possibilités infinies qui semblaient s'offrir à l'évolution de l'homme hors du règne animal et qui donnèrent naissance à cette nouvelle « science », l'eugénisme.

La doctrine de la nécessaire survie des meilleurs, qui implique que les couches supérieures de la société pourraient être les « mieux adaptées », mourut de la même mort que la doctrine de la conquête, c'est-à-dire lorsque les classes dirigeantes en Angleterre, ou la domination anglaise dans les possessions coloniales, cessèrent d'être absolument sûres, et qu'il devint bien difficile de savoir si ceux qui étaient aujourd'hui les « mieux adaptés » le seraient encore demain. L'autre aspect du darwinisme, la généalogie de l'homme à partir de la vie animale, a malheureusement survécu. L'eugénisme promettait de résoudre les embarrassantes incertitudes de la doctrine de la survie selon laquelle il était aussi impossible de prédire qui se révélerait le mieux adapté que de procurer aux nations le moyen de rester éternellement fortes. Cette conséquence virtuelle d'un eugénisme appliqué triompha dans l'Allemagne des années 20 comme réaction au *Déclin de l'Occident* de Spengler[51]. Il suffisait de ne plus voir le processus de sélection comme une nécessité naturelle agissant dans le dos des hommes, mais comme un instrument physique « artificiel » que l'on peut utiliser délibérément. La bestialité avait toujours été inhérente à l'eugénisme, et la remarque de précurseur d'Ernst Haeckel, disant qu'une mort miséricordieuse éviterait des « dépenses inutiles aux familles et à l'État », est tout à fait caractéristique[52]. Finalement, les derniers disciples du darwinisme en Allemagne décidèrent de quitter le domaine de la recherche scientifique, d'oublier la quête du chaînon manquant entre l'homme et le singe, et d'entamer plutôt une recherche pratique visant à transformer l'homme en ce que les darwinistes pensaient être un singe.

---

51. Voir par exemple Otto Bangert, *Gold oder Blut ; Wege zur Wiedergeburt aus dem Chaos*, 1927. « C'est pourquoi une civilisation peut être éternelle », p. 17.

52. Ernst Haeckel, *Lebenswunder*, 1904, p. 128 et suiv.

La pensée raciale avant le racisme 109

Mais avant que le nazisme tentât, par sa politique totalitaire, de changer l'homme en bête, il y eut de nombreuses tentatives pour faire de lui, sur une base strictement héréditaire, un dieu[53]. Non seulement Herbert Spencer, mais avec lui tous les évolutionnistes et les darwinistes des premiers temps, « avaient une foi aussi profonde en l'avenir angélique de l'humanité qu'en l'origine simiesque de l'homme[54] ». De l'héritage sélectif était supposé découler un « génie héréditaire[55] », et encore une fois l'aristocratie était présentée comme le fruit naturel, non de la politique, mais de la sélection naturelle, d'un pur lignage. Transformer la nation entière en une aristocratie naturelle dont certains spécimens de choix

---

53. Près d'un siècle avant que l'évolutionnisme ne revête le manteau de la science, des voix s'étaient déjà élevées pour mettre le monde en garde contre les conséquences inhérentes à une folie qui, à l'époque, ne dépassait guère le stade de la pure imagination. Voltaire avait joué plus d'une fois avec les opinions évolutionnistes ; à cet égard, voir plus particulièrement « Philosophie générale : Métaphysique, Morale et Théologie », *Œuvres complètes*, 1785, t. 40, p. 16 et suiv. Dans son *Dictionnaire philosophique*, article « Chaîne des êtres créés », il écrivait : « L'imagination se complaît d'abord à voir le passage imperceptible de la matière brute à la matière organisée, des plantes aux zoophytes, de ces zoophytes aux animaux, de ceux-ci à l'homme, de l'homme aux génies, de ces génies revêtus d'un petit corps aérien à des substances immatérielles ; et [...] à Dieu même [...]. Mais le plus parfait des génies créés par l'Être suprême peut-il devenir Dieu ? N'y a-t-il pas l'infini entre Dieu et lui ? [...] N'y a-t-il pas visiblement un vide entre le singe et l'homme ? »

54. Carlton J. H. Hayes, *A Generation of Materialism, 1871-1900*, p. 11. Hayes insiste à juste titre sur la forte adhésion à la morale pratique de ces premiers matérialistes. Il explique « ce curieux divorce entre la morale et les croyances [par] ce que, par la suite, les sociologues ont décrit comme un effet de retardement » (p. 130). Cette explication recèle toutefois certaines faiblesses si l'on se souvient que d'autres matérialistes, tels Haeckel en Allemagne ou Vacher de Lapouge en France, avaient délaissé le calme de l'étude et de la recherche pour se lancer dans des activités de propagande ; que, d'autre part, certains de leurs contemporains qui n'étaient pas imprégnés de leurs doctrines matérialistes, comme Barrès et Cie en France, furent des adeptes fort positifs de la brutalité perverse qui balaya la France au cours de l'affaire Dreyfus. La soudaine dégradation de la morale dans le monde occidental semble moins due au développement autonome de certaines « idées » qu'à une série d'événements politiques nouveaux et à de nouveaux problèmes socio-politiques qui venaient s'abattre sur une humanité décontenancée, en pleine confusion.

55. [*Hereditary Genius...*] : titre du livre de Francis Galton, publié en 1869 [1891], qui connut un immense succès et qui déclencha dans les décennies suivantes tout un flot de littérature portant sur le même sujet.

deviendraient des génies et des surhommes était l'une des nombreuses « idées » élaborées par les intellectuels libéraux frustrés qui rêvaient de remplacer, en employant des moyens non politiques, les vieilles classes gouvernantes par une nouvelle « élite ». À la fin du siècle, les écrivains traitaient tout naturellement des questions politiques en termes de biologie et de zoologie, et les zoologistes écrivaient leurs « Vues biologiques de notre politique étrangère » comme s'ils avaient découvert un guide infaillible à l'usage des hommes d'État[56]. Tous proposaient de nouveaux moyens permettant de contrôler et d'organiser la « survie des meilleurs » en accord avec les intérêts nationaux du peuple anglais[57].

L'aspect le plus dangereux de ces doctrines évolutionnistes est d'avoir combiné le concept d'héritage avec l'accent mis sur l'épanouissement personnel et sur le caractère individuel, qui avaient tant compté pour l'amour-propre de la classe moyenne du XIXe siècle. Cette classe moyenne voulait des savants capables de prouver que les grands hommes, et non les aristocrates, étaient les véritables représentants de la nation, ceux qui personnifiaient le « génie de la race ». Ces savants fournirent le moyen idéal d'échapper à la réalité politique lorsqu'ils « prouvèrent » le postulat précurseur de

---

56. « A Biological View of Our Foreign Policy » [« Vues biologiques de notre politique étrangère »] fut publié par P. Charles Michel dans la *Saturday Review*, février 1896. Les travaux de ce type les plus importants sont : Thomas Huxley, *The Struggle for Existence in Human Society*, 1888. Sa thèse principale : la chute des civilisations n'est inéluctable que dans la mesure où le taux de natalité n'est pas contrôlé. Benjamin Kidd, *Social Evolution*, 1894. John Beattie Crozier, *History of Intellectual Development in the Lines of Modern Evolution*, 1897-1901. Karl Pearson (*National Life from the Standpoint of Science*, 1901), professeur d'eugénisme à l'université de Londres, fut l'un des premiers à décrire le progrès comme une sorte de monstre impersonnel qui dévore tout ce qui se trouve sur son chemin. Charles H. Harvey (*The Biology of British Politics*, 1904) affirme qu'en pratiquant un contrôle strict de la « lutte pour la vie » au sein de la nation, celle-ci a toutes chances de devenir la plus puissante dans l'inévitable lutte avec les autres peuples pour le droit à l'existence.

57. Voir plus particulièrement Karl Pearson, *National Life*... Mais Francis Galton avait déjà déclaré : « Je voudrais insister sur le fait que l'amélioration des dons naturels des générations futures de la race humaine dépend déjà très largement de nous. » (*Hereditary Genius ; an Inquiry into its Laws and Consequences*, 1891, p. XXVI.)

La pensée raciale avant le racisme 111

Disraeli selon lequel le grand homme est « la personnification de la race, son meilleur exemple ». Le raisonnement de ce « génie » connut son aboutissement logique lorsqu'un autre disciple de l'évolutionnisme déclara tout simplement : « L'Anglais est le Surhomme et l'histoire de l'Angleterre est l'histoire de son évolution[58]. »

Il est significatif que la pensée raciale anglaise, tout comme la pensée raciale allemande, ait dû ses origines à des écrivains de la classe moyenne et non de la noblesse, qu'elle soit née du désir d'étendre à toutes les classes les avantages des valeurs de la noblesse et qu'elle se soit nourrie de véritables sentiments nationaux. À cet égard, les idées de Carlyle sur le génie et le héros étaient en réalité bien plus les armes d'un « réformiste social » que la doctrine d'un « père de l'impérialisme britannique », ainsi qu'il en a été bien injustement accusé[59]. Ce culte du héros, qui lui valut une si large audience tant en Allemagne qu'en Angleterre, avait les mêmes sources que le culte de la personnalité du romantisme allemand. C'étaient la même affirmation et la même glorification de la grandeur innée du caractère individuel quel que soit son environnement social. Parmi les hommes qui ont influencé le mouvement colonial du milieu du XIXᵉ siècle à sa fin, avec le déchaînement de l'impérialisme proprement dit, nul n'a échappé à l'influence de Carlyle, mais aucun d'entre eux ne peut être accusé d'avoir ouvertement prêché le racisme. Carlyle lui-même, dans son essai sur la « Question nègre », se préoccupe de trouver le moyen d'aider les Antilles à produire des « héros ». Charles Dilke, dont on considère parfois le livre, *Greater Britain* (1869), comme marquant les débuts de l'impérialisme[60], était un radical éclairé qui glorifiait les colons anglais comme partie prenante de la nation britannique contre ceux qui prétendaient les mépriser et ne voir en leurs terres que de vulgaires

---

58. *Testament of John Davidson*, 1908.

59. Carl Adolph Bodelsen, *Studies in Mid-Victorian Imperialism*, 1924, p. 22 et suiv.

60. Edward H. Dance, *The Victorian Illusion*, 1928. « L'impérialisme a commencé avec un livre […] *Greater Britain* de Charles Dilke. »

colonies. J. R. Seeley, dont l'*Expansion of England* (1883) se vendit à 80 000 exemplaires en moins de deux ans, respecte encore les hindous en tant que peuple étranger et les distingue nettement des « barbares ». Froude lui-même, dont on pourrait trouver suspecte l'admiration qu'il vouait aux Boers, premier peuple à se convertir sans équivoque à la philosophie tribale du racisme, s'opposait à l'octroi de droits trop importants à l'Afrique du Sud, parce que « l'autonomie en Afrique du Sud signifiait le gouvernement des indigènes par les colons européens, ce qui n'est pas l'autonomie [61] ».

Exactement comme en Allemagne, le nationalisme anglais a été engendré et promu par une classe moyenne qui ne s'était jamais totalement émancipée par rapport à la noblesse et qui véhiculait ainsi les premiers germes d'une pensée raciale. Mais, à l'inverse de l'Allemagne, dont l'absence d'unité exigeait un rempart idéologique en lieu et place de facteurs historiques ou géographiques, les îles Britanniques étaient complètement séparées du monde environnant par des frontières naturelles, et l'Angleterre en tant que nation devait élaborer une théorie unitaire valable pour tous les individus qui vivaient dans ces lointaines colonies et que des milliers de kilomètres séparaient de la métropole. Leur seul lien était une ascendance commune, une origine commune, une langue commune. La séparation des États-Unis avait montré que ces liens ne suffisaient pas en eux-mêmes à garantir la domination ; et il n'y avait pas que l'Amérique mais aussi d'autres colonies pour montrer, bien que moins violemment, une forte tendance à se développer selon des principes constitutionnels différents de ceux de la métropole. Afin de sauver ces anciens ressortissants britanniques, Dilke, influencé par Carlyle, parla de « Saxonité », expression qui devait séduire le peuple américain, à qui un tiers de son livre est consacré. En tant que radical, Dilke pouvait prétendre ne pas voir dans la guerre d'Indépendance une guerre entre deux nations, mais la forme anglaise de la guerre civile

---

61. « Two Lectures on South Africa », *Short Studies on Great Subjects*, 1867-1882.

au XVIIIe siècle, au cours de laquelle il se rangea tardivement aux côtés des républicains. C'est l'une des raisons pour lesquelles les réformateurs sociaux et les radicaux furent, contre toute attente, à l'origine du nationalisme anglais : ils ne voulaient pas seulement garder les colonies parce qu'ils y voyaient un exutoire indispensable pour les classes inférieures ; en fait, ils voulaient contenir l'influence que ces enfants des îles Britanniques, plus radicaux qu'eux-mêmes, exerçaient sur la métropole. Cette volonté s'exprime avec force chez Froude, qui souhaitait « conserver les colonies parce qu'il croyait possible d'y reproduire un état de société plus simple et une manière de vivre plus noble que ne le permettait l'Angleterre industrielle[62] » ; elle eut un impact certain sur l'*Expansion of England* de Seeley : « Quand nous aurons pris l'habitude de contempler dans son ensemble l'Empire et que nous l'appellerons *tout entier* Angleterre, nous verrons que là aussi il s'agit d'États-Unis. » Quelque emploi que les écrivains politiques aient fait par la suite de la « Saxonité », celle-ci avait chez Dilke un sens politique authentique pour une nation qui, désormais, ne pouvait plus compter sur les frontières de son pays pour maintenir sa cohésion. « L'idée qui tout au long de mes voyages a été à la fois ma compagne et mon guide – la clef du mystère des choses cachées de ces étranges nouvelles terres – c'est la conception [...] de la grandeur de notre race dont la terre est déjà ceinte et qui est destinée, peut-être, à la couvrir un jour entièrement » (préface). Pour Dilke, origine commune, héritage, « grandeur de la race » ne constituaient ni des faits physiques ni la clef de l'histoire, mais un guide dont le monde présent avait grand besoin, le seul lien sûr dans un espace sans bornes.

Comme les colons anglais avaient envahi la terre entière, le concept le plus dangereux du nationalisme, l'idée de « mission nationale », devint particulièrement influent en Angleterre. Même si, pendant longtemps, la mission nationale en tant que telle avait pu se poursuivre, dans tous les

---

62. Carl Adolph Bodelsen, *Studies in Mid-Victorian Imperialism*, p. 199.

pays dont les peuples aspiraient à l'identité nationale, sans s'entacher d'influences raciales, elle se révéla finalement proche de la pensée raciale. Les nationalistes anglais cités plus haut peuvent être considérés comme des cas marginaux à la lumière de l'expérience qui suivit. En eux-mêmes, ils n'étaient guère plus dangereux qu'un Auguste Comte en France lorsque celui-ci exprimait son espoir de voir une humanité unie, organisée, régénérée sous l'égide – la *présidence**– de la France[63]. Ils n'abandonnaient pas l'idée de genre humain, même s'ils pensaient que l'Angleterre représentait la garantie suprême pour l'humanité. Ils ne pouvaient éviter d'exacerber ce concept nationaliste, parce qu'il impliquait une dissolution du lien entre sol et peuple, contenue dans l'idée de mission, une dissolution qui, pour la politique anglaise, n'était pas une idéologie répandue mais un fait établi avec lequel tout homme d'État devait compter. Ce qui les distingue clairement des racistes ultérieurs tient à ce qu'aucun d'eux ne prôna jamais sérieusement la discrimination contre les autres peuples en les assimilant à des races inférieures, ne serait-ce que parce que les pays dont ils parlaient, le Canada et l'Australie, étaient pratiquement vides et n'avaient pas de véritables problèmes de population.

Aussi n'est-ce pas un hasard si le premier homme d'État anglais à avoir insisté sans relâche sur ses convictions raciales et sur la supériorité de race comme facteur déterminant de l'histoire et de la politique fut un homme qui, peu soucieux des colonies et des colons anglais – « les colonies, ce poids mort que nous ne gouvernons pas » –, désirait étendre le pouvoir de l'Empire britannique à l'Asie et qui, de fait, renforça considérablement la position de la Grande-Bretagne dans la seule colonie qui connût un grave problème de population et de culture. C'est Benjamin Disraeli, qui fit impératrice des Indes la reine d'Angleterre ; il fut le premier homme d'État anglais à considérer l'Inde comme la pierre angulaire d'un Empire et à vouloir trancher les liens unissant

---

63. Dans son *Discours sur l'ensemble du positivisme*, 1848, p. 384 et suiv.

le peuple anglais aux nations du continent[64]. Il amorça ainsi une transformation fondamentale de la domination britannique en Inde. Cette colonie avait été gouvernée avec l'habituelle cruauté des conquérants, ces hommes que Burke avait appelés « les briseurs de loi de l'Inde ». Elle allait dorénavant recevoir une administration soigneusement organisée dans le but d'y rétablir un gouvernement permanent par le biais de mesures administratives. Cette expérience conduisit l'Angleterre au bord du danger contre lequel Burke l'avait mise en garde, le danger que les « briseurs de loi de l'Inde » pussent devenir « les faiseurs de loi de l'Angleterre[65] ». Car ces hommes pour qui il n'était « aucune action dans l'histoire de l'Angleterre dont nous puissions davantage nous enorgueillir [...] que la fondation de l'Empire des Indes », pensaient que la liberté et l'égalité étaient de « bien grands mots pour peu de chose[66] ».

La politique introduite par Disraeli signifiait l'établissement en pays étranger d'une caste fermée dont le seul rôle se bornait à gouverner, non à coloniser. Le racisme allait évidemment être un indispensable instrument pour réaliser cette conception que Disraeli ne vit pas s'accomplir de son vivant. Il dessinait en filigrane la dangereuse transformation du peuple de l'état de nation en celui de « race sans mélange pourvue d'une organisation de premier plan », et convaincue

---

64. « Nous devrions exercer pouvoir et influence en Asie ; et par voie de conséquence en Europe occidentale » (William F. Monypenny et George E. Buckle, *The Life of Benjamin Disraeli, Earl of Beaconsfield*, 1929, t. II, p. 210). Mais « si jamais l'Europe, par manque de clairvoyance, tombe dans une situation d'infériorité et d'épuisement, l'Angleterre sera toujours assurée d'un illustre futur » (*ibid.*, t. I, livre IV, chap. 2). Car « l'Angleterre n'est plus une simple puissance européenne [...] en réalité, elle est bien plus une puissance asiatique qu'une puissance européenne » (*ibid.*, t. II, p. 201).

65. Edmund Burke, *Réflexions sur la Révolution de France* [H. Arendt se réfère à la 1re édition parue en 1790 : *Reflections on the Revolution in France*, p. 42-43] : « Le pouvoir de la Chambre des communes [...] est grand, certes ; et puisse-t-elle savoir préserver sa grandeur [...] et elle le fera aussi longtemps qu'elle pourra empêcher le briseur de loi de l'Inde de devenir le faiseur de loi de l'Angleterre. »

66. Sir James F. Stephen, *Liberty, Equality, Fraternity*, 1873, p. 253, et *passim* ; voir également ses « Foundations of the Government of India », 1883, *The Nineteenth Century*, LXXX.

de constituer elle-même « l'aristocratie de nature » – pour reprendre les termes de Disraeli dans le passage cité plus haut[67].

Ce que nous avons montré jusqu'ici est l'évolution d'une opinion dans laquelle nous ne voyons qu'aujourd'hui, à la lumière des horribles expériences de notre temps, l'aube du racisme. Mais bien que le racisme ait été produit dans tous les pays par les éléments de la pensée raciale, ce n'est pas l'histoire d'une idée dotée de quelque « logique immanente » qui nous intéresse. La pensée raciale a été source d'arguments appropriés pour des conflits politiques variés, mais elle n'a jamais exercé le moindre monopole sur la vie politique des nations concernées ; elle a exacerbé et exploité les intérêts conflictuels existants ou les problèmes politiques du moment, mais jamais elle n'a provoqué de nouveaux conflits, ni produit de nouvelles catégories de pensée politique. Le racisme est né d'expériences et de constellations politiques jusque-là inconnues et qui auraient paru fort étranges même à d'aussi ardents défenseurs de la « race » qu'un Gobineau ou un Disraeli. Entre les hommes aux conceptions faciles et brillantes et les hommes aux actes brutaux qui ne sont que bestialité en action, il y a un abîme qu'aucune argumentation intellectuelle ne saurait combler. Selon toute vraisemblance, la pensée raciale aurait disparu le moment venu et en même temps que le reste de ces opinions irresponsables du XIXe siècle si la « mêlée pour l'Afrique » et l'ère nouvelle de l'impérialisme n'étaient venues exposer l'humanité occidentale au choc de nouvelles expériences. L'impérialisme aurait dû inventer le racisme comme seule « explication » et seule excuse possibles pour ses méfaits même s'il n'avait jamais existé de pensée raciale dans le monde civilisé.

Comme la pensée raciale existait néanmoins bel et bien, elle se révéla une aide précieuse pour le racisme. L'existence même d'une opinion qui pût se recommander d'une certaine

---

67. Sur le racisme de Disraeli, voir *Sur l'antisémitisme*, chap. III [Éditions du Seuil, « Points Essais », 2005 (nouvelle édition, révisée par Hélène Frappat, Gallimard, « Quarto », 2002)].

tradition permettait de cacher les forces destructrices de la nouvelle doctrine qui, sans ses allures de respectabilité nationale ou la caution apparente de la tradition, aurait peut-être laissé percer son incompatibilité fondamentale avec toutes les valeurs politiques et morales occidentales héritées du passé, et cela même avant d'avoir pu détruire le concert des nations européennes.

Chapitre III

Race et bureaucratie

Deux nouveaux moyens visant à imposer organisation politique et autorité aux populations étrangères furent découverts au cours des premières décennies de l'impérialisme. L'un était la race en tant que principe du corps politique, l'autre la bureaucratie comme principe de domination à l'étranger. Si l'on n'avait pas utilisé la race comme substitut à la nation, la mêlée pour l'Afrique et la fièvre de l'investissement auraient fort bien pu rester cette vaine « ronde de la mort et du négoce » (Joseph Conrad) de toutes les ruées vers l'or. Si l'on n'avait pas utilisé la bureaucratie comme substitut au gouvernement, le dominion britannique de l'Inde aurait fort bien pu être abandonné à l'impudence des « briseurs de loi de l'Inde » (Burke) sans altérer le climat politique de toute une époque.

En réalité, c'est sur le continent noir que ces deux découvertes ont été faites. La race apportait une explication de fortune à l'existence de ces êtres qu'aucun homme appartenant à l'Europe ou au monde civilisé ne pouvait comprendre et dont l'humanité apparaissait si terrifiante et si humiliante aux yeux des immigrants qu'ils ne pouvaient imaginer plus longtemps appartenir au même genre humain. La race fut la réponse des Boers à l'accablante monstruosité de l'Afrique – tout un continent peuplé et surpeuplé de sauvages –, l'explication de la folie qui les saisit et les illumina comme « l'éclair dans un ciel serein : "Exterminer toutes les brutes."[1] »

---

1. Joseph Conrad, *Au cœur des ténèbres* [H. Arendt se réfère à « Heart of Darkness », *Youth and Other Tales*, 1902] : cette nouvelle est l'ouvrage qui peut le mieux nous éclairer sur la véritable expérience de la race en Afrique.

Cette réponse conduisit aux massacres les plus terribles de l'histoire récente, à l'extermination des tribus hottentotes par les Boers, à l'assassinat sauvage perpétré par Carl Peters dans le Sud-Est africain allemand, à la décimation de la paisible population du Congo – de 20 à 40 millions d'individus, réduite à 8 millions ; enfin, et peut-être pire que tout le reste, elle suscita l'introduction triomphante de semblables procédés de pacification dans des politiques étrangères ordinaires et respectables. Auparavant, quel chef d'État civilisé aurait jamais prononcé cette exhortation de Guillaume II à un corps expéditionnaire allemand chargé d'écraser l'insurrection des Boxers en 1900 : « Tout comme les Huns, il y a mille ans, se firent, sous la conduite d'Attila, une réputation qui leur vaut de vivre encore dans l'histoire, puisse le nom d'Allemand se faire connaître en Chine de telle manière que plus jamais un Chinois n'osera poser les yeux sur un Allemand[2] ! »

Alors que la race, soit sous la forme d'idéologie propre à l'Europe, soit sous la forme d'explication de fortune pour des expériences meurtrières, a toujours attiré les pires éléments de la civilisation occidentale, ce sont les meilleurs éléments, et parfois même les plus lucides des couches de l'intelligentsia européenne qui ont découvert la bureaucratie et que celle-ci a attirés en premier lieu. L'administrateur qui gouvernait à l'aide de rapports[3] et par décrets, dans un secret plus hostile que celui de n'importe quel despote oriental, sortait d'une tradition de discipline militaire pour se retrouver au milieu d'hommes sans pitié et sans loi ; il avait longtemps vécu à l'image de son rêve d'enfance, honnête et sincère, tel un moderne chevalier à l'armure étincelante envoyé au secours de peuples démunis et primitifs. Et il s'était acquitté

---

2. Tiré de Carlton J. H. Hayes, *A Generation of Materialism*, 1941, p. 338. Il existe un cas encore pire, c'est celui, bien sûr, de Léopold II de Belgique, responsable des pages les plus noires de l'histoire de l'Afrique. « Il n'y avait qu'un seul homme que l'on pût accuser des exactions qui, de 20 à 40 millions en 1890, ont réduit la population du Congo à 8 500 000 individus en 1911 : Léopold II. » Voir Selwyn James, *South of the Congo*, 1943, p. 305.

3. Voir la description du « système indien de gouvernement à l'aide de rapports » d'Al. Carthill, dans *The Lost Dominion*, 1924, p. 70.

de sa tâche pour le meilleur et pour le pire tant qu'il avait évolué dans un monde régi par la vieille « trinité – guerre, négoce et piraterie » (Goethe), non dans le jeu complexe de politiques d'investissement à grande échelle qui exigeait qu'un peuple fût dominé, et non pas, comme par le passé, au nom de sa propre richesse, mais au nom de l'opulence d'un autre pays. La bureaucratie devint l'organisation du grand jeu de l'expansion où chaque région était considérée comme un tremplin pour de nouveaux engagements, chaque peuple comme un instrument pour de nouvelles conquêtes.

Bien qu'en fin de compte, racisme et bureaucratie se soient révélés à maints égards étroitement liés, ils furent conçus et se développèrent de manière indépendante. Aucun des hommes qui furent, de près ou de loin, impliqués dans leur accomplissement ne devina jamais quel éventail de potentialités d'accumulation du pouvoir et de destruction cette seule combinaison pouvait offrir. Lord Cromer qui, de simple chargé d'affaires britannique se changea en Égypte en bureaucrate impérialiste, n'aurait pas davantage rêvé de combiner l'administration et le massacre (« massacres administratifs », ainsi que Carthill l'exprima sans détour quarante ans plus tard) que les fanatiques de la race en Afrique du Sud n'auraient songé à organiser des massacres dans le but d'instaurer une communauté politique restreinte et rationnelle (comme le firent les nazis dans les camps d'extermination).

1. Le monde fantôme du continent noir

Jusqu'à la fin du siècle dernier, les entreprises coloniales des peuples européens avaient produit au-delà des mers deux grands types de réalisations : sur les territoires récemment découverts et de population clairsemée, la mise en place de nouvelles colonies qui adoptèrent les institutions politiques et juridiques de la métropole ; dans les contrées déjà connues quoique exotiques et de peuplement étranger, l'établissement de comptoirs maritimes et commerciaux dont le seul rôle était de faciliter l'échange, jusque-là mouvementé, des trésors du monde. La colonisation se fit en Amérique et en Australie, deux continents qui, faute d'une histoire et d'une culture bien à eux, étaient tombés aux mains des Européens. Les comptoirs commerciaux étaient particuliers à l'Asie où, des siècles durant, les Européens n'avaient manifesté ni désir d'instaurer un gouvernement permanent ni intentions de conquête, ni dessein de décimer la population indigène et d'installer une colonisation permanente[4]. Ces deux formes d'entreprise outre-mer évoluèrent selon un processus lent et régulier qui s'étend sur près de quatre siècles, au cours duquel les colonies obtinrent peu à peu leur indépendance, et la possession de comptoirs commerciaux s'échangea entre nations en fonction de leur faiblesse ou de leur force relatives en Europe.

Le seul continent auquel l'Europe n'avait pas touché au cours de son histoire coloniale, c'était le continent noir, l'Afrique. Sa côte nord, habitée par des populations et des tribus arabes, était bien connue et avait toujours fait partie d'une manière ou d'une autre de la sphère d'influence de l'Europe depuis l'Antiquité. Trop bien peuplées pour attirer les colons, et trop pauvres pour être exploitées, ces régions avaient subi toutes sortes de dominations étrangères et de mauvais traitements anarchiques, mais, chose curieuse, elles n'avaient jamais réussi – après le déclin de l'empire égyptien et la destruction de Carthage – à se doter d'une véritable indépendance ni d'une organisation politique solide. Les pays européens avaient essayé à plusieurs reprises, il est vrai, de traverser la Méditerranée pour imposer leur domination sur les territoires arabes et leur christianisme aux peuples musulmans, mais ils n'avaient jamais tenté de traiter les territoires d'Afrique du Nord comme des possessions d'outre-mer. Bien au contraire, ils avaient souvent souhaité les incorporer à leurs mères patries respectives. Cette tradition séculaire,

---

4. Il faut se souvenir que la colonisation de l'Amérique et de l'Australie s'est accompagnée de périodes, relativement courtes, de cruelle liquidation due à la faiblesse numérique des indigènes, tandis que « pour ce qui est de la genèse de la société moderne sud-africaine, le territoire situé au-delà des limites du Cap n'était pas la terre nue qui s'étendait devant le pionnier australien. C'était déjà un territoire peuplé, peuplé par une importante population bantoue ». Voir Cornelius W. de Kiewiet, *A History of South Africa, Social and Economic*, 1941, p. 59.

encore suivie dans un proche passé par l'Italie et la France, fut rompue quand, dans les années 1880, l'Angleterre arriva en Égypte pour protéger le canal de Suez sans intention ni de conquête ni d'intégration. La question n'est pas que l'Égypte ait été utilisée, mais que l'Angleterre (nation qui n'étendait pas son emprise sur les rivages de la Méditerranée) n'aurait jamais prêté le moindre intérêt à l'Égypte si elle n'en avait eu besoin à cause des trésors de l'Inde.

Alors que l'impérialisme fit passer l'Égypte de la situation de pays occasionnellement convoité pour lui-même à celle de base militaire tournée vers l'Inde et de tremplin pour une plus vaste expansion, c'est l'inverse qui se produisit en Afrique du Sud. Depuis le XVIIe siècle, l'importance du cap de Bonne-Espérance avait dépendu de l'Inde, centre de la richesse coloniale ; toute nation qui y établissait des comptoirs de commerce devait posséder une base maritime au Cap, qui fut abandonnée lorsque le commerce avec l'Inde eut été liquidé. À la fin du XVIIIe siècle, la Compagnie anglaise des Indes orientales l'emporta sur le Portugal, la Hollande et la France et obtint le monopole du commerce avec l'Inde ; l'occupation de l'Afrique du Sud suivit par voie de conséquence. Si l'impérialisme s'était contenté de poursuivre les vieux courants du commerce colonial (que l'on confond si souvent avec l'impérialisme), l'Angleterre aurait liquidé sa situation en Afrique du Sud avec l'ouverture du canal de Suez en 1869[5]. Bien qu'aujourd'hui l'Afrique du Sud fasse partie du Commonwealth, elle reste différente des autres dominions ; fertilité et population clairsemée, les deux principales conditions préalables à la colonisation proprement dite, en étaient absentes et la seule tentative pour y fixer 5 000 Anglais sans emploi, au début du XIXe siècle, s'était soldée par un échec. Non seulement le flot des émigrants des îles Britanniques a soigneusement évité l'Afrique du Sud pendant tout le XIXe siècle, mais c'est aussi le seul dominion que, plus près de nous, un flot ininterrompu d'émigrants a

---

5. « Jusqu'en 1884, le gouvernement britannique souhaita toujours diminuer son autorité et son influence en Afrique du Sud » (Cornelius W. de Kiewiet, *A History of South Africa, Social and Economic*, p. 113.)

quitté pour rentrer en Angleterre[6]. L'Afrique du Sud, qui devint le « bouillon de culture de l'impérialisme » (Dance), ne fut jamais revendiquée par les défenseurs les plus farouches de la « Saxonité », pas plus qu'elle ne figurait dans les visions d'empire asiatique des rêveurs les plus romantiques que l'Angleterre ait produits. Cela suffit à montrer combien l'influence réelle de l'entreprise coloniale pré-impérialiste et de la colonisation outre-mer fut mineure pour le développement de l'impérialisme proprement dit. Si la colonie du Cap était restée à l'intérieur de la structure des politiques pré-impérialistes, elle aurait été abandonnée au moment précis où elle devint en fait primordiale.

Bien que la découverte de mines d'or et de gisements de diamants dans les années 1870 et 1880 eût été en elle-même de peu de conséquence si elle n'avait agi par hasard comme catalyseur sur les forces impérialistes, il n'en demeure pas moins remarquable que la prétention des impérialistes à trouver une solution durable au problème des capitaux superflus avait été initialement motivée par une ruée vers la matière première la plus superflue que l'on puisse trouver sur terre. L'or n'occupe qu'une petite place dans la production humaine et il est négligeable par rapport au fer, au charbon, au pétrole

---

[6]. Le tableau ci-dessous, qui rend compte de l'immigration britannique vers et de l'émigration hors de l'Afrique du Sud entre 1924 et 1928, montre que les Anglais avaient davantage tendance à quitter le pays que d'autres immigrants et qu'à une seule exception près, chaque année a vu un plus grand nombre de Britanniques quitter le pays qu'y entrer :

Année	Immigration britannique	Immigration totale	Émigration britannique	Émigration totale
1924	3 724	5 265	5 275	5 857
1925	2 400	5 426	4 019	4 483
1926	4 094	6 575	3 512	3 799
1927	3 681	6 595	3 717	3 988
1928	3 285	7 050	3 409	4 127
Total	17 184	30 911	19 932	22 254

Ces chiffres sont tirés de Leonard Barnes, *Caliban in Africa. An Impression of Colour Madness*, 1931, p. 59, note.

et au caoutchouc ; en revanche, c'est le symbole le plus ancien de la richesse pure et simple. Par son inutilité dans la production industrielle, l'or présente ironiquement une ressemblance avec les capitaux superflus qui financèrent la prospection des mines d'or et avec les hommes superflus qui effectuèrent les fouilles. À la prétention impérialiste d'avoir trouvé un salut permanent pour une société décadente et une organisation politique archaïque, il ajoutait sa propre prétention à posséder une stabilité apparemment éternelle et une indépendance totale vis-à-vis de facteurs fonctionnels. Il est significatif qu'une société sur le point d'abandonner toutes ses valeurs absolues traditionnelles se soit mise à chercher une valeur absolue dans la sphère économique où, en vérité, une telle chose ne saurait exister, puisque tout y est par définition fonctionnel. Cette croyance illusoire dans sa valeur absolue explique que la production de l'or ait été, depuis une époque reculée, l'affaire d'aventuriers, de joueurs, de criminels, d'éléments au ban de toute société saine et normale. La nouveauté de la ruée vers l'or sud-africain tenait à ce que, cette fois, les chercheurs de fortune n'étaient pas nettement à l'extérieur de la société civilisée, mais au contraire très clairement un sous-produit de cette société, un inévitable résidu du système capitaliste, voire les représentants d'une économie produisant sans relâche une superfluité d'hommes et de capitaux.

Les hommes superflus, « les bohémiens des quatre continents[7] » qui se ruèrent au Cap avaient encore beaucoup de traits communs avec les aventuriers du passé. Eux aussi pouvaient dire : « Qu'on me débarque dans un coin à l'est de Suez où le meilleur ressemble au pire/Où il n'y a pas les Dix Commandements, et où un homme peut avoir soif. » La différence n'était pas dans leur moralité ou dans leur immoralité, mais plutôt dans le fait que la décision de rejoindre cette foule « de toutes nations et de toutes couleurs[8] » n'était plus leur affaire ; qu'ils n'avaient pas quitté la société, mais qu'ils avaient été rejetés par elle ; qu'ils ne menaient pas une

---

7. James A. Froude, « Leaves from a South African Journal » (1874), *Short Studies on Great Subjects*, 1867-1882, vol. IV.
8. *Ibid.*

entreprise hors des limites permises par la civilisation, mais qu'ils étaient de simples victimes privées d'utilité ou de fonction. Leur seul choix avait été un choix négatif, une décision à contre-courant des mouvements de travailleurs, par laquelle les meilleurs de ces hommes superflus, ou de ceux qui étaient menacés de l'être, établissaient une sorte de contre-société qui leur permît de trouver le moyen de réintégrer un monde humain fait de solidarité et de finalités. Ils n'étaient rien en eux-mêmes, rien que le symbole vivant de ce qui leur était arrivé, l'abstraction vivante et le témoignage de l'absurdité des institutions humaines. Ils n'étaient pas des individus, comme les vieux aventuriers, ils étaient l'ombre d'événements avec lesquels ils n'avaient rien à voir.

Comme M. Kurtz dans *Au cœur des ténèbres* de Conrad, ils étaient « creux jusqu'au noyau », « téméraires sans hardiesse, gourmands sans audace et cruels sans courage ». Ils ne croyaient en rien et « pouvaient se mettre à croire à n'importe quoi – absolument n'importe quoi ». Exclus d'un monde fait de valeurs sociales reconnues, ils s'étaient vus renvoyés à eux-mêmes et n'avaient toujours rien sur quoi s'appuyer si ce n'est, çà et là, une étincelle de talent qui les rendait aussi dangereux qu'un Kurtz, pour peu qu'ils pussent trouver le moyen de rentrer dans leur pays natal. Car le seul talent qui pût éclore dans leurs âmes creuses était ce don de fascination qui fait « un splendide chef de parti extrémiste ». Les plus doués étaient des incarnations ambulantes de la rancœur, tel l'Allemand Carl Peters (peut-être le modèle de Kurtz) qui admettait ouvertement qu'il en « avait assez d'être compté au nombre des parias et voulait faire partie d'une race de maîtres[9] ». Mais, doués ou non, ils étaient tous « prêts à tout, du pile ou face au meurtre prémédité », et, à leurs yeux, leurs semblables n'étaient « rien de plus, d'une manière ou d'une autre, que cette mouche ». Ainsi introduisirent-ils – ou, en tout cas, apprirent-ils vite – le savoir-vivre convenant au futur type de criminel pour qui le seul péché impardonnable est de perdre son sang-froid.

---

9. Tiré de Paul Ritter, *Kolonien im deutschen Schriftum*, 1936, préface.

Il y avait indéniablement d'authentiques gentlemen parmi eux, tel le Mr. Jones du *Victoire* de Conrad, que l'ennui poussait à accepter de payer n'importe quel prix pour habiter le « monde du hasard et de l'aventure », ou Mr. Heyst, qui était ivre de mépris pour toutes choses humaines jusqu'à ce qu'il se mît à errer « comme la feuille au vent [...] sans jamais se fixer nulle part ». Ils étaient irrésistiblement attirés par un monde où tout était dérision, un monde capable de leur enseigner la « farce suprême », à savoir « la maîtrise du désespoir ». Le parfait gentleman et la parfaite canaille finissaient par bien se connaître dans la « grande jungle sauvage et sans loi », et ils s'y trouvaient « bien assortis dans leur immense dissemblance ; âmes identiques sous des masques différents ». Nous avons vu l'attitude de la haute société au cours de l'affaire Dreyfus, nous avons vu Disraeli découvrir la relation sociale entre le vice et le crime ; ici encore, de nouveau, la haute société tombe amoureuse de ses propres bas-fonds et le criminel se sent élevé lorsqu'une froideur civilisée, le souci d'éviter des « efforts inutiles », le savoir-vivre l'autorisent à créer une atmosphère vicieuse et raffinée autour de ses crimes. Ce raffinement, le contraste même entre la brutalité du crime et la manière de le perpétrer, devient le terrain d'une profonde entente entre lui-même et le parfait gentleman. Mais ce qui, après tout, prit des dizaines d'années pour s'accomplir en Europe, à cause de l'effet-retard des valeurs éthiques et sociales, explosa avec la soudaineté d'un court-circuit dans le monde fantôme de l'aventure coloniale.

Hors de toute contrainte sociale et de toute hypocrisie, avec la vie indigène en toile de fond, le gentleman et le criminel éprouvaient non seulement la complicité d'hommes partageant la même couleur de peau, mais aussi le pouvoir d'un monde offrant des possibilités illimitées pour commettre des crimes dans un esprit ludique, pour mêler l'horreur et le rire, autrement dit pour que se réalisât pleinement leur propre existence de fantômes. La vie indigène prêtait à ces événements fantomatiques un semblant de garantie contre toute conséquence, puisque de toute façon elle apparaissait à ces hommes comme un « simple théâtre d'ombres.

Théâtre d'ombres que la race dominante pouvait traverser sans émotion et sans inquiétude à la poursuite de ses incompréhensibles buts et besoins ».

Le monde des sauvages indigènes était le décor idéal pour des hommes qui s'étaient échappés des réalités de la civilisation. Sous un soleil sans merci, environnés par une nature totalement hostile, ils se trouvaient confrontés à des êtres humains qui, vivant sans avenir prévisible ni passé d'actions accomplies, leur semblaient aussi incompréhensibles que les pensionnaires d'un asile d'aliénés. « L'homme préhistorique nous adressait ses malédictions, ses prières, ses souhaits de bienvenue, nous suppliait-il, nous faisait-il fête – qui pouvait le dire ? Nous étions totalement coupés de la compréhension de ce qui nous entourait ; nous passions doucement, tels des fantômes, perplexes et secrètement épouvantés, comme le seraient des gens sains d'esprit devant un débordement d'enthousiasme subit dans une maison de fous. Nous ne pouvions pas comprendre parce que nous étions trop loin et ne pouvions nous rappeler, parce que nous parcourions la nuit des premiers âges, de ces âges qui ont disparu, ne laissant guère de signes – et aucun souvenir. [...] La terre paraissait un autre monde [...] et les hommes étaient – non, ils n'étaient pas inhumains. Eh bien, voyez-vous, c'était ça le pire – se douter qu'ils n'étaient pas inhumains. Ça vous venait tout doucement. Ils hurlaient et bondissaient, et tournoyaient et faisaient d'horribles grimaces ; mais ce qui vous faisait frémir, c'était précisément l'idée de leur humanité – semblable à la vôtre – la pensée de votre lointaine parenté avec ce tumulte effréné et passionné. » *(Au cœur des ténèbres.)*

Il est étrange que, du point de vue historique, l'existence d'« hommes préhistoriques » ait eu si peu d'influence sur l'homme occidental avant la mêlée pour l'Afrique. Mais il faut noter que rien de semblable ne s'était produit depuis aussi longtemps : que les tribus sauvages, moins nombreuses que les colons européens, avaient été exterminées, que des cargaisons de nègres étaient importées comme esclaves dans le monde européanisé des États-Unis, ou même que des individus isolés s'étaient glissés au cœur de ce continent noir où les sauvages étaient assez nombreux pour constituer leur propre monde, un monde de déraison auquel l'aventurier européen venait ajouter la folie du chasseur d'ivoire. Beaucoup de ces aventuriers étaient devenus fous dans la sauvagerie silencieuse d'un continent surpeuplé où la présence d'êtres humains ne faisait que souligner une solitude totale et où une nature intacte, hostile au point d'en être écrasante, et que nul ne s'était jamais soucié de transformer en paysage humain, semblait attendre avec une patience sublime « que disparaisse la fantastique invasion » de l'homme. Mais leur folie n'avait pas dépassé le stade d'une expérience individuelle dénuée de conséquences.

La situation changea avec l'arrivée des hommes de la mêlée pour l'Afrique. Ceux-ci n'étaient plus des individus isolés ; « l'Europe tout entière avait contribué à [les] fabriquer ». Ils se groupèrent dans la partie méridionale du continent où ils rencontrèrent les Boers, groupe séparatiste hollandais que l'Europe avait presque oublié mais qui allait maintenant pouvoir servir d'introduction naturelle au défi que constituaient ces nouveaux pays environnants. La réaction des hommes superflus fut en grande part déterminée par celle du seul groupe européen qui avait jamais eu à vivre, bien que dans un isolement complet, dans un monde de sauvages noirs.

Les Boers descendent de colons hollandais qui, au milieu du XVIIᵉ siècle, s'étaient installés au Cap pour fournir des légumes frais et de la viande aux bateaux faisant route vers les Indes. Au cours du siècle suivant, il n'y avait eu qu'un petit groupe de huguenots français pour les suivre, si bien que c'est seulement grâce à son taux de natalité élevé que le noyau hollandais avait pu devenir un peuple de dimension restreinte. Complètement à l'écart du courant de l'histoire européenne, ils s'étaient engagés sur une voie telle que « peu de nations l'avaient suivie avant eux, et où aucune n'avait vraiment réussi[10] ».

---

10. Lord Selbourne en 1907 : « Les Blancs d'Afrique du Sud se sont engagés sur un chemin que peu de nations ont suivi avant eux, et il ne s'en trouve pour ainsi dire pas une qui ait réussi. » Voir Cornelius W. de Kiewiet, *A History of South Africa, Social and Economic*, chap. VI.

Les deux principaux facteurs matériels du développement du peuple boer étaient d'une part un sol extrêmement pauvre, qui ne pouvait servir qu'à un élevage extensif, et d'autre part une importante population noire organisée en tribus de chasseurs nomades[11]. La pauvreté du sol interdisait la colonisation groupée et empêchait les fermiers qu'étaient les colons hollandais de s'organiser en villages sur le modèle de leur pays natal. Ces grandes familles, isolées les unes des autres par de vastes étendues de désert, avaient dû se donner une sorte d'organisation de clan, et seule la menace permanente d'un ennemi commun, ces tribus noires bien plus nombreuses que les colons blancs, retenait ces clans de se livrer une guerre active. La solution à ce double problème du manque de fertilité et de l'abondance des indigènes fut l'esclavage[12].

Esclavage est toutefois un mot qui rend très mal compte de la réalité. Tout d'abord, l'esclavage, tout en domestiquant une certaine partie de la population sauvage, ne la maîtrisa jamais dans sa totalité, si bien que les Boers ne purent jamais oublier leur première et horrible frayeur face à un type d'hommes que leur orgueil et leur sens de la dignité humaine leur interdisaient d'accepter comme leurs semblables. Cette peur de quelque chose qui vous ressemble et qui ne devrait pourtant en aucun cas pouvoir vous être semblable resta liée au principe même de l'esclavage et devint le fondement d'une société de race.

Le genre humain se souvient de l'histoire des peuples mais ne connaît les tribus préhistoriques qu'à travers la légende. Le mot « race » ne revêt de sens précis qu'aux époques et aux endroits où les peuples sont confrontés à de telles tribus dont ils ne possèdent aucun témoignage historique et qui n'ont,

---

11. Voir surtout le chap. III de Cornelius W. de Kiewiet, *A History of South Africa, Social and Economic*.

12. « Les esclaves et les Hottentots ont provoqué ensemble des changements considérables dans la pensée et les coutumes des colons, car le climat et la géographie n'ont pas été seuls à former les caractères distinctifs de la race boer. Les esclaves et la sécheresse, les Hottentots et l'isolement, la main-d'œuvre bon marché et la terre se sont combinés pour créer les institutions et les coutumes de la société sud-africaine. Les fils et les filles qui sont nés de ces hardis Hollandais et huguenots ont appris à mépriser le travail de la terre et tout travail pénible et à y voir la fonction d'une race d'esclaves. » (Cornelius W. de Kiewiet, *A History of South Africa, Social and Economic*, p. 21.)

quant à elles, aucune connaissance de leur propre histoire. Ou bien elles représentent l'« homme préhistorique », spécimen d'une survivance accidentelle des premières formes de la vie humaine sur terre, ou bien elles sont les survivantes « posthistoriques » de quelque cataclysme inconnu qui a mis fin à une civilisation dont nous ne savons rien. Elles apparurent certainement plutôt comme les survivantes de quelque grande catastrophe qui aurait pu être suivie par des désastres de moindre importance jusqu'à ce que la succession monotone des catastrophes semblât la condition naturelle de la vie humaine. Quoi qu'il en soit, les races, dans cette acception, furent seulement découvertes dans les régions où la nature était particulièrement hostile. Ce qui les rendait différentes des autres êtres humains ne tenait pas du tout à la couleur de leur peau, mais au fait qu'elles se comportaient comme partie intégrante de la nature, qu'elles traitaient la nature comme leur maître incontesté, qu'elles n'avaient pas créé un monde humain, une réalité humaine, et que la nature, pour elles, était par conséquent demeurée, dans toute sa majesté, la seule et toute-puissante réalité – en comparaison, elles-mêmes faisaient figure de fantômes irréels, d'ombres spectrales. Elles étaient, si l'on peut dire, des êtres humains « naturels » à qui manquait le caractère spécifiquement humain, la réalité spécifiquement humaine, à tel point que, lorsque les Européens les massacraient, ils n'avaient pas, au fond, conscience de commettre un meurtre.

Qui plus est, le massacre insensé des tribus indigènes dans le continent noir restait tout à fait dans la tradition de ces tribus elles-mêmes. Exterminer les tribus hostiles avait toujours été la règle dans les guerres entre indigènes de l'Afrique et elle n'était pas pour autant abolie lorsque, par hasard, un chef noir parvint à unir plusieurs tribus sous son autorité. Le roi Chaka, qui rassembla au début du XIXe siècle les tribus zouloues dans une organisation extraordinairement disciplinée et guerrière, ne put instaurer ni un peuple ni une nation zoulou. Il ne réussit qu'à exterminer plus d'un million de membres de tribus plus faibles[13]. Puisque ni la discipline ni

---

13. Voir Selwyn James, *South of the Congo*, p. 28.

l'organisation militaires ne suffisent par elles-mêmes à établir un corps politique, cette destruction demeura un épisode sans précédent dans un processus irréel, incompréhensible, que l'homme ne saurait accepter et dont, par conséquent, l'histoire humaine ne garde pas mémoire.

Pour les Boers, l'esclavage était une forme d'adaptation d'un peuple européen à une race noire[14], et ne ressemblait que superficiellement aux exemples historiques où il résultait de la conquête ou du trafic d'esclaves. Aucun corps politique, aucune organisation communautaire n'unissaient les Boers, aucun territoire n'était nettement colonisé, et les esclaves noirs ne servaient aucune civilisation blanche. Les Boers avaient perdu à la fois leurs liens de paysans avec la terre et leur sentiment d'hommes civilisés à l'égard de la solidarité humaine. « Que chacun fuie la tyrannie du foyer de son voisin[15] » était la règle du pays, et chaque famille boer répétait dans un isolement total le modèle général de l'expérience boer parmi les sauvages noirs, loin du contrôle de « bons voisins prêts à vous faire fête ou à vous rencontrer par hasard, marchant précautionneusement entre le boucher et le policier, dans la sainte terreur du scandale, du gibet et des asiles de fous » (Conrad). À force de régner sur des tribus et de vivre de leur labeur en parasites, les Boers en vinrent à occuper une position tout à fait analogue à celle des chefs de tribus indigènes dont ils avaient liquidé la domination. Les indigènes les reconnaissaient en tout cas comme une forme supérieure d'autorité tribale, une sorte de souveraineté naturelle à laquelle chacun doit se soumettre, si bien que le rôle divin des Boers avait autant été imposé par leurs esclaves noirs que librement assumé par eux-mêmes. Il va de soi que pour ces dieux blancs régnant sur des esclaves noirs, la loi signifiait seulement la privation de liberté, et le gouvernement

---

14. « L'histoire véridique de la colonisation sud-africaine raconte le développement, non pas d'un peuplement d'Européens, mais d'une société totalement nouvelle et unique, composée de races, de couleurs et d'éléments différents, modelée par des conflits d'hérédité raciale et par des frictions entre groupes sociaux inégaux. » (Cornelius W. de Kiewiet, *A History of South Africa, Social and Economic*, p. 19.)

15. *Ibid.*

la restriction de l'arbitraire sauvage du clan[16]. Les Boers voyaient dans les indigènes l'unique « matière première » que l'Afrique offrît en abondance et ils ne les utilisaient pas dans le but de s'enrichir, mais uniquement pour assurer les stricts besoins indispensables à l'existence humaine.

En Afrique du Sud, les esclaves noirs devinrent rapidement la seule fraction de la population à travailler réellement. Leur labeur était marqué par tous les désavantages connus du travail des esclaves, tels que manque d'initiative, paresse, absence de soin pour les outils, inefficacité générale. Par conséquent, il suffisait à peine à faire vivre leurs maîtres et il ne parvenait jamais à produire le degré d'abondance capable de nourrir une civilisation. C'est cette dépendance totale vis-à-vis du travail d'autrui et ce mépris complet pour toute forme de travail et de productivité qui transformèrent le Hollandais en Boer et donnèrent à son concept de race une signification spécifiquement économique[17].

Les Boers furent le premier groupe européen à se détacher totalement de l'orgueil que l'homme occidental trouvait à vivre dans un monde créé et fabriqué par lui[18]. Ils traitaient les indigènes comme une matière première et se nourrissaient d'eux comme on pourrait se nourrir des fruits d'un

---

16. « La société des Boers était rebelle, mais elle n'était pas révolutionnaire. » (Cornelius W. de Kiewiet, *A History of South Africa, Social and Economic*, p. 58.)

17. « Peu d'efforts étaient faits pour élever le niveau de vie ou augmenter les chances de la classe des esclaves et des domestiques. De la sorte, la richesse limitée de la colonie devint le privilège de sa population blanche [...]. Ainsi l'Afrique du Sud apprit-elle très tôt qu'un groupe conscient de ce qu'il est peut échapper au pire sort d'une vie sur une terre pauvre et stérile en faisant des distinctions de race et de couleur les arguments d'une discrimination sociale et économique. » (*Ibid.*, p. 22.)

18. Ce qu'il faut bien voir, c'est qu'aux Antilles, par exemple, « une proportion d'esclaves aussi importante que celle qui existait au Cap aurait été un signe de richesse et de prospérité », tandis que « au Cap l'esclavage était le signe d'une économie stagnante [...] dont le labeur était gaspillé et exploité sans aucune efficacité » (*ibid.*). C'est précisément cette situation qui conduisit Leonard Barnes (*Caliban in Africa...*, p. 107) et beaucoup d'autres observateurs à conclure : « Ainsi l'Afrique du Sud est-elle un pays étranger, non seulement en ce sens que sa position est absolument non britannique, mais aussi dans le sens beaucoup plus radical où sa raison d'être, en tant que tentative d'instauration d'une société structurée, est précisément en contradiction avec les principes sur lesquels les États de la chrétienté sont fondés. »

arbre sauvage. Paresseux et improductifs, ils se contentaient de végéter, exactement comme les tribus noires végétaient depuis des millénaires. L'immense horreur qui avait saisi les Européens lorsqu'ils s'étaient trouvés pour la première fois face à la vie indigène était précisément due à cette note d'inhumanité chez des êtres humains qui semblaient appartenir à la nature au même titre que les animaux sauvages. Les Boers vivaient de leurs esclaves exactement comme les indigènes avaient vécu d'une nature brute et intacte. Quand, dans leur frayeur et leur misère, les Boers résolurent d'exploiter ces sauvages comme s'ils avaient représenté tout simplement une autre forme de la vie animale, ils s'engagèrent dans un processus qui ne pouvait finir qu'avec leur propre dégénérescence en une race blanche vivant à côté et avec des races noires dont, à la fin, ils ne différeraient plus que par la couleur de la peau.

L'exemple des Blancs pauvres d'Afrique du Sud, qui représentaient en 1923 10 % de la population blanche totale[19], et dont le niveau de vie ne diffère guère de celui des tribus bantoues, nous met aujourd'hui en garde contre une telle évolution. Leur pauvreté est presque exclusivement la conséquence de leur mépris pour le travail et de leur adaptation au mode de vie des tribus noires. Comme les Noirs, ils abandonnaient le sol quand sa culture, extrêmement primitive, cessait de leur procurer le peu dont ils avaient besoin, ou dès qu'ils avaient exterminé les animaux de la région[20]. Ils arrivèrent aux gisements d'or et de diamants en même temps que leurs anciens esclaves, abandonnant leurs fermes dès que les travailleurs noirs les quittaient. Mais, à la différence des indigènes qui étaient immédiatement engagés comme main-d'œuvre non qualifiée, ils demandaient la charité, qui leur

---

19. Ce qui correspondait à 160 000 individus au moins. Cornelius W. de Kiewiet (*A History of South Africa, Social and Economic*, p. 181) estimait que le nombre des Blancs pauvres en 1943 s'élevait à 500 000, ce qui correspondait à 20 % environ de la population blanche.

20. « Les Blancs pauvres de la population Afrikaner, qui vivent au même niveau de subsistance que les Bantous, sont essentiellement le résultat de l'incapacité des Boers ou de leur refus obstiné à apprendre l'agronomie. Comme le Bantou, le Boer se plaît à errer d'une région à l'autre, cultivant le sol jusqu'à ce qu'il perde sa fertilité, chassant le gibier sauvage jusqu'à ce qu'il cesse d'exister. » (*Ibid.*)

était d'ailleurs garantie par leur peau blanche, tant ils avaient perdu conscience que, normalement, les hommes ne gagnent pas leur vie avec la couleur de leur peau[21]. Si leur conscience de race est aujourd'hui violente, ce n'est pas seulement parce qu'ils n'ont rien à perdre en dehors de leur appartenance à la communauté blanche, c'est aussi parce que le concept de race semble définir leur propre condition bien plus que celle de leurs anciens esclaves qui sont, eux, en passe de devenir des travailleurs, fraction normale de la civilisation humaine.

Le racisme comme moyen de domination avait été exploité dans cette société de Blancs et de Noirs avant que l'impérialisme n'en fasse son idée politique principale. Son fondement et sa justification étaient toujours l'expérience elle-même, la terrifiante expérience d'une différence défiant l'imagination ou toute compréhension ; à la vérité, il était bien tentant de déclarer tout simplement que ces créatures n'étaient pas des êtres humains. Puisque, en dépit de toute explication idéologique, les hommes noirs s'entêtaient néanmoins à conserver leurs traits humains, les « hommes blancs » n'avaient plus qu'à reconsidérer leur propre humanité et à décréter qu'ils étaient eux-mêmes plus qu'humains, et manifestement élus par Dieu pour être les dieux des hommes noirs. C'était la seule conclusion logique si l'on voulait dénier radicalement une communauté de liens quelconque avec les sauvages ; dans la pratique, cela signifiait que le christianisme perdait pour la première fois son pouvoir décisif de garde-fou contre les dangereuses perversions de la conscience humaine, laissant ainsi présager son inefficacité fondamentale dans certaines sociétés raciales plus récentes[22]. Les Boers

---

21. « Leur race était leur titre de supériorité sur les indigènes, et effectuer un travail manuel allait à l'encontre de la dignité que leur conférait leur race […]. Cette aversion dégénéra, chez ceux qui étaient le plus démoralisés, en une revendication à la charité en tant que droit. » (*Ibid.*, p. 216.)

22. L'Église réformée hollandaise a été le cheval de bataille des Boers contre l'influence des missionnaires chrétiens du Cap. En 1944, ils ont cependant franchi un pas de plus et adopté « sans le moindre désaccord » une motion interdisant le mariage entre Boers et citoyens de langue anglaise (d'après le *Times* du Cap, éditorial du 18 juillet 1944. Tiré de *New Africa*, Council on African Affairs, bulletin mensuel, octobre 1944).

niaient tout simplement la doctrine chrétienne de l'origine commune des hommes et transformaient les passages de l'Ancien Testament qui ne transcendaient pas encore les limites de la vieille religion israélite en une superstition que l'on ne pourrait même pas appeler hérésie[23]. Comme les Juifs, ils se percevaient eux-mêmes comme le peuple élu[24], avec cette différence primordiale qu'ils n'avaient pas été choisis au nom de la Rédemption du genre humain, mais pour dominer paresseusement un autre groupe social qui se voyait condamné à une besogne tout aussi paresseuse[25]. C'était la volonté de Dieu sur la terre, comme le proclamait et comme le proclame encore l'Église réformée hollandaise dans sa profonde hostilité aux missionnaires de tous les autres cultes chrétiens[26].

Du racisme boer émane, à l'encontre des autres courants, un accent d'authenticité et pour ainsi dire d'innocence. Son absence totale de littérature et d'autres expressions intellectuelles en est la meilleure preuve[27]. Il fut et demeure une réaction désespérée à des conditions de vie désespérées,

---

23. Cornelius W. de Kiewiet (*A History of South Africa, Social and Economic*, p. 181) mentionne « la doctrine de la supériorité raciale qui avait été déduite de la Bible et renforcée par l'interprétation populaire que le XIXe siècle avait plaquée sur les théories de Darwin ».

24. « Le Dieu de l'Ancien Testament a toujours été pour eux un personnage national, presque autant qu'Il l'est pour les Juifs [...]. Je me rappelle une scène mémorable dans un club du Cap, où un fier Anglais, qui dînait par hasard en compagnie de trois ou quatre Hollandais, s'avisa de remarquer que le Christ était un non-Européen et que, juridiquement parlant, il eût été un immigrant proscrit dans l'Union sud-africaine. Les Hollandais furent tellement saisis par cette remarque qu'ils faillirent en tomber de leurs chaises. » (Leonard Barnes, *Caliban in Africa...*, p. 33.)

25. « Pour le Boer la ségrégation et la dégradation des indigènes sont un commandement de Dieu, et c'est un péché et un blasphème de prétendre le contraire. » (Norman Bentwich, « South Africa. Dominion of Racial Problems », *Political Quarterly*, 1939, vol. 10, n° 3.)

26. « À ce jour, le missionnaire est pour le Boer le traître fondamental, le Blanc qui prend la défense des Noirs contre les Blancs » (Sarah Gertrude Millin, *Rhodes*, p. 38).

27. « Parce qu'ils avaient peu d'activité artistique, encore moins d'architecture, et aucune littérature, ils n'avaient que leurs fermes, leurs bibles et leur sang pour marquer leur profonde différence face à l'indigène et à l'uitlander » (Cornelius W. de Kiewiet, *A History of South Africa, Social and Economic*, p. 121).

réaction informelle et sans conséquence tant qu'il demeurait isolé. Les choses ne commencèrent à bouger qu'avec l'arrivée des Britanniques, qui témoignaient de peu d'intérêt à l'égard de leur colonie la plus récente, laquelle, en 1849, portait encore le nom de base militaire (par opposition à une véritable colonie ou une plantation). Mais leur seule présence – c'est-à-dire leur différence d'attitude envers les indigènes, en qui ils ne voyaient pas une autre espèce animale, puis, plus tard (après 1834), leurs efforts pour abolir l'esclavage, mais surtout pour fixer les frontières de la propriété terrienne – provoqua des réactions violentes au sein de la société stagnante des Boers. Trait caractéristique des Boers, ces réactions se sont répétées selon le même schéma tout au long du XIXᵉ siècle : les fermiers boers fuyaient la loi britannique en s'enfonçant en chariot dans l'intérieur sauvage du pays, abandonnant sans regrets fermes et terres. Plutôt que d'accepter une limitation de leurs biens, ils préféraient s'en séparer tout à fait[28]. Ce qui ne signifie pas que les Boers ne se sentaient pas chez eux partout où ils se trouvaient ; ils se sentaient et se sentent encore bien plus chez eux en Afrique qu'aucun des immigrants qui suivirent, en Afrique et non

---

28. « Le véritable *Vortrekker* [NdT. Nom donné aux Boers qui quittaient leurs fermes et s'enfonçaient vers le nord en chariot, étape (*trek*) par étape, pour y vivre en nomades] haïssait l'idée même d'une limite. Lorsque le gouvernement britannique insista pour que la colonie et les fermes qui en faisaient partie reçoivent des limites fixes, il se sentit spolié de quelque chose [...]. Il valait sûrement mieux s'enfuir de l'autre côté de la frontière, là où il y avait de l'eau et des terres à prendre, et pas de gouvernement britannique pour rejeter les lois sur le vagabondage et où l'on ne pouvait pas traîner les Blancs devant les tribunaux pour y répondre des plaintes de leurs serviteurs » (Cornelius W. de Kiewiet, *A History of South Africa, Social and Economic*, p. 54-55). « Le Grand Trek, mouvement unique dans l'histoire de la colonisation » (*ibid.*, p. 58) « marquait l'échec de la politique visant à un peuplement plus intensif. La pratique selon laquelle il fallait la surface de toute une commune canadienne pour établir dix familles s'étendit à toute l'Afrique du Sud. Elle rendait à tout jamais impossible la ségrégation des races blanche et noire dans des zones de peuplement distinctes [...]. En plaçant les Boers hors de l'atteinte de la loi britannique, le Grand Trek leur permit d'établir des relations "correctes" avec la population indigène » (*ibid.*, p. 56). « Dans les années qui suivirent, le Grand Trek devint plus qu'une contestation ; il devait devenir une rébellion contre l'administration britannique, et la pierre angulaire du racisme anglo-boer du XXᵉ siècle » (Selwyn James, *South of the Congo*, p. 28).

dans un territoire spécifique et délimité. Leurs fantastiques *treks*, qui plongeaient l'administration britannique dans la consternation, montraient clairement qu'ils s'étaient transformés en tribu et qu'ils avaient perdu le sentiment européen du territoire, d'une *patria* bien à soi. Ils se comportaient exactement comme les tribus noires qui depuis des siècles erraient elles aussi à travers le continent noir – se sentant chez eux là où la horde se trouvait être, et fuyant comme la peste toute tentative d'implantation déterminée.

Le déracinement caractérise toutes les organisations de race. Ce que les « mouvements » européens cherchaient sciemment – transformer le peuple en horde – peut être observé comme une expérience de laboratoire dans la précoce et triste tentative des Boers. Tandis que le déracinement comme but avoué s'appuyait à l'origine sur la haine d'un monde qui ne laissait pas de place aux hommes « superflus », si bien que sa destruction pouvait devenir l'enjeu politique suprême, le déracinement des Boers était le résultat naturel d'une émancipation précoce vis-à-vis du travail, et de l'absence totale d'un monde façonné à l'image de l'homme. On trouve la même similitude frappante entre les « mouvements » et l'interprétation boer de la notion d'« élection ». Mais, alors que la nation d'élection des mouvements pangermaniste et panslaviste ou du mouvement messianique polonais était un instrument de domination plus ou moins conscient, la dénaturation boer du christianisme s'enracinait solidement dans une horrible réalité où de misérables « hommes blancs » étaient adorés comme des divinités par des « hommes noirs » qui partageaient leur infortune. Vivant dans un environnement qu'ils n'avaient pas le pouvoir de transformer en monde civilisé, ils ne pouvaient trouver de valeur plus élevée qu'eux-mêmes. Toutefois, que le racisme apparaisse comme le résultat naturel d'une catastrophe ou comme l'instrument conscient de cette catastrophe, il est toujours étroitement lié au mépris du labeur, à la haine des limitations territoriales, à un déracinement général et à une croyance indéfectible en sa propre élection divine.

À ses débuts, l'autorité britannique, avec ses missionnaires, ses soldats, ses explorateurs, ne comprit pas que l'attitude des

Boers tirait en partie sa source de la réalité. Les Britanniques ne voyaient pas que la suprématie absolue de l'Europe – à laquelle ils tenaient après tout autant que les Boers – ne pourrait guère se maintenir que par le biais du racisme, puisque la population européenne permanente des colonies demeurait toujours aussi désespérément inférieure en nombre[29] ; ils étaient choqués à l'idée que « les Européens établis en Afrique étaient voués à se conduire eux-mêmes en sauvages sous prétexte que c'était la coutume du pays[30] » et, dans la simplicité de leur esprit utilitariste, ils trouvaient que c'était folie de sacrifier productivité et profit à un monde fantôme de dieux blancs régnant sur des spectres noirs. C'est seulement avec l'établissement des Anglais et des autres Européens au cours de la ruée vers l'or qu'ils s'adaptèrent peu à peu à une population que plus rien, même l'espoir du profit, ne pouvait ramener à la civilisation européenne, qui avait perdu contact avec ses principes élémentaires et s'était coupée des motivations les plus élevées de l'homme européen, parce que toutes ces notions perdent sens et attrait dans une société où nul ne veut rien réaliser et où chacun est devenu un dieu.

2. L'or et la race

Les gisements de diamant de Kimberley et les mines d'or du Witwatersrand se trouvaient dans ce monde fantôme de la race, et « une terre qui avait vu l'une après l'autre des cargaisons d'émigrants en route vers la Nouvelle-Zélande et l'Australie passer sans lui accorder un regard voyait maintenant des hommes se bousculer sur ses débarcadères et traverser le pays en toute hâte pour se précipiter vers les mines. La plupart étaient anglais, mais on trouvait parmi eux plus d'un originaire de Riga et de Kiev, de Hambourg et de

---

29. En 1939, la population totale de l'Union sud-africaine s'élevait à 9 500 000 habitants, dont 7 000 000 étaient des indigènes et 2 500 000 des Européens. Parmi ces derniers, 1 250 000 étaient des Boers, un tiers environ des Britanniques, et 100 000 des Juifs. Voir Norman Bentwich, « South Africa... ».

30. James A. Froude, *Short Studies on Great Subjects*, p. 375.

Francfort, de Rotterdam et de San Francisco[31] ». Tous appartenaient à « une classe de gens qui préfèrent l'aventure et la spéculation à l'industrie sédentaire, et qui rejettent les contraintes de la vie ordinaire [...] [Il y avait] des chercheurs d'or venus d'Amérique et d'Australie, des spéculateurs allemands, des commerçants, des cabaretiers, des joueurs professionnels, des avocats [...], d'anciens officiers de l'armée et de la marine, des cadets de bonne famille [...] un merveilleux assemblage bigarré où l'argent coulait comme de l'eau grâce à l'extraordinaire productivité de la mine ». Ils furent rejoints par des milliers d'indigènes qui venaient au début pour « voler des diamants et gaspiller leurs gains en fusils et en poudre[32] », mais ne tardèrent pas à travailler pour un salaire et à devenir une source apparemment inépuisable de main-d'œuvre à bas prix quand « la plus stagnante des régions coloniales se mit soudain à déborder d'activité[33] ».

L'abondance d'indigènes, de main-d'œuvre à bas prix, était la première et peut-être la plus importante différence entre cette ruée vers l'or et d'autres du même type. Il devint vite évident que la racaille accourue des quatre coins du monde n'aurait même pas à creuser ; en tout cas, l'attrait permanent de l'Afrique du Sud, la ressource constante qui donnait aux aventuriers l'envie de s'y installer définitivement, ce n'était pas l'or, mais cette matière première humaine qui promettait de leur fournir le moyen de s'émanciper définitivement du travail[34]. Les Européens jouaient exclusivement un rôle de surintendants et ne fournissaient même pas la main-d'œuvre qualifiée ni les contremaîtres, qu'il fallait constamment importer d'Europe.

---

31. Cornelius W. de Kiewiet, *A History of South Africa, Social and Economic*, p. 119.

32. James A. Froude, *Short Studies on Great Subjects*, p. 400.

33. Cornelius W. de Kiewiet, *A History of South Africa, Social and Economic*, p. 119.

34. « Ce qu'une abondance de pluie et d'herbe était au mouton de Nouvelle-Zélande, ce qu'une profusion de pâturages peu coûteux était à la laine australienne, ce que les acres de prairie fertile étaient au blé canadien, la main-d'œuvre indigène bon marché l'était aux mines et aux entreprises industrielles de l'Afrique du Sud » (*ibid.*, p. 96).

En second seulement, dans la liste des causes qui peuvent expliquer l'issue des événements, venait le fait que cette ruée vers l'or n'était pas livrée à elle-même mais qu'elle était financée, organisée et contrôlée par l'économie européenne classique, par le truchement de la masse des capitaux superflus et grâce à l'aide des financiers juifs. D'entrée de jeu, « une bonne centaine de négociants juifs qui se sont rassemblés comme des aigles au-dessus de leur proie[35] » intervinrent effectivement comme intermédiaires pour permettre au capital européen d'investir dans les mines d'or ou les industries du diamant.

La seule fraction de la population sud-africaine qui ne prenait pas et ne voulait pas prendre part aux activités soudain débordantes du pays, c'étaient les Boers. Ils détestaient ces *uitlanders* qui se moquaient bien de la citoyenneté mais demandaient et obtenaient la protection des Britanniques, paraissant ainsi renforcer l'influence du gouvernement anglais au Cap. Les Boers réagirent ainsi qu'ils l'avaient toujours fait, ils vendirent leurs propriétés de Kimberley et tout le diamant qu'elles recelaient, ils abandonnèrent les mines d'or de leurs fermes proches de Johannesburg et s'enfoncèrent encore une fois dans le désert intérieur. Ils ne comprenaient pas que ce nouvel afflux était différent de celui des missionnaires britanniques, des fonctionnaires du gouvernement ou des colons ordinaires, et ils réalisèrent trop tard, alors qu'ils avaient déjà perdu leur part de richesses dans cette chasse à l'or, que l'Or, cette nouvelle idole, n'était pas du tout incompatible avec le Sang, leur idole, que la nouvelle populace répugnait tout autant qu'eux-mêmes à travailler, qu'elle était tout aussi incapable d'établir une civilisation, et qu'elle leur épargnerait par conséquent et les tracasseries de la loi qu'affectionnaient les fonctionnaires britanniques et cet irritant concept d'égalité humaine prôné par les missionnaires chrétiens.

Les Boers redoutaient et fuyaient une chose qui, en fait, ne se produisit pas : l'industrialisation du pays. Ils avaient

---

35. James A. Froude, *Short Studies on Great Subjects*.

raison dans la mesure où, effectivement, une production et une civilisation normales auraient automatiquement détruit le type de vie d'une société raciale. Un marché normal du travail et des marchandises aurait liquidé les privilèges de la race. Mais l'or et les diamants, dont vécut bientôt la moitié de la population sud-africaine, n'étaient pas des marchandises au même sens du mot, et n'étaient pas produits de la même manière que la laine en Australie, la viande en Nouvelle-Zélande ou le blé au Canada. La position irrationnelle, non fonctionnelle de l'or dans l'économie le rendait indépendant des méthodes rationnelles de production qui, évidemment, n'auraient jamais toléré ces fantastiques écarts entre les salaires des Noirs et ceux des Blancs. L'or, objet de spéculation et dépendant essentiellement, pour sa valeur, de facteurs politiques, devint le « sang vital » de l'Afrique du Sud[36], mais il n'aurait jamais pu devenir, et ne devint jamais, le fondement d'un nouvel ordre économique.

Les Boers redoutaient aussi la simple présence des *uitlanders*, qu'ils prenaient pour des colons anglais. Or les *uitlanders* ne venaient là que pour s'enrichir rapidement, et seuls restaient ceux qui n'y parvenaient pas tout à fait ou qui, comme les Juifs, n'avaient aucun pays où retourner. Aucun de ces groupes ne souhaitait particulièrement établir une communauté calquée sur le modèle européen, comme l'avaient fait les colons britanniques en Australie, au Canada et en Nouvelle-Zélande. C'est Barnato qui eut la bonne idée de découvrir que « le gouvernement du Transvaal ne ressemble à aucun autre gouvernement au monde. En vérité, ce n'est pas du tout un gouvernement, mais une énorme compagnie de quelque vingt mille actionnaires[37] ». De la même manière, ce fut plus ou moins par suite d'une série de confusions qu'éclata la guerre des Boers, que les Boers crurent à tort

---

36. « Les mines d'or sont le "sang vital" de l'Union ; [...] la moitié de la population gagnait directement ou indirectement sa vie dans l'industrie minière de l'or, et [...] le gouvernement tirait directement ou indirectement la moitié de ses revenus des mines d'or » (Cornelius W. de Kiewiet, *A History of South Africa, Social and Economic*, p. 155).

37. Voir Paul H. Emden, *Jews of Britain, A Series of Biographies*, 1944, chap. : « From Cairo to the Cape ».

être « le point culminant de la croisade perpétuelle du gouvernement britannique pour une Afrique du Sud unie », alors qu'en réalité elle était essentiellement motivée par des intérêts financiers[38]. Quand les Boers perdirent la guerre, ils ne perdirent rien de plus que ce qu'ils avaient d'ores et déjà délibérément abandonné, autrement dit leur part de pactole ; mais ils gagnèrent de façon décisive le consentement de tous les autres éléments européens, y compris le gouvernement britannique, à l'existence d'une société raciale et sans loi[39]. Aujourd'hui, toutes les composantes de la population, aussi bien Britanniques qu'Afrikaners, travailleurs organisés ou capitalistes, s'accordent sur la question raciale[40], et si la montée de l'Allemagne nazie, avec son dessein avoué de transformer le peuple allemand en race, a considérablement renforcé la position politique des Boers, sa défaite, par la suite, ne l'a pas affaiblie.

Les Boers détestaient et craignaient les financiers plus que tous autres étrangers. Mais ils comprenaient plus ou

---

38. Cornelius W. de Kiewiet (*A History of South Africa, Social and Economic*, p. 138-139) mentionne toutefois un autre « concours de circonstances » : « Toute tentative de la part du gouvernement britannique d'obtenir des concessions ou des réformes du gouvernement du Transvaal a irrémédiablement fait de lui l'agent des magnats de l'industrie minière [...]. La Grande-Bretagne a – que cela ait été compris clairement ou non à Downing Street – donné son soutien aux investissements financiers et miniers. »

39. « L'attitude indécise et évasive des politiciens britanniques de la génération qui a précédé la guerre des Boers pourrait être en grande partie imputée à l'hésitation du gouvernement britannique entre ses obligations envers les indigènes et celles à l'égard des communautés de Blancs [...]. Mais, aujourd'hui, la guerre des Boers le contraint à prendre une décision sur la question indigène. Aux termes du traité de paix, le gouvernement britannique a promis qu'il ne serait fait aucune tentative pour modifier le statut politique des indigènes avant qu'un gouvernement autonome n'ait été garanti aux ex-Républiques. En prenant cette décision historique, le gouvernement britannique a abandonné sa politique humanitaire et permis aux leaders boers de remporter une victoire éclatante dans des négociations de paix qui scellaient leur défaite militaire. La Grande-Bretagne a renoncé à ses efforts en vue d'exercer un contrôle sur les relations essentielles entre Blancs et Noirs. Downing Street s'est résigné aux frontières » (Cornelius W. de Kiewiet, *A History of South Africa, Social and Economic*, p. 143-144).

40. « Il existe [...] une notion complètement erronée selon laquelle les Afrikaners et la population de langue anglaise d'Afrique du Sud s'opposeraient encore sur la manière de traiter les indigènes. Au contraire, c'est l'une des seules choses sur lesquelles ils sont tout à fait d'accord » (Selwyn James, *South of the Congo*, p. 47).

moins que le financier était un personnage clé dans la combinaison de la richesse superflue et des hommes superflus, que c'était son rôle de faire du caractère essentiellement transitoire de cette chasse à l'or une affaire beaucoup plus vaste et beaucoup plus permanente[41]. En outre, la guerre contre les Britanniques révéla bientôt un aspect encore plus décisif ; il devint parfaitement clair qu'elle avait été encouragée par des investisseurs étrangers qui réclamaient la protection du gouvernement pour leurs énormes profits dans ces pays lointains comme une chose allant de soi – comme si les troupes engagées dans une guerre contre des peuples étrangers n'étaient rien d'autre que des forces de police indigènes engagées dans une lutte contre des criminels indigènes. Aux yeux des Boers, il importait peu que les instigateurs de cette forme de violence dans les ténébreuses affaires de la production de l'or et des diamants ne fussent plus les financiers, mais ceux qui avaient précisément réussi à émerger de la populace et qui, comme Cecil Rhodes, croyaient moins au profit qu'à l'expansion pour l'expansion[42]. Les financiers, des Juifs pour la plupart, représentants – mais non propriétaires – du capital superflu, ne jouissaient ni de l'influence politique nécessaire ni d'une puissance économique suffisante pour introduire dans cette spéculation et ce jeu des objectifs politiques et une exploitation de la violence.

Il est indéniable que si, en fin de compte, ils n'apparaissent pas comme l'élément moteur de l'impérialisme, les financiers l'ont toutefois singulièrement bien représenté durant sa

---

41. Ce que l'on doit essentiellement aux méthodes d'Alfred Beit, qui était arrivé en 1875 en vue d'acheter des diamants pour une firme de Hambourg. « Jusque-là, seuls les spéculateurs avaient pris des actions dans les aventures minières […]. La méthode de Beit attira à son tour le véritable investisseur » (Paul H. Emden, *Jews of Britain*).

42. À cet égard, Barnato adopta une attitude très caractéristique quand il fut question de la fusion de ses affaires avec le groupe de Rhodes. « Pour Barnato, fusionner n'était rien d'autre qu'une transaction financière dans laquelle il espérait gagner de l'argent […]. C'est pourquoi il désirait que l'entreprise n'ait rien à voir avec la politique. Or Rhodes n'était pas uniquement un homme d'affaires… » Ce qui montre combien Barnato se trompait quand il pensait que s'il avait « reçu l'éducation de Cecil Rhodes, il n'y aurait pas eu de Cecil Rhodes » (Paul H. Emden, *Jews of Britain*).

phase initiale[43]. Ils avaient tiré profit de la surproduction de capitaux et du total renversement des valeurs économiques et morales qui avait suivi. Se substituant au simple commerce de marchandises et au profit résultant de la production, c'est le commerce du capital lui-même qui s'était instauré sur une échelle sans précédent. Cela aurait pu suffire pour les mettre en position dominante ; mais, en outre, les profits nés des investissements dans les pays étrangers augmentèrent rapidement, à une allure bien plus rapide que celle des profits nés du commerce, si bien que négociants et marchands durent céder la première place aux financiers[44]. La principale caractéristique économique du financier, c'est qu'il ne tire pas ses profits de la production et de l'exploitation ou de l'échange des marchandises, ou encore d'opérations bancaires normales, mais exclusivement des commissions. Dans notre contexte, c'est un élément important, car c'est ce qui donne au financier, même au sein d'une économie normale, ce caractère irréel, cette existence fantôme et essentiellement factice qui caractérise tant d'événements sud-africains. Les financiers n'exploitaient assurément personne, et ils n'exerçaient que fort peu de contrôle sur le cours hasardeux de leurs affaires, qu'il en résultât des escroqueries ordinaires ou des entreprises qui, après coup, se révélaient saines.

Il est également significatif que ce soit la partie du peuple juif qui peut s'assimiler à la populace, qui ait fourni ces contingents de financiers. Il est vrai que la découverte des mines d'or d'Afrique du Sud avait coïncidé avec les premiers pogroms modernes en Russie, si bien qu'une poignée d'émigrants juifs y étaient partis. Ils n'y auraient toutefois

---

43. Cf. chap. I, note 34.
44. D'un point de vue économique, l'augmentation des profits tirés de l'investissement à l'étranger et une relative diminution des profits du commerce extérieur caractérisent l'impérialisme. En 1889, on estimait que l'ensemble du commerce extérieur et colonial de la Grande-Bretagne lui avait apporté un revenu de 18 millions de livres seulement, tandis que durant la même année les profits tirés de l'investissement à l'étranger s'élevaient à 90 ou 100 millions de livres. Voir John A. Hobson, *Imperialism*, 1938, p. 53 et suiv. Il est évident que l'investissement exigeait une politique d'exploitation beaucoup plus consciente et à beaucoup plus long terme que le simple commerce.

occupé qu'une place mineure dans la foule de desperados et de chercheurs de fortune de toute nationalité si les quelques financiers juifs qui les y avaient précédés ne s'étaient pas immédiatement intéressés à ces nouveaux venus qui pouvaient manifestement les représenter au sein de la population.

Les financiers juifs provenaient de pratiquement tous les pays d'Europe où ils avaient été, en termes de classe, aussi superflus que les autres immigrants sud-africains. Ils n'avaient rien à voir avec les quelques familles juives de notables dont l'influence s'amenuisait régulièrement depuis 1820 et dans les rangs desquels ils ne pouvaient donc s'assimiler. Ils faisaient partie de cette nouvelle caste de financiers juifs que l'on trouve, à partir des années 1870 et 1880, dans toutes les capitales européennes où ils étaient venus, après avoir la plupart du temps abandonné leur pays d'origine, tenter leur chance au jeu de hasard du marché international des valeurs. Ils sévissaient partout, à la consternation des familles juives plus anciennes, trop faibles pour mettre un frein à l'absence de scrupules de ces nouveaux venus, et qui étaient par conséquent bien trop heureuses de les voir décider de transférer leur champ d'activités au-delà des mers. Autrement dit, les financiers juifs étaient devenus aussi superflus pour la banque juive légitime que la richesse qu'ils représentaient l'était devenue pour l'entreprise industrielle légitime et les chercheurs de fortune pour le monde du travail légitime. En Afrique du Sud, où le marchand était en passe de devoir céder au financier son pouvoir au sein de l'économie du pays, les nouveaux arrivants, les Barnato, les Beit, les Sammy Marks, eurent beaucoup moins de mal à déloger les vieux colons juifs de leur place originelle qu'en Europe[45]. En Afrique du Sud, cas pratiquement unique, ils représentaient le troisième élément dans l'alliance initiale du capital et de la

---

45. Les premiers colons juifs à s'installer en Afrique du Sud au cours du XVIIIe siècle et de la première partie du XIXe siècle étaient des aventuriers ; après le milieu du siècle, ils furent suivis par des commerçants et des marchands, dont les plus importants se tournèrent vers des activités comme la pêche, la chasse au phoque et à la baleine (les frères De Pass) et l'ostréiculture (la famille Mosenthal). Plus tard, ils furent pratiquement contraints d'entrer dans les industries du diamant de Kimberley où ils n'atteignirent toutefois jamais l'importance de Barnato et de Beit.

populace ; pour une large part, ce furent eux qui mirent l'alliance en mouvement, prirent en main l'afflux du capital et son investissement dans les mines d'or et les gisements de diamant, et furent bientôt plus en vue que quiconque.

Leur origine juive ajoutait un indéfinissable parfum symbolique au rôle des financiers – le parfum d'errance de ceux qui n'ont fondamentalement aucune patrie ni aucune racine – et servit à introduire un élément de mystère, aussi bien qu'à symboliser toute l'affaire. Il faut y ajouter leurs réels contacts internationaux, qui nourrirent bien entendu l'illusion populaire générale quant à un pouvoir politique juif international. Il est bien compréhensible que toutes ces notions fantaisistes sur un pouvoir occulte juif international – notions qui s'étaient répandues à l'origine en raison des rapports étroits existant entre le capital bancaire juif et le monde des affaires de l'État – soient devenues encore plus virulentes en Afrique du Sud qu'en Europe. C'est là que les Juifs se trouvèrent pour la première fois au sein d'une société raciale et presque automatiquement isolés du reste de la population « blanche » par la haine particulière que leur vouaient les Boers, non seulement en tant que symboles de toute l'affaire mais en tant que « race » différente, en tant qu'incarnation d'un principe diabolique introduit dans le monde normal des « Noirs » et des « Blancs ». Cette haine était d'autant plus violente qu'elle découlait pour une part du soupçon que les Juifs, forts de leur propre revendication, à la fois plus ancienne et plus authentique, à l'élection divine, seraient plus que tous autres difficiles à convaincre de la revendication des Boers d'être, eux, le peuple élu. Si le christianisme se contentait de nier ce principe en tant que tel, le judaïsme faisait figure d'adversaire direct et de rival. Bien avant que les nazis ne déclenchent à dessein un mouvement antisémite en Afrique du Sud, la question raciale avait envahi le conflit entre *uitlanders* et Boers sous la forme de l'antisémitisme[46], ce qu'il faut d'autant plus souligner que l'importance des Juifs dans

---

46. Ernst Schultze, « Die Judenfrage in Südafrika », *Der Weltkampf*, octobre 1938, vol. 15, n° 178.

l'économie sud-africaine de l'or et du diamant ne survécut pas au tournant du siècle.

Dès que les industries de l'or et du diamant eurent atteint un stade de développement impérialiste, où les actionnaires absents réclamaient la protection politique de leur gouvernement, il apparut que les Juifs ne pouvaient plus maintenir leur position économique prépondérante dans les milieux économiques. Ils n'avaient aucun gouvernement vers qui se tourner et leur position dans la société sud-africaine était si précaire que leur sort même pouvait être mis en question. Ils ne pouvaient assurer leur sécurité économique et leur installation permanente en Afrique du Sud, dont ils avaient plus besoin que tous les autres groupes d'*uitlanders*, que s'ils parvenaient à obtenir un statut social – en l'occurrence, à se faire admettre dans les clubs britanniques très fermés. Ils se trouvèrent donc contraints de marchander leur influence contre une position de gentlemen, ainsi que le déclara sans ménagement Cecil Rhodes lorsqu'il acheta sa place dans le Barnato Diamond Trust, après avoir fusionné sa société, la De Beers Company, avec celle d'Alfred Beit[47]. Ces Juifs avaient cependant davantage à offrir que la seule puissance économique ; c'est grâce à eux que Cecil Rhodes, comme eux aventurier fraîchement débarqué, réussit à se faire accepter par le respectable milieu financier d'Angleterre, avec lequel les financiers juifs avaient après tout de bien meilleures relations que quiconque[48]. « Aucune banque anglaise n'aurait avancé fût-ce un shilling sur la garantie d'actions sur l'or. C'était bel et bien l'assurance sans bornes de ces hommes du diamant de Kimberley qui agissait comme un aimant sur leurs coreligionnaires au pays[49]. »

---

47. Barnato vendit ses parts à Rhodes afin d'être introduit dans le club de Kimberley. « Il ne s'agit pas d'une simple transaction financière, aurait dit Rhodes à Barnato, je me propose de faire de vous un gentleman. » Barnato se plut à vivre en gentleman pendant huit ans, après quoi il se suicida. Voir Sarah Gertrude Millin, *Rhodes*, p. 14, 85.

48. « Le chemin d'un Juif – en l'occurrence celui d'Alfred Beit venant de Hambourg – à un autre est un chemin facile. Rhodes est allé voir lord Rothschild en Angleterre et lord Rothschild lui a donné son appui. » (*Ibid.*)

49. Paul H. Emden, *Jews of Britain*...

La ruée vers l'or ne devint une véritable entreprise impérialiste qu'après que Cecil Rhodes eut dépossédé les Juifs, pris en main la politique d'investissement de l'Angleterre et qu'il fut devenu le personnage central du Cap. 75 % des dividendes versés aux actionnaires partaient à l'étranger, surtout vers la Grande-Bretagne. Rhodes parvint à faire participer le gouvernement britannique à ses propres opérations financières, à le persuader que l'expansion et l'exportation des instruments de violence étaient nécessaires à la protection des investissements, et qu'une telle politique était le devoir sacré de tout gouvernement national. D'autre part, il introduisit au Cap même cette politique économique typiquement impérialiste consistant à négliger toutes les entreprises industrielles qui n'appartenaient pas à des actionnaires absents, si bien qu'en fin de compte, non seulement les compagnies des mines d'or mais le gouvernement britannique lui-même découragèrent l'exploitation de gisements de minerais pourtant importants et la production de biens de consommation[50]. En même temps que la mise en œuvre de cette politique, Rhodes introduisit le facteur qui avait le plus de chance d'apaiser les Boers : décourager toute entreprise industrielle véritable représentait la garantie la plus solide contre le risque d'assister à un développement capitaliste normal, donc contre la fin logique d'une société raciale.

Il fallut plusieurs décennies pour que les Boers comprennent qu'ils n'avaient rien à craindre de l'impérialisme, puisque celui-ci n'allait ni développer le pays comme l'avaient été l'Australie et le Canada, ni en tirer de gigantesques profits, mais se contenter d'un confortable revenu

---

50. « En temps de paix, l'Afrique du Sud concentrait tout son potentiel industriel sur la production d'or. L'investisseur moyen plaçait son argent dans l'or parce que celui-ci offrait les profits les plus rapides et les plus importants. Mais l'Afrique du Sud possède également d'énormes gisements de minerai de fer, de cuivre, d'amiante, de manganèse, d'étain, de plomb, de platine, de chrome, de mica et de graphite. Ceux-ci, de même que les mines de charbon et l'ensemble des usines qui produisaient les biens de consommation, étaient considérés comme industries "secondaires". L'intérêt du public à investir dans celles-ci était limité. Et le développement de ces industries secondaires était découragé par les compagnies minières, ainsi que, dans une large mesure, par le gouvernement » (Selwyn James, *South of the Congo*, p. 333).

tiré de ses investissements dans un domaine exclusif. Par conséquent, l'impérialisme était prêt à abandonner les prétendues lois de la production capitaliste et leurs tendances égalitaires, tant que demeuraient saufs les profits tirés d'un investissement bien précis. Ce qui aboutit en fin de compte à l'abolition de la loi du profit pur et simple, faisant de l'Afrique du Sud le premier exemple d'un phénomène qui se produit chaque fois que la populace devient le facteur dominant dans l'alliance qu'elle passe avec le capital.

D'un certain point de vue – le plus important –, les Boers restaient les maîtres incontestés du pays : chaque fois que le travail rationnel et la politique de production entraient en conflit avec la question raciale, cette dernière l'emportait. Les raisons du profit furent sacrifiées plus d'une fois aux exigences d'une société de race, et bien souvent à un prix exorbitant. La rentabilité des chemins de fer fut détruite du jour au lendemain quand le gouvernement licencia 17 000 employés bantous et se mit à payer à des Blancs des salaires jusqu'à 200 % supérieurs[51] ; les dépenses allouées à l'administration municipale devinrent prohibitives quand on remplaça par des Blancs les employés municipaux indigènes ; le *Color Bar Bill*[52] finit par interdire tous les emplois mécaniques aux travailleurs noirs et contraignit les entreprises industrielles à une gigantesque augmentation de leurs coûts de production. Le monde racial des Boers n'avait désormais plus rien à craindre de personne, et certes pas de la main-d'œuvre blanche, dont les syndicats reprochaient amèrement au Color Bar Bill de ne pas aller assez loin[53].

De prime abord, on peut s'étonner qu'un violent antisémitisme ait survécu à la disparition des financiers juifs, tout comme on peut trouver surprenant le succès de l'endoctrine-

---

[51]. Selwyn James, *South of the Congo*, p. 111-112. « Le gouvernement pensait que c'était un exemple à suivre pour les patrons du secteur privé [...] et l'opinion publique contraignit bientôt nombre de patrons à modifier leur politique de l'emploi. »

[52]. NdÉ. *Color Bar Bill* : littéralement « barrière de couleur », loi (1926) réservant les postes qualifiés aux Blancs.

[53]. *Ibid.*, p. 108.

ment raciste dans toutes les fractions de la population européenne. Les Juifs ne faisaient certes pas exception à la règle ; ils s'étaient adaptés au racisme aussi bien que tous les autres et leur attitude envers les Noirs était irréprochable[54]. Et pourtant, sans s'en rendre compte et sous la pression de circonstances particulières, ils avaient rompu avec l'une des plus puissantes traditions du pays.

Le premier signe d'un comportement « anormal » apparut aussitôt après que les financiers juifs eurent perdu leur position dans les industries de l'or et du diamant. Ils ne quittèrent pas le pays, mais s'installèrent de façon permanente[55] dans une position unique pour un groupe blanc : ils n'appartenaient ni à la « force vive » de l'Afrique ni aux « pauvres Blancs bons à rien ». Au lieu de quoi, ils entreprirent presque aussitôt de mettre sur pied ces industries et ces professions qui, aux yeux de l'opinion sud-africaine, sont « secondaires » parce que sans rapport avec l'or[56]. Les Juifs se mirent à fabriquer des meubles et des vêtements, à exercer des professions libérales, devenant médecins, avocats, journalistes. En d'autres termes, aussi conformes qu'ils aient cru être aux valeurs de la populace et au comportement racial

---

54. Là encore, on peut observer une nette différence entre les premiers colons et les financiers jusqu'à la fin du XIXe siècle. Saul Salomon par exemple, favorable aux Noirs et membre du Parlement du Cap, venait d'une famille qui s'était établie en Afrique du Sud au début du XIXe siècle. Paul H. Emden, *Jews of Britain*...

55. Entre 1924 et 1930, 12 319 Juifs vinrent s'installer en Afrique du Sud, tandis que 461 seulement quittaient le pays. Ces chiffres sont extrêmement frappants si l'on pense que durant cette même période, et déduction faite des émigrants, l'immigration totale s'élevait à 12 241 personnes (voir Ernst Schultze, « Die Judenfrage in Südafrika »). Si l'on compare ces chiffres avec le tableau de l'immigration de la note 6 du présent chapitre, il en ressort que les Juifs constituèrent en gros un tiers de l'immigration totale en Afrique du Sud pendant les années 20 et qu'à la différence de toutes les autres catégories d'*uitlanders*, ils s'y installèrent, eux, de façon permanente ; pour ce qui est de l'émigration annuelle, ils représentent alors un pourcentage qui n'atteint même pas 2 %.

56. « Les leaders nationalistes afrikaners les plus enragés ont déploré le fait qu'il y ait 102 000 Juifs dans l'Union ; ils sont pour la plupart employés de bureau, industriels, ou membres des professions libérales. Les Juifs ont été pour beaucoup dans la mise en œuvre des industries secondaires en Afrique du Sud – c'est-à-dire des industries qui ne sont pas l'extraction de l'or et du diamant –, se concentrant essentiellement sur la fabrication de vêtements et de meubles » (Selwyn James, *South of the Congo*..., p. 46).

du pays, les Juifs avaient renversé son dogme le plus sacré en introduisant dans l'économie sud-africaine un élément de normalité et de productivité, ce qui valut à Mr. Malan, lorsqu'il déposa au Parlement un projet de loi visant à expulser tous les Juifs de l'Union, le soutien enthousiaste de tous les Blancs pauvres et de la population afrikaner tout entière[57].

Ce changement de fonction économique, cette transformation de la communauté juive sud-africaine qui, après avoir compté parmi les figures les plus fantomatiques de l'univers spectral de l'or et de la race, devenait la seule fraction productive de la population, tout cela apparaissait aux Boers comme une étrange confirmation, après coup, de leurs craintes originelles. Ce qu'ils avaient détesté chez les Juifs, ce n'étaient pas tant les intermédiaires de la richesse superflue ou les représentants du monde de l'or ; ils les avaient craints et méprisés comme l'image même de ces *uitlanders* qui allaient tenter de faire du pays un élément productif normal de la civilisation occidentale, le profit mettant en danger de mort le monde fantôme de la race. Et quand les Juifs eurent finalement été coupés du « sang vital », l'or des *uitlanders*, et qu'au lieu de quitter le pays comme l'auraient fait tous autres étrangers en de semblables circonstances, ils se mirent à développer des industries « secondaires », les Boers estimèrent avoir vu juste. De leur seul et unique fait, sans même être l'image de quoi que ce fût ou de qui que ce fût, les Juifs étaient devenus une réelle menace pour la société raciale. Dans cette situation, l'hostilité concertée de tous ceux qui croient en la race ou en l'or, ce qui représente la quasi-totalité de la population européenne d'Afrique du Sud, se développe contre les Juifs. Et pourtant ils ne peuvent faire cause commune avec le seul autre groupe à se détacher lentement de la société de race : les travailleurs noirs, qui deviennent de plus en plus conscients de leur propre humanité sous l'impact du travail régulier et de la vie urbaine. Bien qu'ils aient, eux, à la différence des « Blancs », une

---

57. *Ibid.*, p. 67-68.

authentique origine raciale, ils n'ont pas fait de la race un fétiche, et l'abolition de la société raciale ne signifie rien d'autre que la promesse de leur libération.

À la différence des nazis, pour qui le racisme et l'antisémitisme étaient deux armes politiques primordiales pour la destruction de la civilisation et la constitution d'un nouveau corps politique, le racisme et l'antisémitisme ne représentent en Afrique du Sud qu'un état de fait et une conséquence naturelle du *statu quo*. Ceux-ci n'avaient nul besoin du nazisme pour naître, et ils ne l'influencèrent que de manière indirecte.

La société raciale de l'Afrique du Sud eut toutefois des effets en retour immédiats et bien réels, sur le comportement des peuples européens : comme l'Afrique du Sud avait déraisonnablement importé une main-d'œuvre indienne et chinoise bon marché chaque fois que ses réserves intérieures se trouvaient momentanément épuisées[58], un changement d'attitude envers la population de couleur se fit aussitôt sentir en Asie où, pour la première fois, les gens se virent traités à peu de choses près comme ces sauvages d'Afrique qui avaient effrayé les Européens au point de leur faire perdre la raison. La seule différence, c'est qu'il n'y avait ni excuse ni raison humainement compréhensible pour traiter les Indiens et les Chinois comme s'ils n'étaient pas des êtres humains. En un sens, c'est là seulement que commença le véritable crime, parce que cette fois, chacun aurait dû savoir ce qu'il faisait. Il est vrai que la notion de race subit une certaine transformation en Asie : « lignées supérieures et inférieures », comme disait l'« homme blanc » lorsqu'il se mit à les prendre en charge, indiquent encore une échelle de valeurs et la possibilité d'un développement progressif ; cette idée élude en quelque sorte le concept de deux espèces animales

---

58. Au cours du XVIII⁸ siècle, on fit venir plus de 100 000 coolies indiens dans les plantations de sucre du Natal. Ils furent suivis par une main-d'œuvre chinoise employée dans les mines et qui représentaient environ 55 000 personnes en 1907. En 1910, le gouvernement britannique ordonna le rapatriement de tous les mineurs chinois, et en 1913 il interdit toute immigration venant de l'Inde ou de toute autre partie de l'Asie. En 1931, les Asiatiques étaient encore 142 000 dans l'Union, et traités comme les indigènes. (Voir également Ernst Schultze, « Die Judenfrage in Südafrika ».)

totalement différentes. Par ailleurs, comme le principe de race venait supplanter l'ancienne tradition qui estimait que l'Asie était constituée de peuples autres et étrangers, il constituait, bien plus qu'en Afrique, une arme sciemment utilisée à des fins de domination et d'exploitation.

L'autre expérience que connut la société de race d'Afrique du Sud, pour paraître moins significative à première vue, devait se révéler beaucoup plus importante pour les gouvernements totalitaires : elle apprit que les raisons du profit ne sont pas sacrées et qu'on peut leur faire violence, que les sociétés peuvent fonctionner selon d'autres principes qu'économiques, et que de telles circonstances peuvent avantager ceux qui, dans les conditions de la production rationalisée et du système capitaliste, appartiendraient aux couches défavorisées. La société de race d'Afrique du Sud enseigna à la populace la grande leçon dont celle-ci avait toujours eu la prémonition, à savoir qu'il suffit de la violence pour qu'un groupe défavorisé puisse créer une classe encore plus basse, qu'une révolution n'est pas nécessaire pour y parvenir mais qu'il suffit de se lier à certains groupes des classes dominantes, et que les peuples étrangers ou sous-développés offrent un terrain idéal pour une telle stratégie.

Les premiers à comprendre l'influence décisive de l'expérience sud-africaine furent les meneurs de la populace qui, tel Carl Peters, décidèrent qu'ils devaient eux aussi faire partie d'une race de maîtres. Les possessions coloniales africaines offraient le sol le plus fertile à l'épanouissement de ce qui allait plus tard devenir l'élite nazie. Les dirigeants nazis avaient vu là, de leurs propres yeux, comment des peuples pouvaient être transformés en races et comment, à la seule condition de prendre l'initiative du processus, chacun pouvait élever son propre peuple au rang de race maîtresse. Ils avaient été guéris de l'illusion selon laquelle le processus historique est nécessairement « progressiste », car si les premières colonisations consistaient à émigrer vers quelque chose, le « Hollandais émigrait, lui, pour tout quitter[59] », et si

---

59. Leonard Barnes, *Caliban in Africa*..., p. 13.

« l'histoire économique avait autrefois enseigné que l'homme s'était développé par étapes successives d'une vie de chasse à des activités pastorales et finalement à une vie sédentaire et agricole », l'histoire des Boers montrait clairement que l'on pouvait aussi venir « d'une terre bénéficiant d'une agriculture économe et intensive [et] devenir pourtant peu à peu berger et chasseur[60] ». C'était précisément parce qu'ils avaient régressé au niveau de tribus, de sauvages, que les Boers demeuraient leurs propres maîtres incontestés, et ces leaders le comprenaient parfaitement. Ils étaient tout à fait prêts à payer le prix, à régresser au niveau d'une organisation de race, pourvu que cela leur permît d'acheter leur suzeraineté sur d'autres « races ». Et ils savaient, d'après leurs propres expériences avec ces peuples accourus des quatre coins de la terre jusqu'en Afrique du Sud, que toute la populace du monde occidental civilisé serait avec eux[61].

3. L'impérialiste

Des deux principaux moyens politiques de domination impérialiste, la race fut découverte en Afrique du Sud et la bureaucratie en Algérie, en Égypte et en Inde ; la première représentait à l'origine une réaction semi-consciente face à des peuples dont l'humanité faisait honte et peur à l'homme européen, tandis que la seconde fut la séquelle de cette

---

60. Cornelius W. de Kiewiet, *A History of South Africa, Social and Economic*, p. 13.

61. « Lorsque les économistes ont déclaré qu'augmenter les salaires était une forme de libéralité, et que protéger les travailleurs était contraire à l'économie, on leur a répondu que le sacrifice en valait la peine si les éléments infortunés de la population blanche parvenaient au bout du compte à affronter la vie moderne d'un pas plus assuré [...]. Mais l'Afrique du Sud n'est pas le seul pays où la voix des économistes conventionnels se perd dans le désert depuis la fin de la Grande Guerre [...]. Pour cette génération qui a vu l'Angleterre abandonner le libre-échange, l'Amérique rejeter l'étalon-or, le IIIe Reich embrasser l'autarcie [...], l'obstination de l'Afrique du Sud à vouloir une vie économique organisée de manière à assurer la position dominante de la race blanche n'est pas réellement déplacée » (Cornelius W. de Kiewiet, *A History of South Africa, Social and Economic*, p. 224 et 245).

administration grâce à laquelle les Européens avaient essayé de gouverner des peuples étrangers en qui ils ne pouvaient décidément voir que des peuples inférieurs ayant grand besoin de leur protection particulière. La race, autrement dit, était le moyen d'échapper à une irresponsabilité où rien d'humain ne pouvait plus subsister, et la bureaucratie la conséquence d'une responsabilité qu'aucun homme, qu'aucun peuple ne sauraient endosser ni envers son semblable ni envers quelque autre peuple.

Le sens exagéré de leurs responsabilités chez les administrateurs britanniques de l'Inde qui avaient succédé aux « briseurs de loi » dont parlait Burke reposait concrètement sur le fait que l'Empire britannique avait réellement été conquis dans un « moment d'inadvertance ». Aussi ces hommes qui se trouvaient devant le fait accompli, et avec la tâche de conserver ce qui leur était échu par accident, devaient-ils trouver une interprétation qui pût changer l'accident en une sorte d'acte volontaire. Ces modifications historiques des faits ont été colportées depuis les temps anciens par les légendes, et les légendes rêvées par l'intelligentsia britannique ont joué un rôle décisif dans la formation du bureaucrate et de l'agent secret des services britanniques.

Les légendes ont toujours joué un rôle puissant dans la construction de l'histoire. L'homme, qui n'a pas reçu le don de défaire, qui est toujours, bon gré mal gré, l'héritier des actes d'autres hommes, et qui porte toujours le fardeau d'une responsabilité qui apparaît comme la conséquence d'une chaîne ininterrompue d'événements bien plus que d'actes conscients, cherche une explication et une interprétation à ce passé où semble cachée la mystérieuse clef de son destin futur. Les légendes ont constitué les fondements spirituels de toutes les cités, tous les empires, tous les peuples de l'Antiquité, promesse d'une conduite sûre à travers les espaces illimités du futur. Sans jamais rendre compte des faits de manière fiable, mais exprimant toujours leur signification vraie, elles sont la source d'une vérité au-delà des réalités, une mémoire au-delà des souvenirs.

Les explications légendaires de l'histoire ont toujours servi de rectification après coup des faits et événements réels, rectification précisément nécessaire parce que l'histoire elle-même aurait tenu l'homme pour responsable d'actes qu'il n'avait pas commis et de conséquences qu'il n'avait pas prévues. La vérité des légendes anciennes – ce qui leur donne cette fascinante actualité des siècles après que les cités, les empires et les peuples qu'elles ont servis sont retournés à la poussière – n'est rien d'autre que la forme sous laquelle les événements du passé ont été façonnés pour s'adapter à la condition humaine en général et aux aspirations politiques en particulier. C'est seulement dans les contes à propos d'événements franchement inventés que l'homme a consenti à en endosser la responsabilité et à considérer les événements du passé comme *son* passé. Les légendes l'ont rendu maître de ce qu'il n'a pas fait, et capable d'assumer ce qu'il ne peut défaire. En ce sens, les légendes ne comptent pas seulement au nombre des premiers souvenirs du genre humain, elles constituent en réalité le vrai commencement de l'histoire humaine.

La floraison des légendes historiques et politiques a connu une fin brutale avec la naissance du christianisme. Son interprétation de l'histoire, du temps d'Adam jusqu'au Jugement dernier, comme la seule et unique voie vers la rédemption et le salut, apportait l'explication légendaire de la destinée humaine la plus puissante et la plus complète. C'est seulement après que l'unité spirituelle des peuples chrétiens eut succombé sous la pluralité des nations, quand la voie du salut fut devenue un élément incertain de foi individuelle plutôt qu'une théorie universelle applicable à tous les événements, qu'émergèrent de nouvelles formes d'explication historique. Le XIXe siècle nous a offert le curieux spectacle de l'éclosion quasi simultanée d'idéologies aussi variées que contradictoires, dont chacune se targuait de connaître la vérité cachée de faits sans elle incompréhensibles. Les légendes ne sont cependant pas des idéologies ; elles ne visent pas une explication universelle, mais parlent toujours de faits concrets. Il semble assez significatif que nulle part l'essor des corps nationaux ne se soit accompagné d'une légende de fondation, et que la première et unique tentative de ce genre n'ait précisément eu lieu que lorsque le déclin du corps national devint manifeste et que l'impérialisme parut prendre la place du nationalisme passé de mode.

L'auteur de la légende impérialiste est Rudyard Kipling, son sujet est l'Empire britannique, son résultat le personnage impérialiste (l'impérialisme a été la seule école formatrice de « personnages » dans la politique moderne). Et tandis que la légende de l'Empire britannique a peu de rapport avec les réalités de l'impérialisme britannique, elle sut utiliser, par la force ou en les berçant d'illusions, les meilleurs fils de l'Angleterre. Car les légendes attirent ce qu'il y a de meilleur en notre temps, tout comme les idéologies attirent l'élément moyen, et les contes qu'on chuchote à propos d'horribles puissances occultes qui se cachent derrière les rideaux, attirent ce qu'il peut y avoir de pire. Sans nul doute, aucune autre structure politique n'aurait pu être davantage évocatrice de contes et de justifications légendaires que l'Empire britannique, que le peuple britannique dérivant de la fondation consciente de colonies jusqu'au gouvernement et à la domination de peuples étrangers dans le monde entier.

La légende des origines telle que Kipling la raconte part de la réalité fondamentale des hommes des îles Britanniques[62]. Environnés par les mers, ils ont besoin de l'aide des trois éléments, Eau, Vent et Soleil, et l'obtiennent grâce à l'invention du Navire. Celui-ci rendait possible cette alliance toujours périlleuse avec les éléments et faisait de l'Anglais le maître du monde. « Vous ferez la conquête du monde, dit Kipling, sans que nul se *soucie* de savoir comment vous aurez fait ; vous garderez le monde, sans que nul *sache* comment vous aurez fait ; et vous porterez le monde sur vos épaules sans que nul *voie* comment vous aurez fait. Mais ni vous ni vos fils ne tirerez avantage de cette mince besogne si ce n'est Quatre Dons – un pour la Mer, un pour le Vent, un pour le Soleil et un pour le Navire qui vous porte […]. Car pour conquérir le monde, pour garder le monde et

---

[62]. Rudyard Kipling, « The First Sailor » [« Le Premier Navigateur »], *Humorous Tales*, 1891.

pour le porter sur leurs épaules – sur terre, sur mer ou dans les airs – vos fils auront toujours les Quatre Dons. La tête bien remplie, mesurés en parole, et les mains rudes – sacrément rudes –, tel sera leur portrait [...] et toujours serrant un peu le vent face à l'ennemi – de sorte qu'ils puissent toujours être une sauvegarde pour tous ceux qui traversent les mers en leur juste cours. »

Ce qui rend le petit conte du *Premier Navigateur* si proche des légendes originelles antiques, c'est qu'il présente les Britanniques comme le seul peuple politiquement mûr, soucieux de la loi et portant sur ses épaules le salut du monde, au milieu de tribus barbares qui ne se soucient de savoir ni ne savent ce qui fait aller le monde. Il manquait malheureusement à cette présentation la vérité innée des légendes anciennes ; le monde se souciait de savoir et il savait et voyait comment agissaient les Britanniques, et ce n'était pas un conte de ce genre qui pouvait le convaincre qu'ils ne « tiraient aucun avantage de cette mince besogne ». Il y avait pourtant en Angleterre même une certaine réalité qui correspondait à la légende de Kipling et rendait tout cela possible, c'était l'existence de vertus telles que l'esprit de chevalerie, de noblesse, de bravoure, même si elles étaient totalement déplacées dans une réalité politique gouvernée par un Cecil Rhodes ou un lord Curzon.

Le fait que le « fardeau de l'homme blanc » relève ou de l'hypocrisie ou du racisme n'a pas empêché quelques-uns des Anglais les plus valeureux de porter le fardeau en toute honnêteté et de se faire les fous tragiques et donquichottesques de l'impérialisme. Aussi réelle en Angleterre que la tradition d'hypocrisie, il en est une autre, moins manifeste, que l'on est tenté d'appeler celle de ces pourfendeurs de dragons qui partirent enthousiastes vers des terres lointaines et curieuses, aux peuples étranges et naïfs, pour y attaquer les innombrables dragons qui les dévastaient depuis des siècles. Il y a davantage qu'un air de vérité dans cet autre conte de Kipling, *La Tombe de ses ancêtres*[63], dans lequel la famille

---

63. Rudyard Kipling, « La Tombe de ses ancêtres », *La Tâche quotidienne* [H. Arendt se réfère à l'édition parue en 1898 de « The Tombs of his Ancestor », *The Day's Work*].

Chinn « [sert] l'Inde génération après génération, comme les dauphins à la file en haute mer ». Ils tirent sur le cerf qui vole la moisson du pauvre, lui enseignent les mystères de meilleures méthodes agricoles, l'affranchissent de certaines de ses superstitions les plus pernicieuses et tuent lions et tigres dans le meilleur style. Leur seule récompense est bien sûr un « tombeau ancestral » et une légende familiale reconnue par toute la tribu hindoue selon laquelle « l'ancêtre vénéré [...] possède un tigre – un tigre sellé sur lequel il chevauche à travers tout le pays chaque fois qu'il s'y sent enclin ». Malheureusement, cette chevauchée par monts et par vaux est « un signe certain de guerre, ou de peste – ou encore d'autre chose », et, en l'espèce, c'est un signe de vaccination. Si bien que Chinn le Jeune, petit subalterne dans la hiérarchie des services de l'armée, mais de première importance pour ce qui est de la tribu indienne, doit tuer le monstre de son ancêtre afin que le peuple puisse être vacciné sans peur contre « la guerre, la peste ou encore autre chose ».

Dans le cadre de la vie moderne, les Chinn ont certes « plus de chance que la plupart des gens ». Leur chance est d'être nés dans une carrière qui les conduit doucement et tout naturellement à la réalisation des plus beaux rêves de jeunesse. Là où les autres garçons doivent oublier leurs « nobles rêves », eux se trouvent justement en âge de les réaliser. Et quand, après trente années de service, ils se retireront, leur bateau croisera « le transport de troupes qui emmenait [leur] fils en Orient, où celui-ci allait poursuivre la mission familiale », de sorte que la puissance gagnée par le vieux Mr. Chinn en ayant vécu comme pourfendeur de dragons fonctionnaire d'État à la solde de l'armée puisse se transmettre à la génération suivante. Certes, le gouvernement britannique paie leurs services, mais au service de qui finissent-ils, rien n'est moins clair. Il y a de grandes chances qu'ils servent en réalité le peuple indien, et c'est pour tous une consolation que le peuple lui-même en soit au moins convaincu. Le fait que les services supérieurs ne sachent pour ainsi dire rien des étranges devoirs et aventures du petit lieutenant Chinn, qu'ils ne se doutent guère qu'il est la réincarnation victorieuse de son grand-père, apporte à sa double vie presque onirique une solide assise dans la réalité. Il est tout simplement chez lui dans les deux mondes, ces mondes séparés par des murailles qui ne laissent filtrer ni les eaux ni les bavardages. Né « au cœur du pays broussailleux des tigres », éduqué parmi les siens dans une Angleterre paisible, bien équilibrée et mal informée, il est prêt à vivre en permanence auprès de deux peuples ; il se sent aussi enraciné et aussi à l'aise dans la tradition, la langue, les superstitions et les préjugés de l'un que de l'autre. Lui, ce docile sous-ordre d'un des soldats de Sa Majesté, au cœur du monde indigène peut se transformer dans l'instant en un personnage fascinant et plein de noblesse, le protecteur bien-aimé des faibles, le pourfendeur de dragons des vieux contes.

Il faut bien voir que ces bizarres et chevaleresques protecteurs des faibles qui jouaient leur rôle dans les coulisses de la tutelle britannique officielle n'étaient pas tant le produit de l'imagination naïve d'un peuple primitif que des rêves véhiculant le meilleur des traditions européennes et chrétiennes, même s'ils étaient déjà retombés dans la futilité d'un idéal de jeunesse. Ce n'étaient ni le soldat de Sa Majesté ni le haut fonctionnaire britannique qui pouvaient enseigner aux indigènes quelque chose de la grandeur du monde occidental. Seuls ceux qui n'avaient jamais été capables de se défaire de leur idéal de jeunesse et qui, par suite, s'étaient enrôlés dans les services coloniaux étaient aptes à cette tâche. Pour eux, l'impérialisme n'était pas autre chose que l'occasion fortuite de fuir une société où l'homme devait oublier sa jeunesse pour pouvoir devenir adulte. La société anglaise n'était que trop heureuse de les voir partir pour les pays lointains, circonstance qui autorisait à tolérer, voire à encourager les idéaux de jeunesse façonnés par le système des *public schools* ; les services coloniaux les emmenaient loin de l'Angleterre et les empêchaient, si l'on peut dire, de transposer l'idéal de leur adolescence en idées d'homme mûr. Les terres étrangères et étranges ont attiré le meilleur de la jeunesse britannique depuis la fin du XIXe siècle, elles ont enlevé à la société anglaise ses éléments les plus honnêtes et les plus dangereux et ont assuré, outre ces bienfaits, que soit conservée, si ce n'est pétrifiée, cette juvénile noblesse qui a préservé *et* infantilisé les valeurs morales de l'Occident.

Lord Cromer, secrétaire auprès du vice-roi et conseiller financier dans le gouvernement pré-impérialiste de l'Inde, appartenait encore à la catégorie des pourfendeurs de dragons britanniques. Ne se laissant guider que par le « sens du sacrifice » envers les populations arriérées, et par le « sens du devoir »[64] pour la gloire de cette Grande-Bretagne qui « a donné naissance à une classe de fonctionnaires qui ont à la fois le désir et la capacité de gouverner[65] », il refusa la fonction de vice-roi en 1894 et, dix ans plus tard, celle de secrétaire d'État aux Affaires étrangères. Au lieu de jouir de ces honneurs qui eussent satisfait tout homme de moindre envergure, il devint le moins célèbre et tout-puissant consul général britannique en Égypte de 1883 à 1907. Il fut ainsi le premier administrateur impérialiste, « ne le cédant à personne parmi ceux qui, par leurs services, ont glorifié la race britannique[66] », et peut-être le dernier à mourir avec une fierté sans mélange : « Puissions-nous trouver là la meilleure gloire de la Grande-Bretagne –/Plus noble prix jamais ne fut remporté,/La bénédiction d'un peuple libéré/La conscience du devoir accompli[67]. »

Cromer partit pour l'Égypte parce qu'il avait compris que « l'Anglais qui va lutter au loin pour défendre son Inde bien-aimée [doit] poser un pied ferme sur les berges du Nil[68] ». L'Égypte n'était pour lui que le moyen d'atteindre une fin, une expansion nécessaire au nom de la sécurité de l'Inde. Presque au même moment, un autre Anglais arriva sur le continent africain, à l'autre extrémité et pour des raisons opposées : Cecil Rhodes allait en Afrique du Sud pour y sau-

---

64. Lawrence J. Zetland, *Lord Cromer*, 1932, p. 16.

65. Lord Cromer, « The Government of Subject Races » [« Le gouvernement des races assujetties »], *Edinburgh Review*, janvier 1908.

66. Lord Curzon, lors de l'inauguration de la plaque commémorative à la mémoire de lord Cromer. Voir Lawrence J. Zetland, *Lord Cromer*, p. 362.

67. Tiré d'un long poème de lord Cromer. Voir Lawrence J. Zetland, *Lord Cromer*, p. 17-18.

68. Dans une lettre écrite par lord Cromer en 1882, *ibid.*, p. 87.

ver la colonie du Cap alors qu'elle avait perdu toute importance pour l'« Inde bien-aimée » de l'Anglais. Les idées de Rhodes sur l'expansion étaient beaucoup plus avancées que celles de son respectable homologue du nord ; à ses yeux, l'expansion n'avait nul besoin d'être justifiée par des raisons aussi logiques que le souci de conserver ce que l'on possédait déjà. « L'expansion, tout était là », et l'Inde, l'Afrique du Sud et l'Égypte étaient également importantes ou dépourvues de la moindre importance en tant qu'étapes dans une expansion que seules les dimensions de la terre limitaient. Il y avait certes un abîme entre le vulgaire mégalomane et l'homme cultivé, champion du sacrifice et du devoir ; et pourtant, ils arrivèrent à peu de chose près au même résultat et furent également responsables du « Grand Jeu » du secret, qui n'était pour la politique ni moins fou ni moins déplorable que le monde fantôme de la race.

L'étonnante similitude entre la férule de Rhodes en Afrique du Sud et la domination de Cromer en Égypte tenait à ce que ni l'un ni l'autre ne considéraient ces pays comme des fins désirables en soi, mais uniquement comme le moyen d'atteindre des buts soi-disant plus élevés. Ils étaient par conséquent semblables dans leur indifférence et dans leur détachement, dans leur sincère désintérêt à l'égard de leurs sujets, attitude qui différait autant de la cruauté et de l'arbitraire des despotes indigènes en Asie que de l'exploitation méprisante des conquérants ou de l'oppression maniaque et anarchique exercée par une tribu d'une race sur une tribu d'une autre race. Dès que Cromer se mit à gouverner l'Égypte pour l'amour de l'Inde, il perdit son rôle de protecteur des « peuples arriérés » ; il ne pouvait plus prétendre croire sincèrement que « l'intérêt personnel des races assujetties est le fondement primordial de toute la structure impériale[69] ».

Le détachement devint l'attitude nouvelle de tous les membres de l'administration britannique ; c'était une forme de gouvernement plus dangereuse que le despotisme et l'arbitraire, parce qu'elle ne tolérait pas même cet ultime

---

69. Lord Cromer, « The Government of Subject Races » [« Le gouvernement des races assujetties »].

lien entre un despote et ses sujets, fait de pillages et de présents. L'intégrité même de l'administration britannique rendait son gouvernement despotique plus inhumain et plus inaccessible à ses sujets que ne l'avaient jamais été les chefs asiatiques ou les cruels conquérants[70]. Intégrité et détachement furent les symboles d'une division absolue des intérêts au point que ceux-ci ne sauraient même plus s'opposer. En comparaison, l'exploitation, l'oppression et la corruption font figure de remparts de la dignité humaine, car exploiteur et exploité, oppresseur et opprimé, corrupteur et corrompu vivent encore dans le même univers, partagent encore les mêmes ambitions, se battent encore pour la possession des mêmes choses ; et c'est bien ce *tertium comparationis* que le détachement détruisit. Pire que tout, l'administrateur insensible n'était même pas conscient d'avoir inventé une nouvelle forme de gouvernement ; il croyait en réalité que son attitude était conditionnée par « le contact forcé avec un peuple vivant à un niveau inférieur ». Aussi, au lieu de croire en sa supériorité personnelle avec un brin de vanité inoffensive, il avait surtout le sentiment d'appartenir à « une nation qui avait atteint un niveau de civilisation bien plus élevé[71] » et se maintenait par conséquent en place par le droit de naissance, sans considération de valeur personnelle.

La carrière de lord Cromer est fascinante en ce qu'elle est l'image même de la transition entre l'ancienne administration coloniale et l'administration impérialiste. Sa première réaction à son entrée en fonctions en Égypte consista à témoigner son embarras et son inquiétude devant une situation qui n'était pas une « annexion », mais une « forme de gouvernement hybride qu'on ne peut pas nommer et qui n'a connu aucun précédent[72] ». En 1885, après deux années de service, il nourrissait encore de sérieux doutes à l'égard d'un système où il avait le titre de consul général britannique

---

70. La corruption « était peut-être l'institution la plus humaine dans le réseau de barbelés de l'ordre russe ». Moissaye J. Olgin, *The Soul of the Russian Revolution*, 1917.

71. Lawrence J. Zetland, *Lord Cromer*, p. 89.

72. Dans une lettre écrite par Cromer en 1884, *ibid.*, p. 117.

mais qui faisait en réalité de lui le dirigeant de l'Égypte, et il écrivait qu'« un mécanisme extrêmement délicat [dont] l'efficacité repose en très grande part sur le jugement et les capacités d'une poignée d'individus [...] ne peut se justifier [que] si nous sommes capables de garder présente à l'esprit la possibilité du départ [...]. Si cette hypothèse s'éloigne au point de perdre toute réalité pratique [...] nous ferions mieux [...] de conclure un accord [...] avec les autres Puissances en vue de prendre en main le gouvernement du pays, de garantir sa dette, etc.[73] ». Certes, Cromer voyait juste, et l'une ou l'autre solution, occupation ou évacuation, aurait normalisé la situation. Mais cette « forme hybride de gouvernement » sans précédent allait devenir la caractéristique de toute l'entreprise impérialiste, tant et si bien que quelques décennies plus tard, tout le monde avait oublié l'intuition judicieuse de Cromer quant aux formes de gouvernement possibles ou impossibles, aussi bien que les avertissements de lord Selbourne disant qu'une société raciale, comme mode de vie, était un fait sans précédent. Rien ne pourrait mieux caractériser la phase initiale de l'impérialisme que ces deux jugements sur la situation africaine : un mode de vie sans précédent au sud, un gouvernement sans précédent au nord.

Dans les années qui suivirent, Cromer se réconcilia avec la « forme hybride de gouvernement » ; il commença à la justifier dans ses lettres et à expliquer la nécessité de ce gouvernement sans nom et sans précédent. À la fin de sa vie, il esquissa (dans son essai sur « Le Gouvernement des races assujetties ») les grandes lignes de ce qu'on pourrait appeler une philosophie du bureaucrate.

Cromer commença par reconnaître que l'« influence personnelle » sans traité politique légal ou ratifié pouvait suffire pour « diriger les affaires publiques avec une efficacité satisfaisante[74] » en pays étranger. Cette influence officieuse était préférable à une politique clairement définie, parce qu'on pouvait la modifier du jour au lendemain et qu'elle n'impliquerait

---

73. Dans une lettre à lord Granville, membre du parti libéral, en 1885, *ibid.*, p. 219.
74. Dans une lettre à lord Rosebery en 1886, *ibid.*, p. 134.

pas nécessairement le gouvernement de la métropole en cas de difficulté. Elle exigeait des hommes parfaitement entraînés, parfaitement sûrs, dont la loyauté et le patriotisme ne pussent se mêler d'ambition personnelle ou de vanité et dont on pût même exiger de renoncer à l'aspiration bien humaine de voir leurs noms liés à leurs actes. Leur passion suprême devait être la discrétion (« moins on parle des fonctionnaires britanniques, mieux cela vaut[75] »), un rôle se jouant en coulisse ; leur suprême mépris devait viser les feux de la rampe et ceux qui les recherchent.

Cromer possédait lui-même ces qualités à un degré extrême ; rien n'excitait davantage sa colère que d'être « tiré de [sa] cachette », que de voir « la réalité, qui n'était auparavant connue que de quelques-uns derrière le rideau, étalée aux yeux du monde entier[76] ». Car son orgueil était de « rester plus ou moins dissimulé [et] de tirer les ficelles[77] ». En retour, et pour pouvoir accomplir sa tâche, le bureaucrate doit se sentir à l'abri du contrôle – autrement dit de la louange comme du blâme – de toutes les institutions publiques, qu'il s'agisse du Parlement, des « ministères anglais » ou de la presse. Tout développement démocratique ou même le simple fonctionnement des institutions démocratiques existantes ne peuvent que constituer un danger, car il est impossible de faire gouverner « le peuple par le peuple – le peuple de l'Inde par le peuple de l'Angleterre[78] ». La bureaucratie est toujours un gouvernement d'experts, d'une « minorité avertie » qui doit résister tant qu'elle peut à la pression constante de la « majorité non avertie ». Tout peuple est fondamentalement une majorité non avertie ; on ne saurait donc lui confier un domaine aussi hautement spécialisé que la politique et les affaires publiques. De plus, les bureaucrates ne sont pas supposés avoir d'idées générales sur la moindre question de politique ; leur patriotisme ne doit en aucun cas les égarer au point de leur faire croire à

---

75. *Ibid.*, p. 352.
76. Dans une lettre à lord Rosebery, en 1893, *ibid.*, p. 204-205.
77. Dans une lettre à lord Rosebery en 1893, *ibid.*, p. 192.
78. Dans un discours prononcé par Cromer devant le Parlement après 1904, *ibid.*, p. 311.

quelque bien-fondé intrinsèque des principes politiques de leur propre pays ; cela n'aboutirait qu'à une mauvaise application « imitative » de leur part « au gouvernement des populations arriérées », ce qui, selon Cromer, constituait le défaut majeur du système français[79].

Nul ne songerait à prétendre que Rhodes souffrait d'un manque de vanité. Selon Jameson, il s'attendait à voir son souvenir se perpétuer pendant au moins quatre millénaires. En dépit de tout son appétit d'autoglorification, il eut cependant, comme l'excessivement modeste lord Cromer, l'idée de gouverner par le secret. Adorant rédiger des testaments, Rhodes insista dans chacun d'eux (au cours des deux décennies de sa vie publique) pour que sa fortune fût consacrée à la fondation d'« une société secrète […] destinée à réaliser son projet », qui serait « organisée comme celle de Loyola, soutenue par la richesse accumulée de ceux dont l'aspiration est le désir d'accomplir quelque chose », de telle sorte qu'il se trouverait un jour « entre deux et trois milliers d'hommes dans la fleur de l'âge, répandus dans le monde entier, et dont chacun aurait gravé dans son esprit, à l'époque la plus impressionnable de sa vie, le rêve du Fondateur, et dont chacun aurait en outre été spécialement – mathématiquement – sélectionné pour accomplir le rêve du Fondateur[80] ». Voyant plus loin que Cromer, Rhodes ouvrait d'emblée sa société à tout membre de la « race nordique[81] », si bien que son but

---

79. Au cours des négociations et de la mise au point du modèle administratif prévu pour l'annexion du Soudan, Cromer insista sur la nécessité de maintenir toute l'affaire en dehors de la sphère d'influence des Français ; s'il agit ainsi, ce n'était pas tant pour assurer à l'Angleterre le monopole de l'Afrique que parce qu'il avait « la plus profonde défiance à l'égard de la valeur de leur système administratif appliqué aux races assujetties » (tiré d'une lettre à Salisbury, en 1899, *ibid.*, p. 248).

80. Rhodes rédigea six testaments (le premier était déjà prêt en 1877), dont chacun mentionne cette « société secrète ». On en trouvera des passages plus complets dans Basil Williams, *Cecil Rhodes*, 1921, et Sarah Gertrude Millin, *Rhodes*, p. 128 et 331.

81. On sait que la « société secrète » de Rhodes est devenue la très respectable Rhodes Scholarship Association, dans laquelle, aujourd'hui encore, non seulement des Anglais mais également les membres de toutes les « races nordiques », comme les Allemands, les Scandinaves et les Américains, sont admis.

n'était pas tant la croissance et la gloire de la Grande-Bretagne – la voir occuper « le continent africain tout entier, la Terre sainte, la vallée de l'Euphrate, les îles de Chypre et de Candie, toute l'Amérique du Sud, les îles du Pacifique, [...] tout l'archipel Malais, le littoral de la Chine et du Japon, [et] récupérer finalement les États-Unis[82] » – que l'expansion de cette « race nordique » qui, organisée en société secrète, établirait un gouvernement bureaucratique régissant tous les peuples de la terre.

Ce qui eut raison de la monstrueuse vanité innée de Rhodes et lui fit découvrir les charmes de la discrétion était aussi ce qui avait eu raison du sens inné du devoir de Cromer : la découverte d'une expansion qui n'était pas suscitée par l'appétit spécifique pour un pays particulier, mais qui était conçue comme un processus illimité où chaque pays ne servait que de tremplin à une nouvelle expansion. Au regard d'un tel concept, la soif de gloire ne peut plus se satisfaire du triomphe glorieux sur un peuple spécifique au nom de son propre peuple, pas plus que ne peut s'accomplir le sens du devoir par la seule conscience d'avoir rendu des services et accompli des tâches spécifiques. Peu importent quelles qualités ou quels défauts individuels un homme peut avoir une fois qu'il a pénétré dans le maelström d'un processus d'expansion illimité : il a pour ainsi dire cessé d'être ce qu'il était et il obéit aux lois du processus, il s'identifie aux forces anonymes qu'il est censé servir afin de perpétuer le dynamisme du processus tout entier ; il se considère comme une simple fonction et voit désormais dans cette fonctionnalité, dans cette incarnation du principe dynamique son plus haut accomplissement possible. Alors, comme Rhodes fut assez fou pour le dire, l'homme ne pouvait évidemment « rien faire de mal, ce qu'il faisait devenait juste. C'était son devoir de faire ce qu'il voulait. Il se sentait dieu – pas moins[83] ». Mais lord Cromer insistait à juste titre sur le phénomène identique d'hommes se dégradant volontairement au rang de simples instruments ou de simples fonctions lorsqu'il

---

82. Basil Williams, *Cecil Rhodes*, p. 51.
83. Sarah Gertrude Millin, *Rhodes*, p. 92.

définissait les bureaucrates comme des « instruments d'une valeur incomparable pour l'exécution d'une politique de l'impérialisme[84] ».

Il est évident que ces agents secrets et anonymes de la force d'expansion ne se sentaient aucune obligation envers les lois faites par l'homme. La seule « loi » à laquelle ils obéissaient était la « loi » de l'expansion, et la seule marque de leur « légitimité » était le succès. Ils devaient être parfaitement prêts à disparaître dans le plus total oubli dès l'instant où leur échec était avéré, si pour une raison ou une autre ils avaient cessé d'être des « instruments d'une valeur incomparable ». Tant que le succès leur souriait, le sentiment d'incarner des forces plus importantes qu'eux-mêmes leur rendait relativement facile de renoncer à la louange et à la gloire, et même de mépriser celles-ci. Ils étaient des monstres de dissimulation dans leurs succès et des monstres de modestie dans leurs échecs.

À la base de la bureaucratie comme forme de gouvernement, et des décrets temporaires et changeants qu'elle substitue à la loi, repose la croyance superstitieuse en la possibilité d'une identification magique de l'homme aux forces de l'histoire. L'homme qui tire les ficelles de l'histoire dans les coulisses sera toujours l'idéal d'un tel corps politique. Cromer avait fini par délaisser tout « instrument écrit ou, en tout cas, tout ce qui est tangible[85] » dans ses relations avec l'Égypte – fût-ce une proclamation d'annexion – de manière à être libre d'obéir à la seule loi de l'expansion, sans obligation envers aucun traité formel. Ainsi le bureaucrate fuit-il toute loi générale, affrontant chaque situation une à une, par décrets, car la stabilité fondamentale d'une loi menacerait d'établir une communauté permanente dans laquelle nul ne saurait être un dieu, puisque tout un chacun doit obéir à la loi.

---

84. Lord Cromer, « The Government of Subject Races » [« Le gouvernement des races assujetties »].

85. Dans une lettre de lord Cromer à lord Rosebery en 1886. Lawrence J. Zetland, *Lord Cromer*, p. 134.

Les deux personnages clés de ce système, dont l'essence même est un processus sans fin, sont d'une part le bureaucrate, d'autre part l'agent secret. Ni l'un ni l'autre, tant qu'ils ne servaient que l'impérialisme britannique, ne renièrent jamais complètement le fait qu'ils fussent les descendants des pourfendeurs de dragons et des protecteurs des faibles, aussi ne menèrent-ils jamais les régimes bureaucratiques jusqu'à leur degré extrême. Près de deux décennies après la mort de Cromer, un bureaucrate britannique savait que les « massacres administratifs » pouvaient maintenir l'Inde au sein de l'Empire britannique, mais il n'ignorait pas également combien il eût été utopique d'espérer obtenir l'appui des détestables « ministères anglais » en faveur d'un plan au demeurant tout à fait réaliste[86]. Lord Curzon, vice-roi des Indes, n'avait rien de la noblesse d'un Cromer, et il était parfaitement conforme à une société de plus en plus encline à accepter les critères raciaux de la populace si on les lui présentait sous la forme d'un snobisme de bon ton[87]. Mais le snobisme est incompatible avec le fanatisme et, par là, jamais réellement efficace.

Il en est de même des membres des services secrets britanniques. Eux aussi sont d'origine illustre – ce qu'était le

---

86. « Le système indien de gouvernement à l'aide de rapports était [...] suspect [en Angleterre]. Il n'y avait pas de jugements par jury en Inde et les juges étaient tous des serviteurs à la solde de la Couronne, bien souvent révocables à volonté [...]. Les hommes de loi les plus pointilleux éprouvaient un certain malaise face au succès de l'expérience indienne. "Si, disaient-ils, le despotisme et la bureaucratie fonctionnent si bien en Inde, ne risque-t-on pas un jour ou l'autre de s'en servir pour introduire un système plus ou moins analogue ici ?" Le gouvernement de l'Inde, en tout cas, ne savait que trop bien qu'il aurait à justifier son existence et sa politique devant l'opinion publique anglaise, et il n'ignorait pas que l'opinion publique ne tolérerait jamais l'oppression. » (Al. Carthill, *The Lost Dominion*, p. 70 et 41-42.)

87. Harold Nicolson, dans son Lord Curzon : *The Last Phase, 1919-1925, a Study in Post-War Diplomacy*, 1934, rapporte l'histoire suivante : « Derrière les lignes, dans les Flandres, se trouvait une grande brasserie dont les simples soldats utilisaient les cuves pour se baigner au retour des tranchées. On amena Curzon assister à ce spectacle dantesque. Il observa avec intérêt ces centaines d'individus nus folâtrant dans la vapeur d'eau. "Mon Dieu !, fit-il, jamais je n'aurais pensé que les classes inférieures avaient la peau si blanche." Curzon niait l'authenticité de cette anecdote, qu'il aimait cependant. » (P. 47-48.)

pourfendeur de dragons au bureaucrate, l'aventurier l'est à l'agent secret – et eux aussi peuvent à bon droit se réclamer d'une légende des origines, la légende du Grand Jeu telle que la rapporte Rudyard Kipling dans *Kim*.

Tout aventurier sait bien sûr ce que veut dire Kipling lorsqu'il fait l'éloge de Kim parce que « ce qu'il aimait, c'était le jeu pour l'amour du jeu ». Tous ceux qui sont encore capables de s'émerveiller devant ce « grand et merveilleux monde » savent que c'est là un bien pauvre argument contre le jeu quand bien même les « missionnaires et secrétaires des œuvres de charité ne pourraient en voir la beauté ». Moins encore, semble-t-il, ont droit à la parole ceux qui considèrent comme « un péché de baiser les lèvres d'une fille blanche, et une vertu de baiser le soulier d'un homme noir[88] ». Puisqu'en dernier ressort la vie elle-même doit être aimée et vécue au nom de la vie, l'aventure et l'amour du jeu pour le jeu semblent bien être l'un des symboles les plus intensément humains de la vie. C'est ce fond d'humanité passionnée qui fait de *Kim* le seul roman de l'ère impérialiste où une authentique fraternité réunit les « lignées supérieures et lignées inférieures », où Kim, « Sahib et fils de Sahib », peut à juste titre dire « nous » lorsqu'il parle des « hommes de chaîne », « tous attelés à la même corde ». Il y a plus dans ce « nous » – étrange dans la bouche d'un champion de l'impérialisme – que le suprême anonymat d'hommes qui sont fiers de n'avoir « pas de nom, mais seulement un numéro et une lettre », plus que l'orgueil partagé de savoir « [sa] tête mise à prix ». Ce qui fait d'eux des camarades, c'est l'expérience commune d'être – à force de danger, de peur, de perpétuelle surprise, de profonde absence d'habitudes, de se trouver constamment prêts à changer d'identité – les symboles de la vie elle-même, les symboles, par exemple, d'événements qui se produisent partout en Inde, épousant immédiatement la vie de tout ce pays tout comme celle-ci « court telle la navette à travers l'Inde tout entière », et cessant par là d'être « seuls, individus isolés au milieu de tout

---

88. Al. Carthill, *The Lost Dominion*, p. 88.

cela », d'être pris au piège, pour ainsi dire, des limitations de l'individualité ou de la nationalité qui échoit à chacun. En jouant le Grand Jeu, un homme peut avoir le sentiment de vivre la seule vie qui vaille parce qu'il a été dépouillé de tout ce qui peut encore passer pour accessoire. Il semble qu'on quitte la vie elle-même, dans une pureté extraordinairement intense, lorsqu'on s'est coupé de tous ses liens sociaux habituels, famille, occupations régulières, buts précis, ambitions, place réservée dans la communauté à laquelle on appartient par la naissance. « Lorsque chacun est mort, le Grand Jeu est terminé. Pas avant. » Lorsqu'on est mort, la vie est terminée, pas avant, pas lorsqu'on se trouve avoir accompli ce qu'on avait pu souhaiter. Que le jeu n'ait pas de but ultime est ce qui le rend si dangereusement semblable à la vie même.

L'absence de but est ce qui fait le charme de l'existence de Kim. Ce n'est pas pour l'amour de l'Angleterre qu'il a accepté son étrange tâche, ni pour l'amour de l'Inde, ni pour aucune autre cause, bonne ou mauvaise. Les notions impérialistes, telles que l'expansion pour l'expansion ou le pouvoir pour le pouvoir, auraient pu le séduire, mais il ne se serait pas particulièrement enflammé et ce n'est certainement pas lui qui aurait élaboré de telles formules. Il s'engagea dans son étrange voie, cette voie qu'il savait « sienne sans en chercher le pourquoi, sienne rien que pour agir et mourir », sans même poser la question essentielle. Seule le tentait la pérennité fondamentale du jeu et du secret en tant que tel. Ce secret qui apparaît de nouveau comme symbole du mystère fondamental de la vie.

Au fond, ce n'était pas la faute des aventuriers-nés, de ceux que leur nature même poussait à vivre hors de la société, hors de tout corps politique, s'ils trouvaient dans l'impérialisme un jeu politique qui fût par définition perpétuel ; ils n'étaient pas supposés savoir qu'en politique, un jeu perpétuel ne peut se terminer que par une catastrophe et que la discrétion en matière politique se termine rarement par quelque chose de plus noble que la vulgaire duplicité de l'espion. Ces acteurs du Grand Jeu étaient victimes d'une mystification, car leurs patrons savaient bien ce qu'ils voulaient et ils utilisaient leur passion de l'anonymat à des fins d'espionnage ordinaire. Mais le triomphe des investisseurs assoiffés de profit ne dura pas, et ce fut leur tour d'être dupés quand, quelques décennies plus tard, ils se trouvèrent face aux acteurs du jeu du totalitarisme, un jeu joué sans objectif ultérieur tel que le profit, donc joué avec une efficacité si meurtrière qu'il dévora jusqu'à ceux qui l'avaient financé.

Mais, avant que tout cela n'arrive, les impérialistes devaient détruire l'homme le plus valeureux qui fût jamais passé du personnage d'aventurier (fortement pénétré de l'esprit « pourfendeur de dragons ») à celui d'agent secret : Lawrence d'Arabie. Jamais depuis lors cette expérience de la politique secrète n'a été vécue avec plus de pureté et par un homme plus honnête. Lawrence ne craignit pas d'être son propre terrain d'expérience, après quoi il en revint et crut appartenir à la « génération perdue ». Il pensait ainsi parce que « les Anciens sont réapparus et ils nous ont pris notre victoire » afin de « refaire [le monde] à l'image de l'ancien monde qu'ils avaient connu[89] ». Les Anciens s'étaient montrés en réalité bien peu efficaces, même à cet égard, ils avaient transmis leur victoire, et du même coup leur pouvoir, à d'autres hommes de cette « génération perdue » qui n'étaient ni plus vieux que Lawrence ni très différents de lui. La seule différence tenait à ce que Lawrence s'accrochait encore fermement à une moralité qui avait cependant déjà perdu tout fondement objectif et n'était faite que d'une sorte d'esprit chevaleresque personnel et nécessairement chimérique.

Lawrence était séduit par l'idée de devenir agent secret en Arabie en raison de son immense désir de quitter le triste monde de la respectabilité, dont la continuité avait tout simplement perdu toute signification, et de son dégoût du monde autant que de lui-même. Ce qui l'attirait le plus dans la civilisation arabe, c'était son « évangile du dénuement […] [qui] semble aussi impliquer une sorte de dénuement

---

89. Thomas Edward Lawrence, *Les Sept Piliers de la sagesse* (*Seven Pillars of Wisdom*, 1re éd. 1926), introduction qui fut supprimée dans l'édition suivante sur les conseils de George Bernard Shaw. Voir Thomas Edward Lawrence, *Letters*, 1939, p. 262 et suiv.

moral », qui « a su s'épurer des dieux domestiques »[90]. Ce qu'il essaya le plus d'éviter une fois revenu à la civilisation anglaise, ce fut de vivre une vie personnelle, si bien qu'il finit par s'enrôler, aussi incompréhensible que cela puisse paraître, comme simple soldat dans l'armée britannique, qui était manifestement la seule institution dans laquelle l'honneur d'un homme pût coïncider avec la perte de son identité personnelle.

Quand la déclaration de la Première Guerre mondiale envoya T. E. Lawrence chez les Arabes du Proche-Orient avec pour mission de les inciter à se soulever contre leurs maîtres turcs et à se battre dans les rangs des Britanniques, il se retrouva au cœur même du Grand Jeu. Il ne pouvait atteindre son but que si un mouvement national se déclenchait parmi les tribus arabes, qui devait en dernier ressort servir l'impérialisme britannique. Lawrence devait prétendre que le mouvement national arabe représentait son souci majeur, et il le fit si bien qu'il finit par y croire lui-même. Mais alors il se trouvait encore une fois exclu, il était au fond incapable de « penser leur pensée » et d'« acquérir leur personnalité »[91]. En se prétendant Arabe, il ne pouvait que perdre son « moi d'Anglais[92] » et il était bien plus fasciné par le complet secret de l'effacement personnel que dupé par les justifications banales d'une domination bienveillante sur les peuples arriérés qu'un lord Cromer aurait pu avancer. Plus âgé que Cromer d'une génération, et plus triste, il prit beaucoup de plaisir à un rôle qui exigeait un reconditionnement de sa personnalité tout entière, jusqu'à ce qu'il fût à la mesure du Grand Jeu, jusqu'à ce qu'il devînt l'incarnation de la force du mouvement national arabe, jusqu'à ce qu'il eût perdu toute vanité naturelle dans sa mystérieuse alliance avec des forces nécessairement supérieures à lui-même, si grand qu'il eût pu devenir, jusqu'à ce qu'il eût acquis un implacable « mépris, non pour les autres hommes, mais pour

---
90. Dans une lettre écrite en 1918, *ibid.*, p. 244.
91. Thomas Edward Lawrence, *Les Sept Piliers de la sagesse*, chap. I.
92. *Ibid.*

tout ce qu'ils font » de leur propre initiative et sans s'allier aux forces de l'histoire.

Quand, à la fin de la guerre, Lawrence dut abandonner ses prétentions d'agent secret et recouvrer en quelque sorte son « moi d'Anglais[93] », il « regarda l'Occident et ses conventions d'un regard neuf : tout était détruit pour moi[94] ». Quittant le Grand Jeu et son incomparable grandeur qu'aucune publicité n'avait glorifié ni limité et qui l'avait élevé, du temps de ses vingt ans, au-dessus des rois et des Premiers ministres parce qu'il les avait « fabriqués, ou qu'il en avait fait ses jouets[95] », Lawrence rentra au pays avec une soif obsédante d'anonymat et la conviction profonde que rien de ce qu'il pouvait encore faire de sa vie ne saurait le satisfaire. Conclusion qu'il tira pour savoir parfaitement que ce n'était pas lui qui avait été grand, mais seulement le rôle qu'il avait su assumer, que sa grandeur avait été le résultat du Jeu et non un produit de lui-même. Désormais, il ne « voulait plus être grand » et, décidé qu'il était à ne pas « recommencer à être respectable », il se trouva ainsi bien « guéri [...] de tout désir de jamais faire quoi que ce soit pour moi-même[96] ». Il avait été le fantôme d'une force, et il devint un fantôme parmi les vivants quand la force, la fonction lui furent retirées. Ce qu'il cherchait désespérément c'était un autre rôle à jouer, et c'était incidemment le « jeu » sur lequel Bernard Shaw le questionnait avec tant d'affabilité et si peu

---

93. L'anecdote suivante donne une idée de l'ambiguïté et de la difficulté que cet effort dut impliquer : « Thomas Edward Lawrence avait accepté une invitation à dîner au Claridge et d'assister ensuite à une soirée chez Mrs Harry Lindsay. Il ne se montra pas au dîner mais apparut à la soirée vêtu en arabe. » Cela se passait en 1919. *Letters*, p. 272, note 1.

94. Thomas Edward Lawrence, *Les Sept Piliers de la sagesse*, chap. I.

95. Thomas Edward Lawrence écrivait en 1929 : « Quiconque aurait progressé aussi vite que moi [...] et aurait vu les dessous du sommet du monde aussi bien que moi pourrait facilement en perdre ses aspirations, et trouver fastidieux les motifs ordinaires de l'action, qui l'avaient poussé jusqu'à ce qu'il atteigne le sommet. Je n'étais ni le roi ni le Premier ministre, mais je les avais fabriqués, ou en avais fait mes jouets, et après cela il ne restait plus grand-chose, dans cette perspective, que j'eusse pu faire » (*Letters*, p. 653).

96. *Letters*, p. 244, 447, 450. Comparer en particulier la lettre de 1918 (p. 244) aux deux lettres adressées à George Bernard Shaw, l'une en 1923 (p. 447), l'autre en 1928 (p. 616).

de compréhension, comme s'il avait parlé depuis un autre siècle, sans comprendre pourquoi un homme si valeureux ne pourrait pas avouer ses exploits[97]. Seuls un autre rôle, une autre fonction auraient pu être assez forts pour l'empêcher, et pour empêcher le monde, de l'identifier à ses exploits en Arabie, de remplacer son vieux moi par une nouvelle personnalité. Il ne voulait pas devenir « Lawrence d'Arabie », puisque, fondamentalement, il ne voulait pas retrouver un nouveau moi après avoir perdu l'ancien. Sa grandeur fut d'être assez passionné pour refuser tout misérable compromis et toute voie facile d'un retour à la réalité et à la respectabilité, d'être toujours resté conscient de n'avoir été qu'une fonction et d'avoir joué un rôle et que, par conséquent, il « se devait de ne pas tirer le moindre avantage de ce qu'il avait fait en Arabie. Les honneurs qu'il avait gagnés furent refusés. Les emplois offerts en raison de sa réputation devaient être repoussés, et il ne se serait pas davantage laissé aller à exploiter son succès en se faisant payer pour écrire un seul article sous le nom de Lawrence[98] ».

L'histoire de T. E. Lawrence, si émouvante d'amertume et de grandeur, ne fut pas simplement celle d'un fonctionnaire appointé ou d'un espion à la solde, mais précisément l'histoire d'un agent ou fonctionnaire véritable, de quelqu'un qui croyait réellement avoir pénétré – ou avoir été conduit – dans le courant de la nécessité historique pour y devenir un fonctionnaire ou un agent des forces secrètes qui gouvernent le monde. « J'avais poussé mon chariot dans le sens du courant éternel, aussi allait-il plus vite que ceux que l'on pousse en travers ou à contre-courant. En fin de compte, je ne croyais pas au mouvement arabe : mais je le croyais nécessaire en son temps et lieu[99]. » Tout comme Cromer avait dominé l'Égypte au nom de l'Inde, ou Rhodes l'Afrique du Sud au nom d'une expansion future, Lawrence avait agi

---

97. George Bernard Shaw, qui demandait à Thomas Edward Lawrence, en 1928, « Quel jeu jouez-vous réellement ? », émettait l'hypothèse que son rôle dans l'armée ou sa demande d'emploi comme veilleur de nuit (pour lequel il pouvait « fournir de bonnes références ») ne fussent pas authentiques.

98. Thomas Edward Lawrence, *Letters*, p. 264.

99. *Ibid.*, en 1930, p. 693.

pour un but ultérieur impossible à prédire. La seule satisfaction qui lui était offerte en retour, à défaut de la paisible bonne conscience de quelque accomplissement limité, lui venait du sentiment du fonctionnement pur et simple, de se sentir pris à bras-le-corps et guidé par un énorme mouvement. De retour à Londres et au désespoir, il allait s'efforcer de trouver un substitut à ce type d'« autosatisfaction » et ne devait « le trouver que dans la folle vitesse d'une moto[100] ». Bien qu'il n'eût pas encore été saisi par le fanatisme d'une idéologie du mouvement, probablement parce qu'il était trop bien éduqué pour les superstitions de son époque, Lawrence avait déjà expérimenté cette fascination, fondée sur le désespoir de toute responsabilité humaine possible, qu'exercent le courant éternel et son mouvement perpétuel. Il s'y noya, et rien ne demeure de lui qu'une honnêteté inexplicable et la fierté d'avoir « poussé dans le bon sens » : « J'en suis encore à me demander jusqu'à quel point l'individu compte : pour beaucoup, j'imagine, s'il pousse dans le bon sens[101]. » Dans ce cas, telle est la fin de la réelle fierté de l'homme occidental qui désormais ne compte plus comme fin en soi, qui désormais ne fait plus « quelque chose de lui-même ; il ne crée plus une œuvre assez nette pour être sienne[102] » en donnant des lois au monde, mais à qui il n'est donné de chance que « s'il pousse dans le bon sens », en accord avec les forces secrètes de l'histoire et de la nécessité – dont il n'est que la fonction.

Lorsque la populace européenne découvrit quelle « merveilleuse vertu » une peau blanche pouvait être en Afrique[103], lorsqu'en Inde le conquérant anglais devint un administrateur qui désormais ne croyait plus à la validité universelle de la loi mais était convaincu de sa propre aptitude innée à gouverner et à dominer, et que les pourfendeurs de dragons se changèrent soit en « hommes blancs » issus de « lignées

---
100. *Ibid.*, en 1924, p. 456.
101. *Ibid.*, *Letters*, p. 693.
102. Thomas Edward Lawrence, *Les Sept Piliers de la sagesse*, chap. I.
103. Sarah Gertrude Millin, *Rhodes*, p. 15.

supérieures », soit en bureaucrates et en espions pour jouer le Grand Jeu de perpétuels objectifs ultérieurs au gré d'un mouvement perpétuel ; quand les services secrets britanniques (surtout après la Première Guerre mondiale) commencèrent à attirer les meilleurs fils d'Angleterre, qui préféraient servir de mystérieuses forces à travers le monde plutôt que le bien public de leur pays, la scène sembla prête à accueillir toutes les horreurs possibles. Là, à la barbe de tous, se trouvaient maints éléments qui, une fois réunis, seraient capables de créer un gouvernement totalitaire fondé sur le racisme. Des « massacres administratifs » étaient proposés par des bureaucrates aux Indes, tandis que les fonctionnaires en Afrique déclaraient qu'« aucune considération éthique telle que les droits de l'homme ne sera autorisée à barrer la route[104] » à la domination blanche.

Par bonheur, et bien que la domination britannique se mît à sombrer dans une certaine vulgarité, la cruauté joua entre les deux guerres un rôle moins important que jamais par le passé, et un minimum de droits humanitaires furent constamment sauvegardés. C'est cette modération, au cœur de la folie pure et simple, qui a préparé la voie à ce que Churchill a appelé « la liquidation de l'Empire de Sa Majesté », et qui pourrait un jour signifier la transformation de la nation anglaise en un Commonwealth de peuples anglais.

---

104. Ainsi que le déclara Sir Thomas Watt, citoyen sud-africain d'origine anglaise. Voir Leonard Barnes, *Caliban in Africa...*, p. 230.

Chapitre IV

L'impérialisme continental :
les mouvements annexionnistes

Le nazisme et le bolchevisme doivent plus au pangermanisme et au panslavisme (respectivement) qu'à tout autre idéologie ou mouvement politique. C'est particulièrement visible en politique étrangère où les stratégies de l'Allemagne nazie et de la Russie soviétique ont été si proches des fameux programmes de conquête tracés par les mouvements annexionnistes, avant et pendant la Première Guerre mondiale, que l'on a souvent pris les ambitions totalitaires pour la poursuite de simples intérêts permanents russes ou allemands. Ni Hitler ni Staline n'ont jamais reconnu leur dette envers l'impérialisme dans le développement de leurs méthodes de domination, mais ni l'un ni l'autre n'ont hésité à admettre ce qu'ils devaient à l'idéologie des mouvements annexionnistes ou à imiter leurs slogans[1].

La naissance des mouvements annexionnistes n'a pas coïncidé avec celle de l'impérialisme ; dans les années 1870,

---

1. Hitler écrivit dans *Mein Kampf* : « [À Vienne], j'ai posé les rudiments d'une conception du monde en général et d'une forme de réflexion politique en particulier que j'ai dû plus tard développer en détail, mais qui, par la suite, ne devaient plus jamais m'abandonner » (p. 129)... Staline revint aux slogans panslavistes au cours de la dernière guerre. Le congrès panslaviste de 1945, à Sofia, qui avait été réuni par les Russes à la suite de leur victoire, adopta une résolution proclamant que ce n'était « pas seulement une nécessité politique internationale que de déclarer le russe sa langue de communication en général, ainsi que la langue officielle de tous les pays slaves, mais une nécessité morale » (voir *Aufbau*, avril 1945). Peu auparavant, la radio bulgare avait diffusé un message du métropolite Stefan, vicaire du Saint Synode bulgare, dans lequel celui-ci appelait le peuple russe « à se rappeler sa mission messianique » et où il prédisait la proche « unité du peuple slave » (voir *Politics*, janvier 1945).

le panslavisme avait déjà dépassé le stade des théories vagues et fumeuses chères aux slavophiles[2], et le sentiment pangermaniste était déjà monnaie courante en Autriche dès le milieu du XIXe siècle. Toutefois, ils ne se constituèrent sous la forme de mouvements et ne captèrent l'attention de couches plus vastes que dans les années 1880, avec la triomphale expansion impérialiste des nations occidentales. Les nations d'Europe centrale et orientale, qui ne possédaient pas de colonies et ne pouvaient guère espérer une expansion outre-mer, décidèrent dorénavant qu'elles « avaient le même droit à l'expansion que les autres grands peuples et que s'il ne leur était pas accordé la possibilité de s'étendre outre-mer, [elles se verraient] contraintes de le faire en Europe[3] ». Pangermanistes et panslavistes concluaient que, vivant dans des « États continentaux » et étant des « peuples continentaux », ils devaient chercher des colonies sur le continent[4] pour s'étendre selon une continuité géographique à partir d'un centre de pouvoir[5] ; que, contre « l'idée de l'Angleterre [...] exprimée par les mots : Je veux gouverner la mer, [se dresse] l'idée de la Russie [exprimée] par les mots : Je veux gouverner la terre[6] », et qu'un jour ou l'autre l'« énorme

2. On trouvera une présentation et une analyse complètes des slavophiles chez Alexandre Koyré, *La Philosophie et le problème national en Russie au début du* XIXe *siècle*, 1929.

3. Ernst Hasse, *Deutsche Politik*, fasc. 4 : *Die Zukunft des deutschen Volkstums*, 1907, p. 132.

4. Ernst Hasse, *Deutsche Politik*, fasc. 3 : *Deutsche Grenzpolitik*, p. 167-168. Les théories géopolitiques de ce type abondaient parmi les *alldeutschen*, membres de la Ligue pangermaniste. Ils comparaient toujours les besoins géopolitiques de l'Allemagne à ceux de la Russie. Les pangermanistes autrichiens ne firent jamais – et le phénomène est caractéristique – semblable parallèle.

5. L'écrivain slavophile Nikolaj Danilewski, dont le *Russia and Europe* (1871) devint l'ouvrage-type du panslavisme, faisait l'éloge des « capacités politiques » des Russes pour leur « gigantesque État millénaire qui continue à croître et dont la puissance ne s'étend pas, comme le fait la puissance européenne, dans un sens colonial, mais demeure toujours concentrée sur son noyau, Moscou ». Voir Karl Stählin, *La Russie des origines à la naissance de Pierre le Grand* [H. Arendt se réfère à l'édition allemande : *Geschichte Russlands von den Anfängen bis zur Gegenwart*, 5 vol., IV/1, p. 274].

6. La citation est de Julius Slowackji, journaliste polonais qui a écrit dans les années 1840. Voir N. O. Lossky, *Three Chapters from the History of Polish Messianism*, 1936, II, p. 9. Le panslavisme, premier de tous ces mouvements en « isme »

supériorité de la terre sur la mer [...] la signification supérieure de la puissance terrestre par rapport à la puissance maritime... » finirait par apparaître[7].

La différence capitale entre l'impérialisme continental et celui d'outre-mer repose sur le fait que son concept d'expansion continue ne tolère aucune distance géographique entre les méthodes et les institutions de la colonie et de la nation, si bien qu'il n'avait nul besoin d'effets en retour pour apparaître et faire sentir toutes ses conséquences en Europe. L'impérialisme continental commence vraiment sur le continent[8]. S'il partageait avec l'impérialisme colonial un même mépris pour l'étroitesse de l'État-nation, il ne lui opposait pas tant ses arguments économiques, qui après tout exprimaient bien souvent d'authentiques nécessités nationales, qu'une « conscience tribale élargie[9] » supposée unir tous les peuples partageant des traditions de même origine, indépendamment de leur histoire et sans tenir compte de l'endroit où ils se trouvaient vivre[10]. L'impérialisme continental avait donc d'emblée

---

(voir Otto Hoetzsch, *Russland, eine Einführung auf Grund*, 1913, p. 439), a exposé ces théories géopolitiques près de quarante ans avant que le pangermanisme ne commence à « penser en termes continentaux ». Le contraste entre la puissance maritime de l'Angleterre et la puissance continentale était si manifeste qu'il serait vain de chercher à y voir des influences.

7. Theodor Reismann-Grone, « Überseepolitik oder Festlandspolitik ? », *Flugschriften des alldeutschen Verbandes*, 1905, n° 22, p. 17.

8. Ernst Hasse, membre de la Ligue pangermaniste, proposait de traiter certaines nationalités (Polonais, Tchèques, Juifs, Italiens, etc.) de la manière dont l'impérialisme colonial traitait les indigènes sur les continents non européens. Voir *Deutsche Politik*, fasc. 1 : *Das Deutsche Reich als Nationalstaat*, 1905, p. 62. C'est la différence capitale entre la Ligue pangermaniste, fondée en 1886, et des sociétés coloniales plus anciennes, telle la Central-Verein für Handelsgeographie (fondée en 1863). On trouvera une description très fidèle des activités de la Ligue pangermaniste chez Mildred S. Wertheimer, *The Pan-German League*, 1890-1914, 1924.

9. Emil Deckert, *Panlatinismus, Panslawismus und Panteutonismus in ihrer Bedeutung für die politische Weltlage*, 1914, p. 4.

10. Avant la Première Guerre mondiale, déjà, les pangermanistes parlaient de la distinction entre *Staatsfremde*, population d'origine germanique qui se trouvait vivre sous l'autorité d'un autre pays, et *Volksfremde*, population d'origine non germanique qui se trouvait vivre en Allemagne. Voir Daniel Frymann (pseudonyme de Heinrich Class), *Wenn ich der Kaiser wär. Politische Wahrheiten und Notwendigkeiten*, 1912. Lorsque l'Autriche fut englobée dans le IIIe Reich, Hitler s'adressa à la population allemande d'Autriche avec des slogans typiquement pangermanistes :

une affinité beaucoup plus grande avec les théories de la race, il intégrait avec enthousiasme la tradition de la pensée raciale[11] et s'appuyait fort peu sur des expériences spécifiques. Ses concepts de la race étaient à la base totalement idéologiques, et ils purent se développer en arme politique efficace bien plus rapidement que les théories analogues exprimées par les impérialistes coloniaux, celles-ci pouvant toujours prétendre se fonder en partie sur une expérience authentique.

On n'accorde généralement qu'une attention parcimonieuse aux mouvements annexionnistes dans l'analyse de l'impérialisme. Leurs rêves d'empires continentaux furent éclipsés par les résultats bien concrets de l'expansion coloniale, et leur absence d'intérêt pour l'économie[12] les ridiculisait face aux gigantesques profits de l'impérialisme naissant. En outre, à une époque où tout le monde ou presque en était arrivé à penser que politique et économie revenaient plus ou moins au même, on n'avait guère de mal à passer sur les similitudes aussi bien que sur les différences significatives entre les deux courants de l'impérialisme. Les protagonistes des mouvements annexionnistes partageaient avec les impérialistes occidentaux cette lucidité à l'égard de toutes les questions de politique étrangère qu'avaient oubliée les vieux groupes dirigeants de l'État-nation[13]. Leur influence sur les

---

« Où que nous soyons nés, leur dit-il, nous sommes tous les fils du peuple allemand. » *The Speeches of Adolf Hitler : April 1922-August 1939*, vol. 1, 1942, II, p. 1408.

11. Tomas G. Masaryk, *Zur russischen Geschichts- und Religionsphilosophie* (1913), décrit le « nationalisme zoologique » des slavophiles depuis Nikolaj Danilewski (*Russia and Europe*, p. 257). Otto Bonhard, historien officiel de la Ligue pangermaniste, affirmait qu'il existait un rapport très étroit entre son idéologie et le racisme de Gobineau et de H. S. Chamberlain. Voir *Geschichte des alldeutschen Verbandes*, 1920, p. 95.

12. Friedrich Naumann, *Central Europe* (1916), est l'une des exceptions : il voulait substituer aux innombrables nationalités d'Europe un seul « peuple économique » uni (*Würtschaftsvolk*) placé sous l'égide de l'Allemagne. Bien que son livre ait été un best-seller pendant toute la durée de la Première Guerre mondiale, il n'a influencé que le parti social-démocrate autrichien ; voir Karl Renner, *Österreichs Erneuerung. Politisch-programmatische Aufsätze*, 1916, p. 37 et suiv.

13. « Avant la Première Guerre, du moins, l'intérêt des grands partis pour les affaires étrangères avait été complètement éclipsé par celui qu'ils portaient aux questions intérieures. L'attitude de la Ligue pangermaniste est différente et c'est un avantage indubitable pour sa propagande » (Martin Wenck, *Alldeutsche Taktik*, 1917).

intellectuels était encore plus prononcée – l'intelligentsia russe, à quelques exceptions près, était entièrement panslaviste, et en Autriche le pangermanisme avait plus ou moins débuté sous la forme d'un mouvement étudiant[14]. Leur différence capitale par rapport au respectable impérialisme des nations occidentales était due à l'absence d'un soutien capitaliste ; leurs tentatives d'expansion n'avaient pas été et n'auraient pas pu être précédées par une exportation d'argent et d'hommes superflus, parce que l'Europe n'offrait de facilités de colonisation ni à l'un ni aux autres. Parmi leurs leaders, on ne trouve donc pratiquement aucun homme d'affaires et peu d'aventuriers, mais, en revanche, beaucoup de membres des professions libérales, d'enseignants et de fonctionnaires[15].

Tandis qu'en dépit de ses tendances antinationales, l'impérialisme colonial avait réussi à régénérer les institutions surannées de l'État-nation, l'impérialisme continental était et demeura résolument hostile à tous les corps politiques existants. Dans l'ensemble, son esprit était par conséquent bien plus vindicatif, et ses leaders adoptaient une rhétorique révolutionnaire. Là où l'impérialisme colonial avait offert une panacée réelle aux résidus de toutes les classes, l'impérialisme continental ne pouvait rien donner, si ce n'est une idéologie et un mouvement. C'était pourtant assez pour une époque qui préférait une clef de l'Histoire à l'action politique – une époque où les hommes, pris dans la désintégration de la communauté et l'atomisation de la société, voulaient à tout prix faire partie de quelque chose. De même, la distinction visible d'une peau blanche, dont les avantages peuvent facilement se comprendre dans un environnement noir ou

---

14. Voir Paul Molisch, *Geschichte der deutschnationalen Bewegung in Österreich...*, 1926, p. 90 : il est de fait « que le corps étudiant ne se contente absolument pas de refléter la constellation politique générale ; au contraire, nombre d'opinions pangermanistes de poids sont nées du corps étudiant et, de là, ont trouvé leur voie vers la politique générale ».

15. On trouvera des renseignements précieux sur l'appartenance sociale des membres de la Ligue pangermaniste, ses responsables locaux et son état-major chez Mildred S. Wertheimer, *The Pan-German League*. Voir également Lothar Werner, *Der alldeutsche Verband. 1890-1918*, Historische Studien, n° 278, 1935, et Gottfried Nippold, *Der deutsche Chauvinismus*, 1913, p. 179 et suiv.

brun, pouvait être remplacée facilement par une distinction purement imaginaire entre âme orientale et âme occidentale, ou entre âme aryenne et non aryenne. Toujours est-il qu'une idéologie fort compliquée et une organisation qui ne servait aucun intérêt immédiat se révélèrent plus attirantes que des avantages concrets ou des convictions banales.

En dépit de leur absence de succès et de la fascination proverbiale que ce dernier exerce sur la populace, les mouvements annexionnistes exercèrent dès le début un attrait bien plus fort que l'impérialisme d'outre-mer. Cette attirance populaire, qui résista à des échecs concrets et à de constants changements de programme, préfigurait les futurs groupes totalitaires qui devaient se montrer tout aussi vagues quant à leurs buts réels et tout aussi propices aux changements de ligne politique permanents. Ce qui rapprochait les membres des mouvements annexionnistes était bien plus un état d'esprit général qu'un but clairement établi. Il est vrai que l'impérialisme colonial plaçait aussi l'expansion en tant que telle au-dessus de tous les programmes de conquête, et qu'il prenait par conséquent possession de tout territoire qui s'offrait à lui comme une opportunité facile. Cependant, aussi capricieuse qu'ait pu être l'exportation de l'argent superflu, elle servit à délimiter l'expansion qui allait suivre ; les objectifs des mouvements annexionnistes ne disposaient pas même de cet élément, au demeurant fort anarchique, de planification humaine et de contrainte géographique. Malgré leur absence de programme spécifique pour la conquête du monde, ils engendrèrent un état d'esprit de supériorité totale, touchant et englobant toutes les questions humaines, un esprit de « panhumanisme », ainsi que Dostoïevski l'appela un jour[16].

Dans l'alliance impérialiste entre la populace et le capital, l'initiative reposait essentiellement entre les mains des représentants du monde des affaires – excepté dans le cas de l'Afrique du Sud où une politique clairement définie de la populace se développa très tôt. Dans les mouvements

---

16. Cité d'après Hans Kohn, « The Permanent Mission », *The Review of Politics*, juillet 1948.

annexionnistes, en revanche, l'initiative était toujours exclusivement le fait de la populace, alors menée (comme aujourd'hui) par un certain groupe d'intellectuels. Il leur manquait alors l'ambition de gouverner le monde, et ils n'auraient pas même rêvé de pouvoir exercer une domination totale. Mais ils savaient comment organiser la populace, et ils avaient conscience qu'il est possible d'utiliser les théories de la race à des fins non seulement idéologiques ou de propagande, mais aussi d'organisation. On ne comprend que superficiellement leur portée à la lecture des théories relativement peu élaborées de politique étrangère – une Europe centrale germanisée ou une Europe orientale et méridionale russifiée – qui ont servi de point de départ aux programmes de conquête mondiale du nazisme et du bolchevisme[17]. La défense des « peuples germaniques » extérieurs au Reich et de « nos petits frères slaves » à l'extérieur de la Sainte Russie fournissait un commode écran de fumée, fait de droits nationaux à l'autodétermination, faciles tremplins pour une plus vaste expansion. Pourtant, le fait que les gouvernements totalitaires avaient hérité une auréole de sainteté était encore plus important : il leur suffisait d'invoquer le passé de la « Sainte Russie » ou le « Saint Empire romain » pour éveiller toutes sortes de superstitions chez les intellectuels slaves ou allemands[18]. Ces absurdités pseudo-mystiques, enrichies d'innombrables souvenirs historiques arbitraires, apportaient au nationalisme une séduction qui semblait transcender, en profondeur et en ampleur, ses limitations. Il en naquit en tout cas cette nouvelle forme de sentiment nationaliste dont la violence se révéla être

---

17. Nikolaj Danilewski (*Russia and Europe*) englobait dans un futur empire russe tous les Balkans, la Turquie, la Hongrie, la Tchécoslovaquie, la Galicie, ainsi que l'Istrie avec Trieste.

18. Le slavophile Konstantin S. Aksakov, qui écrivait au milieu du XIXe siècle, prenait le nom officiel de « Sainte Russie » absolument au pied de la lettre, ainsi que le firent par la suite les panslavistes. Voir Tomas G. Masaryk, *Zur russischen Geschichts- und Religionsphilosophie*..., p. 234 et suiv. On trouve un exemple parfaitement caractéristique de la vague absurdité du pangermanisme chez Moeller van den Bruck, qui proclame dans son *Germany's Third Empire* (1934) : « Il n'y a qu'Un seul Empire, tout comme il n'y a qu'Une seule Église. Tout ce qui par ailleurs en revendique le titre peut être un État, une communauté ou une secte. Il n'existe que l'Empire » (p. 263).

un excellent moteur pour déclencher l'action massive de la populace, et se montra parfaitement apte à replacer le vieux patriotisme national au cœur de la mobilisation des passions.

Ce type nouveau de nationalisme tribal, plus ou moins caractéristique de toutes les nations et de toutes les nationalités d'Europe centrale et orientale, était tout à fait différent, par son contenu et sa signification – mais non par sa violence –, des excès du nationalisme occidental. Le chauvinisme – que l'on rapproche aujourd'hui du « *nationalisme intégral* »* de Maurras et de Barrès au tournant du siècle, avec sa glorification romantique du passé et son culte morbide des morts – n'a jamais prétendu, même dans ses manifestations les plus sauvages et les plus extravagantes, que les hommes d'origine française, nés et éduqués dans un autre pays, ignorant tout de la langue et de la culture françaises, seraient « nés français » à la faveur de mystérieuses qualités de corps et d'âme. C'est seulement avec la « conscience tribale élargie » qu'apparut cette curieuse identification de la nationalité de l'individu avec son âme, cette fierté introvertie qui, désormais, ne concerne plus seulement les affaires publiques, mais imprègne toutes les phases de la vie privée au point que, par exemple, « la vie privée de chaque Polonais [...] soit une vie publique de l'âme polonaise[19] ».

En termes de psychologie, la différence capitale entre le chauvinisme, même le plus violent, et ce nationalisme tribal tient à ce que le premier est extraverti, tourné vers les réalisations concrètes, spirituelles et matérielles, de la nation, tandis que le second, même dans ses formes les plus modérées (ainsi le mouvement de jeunesse allemand), est introverti, se concentre sur l'âme particulière de chaque individu qu'il considère comme l'incarnation de qualités nationales générales. La mystique chauviniste vise encore à quelque chose qui a réellement existé dans le passé (comme dans le cas du « *nationalisme intégral** ») et cherche simplement à en faire un royaume au-delà du contrôle de l'homme ; le tribalisme, au contraire, part d'éléments pseudo-mystiques non

---

19. Georg Cleinow, *Die Zukunft Polens*, 1914, II, p. 93 et suiv.

existants et propose de les réaliser pleinement dans le futur. On le reconnaît sans peine à cette arrogance démesurée, inhérente à sa concentration sur soi, qui ne craint pas de mesurer un peuple, son passé et son présent, à l'aune de qualités intérieures dont il exalte la gloire, et qui rejette inéluctablement l'existence visible de ce peuple, ses traditions, ses institutions et sa culture.

Du point de vue politique, le nationalisme tribal insiste toujours sur le fait que son peuple est environné d'« un monde d'ennemis », « seul contre tous », qu'il existe une différence fondamentale entre ce peuple et tous les autres. Il proclame son peuple unique, particulier, incompatible avec tous les autres, et il nie dans son principe théorique même la possibilité d'un genre humain commun à tous les peuples bien avant d'être utilisé pour détruire l'humanité de l'homme.

1. Le nationalisme tribal

Tout comme l'impérialisme continental avait été engendré par les ambitions frustrées des pays qui n'avaient pu prendre part à la soudaine expansion des années 1880, le tribalisme apparut comme le nationalisme des peuples qui n'avaient pas participé à l'émancipation nationale et n'avaient pas réussi à atteindre à la souveraineté de l'État-nation. Chaque fois que ces deux frustrations se trouvaient conjuguées, comme dans l'Autriche-Hongrie et la Russie, aux nationalités multiples, les mouvements annexionnistes trouvaient naturellement leur terrain le plus fertile. En outre, comme la Double Monarchie recouvrait à la fois des nationalités slaves et allemandes irrédentistes, le panslavisme et le pangermanisme se concentrèrent dès le début sur sa destruction, et l'Autriche-Hongrie devint le centre réel des mouvements annexionnistes. Les panslavistes russes proclamèrent dès 1870 que la désintégration de l'Autriche[20] serait le meilleur point de départ

---

20. Au cours de la guerre de Crimée (1853-1856), Michael Pagodin, folkloriste et philologue russe, écrivit au tsar une lettre dans laquelle il disait des peuples slaves qu'ils étaient les seuls alliés, puissants et sûrs, de la Russie (Karl Stählin, *Geschichte*

possible pour la construction d'un empire panslave, et les pangermanistes autrichiens montrèrent une agressivité si violente à l'égard de leur propre gouvernement qu'en Allemagne l'Alldeutsche Verband lui-même eut souvent à se plaindre des « excès » du mouvement frère autrichien[21]. Le plan allemand conçu en vue de l'union économique de l'Europe centrale sous l'égide de l'Allemagne, ainsi que tous les projets analogues imaginés par les pangermanistes allemands en vue d'un empire continental, se transformèrent sur-le-champ, une fois que les pangermanistes autrichiens s'en furent emparés, en une structure vouée à devenir « le centre de la vie allemande sur la terre entière, et à s'allier avec tous les autres États germaniques »[22].

Il est bien évident que les tendances expansionnistes du panslavisme étaient aussi embarrassantes pour le tsar que les professions de foi spontanées des pangermanistes autrichiens l'étaient pour le Reich, ou leurs serments de déloyauté envers l'Autriche en faveur de Bismarck[23]. En effet, si fort que les sentiments nationaux pussent venir à s'échauffer de temps à autre, ou si ridicules que pussent devenir les revendications nationalistes en période de crise, tant qu'ils étaient liés à un territoire précis et contrôlés par la fierté dans un État-nation

---

Russlands..., p. 35) ; peu de temps après, le général Nikolaï Mouraviev-Amoursky, « l'un des grands bâtisseurs d'empire russes », appelait de ses vœux « la libération des Slaves de l'Autriche et de la Turquie » (Hans Kohn, « The Permanent Mission ») ; et dès 1870, on vit paraître un pamphlet militaire demandant la « destruction de l'Autriche comme l'une des conditions nécessaires en vue d'une fédération panslave » (voir Karl Stählin, *Geschichte Russlands...*, p. 282).

21. Voir Otto Bonhard, *Geschichte des alldeutschen Verbandes*, p. 58 et suiv., et Hugo Grell, « Der alldeutsche Verband, seine Geschichte, seine Bestrebungen, seine Erfolge », *Flugschriften des alldeutschen Verbandes*, 1898, n° 8.

22. Selon le programme pangermaniste autrichien de 1913, tiré d'Eduard Pichl (Herwig), *Georg Ritter von Schoenerer*, 1938, 6 vol., t. VI, p. 375.

23. Lorsque dans son admiration pour Bismarck, Schöneerer déclara en 1876 que « l'Autriche en tant que grande puissance devait cesser d'exister » (Eduard Pichl, *Georg Ritter von Schoenerer*, t. I, p. 90), Bismarck réfléchit et dit à ses admirateurs autrichiens qu'« une Autriche puissante était une nécessité vitale pour l'Allemagne ». Voir F. A. Neuschäfer, *Georg Ritter von Schoenerer*, 1935. L'attitude des tsars envers le panslavisme fut bien plus équivoque parce que la conception panslave de l'État impliquait une puissante adhésion populaire à un gouvernement despotique. Cependant, même dans un contexte aussi tentant, le tsar refusa de soutenir les exigences expansionnistes des slavophiles et de leurs successeurs. Voir Karl Stählin, *Geschichte Russlands...*, p. 30 et suiv.

délimité ils restaient dans des limites que le tribalisme des mouvements annexionnistes piétina d'emblée.

C'est à leur position radicalement nouvelle à l'égard de l'antisémitisme que la modernité des mouvements annexionnistes se reconnaît le mieux. Les minorités opprimées, comme les Slaves en Autriche et les Polonais dans la Russie tsariste, étaient plus à même, en raison de leur conflit avec le gouvernement, de découvrir les liens secrets entre les communautés juives et les gouvernements des États-nations européens : entre cette découverte et une hostilité plus fondamentale, il n'y avait qu'un pas. Partout où l'antagonisme avec l'État ne s'identifiait pas à une absence de patriotisme – ainsi en Pologne où la déloyauté envers le tsar était une marque de loyauté envers la Pologne, ou en Autriche où les Allemands considéraient Bismarck comme leur grande figure nationale –, cet antisémitisme revêtait des formes plus violentes parce que les Juifs y apparaissaient alors comme les agents, non seulement d'un appareil d'État oppressif, mais aussi d'un oppresseur étranger. Mais le rôle fondamental de l'antisémitisme dans les mouvements annexionnistes ne saurait s'expliquer davantage par cette position des minorités que par les expériences spécifiques que Schönerer, protagoniste du pangermanisme autrichien, avait connues au début de sa carrière quand, appartenant encore au parti libéral, il s'était aperçu des relations existant entre la monarchie des Habsbourg et la mainmise des Rothschild sur les chemins de fer autrichiens[24]. En soi, cela n'aurait pas suffi à lui faire déclarer que « nous, pangermanistes, regardons l'antisémitisme comme la poutre maîtresse de notre idéologie nationale[25] », de même que rien de tel n'aurait pu amener l'écrivain russe panslaviste Rozanov à prétendre qu'« il n'est aucun problème de la vie russe où, comme une ponctuation, ne revienne la question : comment venir à bout des Juifs[26] ».

---

24. Voir le chap. II de *Sur l'antisémitisme* [Éditions du Seuil, « Points Essais », 2005 (nouvelle édition, révisée par Hélène Frappat, Gallimard, « Quarto », 2002)].

25. Eduard Pichl, *Georg Ritter von Schoenerer*, t. I, p. 26. La traduction est tirée de l'excellent article d'Oscar Karbach, « The Founder of Modern Political Antisemitism : Georg von Schoenerer », *Jewish Social Studies*, vol. 7, n° 1, janvier 1945.

26. Vassilij Rozanov, *Fallen Leaves*, 1929, p. 163-164.

La raison de la soudaine apparition de l'antisémitisme comme pivot de toute une conception de la vie et du monde – si on le distingue de son simple rôle politique en France à l'occasion de l'affaire Dreyfus, ou de son rôle d'instrument de propagande dans le mouvement allemand dirigé par Stöcker – réside dans la nature du tribalisme bien plus que dans les faits et circonstances politiques. Le véritable sens de l'antisémitisme des mouvements annexionnistes est que la haine à l'égard des Juifs s'exprimait pour la première fois en dehors de tout contact réel du peuple juif, que ce soit d'un point de vue politique, social ou économique, et se contentait de suivre la bizarre logique d'une idéologie.

Le nationalisme tribal, cette force motrice cachée derrière l'impérialisme continental, n'avait guère de points communs avec le nationalisme de l'État-nation occidental pleinement développé. Champion de la représentation populaire et de la souveraineté nationale, l'État-nation, tel qu'il s'était formé depuis la Révolution française à travers tout le XIXe siècle, était le résultat de la combinaison de deux éléments qui se trouvaient encore dissociés au XVIIIe siècle et qui l'étaient restés en Russie et en Autriche-Hongrie : la nationalité et l'État. Les nations avaient fait leur apparition sur la scène de l'histoire et s'étaient émancipées lorsque les peuples avaient acquis une conscience d'eux-mêmes en tant qu'entités culturelles et historiques, et une conscience de leur territoire avec leurs frontières permanentes, où l'histoire avait laissé des traces visibles, dont la culture était le fruit du labeur de leurs ancêtres, et dont le futur dépendait du cours d'une civilisation commune. Partout où s'étaient créés des États-nations, l'émigration avait cessé tandis qu'au contraire, dans les pays d'Europe centrale et méridionale, l'instauration d'États-nations avait échoué parce que ceux-ci ne pouvaient s'appuyer sur des classes paysannes solidement enracinées[27]. Du point de vue sociologique, l'État-nation constituait le corps politique des classes paysannes émancipées de l'Europe ; c'est pourquoi

---

27. Voir Carlile A. Macartney, *National States and National Minorities*, 1934, p. 432 et suiv.

les armées nationales ne purent maintenir leur position à l'intérieur de ces États que jusqu'à la fin du siècle dernier, c'est-à-dire tant qu'elles restèrent véritablement représentatives de la classe rurale. « L'armée, comme l'a montré Marx, était le "point d'honneur" des petits paysans : à travers elle, ils se transformaient en maîtres, allant défendre au loin leur toute nouvelle propriété [...]. L'uniforme était leur costume d'État, la guerre leur poésie ; le lopin de terre était le pays natal, et le patriotisme était devenu la forme de propriété idéale[28]. » Ce nationalisme occidental qui devait culminer dans la conscription générale était le produit de classes paysannes bien enracinées *et* émancipées.

Si la conscience nationale est un phénomène relativement récent, la structure de l'État était, elle, le fruit de siècles de monarchie et de despotisme éclairé. Que ce fût sous la forme nouvelle d'une république ou sous celle d'une monarchie constitutionnelle réformée, l'État avait hérité comme sa fonction suprême la protection de tous les habitants de son territoire sans considération de nationalité, et il était supposé fonctionner comme l'institution juridique la plus haute. La tragédie de l'État-nation fut que la conscience nationale naissante du peuple vint interférer avec ces fonctions. Au nom de la volonté du peuple, l'État fut contraint de ne reconnaître pour citoyens que les « nationaux », de ne garantir la pleine jouissance des droits civiques et politiques qu'à ceux qui appartenaient à la communauté nationale par droit d'origine et fait de naissance. Ce qui signifiait que l'État se transformait partiellement d'instrument de la loi en instrument de la nation.

La conquête de l'État par la nation[29] fut considérablement facilitée par la chute de la monarchie absolue et par le nouveau développement des classes qui s'ensuivit. Le monarque absolu était supposé servir les intérêts de la nation dans son

---

28. Karl Marx, *Le 18 Brumaire de Louis Bonaparte* [H. Arendt se réfère à l'édition anglaise parue en 1898 : *The Eighteenth Brumaire of Louis Bonaparte* (1852)].

29. Voir le père Joseph-Thomas Delos, *Le Problème de la civilisation. La Nation*, 1944, remarquable ouvrage sur ce sujet.

ensemble, et agir comme l'interprète et la preuve de l'existence de cet intérêt commun. Le despotisme éclairé reposait sur la formule de Rohan : « Le roi ordonne aux peuples et l'intérêt ordonne au roi[30] » ; avec l'abolition de la royauté et la souveraineté du peuple, cet intérêt commun était constamment menacé de se voir remplacé par un conflit permanent entre intérêts de classe et par une lutte pour le contrôle de l'appareil étatique, autrement dit par une guerre civile permanente. Le seul lien qui subsistait entre les citoyens d'un État-nation où il n'y avait plus de monarque pour symboliser leur communauté fondamentale semblait devoir être un lien national, c'est-à-dire une origine commune. Si bien que dans un siècle où chaque classe, chaque fraction de la population étaient dominées par l'intérêt de classe ou de groupe, l'intérêt de la nation en tant que totalité était prétendument garanti par le fait d'une origine commune qui trouvait son expression sentimentale dans le nationalisme.

Le conflit secret entre l'État et la nation vint au grand jour dès la naissance de l'État-nation moderne, au moment où la Révolution française lia la Déclaration des Droits de l'homme à la revendication d'une souveraineté nationale. Les mêmes droits fondamentaux étaient en même temps proclamés comme l'héritage inaliénable de tous les êtres humains *et* comme l'héritage particulier de nations spécifiques ; la même nation était en même temps déclarée soumise à des lois, découlant bien sûr des Droits de l'homme, *et* souveraine, c'est-à-dire liée par aucune loi universelle et ne reconnaissant rien de supérieur à elle-même[31]. Dans la pratique, cette contradiction aboutit à ce que, dès lors, les droits de l'homme ne furent plus protégés et consolidés qu'en tant que droits nationaux, et que l'institution même de l'État, qui avait pour tâche de protéger et de garantir à l'homme ses droits en tant qu'homme, citoyen et membre d'une nation, perdit son

---

30. Voir le duc Henri de Rohan, *De l'intérêt des princes et États de la chrétienté*, 1638, dédié au cardinal de Richelieu.

31. L'analyse du principe de souveraineté faite par Jean Bodin (*Six Livres de la République*, 1576) demeure l'une des plus révélatrices. On trouvera chez George Holland Sabine, *A History of Political Theory*, 1937, un bon exposé et une bonne analyse des principales théories de Bodin.

apparence juridique et rationnelle, ce qui permit aux romantiques d'interpréter l'État comme la représentation nébuleuse d'une « âme nationale », supposée se placer, du fait même de son existence, au-delà ou au-dessus des lois. La souveraineté nationale perdit de ce fait sa connotation originelle de liberté des peuples et s'entoura peu à peu de l'aura pseudo-mystique d'un arbitraire ignorant toute loi.

Le nationalisme traduit essentiellement cette perversion de l'État en instrument de la nation, et l'identification du citoyen au membre de cette nation. La relation entre l'État et la société était déterminée par le fait de la lutte des classes, qui avait supplanté l'ancien ordre féodal. La société s'imprégnait d'un individualisme libéral qui croyait à tort que l'État régnait sur de simples individus, alors qu'il dominait en réalité des classes ; cet individualisme voyait dans l'État une sorte d'individu suprême devant qui tous les autres devaient s'incliner. La volonté de la nation semblait être de voir l'État la protéger contre les conséquences de son atomisation sociale et lui permettre en même temps de demeurer en état d'atomisation. Pour être à même de remplir cette tâche, l'État devait encourager toutes les tendances déjà existantes à la centralisation ; une administration fortement centralisée et capable de monopoliser tous les instruments de violence et tous les germes du pouvoir était seule à même de contrebalancer les forces centrifuges constamment produites par une société déchirée entre classes. Dans ces conditions, le nationalisme devenait le précieux ciment capable de lier un État centralisé et une société atomisée, et il se révéla de fait le seul lien efficace, vivant, entre les individus de l'État-nation.

Le nationalisme a toujours maintenu cette profonde loyauté originelle envers le gouvernement et n'a jamais complètement perdu sa fonction de préserver un équilibre précaire entre la nation et l'État d'un côté, les nationaux d'une société atomisée de l'autre. Les citoyens natifs d'un État-nation ont souvent méprisé les citoyens naturalisés, ceux qui ont reçu leurs droits de la loi et non de leur naissance, de l'État et non de la nation ; mais ils ne sont jamais allés jusqu'à proposer la distinction pangermaniste entre *Staatsfremde*, étrangers à l'État, et *Volksfremde*, étrangers à la nation, distinction qui fut plus tard incorporée dans la législation nazie. Tant que l'État, même dans sa forme pervertie, demeurait une institution juridique, le nationalisme était contrôlé par une certaine loi, et tant qu'il était le fruit de l'identification des membres d'une nation à leur territoire, il était limité par des frontières définies.

Bien différente fut la première réaction nationale des peuples pour qui la nationalité ne s'était pas encore développée au-delà d'une conscience ethnique inarticulée, dont les parlers n'avaient pas encore dépassé le stade du dialecte par où sont passées toutes les langues européennes avant d'être adaptées à des fins littéraires ; au sein de ces peuples, les classes paysannes n'avaient pas enfoncé dans le sol de solides racines et n'étaient pas près de s'émanciper ; dans ces circonstances, leur qualité nationale semblait bien plus une question privée, sans attaches, inhérente à la personnalité même, qu'une question d'intérêt public et de civilisation[32]. Ces peuples voulaient égaler l'orgueil national des nations occidentales, mais ils n'avaient ni pays, ni État, ni passé historique à mettre en avant, ils ne pouvaient s'appuyer que sur eux-mêmes, ce qui signifiait, au mieux, leur langue – comme si la langue en soi était déjà un acte – et au pire s'inspirer de leur âme, slave, germanique, ou Dieu sait quoi d'autre. Or, dans un siècle qui pensait naïvement que tous les peuples étaient des nations en puissance, il ne restait pratiquement rien pour les peuples opprimés d'Autriche-Hongrie, de la Russie tsariste ou des Balkans, où n'existait aucune des conditions nécessaires à la réalisation de la trinité occidentale peuple-territoire-État, dont les frontières n'avaient pas cessé de fluctuer au fil des siècles et dont les populations

---

32. Dans ce contexte, on comprendra l'intérêt des propositions socialistes de Karl Renner et d'Otto Bauer à propos de l'Autriche, visant à séparer entièrement la nationalité de sa base territoriale et à en faire une sorte de statut personnel ; ce qui correspondait, bien entendu, à une situation dans laquelle les groupes ethniques étaient dispersés à travers tout l'empire sans pour autant perdre leur caractère national. Voir Otto Bauer, *Die Nationalitätenfrage und die österreichische Sozialdemokratie*, 1907, à propos du principe personnel (par opposition au principe territorial), p. 332 et suiv. et 353 et suiv. « Le principe personnel veut organiser les nations non en corps territoriaux mais en simples associations de personnes. »

étaient toujours dans un état de migration plus ou moins continuelle. Là vivaient des masses qui n'avaient pas la moindre notion du sens de la *patria* et du patriotisme, la plus vague idée de la responsabilité envers une communauté partagée par tous et nettement délimitée. Ce problème se posait pour la « ceinture de populations mêlées » (Macartney) qui s'étendait de la Baltique à l'Adriatique et qui avait trouvé son expression la plus cohérente dans la Double Monarchie.

Le nationalisme tribal naquit de ce climat de déracinement. Il se répandit largement, non seulement parmi les populations d'Autriche-Hongrie, mais également, bien qu'à un niveau plus élevé, parmi les membres de l'intelligentsia insatisfaite de la Russie tsariste. Le déracinement fut la véritable source de cette « conscience tribale élargie » qui signifiait en réalité que les membres de ces peuples n'avaient pas de patrie bien définie mais qu'ils se sentaient chez eux partout où d'autres membres de leur « tribu » se trouvaient vivre. « C'est notre particularité, écrivait Schönerer, [...] de ne pas graviter vers Vienne mais vers tout endroit où des Allemands peuvent vivre[33]. » La caractéristique des mouvements annexionnistes est de n'avoir jamais tenté d'obtenir une émancipation nationale, mais d'avoir dépassé d'emblée, dans leurs rêves d'expansion, les limites étroites d'une communauté nationale et d'avoir proclamé une communauté de tradition assez forte pour demeurer un facteur politique, même si ses membres se trouvaient dispersés de par le monde. De même, et à la différence des mouvements de libération nationale des petits peuples qui commençaient toujours par une exploration du passé national, ils ne considéraient pas simplement leur histoire, mais projetaient le fondement de leur communauté dans un futur vers lequel le mouvement était supposé avancer.

Le nationalisme tribal, en pénétrant toutes les nationalités opprimées d'Europe orientale et méridionale, se transforma en une nouvelle forme d'organisation, les mouvements annexionnistes, parmi ces peuples qui combinaient l'appartenance à un pays national – Allemagne et Russie – avec un

---

33. Eduard Pichl, *Georg Ritter von Schoenerer*, t. I, p. 152.

vaste irrédentisme dispersé, les Allemands et Slaves de l'étranger[34]. À la différence de l'impérialisme colonial qui se contentait d'une relative supériorité, d'une mission nationale ou d'un fardeau propre à l'homme blanc, les mouvements annexionnistes commencèrent par proclamer absolument leur élection. On a souvent décrit le nationalisme comme un succédané émotionnel de la religion, mais seul le tribalisme des mouvements annexionnistes offrait vraiment une nouvelle théorie religieuse et un nouveau concept de sainteté. Ce n'est pas la fonction religieuse du tsar ni sa position dans l'Église grecque qui amena les panslavistes russes à affirmer la nature chrétienne du peuple russe, à soutenir qu'ils étaient, selon les mots de Dostoïevski, les « christophores de toutes les nations » transportant directement Dieu dans les affaires de ce monde[35]. C'est en raison de leurs revendications d'apparaître comme « le vrai peuple divin des temps modernes[36] » que les panslavistes abandonnèrent la tendance libérale des débuts et que, ignorant l'opposition gouvernementale et parfois même la persécution, ils devinrent les dévoués défenseurs de la Sainte Russie.

---

34. Pas un seul mouvement annexionniste à part entière n'a jamais pu se développer en dehors de ces conditions. Le panlatinisme était un abus de langage pour désigner les quelques tentatives avortées faites par les nations latines pour réaliser une sorte d'alliance face au danger allemand, et le messianisme polonais lui-même n'a jamais revendiqué davantage que ce qui, à un moment donné, aurait pu se concevoir comme territoire sous domination polonaise. Voir également Ernst Deckert, *Panlatinismus, Panslawismus und Panteutonismus*..., qui déclarait en 1914 « que le panlatinisme n'a pas cessé de décliner, et que le nationalisme et la conscience d'État sont devenus plus forts et ont gardé là un plus grand potientiel que partout ailleurs en Europe » (p. 7).

35. Nicolas Berdiaev, *Les Sources et le Sens du communisme russe*, 1938 [H. Arendt se réfère à l'édition anglaise parue en 1937, *The Origin of Russian Communism*, p. 102]. Konstantin S. Aksakov déclarait le peuple russe le « seul peuple chrétien de la terre » en 1855 (voir Hans Ehrenberg et Nikolaï V. Boubnov, *Östliches Christentum. Dokumente*, vol. I, p. 92 et suiv.), et le poète Fédor I. Tiouttchev proclamait au même moment que « le peuple russe était chrétien non seulement du fait de l'orthodoxie de sa foi mais de par quelque chose de plus intime. Il est chrétien de par cette faculté de renoncement et de sacrifice qui est le fondement de sa nature morale ». Cité d'après Hans Kohn, « The Permanent Mission ».

36. Selon Tchaadaïev, dont les *Philosophical Letters, 1829-1831*, ont constitué la première tentative systématique visant à concevoir l'histoire mondiale comme centrée autour du peuple russe. Voir Hans Ehrenberg et Nikolaï V. Boubnov, *Östliches Christentum*, t. I, p. 5 et suiv.

L'impérialisme continental...

Les pangermanistes autrichiens se réclamaient pareillement de l'élection divine même si, avec un semblable passé libéral, ils demeuraient anticléricaux et devenaient même antichrétiens. Lorsque Hitler, de son propre aveu disciple de Schönerer, déclara au cours de la dernière guerre : « Dieu Tout-Puissant a créé notre nation. Nous défendons Son œuvre en défendant son existence même[37] », la réponse de l'autre bord, venant d'un adepte du panslavisme, fut tout aussi conforme : « Les monstres allemands ne sont pas seulement nos ennemis, mais les ennemis de Dieu[38]. » Ces récentes formulations ne sont pas nées des nécessités de la propagande du moment, et ce genre de fanatisme ne fait pas qu'abuser du langage religieux ; derrière lui se profile une véritable théologie qui a fait la force des mouvements annexionnistes et qui a conservé une influence considérable sur l'évolution des mouvements totalitaires modernes.

Les mouvements annexionnistes prêchaient l'origine divine de leurs peuples respectifs par opposition à la foi judéo-chrétienne en l'origine divine de l'Homme. Selon eux, l'homme, qui appartient inévitablement à un peuple, n'a reçu qu'indirectement son origine divine par l'intermédiaire de son appartenance à un peuple. Par conséquent, l'individu ne possède sa valeur humaine que dans la mesure où il fait partie du peuple distingué par son origine divine. Il se démet de cette valeur dès qu'il décide de changer de nationalité, auquel cas il rompt tous les liens grâce auxquels il avait été doté d'une origine divine et tombe, pour ainsi dire, dans un déracinement métaphysique. Ce concept offrait un double avantage politique. Il faisait de la nationalité une qualité permanente que l'histoire ne pouvait plus entamer, quoi qu'il advînt d'un peuple donné – émigration, conquête, dispersion. Mais il avait un impact encore plus immédiat : dans l'antinomie absolue entre l'origine divine de son propre peuple et tous les autres peuples non divins, toutes les différences

---

37. Discours du 30 janvier 1945, tel qu'il a été rapporté dans le *New York Times* du 31 janvier.

38. Ce sont les propres mots de Luc, archevêque de Tambov, tels qu'ils ont été cités dans *The Journal of the Moscow Patriarchate*, n° 2, 1944.

entre les membres individuels de ce peuple disparaissaient, qu'elles fussent sociales, économiques ou psychologiques. L'origine divine transformait le peuple en une uniforme masse « élue » de robots arrogants[39].

La fausseté de cette théorie est aussi manifeste que son utilité politique. Dieu n'a créé ni les hommes – dont l'origine se trouve clairement dans la procréation – ni les peuples – qui sont apparus comme le résultat de l'organisation humaine. Les hommes sont inégaux en fonction de leur origine naturelle, de leurs organisations différentes et de leur destin historique. Leur égalité est seulement une égalité de droits, c'est-à-dire une égalité humaine dans ses intentions ; mais, derrière cette égalité humaine dans ses intentions, il y a selon la tradition judéo-chrétienne une autre égalité, qui s'exprime dans la notion d'une origine commune au-delà de l'histoire humaine, de la nature humaine et de l'intention humaine – origine commune à partir de l'Homme mythique, non identifiable, qui seul est la créature de Dieu. Cette origine divine est le concept métaphysique sur lequel peut se fonder l'égalité politique dans ses intentions, l'intention qui vise à établir l'humanité sur terre. Le positivisme et le progressisme du XIXe siècle ont dénaturé cette finalité d'égalité humaine, lorsqu'ils ont prétendu démontrer ce qui n'est pas démontrable, à savoir que les hommes seraient égaux par nature et différents seulement par l'histoire et les circonstances, de sorte que ce n'est pas par l'acquisition de droits qu'ils peuvent devenir égaux, mais par les circonstances et l'éducation. Le nationalisme et son concept de « mission nationale » ont dénaturé le concept national d'humanité, considérée comme une famille de nations, en une structure hiérarchique où les différences d'histoire et d'organisation ont été faussement interprétées comme différences entre les

---

39. Ce qu'avait déjà reconnu un jésuite russe, le prince Ivan S. Gagarine, dans son pamphlet *La Russie sera-t-elle catholique ?* (1856) où il attaquait les slavophiles parce qu'« ils veulent instaurer l'uniformité religieuse, politique et nationale la plus complète. Dans leur politique étrangère, ils veulent amalgamer tous les chrétiens orthodoxes quelle que soit leur nationalité, et tous les Slaves quelle que soit leur religion, dans un vaste empire slave et orthodoxe ». (Tiré de Hans Kohn, « The Permanent Mission ».)

hommes – différences situées dans leur origine naturelle. Le racisme, qui niait l'origine commune de l'homme et rejetait cette volonté commune d'instaurer l'humanité, introduisit le concept d'origine divine d'un certain peuple par opposition à tous les autres, masquant ainsi le résultat temporaire et changeant des efforts humains derrière la brume pseudo-mystique d'une éternité et d'une finalité divines.

Cette finalité agit comme le dénominateur commun entre la philosophie des mouvements annexionnistes et les théories raciales, et explique leur affinité fondamentale sur le plan théorique. Politiquement, il importe peu qu'on mette Dieu ou la nature à l'origine d'un peuple ; dans les deux cas, quelle que soit l'exaltation d'un peuple à prêcher pour lui-même, les peuples sont changés en espèces animales, si bien que le Russe apparaît aussi différent de l'Allemand que le loup du renard. Un « peuple divin » vit dans un monde où il est le persécuteur-né de toutes les espèces plus faibles que lui, ou la victime-née des espèces plus fortes que lui. Seules les règles du règne animal peuvent éventuellement gouverner ses destinées politiques.

Le tribalisme des mouvements annexionnistes et sa notion d'« origine divine » d'un seul peuple puisèrent une partie de leur immense succès dans leur mépris de l'individualisme libéral[40], de l'idéal du genre humain et de la dignité de l'homme. Toute dignité humaine est balayée si l'individu doit sa valeur au seul fait qu'il est né allemand ou russe ; à sa place, on trouve une nouvelle cohérence, un sens de la confiance mutuelle, parmi tous les membres de ce peuple, qui apaise les justes craintes des hommes modernes inquiets de devenir des individus isolés dans une société atomisée, et qui ne seraient plus protégés par leur nombre même ou par la cohérence d'une uniformité imposée. De la même manière, la « ceinture de populations mêlées », plus exposée que d'autres parties de l'Europe aux tempêtes de l'histoire et

---

40. « On reconnaîtra que l'homme n'a d'autre destin en ce monde que celui de travailler à la destruction de sa personnalité et à son remplacement par une existence sociale et impersonnelle. » Tchaadaïev, *Philosophical Letters, 1829-1831*, tiré de Hans Ehrenberg et Nikolaï V. Boubnov, *Östliches Christentum*, p. 60.

moins enracinée dans la tradition occidentale, ressentit plus tôt que les autres peuples européens la terreur de l'idéal d'humanité et de la foi judéo-chrétienne en l'origine commune de l'homme. Ces populations ne nourrissaient aucune illusion à propos du « bon sauvage », parce qu'elles n'avaient nul besoin d'étudier les coutumes des cannibales pour connaître les potentialités du mal. Plus les peuples en savent les uns sur les autres, moins ils acceptent de reconnaître d'autres peuples pour leurs égaux, et plus ils se défendent contre l'idéal d'humanité.

La séduction de l'isolement tribal et des ambitions d'une race maîtresse résultait en partie du sentiment instinctif selon lequel le genre humain, qu'il corresponde à un idéal religieux ou humaniste, implique un partage commun des responsabilités[41]. Les distances géographiques diminuant, ce phénomène revêtait une importance politique essentielle[42]. Il fit aussi du discours idéaliste sur le genre humain et sur la dignité humaine une affaire du passé, pour la bonne raison que toutes ces belles notions imaginaires, fruits d'une tradition séculaire, perdaient soudain de manière terrifiante toute actualité. Même l'insistance sur le péché commun à tous les hommes, naturellement absent de la phraséologie des protagonistes libéraux du « genre humain », ne pourrait suffire à faire comprendre

---

41. Le passage suivant, emprunté à Daniel Frymann (pseudonyme de Heinrich Class), *Wenn ich der Kaiser wär...*, p. 186, est caractéristique : « Nous connaissons notre propre peuple, ses qualités comme ses défauts, mais le genre humain, nous ne le connaissons pas et nous refusons de nous y intéresser ou d'avoir le moindre enthousiasme pour lui. Où commence-t-il, où finit-il, celui que nous sommes supposés aimer parce qu'il fait partie du genre humain ?... Le décadent ou quasi bestial paysan russe du mir, le nègre d'Afrique de l'Est, le métis du Sud-Ouest africain allemand, ou encore ces insupportables Juifs de Galicie et de Roumanie sont-ils tous des membres du genre humain ?... On peut croire en la solidarité du peuple germanique – tous ceux qui sont en dehors de cette sphère ne nous intéressent pas. »

42. C'est ce rétrécissement des distances géographiques qui s'exprime dans le *Central Europe* de Friedrich Naumann : « Il est loin encore, le jour où il y aura "un seul bercail et un seul berger", mais les jours sont passés où des bergers sans nombre, les uns petits les autres grands, menaient paître sans contrainte leurs troupeaux dans les prairies d'Europe. Un esprit d'industrie à grande échelle et d'organisation supranationale s'est emparé de la politique. On pense, comme dirait Cecil Rhodes, "en termes de continents". » Ces quelques phrases furent citées dans un nombre incalculable d'articles et de pamphlets de l'époque.

le fait – que le peuple constatait immédiatement – que l'idée d'humanité, toute sentimentalité exclue, implique très sérieusement que les hommes doivent d'une manière ou d'une autre assumer leur responsabilité pour tous les crimes commis par les hommes, et que toutes les nations devront en fin de compte répondre du mal commis par toutes les autres.

Tribalisme et racisme offrent des moyens très réalistes, bien que très destructeurs, d'échapper à ce postulat de la responsabilité commune. Leur refus métaphysique de toutes racines, qui épousait si bien le déracinement territorial des nationalités qu'ils séduisirent d'abord, était tout aussi adapté aux besoins des masses fluctuantes des cités modernes : c'est pourquoi le totalitarisme l'adopta immédiatement ; même l'engouement fanatique des Bolcheviks pour la plus grande des doctrines antinationales, le marxisme, s'en trouva ébranlé et la propagande panslaviste fut réintroduite dans la Russie soviétique, tant était énorme la force d'isolement de ces théories en elles-mêmes[43].

Il est vrai que le système de domination de l'Autriche-Hongrie et de la Russie tsariste, qui reposait sur l'oppression des nationalités, avait dispensé un véritable enseignement en matière de nationalisme tribal. En Russie, cette oppression était le monopole exclusif de la bureaucratie, qui opprimait aussi le peuple russe, si bien que seule l'intelligentsia russe devint panslaviste. La Double Monarchie, au contraire, dominait ses nationalités turbulentes en leur accordant juste assez de liberté pour pouvoir opprimer d'autres nationalités, si bien que celles-ci devinrent le véritable socle de l'idéologie des mouvements annexionnistes. Le secret de la survie de la Maison des Habsbourg au XIXe siècle reposait sur un délicat équilibre et sur le soutien d'un appareil supranational fondé sur l'antagonisme réciproque et sur l'exploitation des

---

43. Les nouvelles théories génétiques de la Russie soviétique sont à cet égard fort intéressantes. La transmission des caractères acquis implique clairement que les populations vivant dans des conditions défavorables transmettent le patrimoine héréditaire le plus pauvre et vice versa. « En un mot, il devrait y avoir un maître inné et des races assujetties. » Voir H. S. Muller, « The Soviet Master Race Theory », *The New Leader*, 30 juillet 1949.

Tchèques par les Allemands, des Slovaques par les Hongrois, des Ruthènes par les Polonais, et ainsi de suite. Pour toutes ces nationalités, il devint manifeste qu'un peuple pouvait réaliser son identité nationale aux dépens des autres et que ce peuple était prêt à renoncer à la liberté si l'oppression était le fait de son propre gouvernement national.

Les deux mouvements annexionnistes se développèrent sans la moindre aide de la part des gouvernements russe ou allemand. Ce qui n'empêcha pas leurs adeptes autrichiens de s'adonner aux délices de la haute trahison contre le gouvernement autrichien. C'est cette possibilité d'éduquer les masses dans un esprit de haute trahison qui fournit au mouvement annexionniste autrichien l'important soutien populaire qui a toujours fait défaut en Allemagne et en Russie. De même qu'il était plus facile d'amener le travailleur allemand à attaquer la bourgeoisie allemande plutôt que le gouvernement, de même en Russie était-il plus facile « de soulever les paysans contre les seigneurs plutôt que contre le tsar[44] ». Le comportement des travailleurs allemands et celui des paysans russes étaient certes dissemblables : les premiers considéraient ce monarque qu'ils n'aimaient guère comme le symbole de l'unité nationale, les seconds avaient le sentiment que le chef de leur gouvernement était le véritable envoyé de Dieu sur terre. Ces différences étaient toutefois moins importantes que le fait que ni la Russie ni l'Allemagne n'avaient un gouvernement aussi faible que l'Autriche, et que l'autorité gouvernementale n'y était pas tombée assez bas pour que les mouvements annexionnistes pussent tirer une force politique de l'agitation révolutionnaire. C'est seulement en Autriche que la poussée révolutionnaire trouva son aboutissement naturel dans les mouvements annexionnistes. La tactique (bien maladroitement menée) du *divide et impera* ne sut guère affaiblir les tendances centrifuges des sentiments nationaux, mais elle réussit parfaitement à faire naître certains complexes de supériorité et un esprit de déloyauté généralisé.

---

44. L'article de Georgui P. Fedotov, « Russia and Freedom », publié dans *The Review of Politics*, vol. VIII, n° 1, janvier 1946, est un véritable chef-d'œuvre de chronique historique ; il retrace pour l'essentiel toute l'histoire de la Russie.

L'hostilité envers l'État en tant qu'institution se retrouve dans toutes les théories des mouvements annexionnistes. L'opposition des slavophiles à l'État a été très justement décrite comme « totalement différente de tout ce que l'on peut trouver dans le système du nationalisme officiel[45] » ; par nature, l'État était voué à être étranger au peuple. La supériorité slave était ressentie comme résidant dans l'indifférence du peuple russe à l'État, dans sa manière de se maintenir comme *corpus separatum* par rapport à son propre gouvernement. C'est ce que voulaient dire les slavophiles lorsqu'ils parlaient des Russes comme d'un « peuple sans État », et c'est ce qui permit à ces « libéraux » de se réconcilier avec le despotisme ; c'était pour respecter les exigences du despotisme que le peuple se gardait d'« interférer avec le pouvoir de l'État[46] », c'est-à-dire avec le caractère absolu de ce pouvoir. Les pangermanistes, politiquement mieux structurés, ont toujours insisté sur la priorité de l'intérêt national sur celui de l'État[47]. Ils ont généralement défendu leur position en affirmant que « la politique mondiale transcende la structure de l'État », que le seul facteur permanent dans le cours de l'histoire était les peuples, non les États ; et que, par conséquent, les nécessités nationales, variant avec les circonstances, devaient de tout temps déterminer les agissements politiques de l'État[48]. En Allemagne et en Russie, ce mouvement devait en rester au stade de phrases ronflantes

---

45. Nicolas Berdiaev, *Les Sources et le Sens du communisme russe*, 1938 [H. Arendt se réfère à l'édition anglaise parue en 1937, *The Origin of Russian Communism*, p. 29].

46. Konstantin S. Aksakov, dans Hans Ehrenberg et Nikolaï V. Boubnov, *Östliches Christentum*, p. 97.

47. Voir par exemple Schönerer, qui reprochait au *Verfassungspartei* autrichien de continuer à subordonner les intérêts nationaux aux intérêts de l'État (Eduard Pichl, *Georg Ritter von Schoenerer*, t. I, p. 151). Voir également les passages caractéristiques dans le *Judas Kampf und Niederlage in Deutschland : 150 jahre Judenfrage* (1937, p. 39 et suiv.) de Graf Ernst zu Reventlow. Reventlow voyait dans le national-socialisme la réalisation du pangermanisme à cause de son refus d'« idolâtrer » l'État, qui n'est que l'un des rouages de la vie du peuple.

48. Ernst Hasse, « Deutsche Weltpolitik », *Flugschriften des alldeutschen Verbandes*, 1897, n° 5, et Deutsche Politik, 1 : *Das Deutsche Reich als Nationalstaat*, 1905, p. 50.

jusqu'à la fin de la Première Guerre mondiale ; sous la Double Monarchie, dont le déclin avait engendré un état permanent d'animosité méprisante à l'égard du gouvernement, il prit au contraire un aspect bien réel.

Ce serait une grave erreur de voir dans les leaders des mouvements annexionnistes des réactionnaires ou des « contre-révolutionnaires ». Bien que ne faisant par principe guère cas des questions sociales, ils n'ont jamais commis l'erreur de se ranger du côté de l'exploitation capitaliste et la plupart d'entre eux avaient appartenu – et pour certains appartenaient toujours – aux partis libéraux et progressistes. Il est tout à fait vrai, en un sens, que la Ligue pangermaniste « représentait une tentative réelle de contrôle populaire sur les affaires étrangères. Elle croyait fermement à l'efficacité d'une opinion publique dotée d'un sentiment national fort [...] et à l'avènement d'une politique nationale fondée sur la force de la revendication populaire[49] ». À ceci près que la populace, organisée en mouvements annexionnistes et menée par les idéologies raciales, n'avait rien de commun avec le peuple dont les actions révolutionnaires avaient suscité un gouvernement constitutionnel et dont les mouvements ouvriers étaient à l'époque les seuls véritables représentants ; cette populace, avec sa « conscience tribale élargie » et son absence manifeste de patriotisme, ressemblait beaucoup plus à une « race ».

À la différence du pangermanisme, le panslavisme était le fait de l'intelligentsia russe qu'il avait entièrement gagnée. Beaucoup moins développé dans sa forme organisationnelle et nettement moins cohérent dans ses programmes politiques, il se maintint remarquablement longtemps à un très haut niveau de sophistication littéraire et de spéculation philosophique. Tandis qu'un Rozanov s'interrogeait sur les mystérieuses différences entre la puissance sexuelle des Juifs et celle des chrétiens, et qu'il en arrivait à cette surprenante conclusion que les Juifs sont « unis à cette puissance, les chrétiens en étant, eux, séparés[50] », le leader des pangermanistes autrichiens découvrait allégrement des procédés pour

---

49. Mildred S. Wertheimer, *The Pan-German League*, p. 209.
50. Vassilij Rozanov, *Fallen Leaves*, p. 56-57.

« éveiller l'intérêt du petit peuple au moyen de chansons de propagande, de cartes postales, de chopes à bière, de cannes et d'allumettes à l'effigie de Schönerer[51] ». Vint toutefois le moment où « Schelling et Hegel furent mis au rancart et où l'on fit appel à la science naturelle pour fournir les armes théoriques », y compris chez les panslavistes[52].

Le pangermanisme, fondé par un seul homme, Georg von Schönerer, et soutenu principalement par les étudiants germano-autrichiens, parla dès le début un langage extrêmement vulgaire, destiné à séduire des couches sociales beaucoup plus larges et diversifiées. Par la suite, Schönerer fut aussi « le premier à percevoir les possibilités de l'antisémitisme comme outil capable d'orienter la politique étrangère et de faire éclater [...] la structure interne de l'État[53] ». Certaines des raisons qui faisaient du peuple juif la cible idéale pour ce dessein sont évidentes : leur position prépondérante par rapport à la monarchie des Habsbourg et, en même temps, le fait que dans un pays multinational ils étaient plus facilement reconnaissables comme nationalité distincte que dans les États-nations dont les citoyens étaient, du moins en théorie, de souche homogène. Ce phénomène ne suffit pourtant pas – même s'il explique parfaitement la violence du courant antisémite autrichien et s'il montre quel habile politicien fut Schönerer lorsqu'il exploita ce thème – à nous aider à comprendre le rôle idéologique central de l'antisémitisme dans les deux mouvements annexionnistes.

La « conscience tribale élargie » comme dynamique émotionnelle des mouvements annexionnistes s'était pleinement développée avant que l'antisémitisme devienne leur thème central et centralisateur. Le panslavisme, avec sa plus longue et plus respectable tradition de spéculation philosophique et son inefficacité politique encore plus manifeste, ne devint

---

51. Oscar Karbach, « The Founder of Modern Political Antisemitism : Georg von Schoenerer ».

52. Louis Levine, *Pan-Slavism and European Politics*, 1914, décrit le passage de l'ancienne génération slavophile au nouveau mouvement panslaviste.

53. Oscar Karbach, « The Founder of Modern Political Antisemitism : Georg von Schoenerer ».

antisémite que dans les dernières décennies du XIXe siècle ; le pangermaniste Schönerer avait déjà exprimé ouvertement son hostilité à l'égard des institutions d'État alors que nombre de Juifs étaient encore membres de son parti[54]. En Allemagne, où le mouvement de Stöcker avait démontré l'utilité de l'antisémitisme comme arme de propagande politique, la Ligue pangermaniste témoigna d'emblée une certaine tendance antisémite, mais, avant 1918, elle n'était jamais allée plus loin qu'interdire aux Juifs d'en être membres[55]. L'antipathie occasionnelle des slavophiles à l'égard des Juifs se transforma en antisémitisme dans toute l'intelligentsia russe quand, après l'assassinat du tsar en 1881, une vague de pogroms organisés par le gouvernement plaça la question juive au cœur de l'attention générale.

Schönerer, qui découvrait l'antisémitisme au même moment, prit certainement conscience de ses possibilités pour ainsi dire par hasard : puisqu'il souhaitait par-dessus tout détruire l'empire des Habsbourg, il ne lui était pas difficile de calculer l'effet qu'aurait l'exclusion d'une certaine nationalité sur une structure d'État reposant sur une multiplicité de nationalités. On pouvait entièrement briser l'édifice de cette étrange constitution, l'équilibre précaire de sa bureaucratie, si l'oppression modérée par laquelle toutes les nationalités bénéficiaient d'un certain degré d'égalité était sapée par des mouvements populaires. Ce dessein aurait toutefois pu être aussi bien réalisé par la haine furieuse des pangermanistes à l'égard des nationalités slaves, haine qui s'était forgée bien avant que le mouvement redevînt antisémite et que ses membres juifs avaient approuvée.

Ce qui a permis à l'antisémitisme des mouvements annexionnistes d'être assez fort pour survivre au déclin général des propagandes antisémites durant la fausse accalmie qui précéda la Première Guerre mondiale, ce fut sa fusion avec

---

54. À l'origine, le programme de Linz, qui demeura le programme des pangermanistes d'Autriche, ne comportait pas le paragraphe sur les Juifs ; en 1882, on trouvait même trois Juifs au comité de rédaction. Le paragraphe juif fut ajouté en 1885. Voir Oscar Karbach, « The Founder of Modern Political Antisemitism : Georg von Schoenerer ».

55. Otto Bonhard, *Geschichte des alldeutschen Verbandes*, p. 45.

le nationalisme tribal d'Europe orientale. Car il existait une affinité fondamentale entre les théories des mouvements annexionnistes sur les peuples et sur l'existence déracinée du peuple juif. Les Juifs semblaient être le parfait exemple d'un peuple au sens tribal, leur organisation le modèle que les mouvements annexionnistes s'efforçaient d'imiter, leur survie et leur prétendu pouvoir la meilleure preuve du bien-fondé des théories de la race.

Si les autres nationalités de la Double Monarchie n'étaient que faiblement enracinées dans le sol et n'avaient guère idée de la signification d'un territoire commun, les Juifs apportaient l'exemple d'un peuple qui, bien que n'ayant aucune patrie, avait su préserver son identité à travers les siècles et on pouvait donc le citer comme preuve qu'il n'était nul besoin d'un territoire pour constituer une nationalité[56]. Si les mouvements annexionnistes insistaient sur l'importance secondaire de l'État et sur l'importance primordiale du peuple, organisé à travers tous les pays sans être nécessairement représenté par des institutions visibles, les Juifs étaient le modèle parfait d'une nation sans État et sans institutions visibles[57]. Les nationalités tribales avaient beau insister sur leur simple existence comme centre de leur orgueil national, au mépris des faits historiques et de toute participation à des événements réels, et croire qu'une certaine qualité mystérieuse et innée, d'ordre psychologique ou physique, avait fait d'elles l'incarnation non de l'Allemagne mais du germanisme, non de la Russie mais de l'âme russe, elles savaient plus ou moins, même si elles ne savaient comment l'exprimer, que la judéité des Juifs assimilés était exactement le même genre d'incarnation personnelle et individuelle du judaïsme, et que la singulière fierté des Juifs laïcisés, qui n'avaient pas cessé de se proclamer peuple élu, montrait en

---

56. Ainsi que l'a dit le socialiste Otto Bauer (*Die Nationalitätenfrage und die österreichische Sozialdemokratie*, p. 373), qui n'était certainement pas antisémite.

57. L'essai d'A. Steinberg, « Die weltanschaulchen Voraussetzungen der jüdischen Geschichtsschreibung » (*Dubnov Festschrift*), 1930, est très révélateur quant à l'auto-interprétation des Juifs : « Si l'on [...] accepte le concept de vie tel qu'il s'exprime dans l'histoire juive [...] alors la question de l'État perd de son importance, quelle que soit la réponse que l'on puisse y apporter. »

réalité qu'ils se croyaient différents et meilleurs uniquement parce qu'ils se trouvaient être nés juifs, au mépris des actions et de la tradition juives.

Il faut bien reconnaître que cette attitude juive, ce courant juif, pourrait-on dire, du nationalisme tribal, avait été l'aboutissement de la situation anormale des Juifs dans les États modernes, mis au ban de la société et de la nation. Pourtant la situation de ces groupes ethniques fluctuants, qui ne prirent conscience de leur nationalité que face à l'exemple d'autres nations – occidentales –, puis, plus tard, la situation des masses déracinées des grandes villes que le racisme sut si bien mobiliser, étaient à bien des égards très semblables. Eux aussi étaient au ban de la société, eux aussi étaient exclus du corps politique de cet État-nation qui semblait être la seule organisation politique satisfaisante des peuples. Dans les Juifs, ils reconnurent immédiatement leurs rivaux plus heureux, plus chanceux, parce que, de leur point de vue, les Juifs avaient trouvé le moyen de constituer une société de leur propre chef, une société qui, du fait même qu'elle n'avait ni représentation visible ni issue politique normale, pouvait devenir un substitut à la nation.

Ce qui, plus que tout le reste, plaçait les Juifs au centre de ces idéologies raciales, était dû au fait encore plus marquant que la prétention des mouvements annexionnistes à l'élection divine n'avait comme seule rivale sérieuse que celle des Juifs. Peu importait que le concept juif n'eût rien à voir avec les théories tribales sur l'origine divine de leurs propres peuples. La populace n'avait que faire de ces subtilités d'exactitude historique, et elle n'avait guère idée de la différence entre une mission historique commandant aux Juifs d'assurer l'établissement du genre humain et sa propre « mission » de dominer tous les autres peuples de la terre. Les leaders des mouvements annexionnistes savaient parfaitement que les Juifs avaient divisé le monde, exactement comme ils le faisaient eux-mêmes, en deux moitiés : leur peuple et tous les autres[58].

---

58. La profonde similitude entre tous ces concepts apparaît dans le rapprochement suivant, auquel pourraient s'ajouter bien d'autres exemples : A. Steinberg, « Die weltanschaulchen Voraussetzungen der jüdischen Geschichtsschreibung »,

Dans cette dichotomie, les Juifs apparaissaient encore une fois comme des rivaux plus chanceux, qui avaient hérité quelque chose, qui étaient reconnus pour quelque chose que les non-Juifs, eux, devaient construire en partant de zéro[59].

On a eu beau le répéter, ce « truisme » selon lequel l'antisémitisme n'est rien d'autre qu'une forme d'envie n'en a pas été rendu plus vrai. Mais, par rapport à l'élection du peuple juif, la formule est cependant assez juste. Chaque fois que des peuples sont séparés de l'action et de leur propre réalisation, quand ces liens naturels avec le monde ordinaire sont rompus ou que, pour une raison ou une autre, ils n'existent pas, ces peuples sont poussés à se retourner sur eux-mêmes dans la nudité de leurs dons naturels et à se réclamer d'un caractère divin et d'une mission de rédemption envers le monde entier. Lorsque ce phénomène survient dans la civilisation occidentale, ces peuples rencontrent invariablement la revendication séculaire des Juifs sur leur chemin. C'était bien ce qu'éprouvaient les porte-parole des mouvements annexionnistes, et la raison pour laquelle ils demeuraient si impavides face à la question pratique de savoir si le problème juif, en termes de nombre et de puissance, était assez important pour faire de la haine à l'égard des Juifs le pilier de leur idéologie. Tout comme leur propre orgueil national était indépendant de toutes leurs réalisations, de même leur haine des Juifs s'était affranchie de tous les exploits ou méfaits spécifiques des Juifs. Les mouvements annexionnistes s'accordaient tous sur ce point, bien qu'aucun d'eux ne sût

---

dit des Juifs : leur histoire se situe en dehors de toutes les lois historiques habituelles ; Tchaadaïev déclare les Russes peuple d'exception. Nicolas Berdiaev (*Les Sources et le Sens du communisme russe*, 1938 [H. Arendt se réfère à l'édition anglaise parue en 1937, *The Origin of Russian Communism*, p. 135]) affirmait carrément : « Le messianisme russe est apparenté au messianisme juif. »

59. Voir l'antisémite Ernst Reventlow, *Judas Kampf und Niederlage in Deutschland*, mais également le philosophe russe pro-sémite Vladimir Soloviev, *Judaism and the Christian Question* (1884) : « Entre les deux nations religieuses, les Russes et les Polonais, l'histoire a introduit un troisième peuple religieux, les Juifs. » Voir Hans Ehrenberg et Nikolaï V. Boubnov, *Östliches Christentum*, p. 314 et suiv. Voir également Georg Cleinow, *Die Zukunft Polens*, p. 44 et suiv.

comment tirer parti de cet élément idéologique essentiel à des fins d'organisation politique.

Le temps mort qui sépare la formulation de l'idéologie annexionniste de la possibilité d'en tirer des applications politiques sérieuses est manifeste dans le destin que connurent les *Protocoles des Sages de Sion* : élaborés à Paris vers 1900 par des agents de la police secrète russe et sur la suggestion de Pobiedonostsev, conseiller politique de Nicolas II, seul panslaviste qui jouît jamais d'une position influente, ils demeurèrent un pamphlet quasi oublié de tous jusqu'en 1919, où ils commencèrent leur cheminement véritablement triomphal à travers tous les pays et dans toutes les langues d'Europe[60] ; quelque trente années plus tard, leur diffusion n'était dépassée que par le *Mein Kampf* de Hitler. Ni le faussaire ni son employeur ne savaient qu'un temps viendrait où la police finirait par devenir l'institution centrale d'une société et la toute-puissance d'un pays organisé selon les principes dits juifs exposés dans les *Protocoles*. Peut-être Staline fut-il le premier à découvrir toutes les potentialités de domination que recelait la police ; ce fut assurément Hitler qui, plus rusé que Schönerer, son père spirituel, sut utiliser le principe hiérarchique du racisme, exploiter le postulat antisémite affirmant l'existence d'un peuple qui serait « le pire » afin d'organiser réellement « le meilleur » et, entre les deux, tous les peuples conquis et opprimés, qui parvint à généraliser le complexe de supériorité des mouvements annexionnistes en sorte que chaque peuple, à la nécessaire exception des Juifs, pût mépriser celui qui était encore pire que lui-même.

Apparemment, il fallait encore quelques décennies de chaos déguisé et de désespoir avoué avant que de larges couches de populations fussent prêtes à admettre de bon cœur qu'elles allaient accomplir ce que, croyaient-elles, seuls les Juifs, dans leur noirceur foncière, avaient jusque-là été capables de réaliser. Les leaders des mouvements annexionnistes, en tout cas, bien que déjà vaguement conscients de la question sociale, insistaient surtout sur la politique étrangère. Aussi

---

60. Voir John S. Curtiss, *The Protocols of Zion*, 1942.

étaient-ils incapables de voir que l'antisémitisme pouvait constituer le lien indispensable entre méthodes internes et méthodes extérieures ; ils ne savaient pas encore comment établir leur « communauté de tradition », autrement dit la horde complètement déracinée et imprégnée de doctrines fondées sur la race.

Que le fanatisme des mouvements annexionnistes ait choisi les Juifs pour cible idéologique, marquant le commencement de la fin pour la communauté juive européenne, constitue l'une des revanches les plus logiques et les plus amères que l'histoire ait jamais prises. Car il y a bien sûr une part de vérité dans les propos « éclairés » qui, de Voltaire à Renan et à Taine, ont affirmé que le concept d'élection divine des Juifs, leur identification entre religion et nationalité, leur revendication d'une position absolue dans l'histoire et d'une relation privilégiée avec Dieu, avaient introduit dans la civilisation occidentale d'une part un élément de fanatisme jusque-là inconnu (hérité par une chrétienté qui affirme détenir, elle et elle seule, la Vérité), et, d'autre part, un élément d'orgueil dangereusement proche de sa perversion raciale[61]. Du point de vue politique, il était sans importance que le judaïsme et une piété juive préservée eussent toujours été particulièrement libres de l'immanence hérétique du Divin, voire hostiles à celle-ci.

Le nationalisme tribal est précisément la perversion d'une religion qui a fait choisir à Dieu une certaine nation, la nation appartenant à tel peuple ; c'est uniquement parce que ce mythe ancien, lié au seul peuple qui eût survécu à l'Antiquité, avait planté des racines profondes dans la civilisation occidentale que le leader moderne de la populace put, de manière assez plausible, trouver l'impudence de traîner Dieu dans les petits conflits mesquins entre peuples et demander Son consentement à une élection que le leader avait d'ores et

---

61. Voir Nicolas Berdiaev, *Les Sources et le Sens du communisme russe*, 1938 [H. Arendt se réfère à l'édition anglaise parue en 1937, *The Origin of Russian Communism*, p. 5] : « Dans le royaume moscovite, la religion et la nationalité se sont développées de concert, ainsi qu'elles l'ont fait dans la conscience de l'ancien peuple hébreu. Et tout comme la conscience messianique était un attribut du judaïsme, elle a aussi été un attribut de l'orthodoxie russe. »

déjà manipulée à son gré[62]. La haine des racistes à l'égard des Juifs venait d'une appréhension superstitieuse, de la crainte qu'après tout, c'était peut-être les Juifs et non eux-mêmes que Dieu avait choisis, eux à qui le succès était garanti par la divine providence. Il y avait un élément de ressentiment débile contre un peuple qui, craignait-on, avait reçu la garantie, rationnellement incompréhensible, qu'il apparaîtrait un jour, contre toute apparence, comme le vainqueur final dans l'histoire du monde.

En effet, dans la mentalité de la populace, le concept juif d'une mission divine, celle d'instaurer le règne de Dieu sur terre, ne pouvait se traduire que dans les termes vulgaires de succès ou d'échec. La peur et la haine se nourrissaient et tiraient une certaine rationalité du fait que le christianisme, religion d'origine juive, avait d'ores et déjà conquis l'humanité occidentale. Guidés par leur propre superstition ridicule, les leaders des mouvements annexionnistes finirent par trouver dans le mécanisme de la piété juive le petit rouage caché qui en permettait le renversement complet et la perversion, si bien que l'élection divine cessait d'être le mythe d'une suprême réalisation de l'idéal d'humanité commune pour devenir celui de sa destruction finale.

2. L'héritage du mépris de la loi

Le mépris déclaré de la loi et des institutions juridiques et la justification idéologique de l'absence de loi ont été beaucoup plus caractéristiques de l'impérialisme continental que

---

62. On verra dans le passage suivant, dû à Léon Bloy, un exemple surprenant – mais qui n'est pas, heureusement, caractéristique du nationalisme français – de la folie qui animait tout le débat : « La France est tellement la première des nations que toutes les autres, quelles qu'elles soient, doivent se sentir honorées d'être autorisées à manger le pain de ses chiens. Si seulement la France est heureuse, alors le reste du monde peut être satisfait même s'il doit payer pour le bonheur de la France le prix de l'esclavage et de la destruction. Mais si la France souffre, alors Dieu lui-même souffre, le terrible Dieu […]. C'est aussi absolu et aussi inévitable que le secret de la prédestination. » Cité d'après Rudolf Nadolny, *Germanisierung oder Slavisierung ? Eine Entgegnung auf Masaryks Buch das Neue Europe*, 1928, p. 55.

de l'impérialisme colonial. Cela vient en partie de ce que l'éloignement géographique n'était pas là pour permettre aux impérialistes continentaux de séparer l'illégalité de leur domination sur des continents étrangers de la légalité des institutions de leur pays natal. Un autre facteur tout aussi important explique cette différence, c'est que les mouvements annexionnistes sont nés dans des pays qui n'avaient jamais connu de gouvernement constitutionnel, si bien que leurs leaders concevaient tout naturellement le gouvernement et le pouvoir en termes de décisions arbitraires prises en haut lieu.

Le mépris de la loi devint la caractéristique de tous ces mouvements. Bien que mieux maîtrisé dans le panslavisme que dans le pangermanisme, il reflétait les véritables conditions de la domination tant russe qu'austro-hongroise. Décrire ces deux despotismes, seuls restants en Europe à la déclaration de la Première Guerre mondiale, en termes d'États multinationaux, ne rend compte que d'une partie de la réalité. Autant que par leur domination sur des territoires multinationaux, ils se distinguaient des autres gouvernements par le fait qu'ils gouvernaient (et pas seulement exploitaient) directement les peuples par le biais de leur bureaucratie ; les partis jouaient un rôle insignifiant, et les Parlements n'avaient aucune fonction législative ; l'État gouvernait par l'intermédiaire d'une administration qui appliquait ses décrets. Pour la Double Monarchie, le Parlement ne signifiait guère plus qu'une société somme toute pas très brillante consistant à animer des débats. En Russie aussi bien que dans l'Autriche d'avant-guerre, on ne trouvait guère d'opposition sérieuse ; celle-ci ne s'exprimait que dans des groupes extérieurs qui savaient que leur entrée dans le système parlementaire ne ferait que les priver de l'attention et du soutien populaires.

Juridiquement, un gouvernement bureaucratique gouverne par décrets ; son pouvoir qui, dans un gouvernement constitutionnel n'est là que pour promulguer la loi, devient la source directe de toute législation. En outre, les décrets restent anonymes (tandis que les lois permettent toujours de retrouver à leur origine des hommes ou des assemblées donnés) et semblent donc découler de quelque pouvoir gouvernant tout-puissant qui n'a besoin d'aucune justification. Le mépris de Pobiedonostsev pour les « traquenards » de la loi reflétait l'éternel dédain de l'administrateur pour le prétendu manque de liberté du législateur enfermé dans des principes, et pour l'inaction de ceux qui, appliquant la loi, sont freinés par son interprétation. Le bureaucrate, à qui le simple fait d'utiliser des décrets donne l'illusion d'une action constante, se sent incroyablement supérieur à ces gens « dénués de sens pratique », sans cesse empêtrés dans des « subtilités juridiques », qui restent par conséquent en dehors de cette sphère du pouvoir, source de toutes choses à ses yeux.

L'administrateur considère la loi comme impuissante parce qu'elle est, par définition, séparée de son application. Le décret, au contraire, n'existe que si et lorsqu'il est appliqué ; il n'a nul besoin d'autre justification que son applicabilité. Il est vrai qu'en période de crise, tous les gouvernements usent de décrets, mais la crise elle-même justifie alors et limite leur action. Dans les gouvernements bureaucratiques, les décrets apparaissent dans leur pureté toute nue comme s'ils n'étaient plus le fait d'hommes puissants, mais l'incarnation du pouvoir lui-même, et l'administrateur, seulement l'agent fortuit de celui-ci. Il n'y a derrière le décret nuls principes généraux que la raison puisse comprendre, mais des circonstances insaisissables que seul un expert peut connaître en détail. Les peuples gouvernés par décrets ne savent jamais ce qui les gouverne, parce que les décrets en eux-mêmes sont incompréhensibles, et à cause de l'ignorance soigneusement étudiée dans laquelle tous les administrateurs tiennent leurs sujets quant à leurs circonstances précises et à leur signification pratique. L'impérialisme colonial, qui gouvernait lui aussi par décrets et que l'on a même quelquefois défini comme le « *régime des décrets* *[63] », était relativement dangereux ; toutefois, le fait même que les administrateurs qui régnaient sur les populations indigènes étaient importés et ressentis comme des usurpateurs tempérait son influence

---

63. Voir Émile Larcher, *Traité élémentaire de législation algérienne*, 1903, vol. II, p. 150-152 : « Toutes les colonies françaises sont gouvernées par le régime des décrets. »

sur les peuples assujettis. C'est seulement – ainsi en Russie et en Autriche – là où des dirigeants indigènes et une bureaucratie indigène étaient reconnus comme le gouvernement légitime, pouvaient diriger par décrets que cela créait l'atmosphère d'arbitraire et de dissimulation qui cachait, de fait, le pur opportunisme de ce régime.

Un régime de décrets offre des avantages indéniables pour la domination de territoires lointains aux populations hétérogènes et pour une politique d'oppression. Son efficacité est plus grande pour la bonne raison qu'il ignore toutes les étapes intermédiaires entre la promulgation et l'application et qu'en retenant l'information, il empêche le peuple d'exercer une réflexion politique. Il peut facilement submerger la variété des coutumes locales et n'a nul besoin de s'appuyer sur le processus de développement nécessairement lent de la loi organique. C'est un atout précieux pour la mise en place d'une administration centralisée, parce qu'il passe automatiquement outre toutes les questions d'autonomie locale. Si l'on a parfois appelé régime de la sagesse un gouvernement fondé sur de bonnes lois, on peut dire à juste titre d'un gouvernement fondé sur des décrets appropriés que c'est le régime de l'habileté. C'est être habile que de s'en remettre à des motifs et à des objectifs ultérieurs, et c'est être sage que de comprendre et créer par déduction à partir de principes généralement admis.

Il ne faut pas confondre le gouvernement bureaucratique avec le simple débordement et la déformation de l'administration qui ont fréquemment accompagné le déclin de l'État-nation, comme ce fut en particulier le cas en France. L'administration y a survécu à tous les changements de régime depuis la Révolution et elle s'est lovée comme un parasite dans le corps politique, défendant ses propres intérêts de classe, pour devenir finalement un organisme inutile dont le seul but semble être de chicaner et d'empêcher un développement économique et politique normal. Il existe bien sûr de nombreuses similitudes superficielles entre les deux types de bureaucratie, surtout si l'on observe de près l'étonnante similitude psychologique des petits fonctionnaires. Cependant, si le peuple français a commis la très grave erreur d'accepter son administration comme un mal nécessaire, il n'a jamais commis l'erreur fatale de lui permettre de gouverner le pays – même si la conséquence en est qu'il n'est pas gouverné du tout. Le climat gouvernemental français se compose désormais d'incapacité et de brimades ; mais il n'a pas créé une aura de pseudo-mysticisme.

Or, ce pseudo-mysticisme est le sceau de la bureaucratie lorsqu'elle devient une forme de gouvernement. Puisque le peuple qu'elle domine ne sait jamais vraiment pourquoi les choses arrivent, et qu'il n'existe pas d'interprétation rationnelle de la loi, il n'y a plus qu'une seule chose qui compte, c'est l'événement brutal, nu. Ce qui peut arriver à quelqu'un devient alors sujet à une interprétation dont les possibilités sont infinies, n'étant ni limitées par la raison ni gênées par la connaissance. Partie prenante à la structure de cette spéculation interprétative sans bornes si caractéristique de tous les courants de la littérature russe prérévolutionnaire, l'ensemble de la texture de la vie et du monde revêt un secret et une profondeur pleins de mystère. Sa richesse apparemment inépuisable donne à cette aura un charme dangereux ; l'interprétation de la souffrance y jouit d'un champ bien plus vaste que celle de l'action, car la première va au plus profond de l'âme et donne libre cours à toutes les virtualités de l'imagination humaine, tandis que la seconde est sans cesse contrôlée, et parfois conduite à l'absurdité, par les conséquences extérieures et l'expérience vérifiable.

L'une des différences les plus éclatantes entre le vieux régime de la bureaucratie et le courant totalitaire moderne réside dans le fait que les maîtres de la Russie et de l'Autriche d'avant-guerre se contentaient de l'éclat stérile de leur pouvoir et que, satisfaits de contrôler son destin extérieur, ils laissaient intacte toute la vie intérieure de l'âme. La bureaucratie totalitaire, forte de sa meilleure compréhension de la portée du pouvoir absolu, a fait intrusion chez l'individu privé et dans sa vie intérieure avec une égale brutalité. Cette efficacité radicale a eu pour résultat de tuer la spontanéité intime du peuple soumis à son joug et de tuer en même temps les activités sociales et politiques de ce peuple, si bien qu'à la stérilité purement politique du régime des premières bureaucraties a succédé une stérilité complète sous les régimes totalitaires.

Néanmoins, l'époque qui a vu naître les mouvements annexionnistes vivait encore dans l'insouciante ignorance de cette stérilisation totale. Bien au contraire, aux yeux de l'observateur naïf (ce qu'étaient la plupart des Occidentaux), la fameuse âme orientale semblait être incomparablement plus riche, sa psychologie plus profonde, sa littérature plus significative que celles des « vaines » démocraties occidentales. Cette exploration psychologique et littéraire des « profondeurs » de la souffrance n'a pas eu lieu en Autriche-Hongrie, parce que sa littérature était essentiellement une littérature de langue allemande, qui n'a cessé d'être au demeurant une part décisive de la littérature allemande en général. Loin de lui inspirer des balivernes pleines de profondeur, la bureaucratie autrichienne amena le plus grand de ses écrivains modernes à se faire l'humoriste et le critique de toute sa structure. Franz Kafka connaissait bien la croyance superstitieuse au destin qui habite ceux qui vivent sous la domination perpétuelle du hasard, cet inévitable penchant à trouver une signification supra-humaine particulière en des événements dont le sens rationnel dépasse la connaissance et la compréhension de ceux qu'ils concernent. Il était parfaitement conscient de l'étrange séduction qu'exerçaient ces peuples, avec leur mélancolie et la beauté triste de leurs contes traditionnels qui semblaient tellement supérieurs à la littérature plus légère et plus brillante des peuples plus heureux. Il a décrit l'orgueil dans la nécessité pure, fût-ce la nécessité du mal, et la dissimulation écœurante qui identifie le mal et l'infortune avec la destinée. Le seul miracle est qu'il ait pu le faire dans un monde où les principaux éléments de cette atmosphère n'étaient pas complètement articulés ; il se fia à sa vaste puissance d'imagination pour tirer toutes les conclusions nécessaires et, pour ainsi dire, compléter ce que la réalité avait en somme négligé de mettre en pleine lumière[64].

---

64. Voir plus spécialement dans Franz Kafka, *Le Château* (1938) [H. Arendt se réfère à l'édition anglaise, *The Castle*, 1930], la magnifique histoire des Barnabé, qui se lit comme un étrange pastiche de la littérature russe. Les membres de la famille

Seul l'empire russe d'alors offrait le tableau complet d'un régime bureaucratique. Les conditions chaotiques du pays – trop vaste pour être gouverné, habité par des populations primitives dénuées de toute expérience d'organisation politique et qui végétaient sous la tutelle incompréhensible de la bureaucratie russe – y forgeaient une atmosphère d'anarchie et de hasard dans laquelle les caprices contradictoires des petits fonctionnaires et les accidents quotidiens dus à l'incompétence et à l'incohérence inspirèrent une philosophie qui voyait dans l'Accident le véritable Maître de la Vie, une sorte de manifestation de la Divine Providence[65]. Pour le panslaviste qui faisait valoir à tout propos les conditions beaucoup plus « intéressantes » de la Russie par opposition à la vaine platitude des pays civilisés, il semblait que le Divin eût trouvé dans l'âme du malheureux peuple russe une immanence profonde, à nulle autre pareille dans le monde entier. Dans un flot intarissable de variations littéraires, les panslavistes opposaient la profondeur et la violence de la Russie à la banalité toute superficielle de l'Occident, qui ne savait rien de la souffrance ou du sens du sacrifice, et dont le stérile vernis de civilisation cachait la futilité et la trivialité[66].

---

vivent sous le coup d'un sortilège, traités comme des lépreux au point qu'ils finissent par se sentir tels, pour la simple raison que l'une de leurs ravissantes filles a autrefois osé repousser les avances indécentes d'un fonctionnaire important. Les simples villageois, contrôlés jusque dans le plus petit détail, et asservis jusque dans leur pensée aux volontés de leurs tout-puissants fonctionnaires ont compris depuis longtemps que, pour eux, avoir raison ou avoir tort est purement une question de « fatalité » à laquelle ils ne peuvent rien changer. Ce n'est pas, comme le croit naïvement K., l'auteur d'une lettre obscène, qui est dénoncé, mais le destinataire qui finit par être marqué et souillé. C'est ce que veulent dire les villageois lorsqu'ils parlent de leur « fatalité ». Pour K., « c'est injuste et monstrueux, mais il est le seul du village à exprimer cette opinion ».

65. La déification des hasards fait évidemment office de rationalisation pour tous les peuples qui ne sont pas maîtres de leur propre destinée. Voir par exemple A. Steinberg, « Die weltanschaulchen Voraussetzungen der jüdischen Geschichtsschreibung » : « Car c'est le Hasard qui est devenu décisif pour la structure de l'histoire juive. Un Hasard [...], dans le langage de la religion, cela s'appelle la Providence » (p. 34).

66. Un écrivain russe a dit un jour que le panslavisme « engendre une haine implacable de l'Occident, un culte morbide de tout ce qui est russe ; [...] la rédemption de l'univers est encore possible, mais elle ne peut se produire que par l'intermédiaire de la Russie [...]. Les panslavistes, qui voient partout des ennemis

Les mouvements totalitaires devaient encore une grande part de leur succès à ce vague et amer esprit anti-occidental, particulièrement en vogue dans l'Allemagne et l'Autriche préhitlériennes, mais qui s'était également emparé de l'intelligentsia européenne des années 20. Jusqu'au moment de leur véritable prise de pouvoir, ils purent exploiter cette passion d'un « irrationnel » profond et plein de richesses, et, au cours des années cruciales où l'intelligentsia russe en exil exerça une influence non négligeable sur la tonalité spirituelle d'une Europe on ne peut plus troublée, cette attitude purement littéraire se révéla un facteur émotionnel de poids tandis que se préparait le terrain pour le totalitarisme[67].

À la différence des partis, les mouvements ne se sont pas contentés de dégénérer en machines bureaucratiques[68], mais ils ont vu dans les régimes bureaucratiques des modèles d'organisation possibles. Tous auraient partagé l'admiration qui inspira à Pagodin, un panslaviste, la description de l'appareil bureaucratique de la Russie tsariste : « Une énorme machine [...] construite sur le plus simple des principes, guidée par la main d'un *seul* homme [...] qui la déclenche à tout moment d'un simple geste, quelque direction et quelque vitesse qu'il décide de choisir. Et il ne s'agit pas seulement d'un mouvement mécanique, la machine est entièrement animée par des émotions héritées qui sont subordination,

---

de leurs idées, persécutent tous ceux qui ne sont pas de leur avis... » (Victor Bérard, *L'Empire russe et le Tsarisme*, 1905). Voir également Nikolaï V. Boubnov, « Kultur und Geschichte im russischen Denken der Gegenwart », *Osteuropa : Quellen und Studien*, n° 2, 1927.

67. Hans Ehrenberg et Nikolaï V. Boubnov, *Östliches Christentum*, le soulignent dans l'épilogue : les idées de Kirejevski, de Chomiakov, de Leontiev « sont peut-être mortes pour la Russie d'après la révolution. Mais maintenant elles se sont répandues dans toute l'Europe et aujourd'hui, à Sofia, à Constantinople, à Berlin, à Paris, à Londres, elles sont vivantes. Les Russes, et plus précisément les disciples de ces auteurs, [...] publient des livres et éditent des revues qui sont lus dans tous les pays européens ; à travers eux, ces idées – les idées de leurs pères spirituels – s'expriment. L'esprit russe est devenu européen » (p. 334).

68. À propos de la bureaucratisation des appareils des partis, l'ouvrage classique demeure celui de Robert Michels, *Les Partis politiques. Essai sur les tendances oligarchiques des démocraties* [H. Arendt se réfère à l'édition anglaise : *Political Parties ; a Sociological Study of the Oligarchical Tendencies of Modern Democracy*].

confiance et dévotion sans limites au tsar qui est leur Dieu sur terre. Qui donc oserait nous attaquer, qui ne saurions-nous contraindre à se soumettre[69] ? »

Les panslavistes étaient moins opposés à l'État que leurs collègues pangermanistes. Ils tentèrent même quelquefois de convaincre le tsar de prendre la tête de leur mouvement. La position du tsar différait en effet énormément de celle des autres monarques européens, y compris l'empereur d'Autriche-Hongrie, et le despotisme russe ne s'était jamais développé en un État rationnel dans le sens occidental, mais restait au contraire instable, anarchique, inorganisé. Aussi le tsarisme apparaissait-il parfois aux panslavistes comme le symbole d'une gigantesque force motrice entourée d'une auréole de sainteté à nulle autre pareille[70]. À la différence du pangermanisme, le panslavisme n'avait pas eu à inventer une nouvelle idéologie adaptée aux besoins de l'âme slave et à son mouvement, mais il pouvait interpréter le tsarisme – et en faire un mystère – comme l'expression anti-occidentale, anticonstitutionnelle et anti-étatique du mouvement lui-même. Cette mystification du pouvoir anarchique a inspiré au panslavisme ses théories les plus pernicieuses sur la nature transcendante et le bien fondamental de tout pouvoir. Celui-ci était conçu comme une émanation divine animant toute activité naturelle et humaine. Ce n'était plus le moyen de réaliser quelque chose ; il existait, c'était tout, les hommes étaient voués à le servir pour l'amour de Dieu, et toute loi susceptible de réglementer ou de restreindre son « infinie et terrible force » était clairement sacrilège. Dans son total arbitraire, le pouvoir en tant que tel était tenu pour sacré, que ce fût le pouvoir du tsar ou celui du sexe. Les lois n'étaient pas seulement incompa-

69. Karl Stählin, « Die Entstehung des Panslawismus », *Germano-Slavica*, 1936.
70. Selon Mikhaïl N. Katkov : « Tout pouvoir tire sa source de Dieu ; néanmoins, le tsar de Russie a été investi d'une signification particulière qui le distingue de tous les autres dirigeants du monde [...]. Il est le successeur des Césars de l'Empire d'Orient, [...] eux qui ont créé le symbole même de la Foi du Christ [...]. C'est là que réside le mystère de la profonde différence entre la Russie et toutes les autres nations du monde. » Tiré de Salo W. Baron, *Modern Nationalism and Religion*, 1947.

tibles avec ce pouvoir, elles étaient péché, « traquenards » construits par l'homme pour empêcher le plein épanouissement du « divin[71] ». Le gouvernement, quoi qu'il fît, était toujours le « Pouvoir Suprême en action[72] », et le mouvement panslaviste n'avait pour toute tâche que d'adhérer à ce pouvoir et d'organiser son soutien populaire, qui rassemblerait un jour tout le peuple et par là le sanctifierait – troupeau colossal, docile à la volonté arbitraire d'un seul homme, gouverné ni par la loi ni par l'intérêt, mais uni par la seule force de cohésion de ses membres et par la conviction de leur propre sainteté.

Dès le début, les mouvements dénués de la « force des émotions héritées » furent contraints à un double égard d'adopter un modèle différent du despotisme russe déjà existant. Ils devaient faire une propagande dont la bureaucratie en place n'avait nul besoin, et, pour ce faire, ils introduisirent un élément de violence[73] ; ils trouvèrent un substitut au rôle des

---

71. Pour Konstantin Pobiedonostsev, dans ses *Reflections of a Russian Statesman*, 1898, « le pouvoir n'existe pas pour lui-même exclusivement, mais pour l'amour de Dieu. C'est un culte auquel les hommes sont voués. C'est de là que proviennent l'infinie, la terrible force du pouvoir et son infini et terrible fardeau » (p. 254). Ou encore : « La loi devient un traquenard non seulement pour le peuple, mais […] pour les autorités mêmes qui œuvrent à son administration […] si à chaque pas l'exécuteur de la loi rencontre dans cette loi même des prescriptions restrictives […] alors toute autorité se perd dans le doute, elle est affaiblie par la loi […] et broyée par la peur des responsabilités » (p. 88).

72. Selon Mikhaïl N. Katkov, « le gouvernement en Russie implique tout à fait autre chose que ce que signifie ce terme dans les autres pays […]. En Russie, le gouvernement, au sens le plus élevé du mot, c'est le pouvoir suprême en action… » Moissaye J. Olgin, *The Soul of the Russian Revolution*, 1917, p. 57. Plus rationnelle dans sa forme, on trouve aussi la théorie selon laquelle « des garanties juridiques étaient nécessaires dans les États fondés sur la conquête et menacés par la lutte des classes et des races ; ces garanties étaient superflues dans une Russie qui alliait l'harmonie des classes à l'amitié des races » (Hans Kohn, « The Permanent Mission »). Bien que dans le pangermanisme, l'idolâtrie du pouvoir ait joué un rôle moins déterminant, il y eut toujours une certaine tendance à l'illégalité qui transparaît par exemple très clairement chez Daniel Frymann, *Wenn ich der Kaiser wär…*, lequel proposait dès 1912 l'introduction de cette « détention protectrice » (*Sicherheitshaft*), à savoir l'arrestation sans raison légale, dont les nazis se sont alors servis pour remplir les camps de concentration.

73. Il existe évidemment une similitude frappante entre l'organisation de la foule française au moment de l'affaire Dreyfus (voir *Sur l'antisémitisme*, p. 197 [Éditions du Seuil, « Points Essais », 2005 (nouvelle édition, révisée par Hélène

« émotions héritées » dans les idéologies que les partis continentaux avaient déjà développées à un degré considérable. Ils exploitaient différemment l'idéologie, car non seulement ils ajoutaient une justification idéologique à la représentation de leur intérêt, mais ils utilisaient aussi les idéologies comme principes d'organisation. Si les partis avaient été les organes de l'organisation des intérêts de classe, les mouvements devinrent les incarnations des idéologies. Autrement dit, les mouvements étaient « chargés de philosophie », ils prétendaient avoir mis en marche « l'individualisation de l'universel moral à l'intérieur d'un collectif[74] ».

Il est vrai que ces idées avaient été rendues concrètes par Hegel dans sa théorie de l'Histoire et de l'État, et développées par Marx dans sa théorie du prolétariat conçu comme acteur du genre humain. Ce n'est évidemment pas l'effet du hasard si le panslavisme russe a été aussi influencé par Hegel que le bolchevisme l'a été par Marx. Ni Hegel ni Marx n'avaient cependant déclaré que les êtres humains réels, les partis ou les pays réels d'alors incarnaient des idées en chair et en os ; tous deux croyaient plutôt au processus de l'histoire au cours duquel les idées ne pouvaient se concrétiser que dans un mouvement dialectique complexe. Il fallait la vulgarité des leaders de la populace pour découvrir les énormes possibilités de cette concrétisation pour l'organisation des masses. Ces hommes se mirent à raconter à la populace que chacun de ses membres pouvait devenir l'incarnation vivante, ô combien sublime et cruciale, de quelque chose d'idéal, à condition d'adhérer au mouvement. Et alors, plus besoin d'être loyal, ou généreux, ou courageux, il deviendrait auto-

---

Frappat, Gallimard, « Quarto », 2002)]) et les groupes russes des pogroms comme les Cent-Noirs – dans lesquels se rassemblaient les « rebuts les plus sauvages et les moins cultivés de la vieille Russie et qui restaient en rapport avec la majorité de l'épiscopat orthodoxe » (Fedotov) – ou la Ligue du peuple russe avec ses escadrons de combat secrets, recrutés parmi les agents les plus immondes de la police, payés par le gouvernement et menés par des intellectuels. Voir E. Cherikover, « New Materials on the Pogroms in Russia at the Beginning of the Eighties », *Historische Schriften*, vol. 2, p. 463 ; et N. M. Gelber, « The Russian Pogroms in the Early Eighties in the Light of the Austrian Diplomatic Correspondence », *ibid.*

74. Le père Joseph-Thomas Delos, *Le Problème de la civilisation. La Nation.*

matiquement l'incarnation même de la Loyauté, de la Générosité, du Courage. Le pangermanisme se révéla en somme supérieur dans sa théorie organisationnelle dans la mesure où il fut assez habile pour priver l'individu allemand de toutes ces merveilleuses qualités s'il n'adhérait pas au mouvement (préfigurant ainsi le violent mépris que le nazisme exprima plus tard à l'égard des Allemands qui n'étaient pas membres du parti), tandis que le panslavisme, profondément absorbé dans ses interminables spéculations sur l'âme slave, affirmait que, consciemment ou inconsciemment, tout Slave possédait une telle âme, qu'il fût dûment embrigadé ou non. Il fallut l'impitoyable cruauté d'un Staline pour introduire dans le bolchevisme un mépris du peuple russe analogue à celui que les nazis exprimèrent envers le peuple allemand.

C'est ce caractère absolu des mouvements qui les distingue par-dessus tout des structures des partis et de leur caractère partisan, et sert à justifier leur prétention à dépasser toutes les objections de la conscience individuelle. La réalité particulière de la personne individuelle apparaît alors sur un fond de réalité fallacieuse du général et de l'universel, elle se réduit à quantité négligeable ou est noyée dans le courant du mouvement dynamique de l'universel même. Dans ce courant, la différence entre la fin et les moyens s'évanouit en même temps que la personnalité, ce qui aboutit à la monstrueuse immoralité de la politique idéologique. Tout ce qui compte est incarné dans le mouvement lui-même ; chaque idée, chaque valeur s'évanouit dans le tumulte d'une immanence superstitieuse aux allures pseudo-scientifiques.

3. Parti et mouvement

La différence flagrante et fatidique entre l'impérialisme continental et l'impérialisme colonial tient à ce que leurs succès et leurs échecs ont été d'entrée de jeu exactement opposés. Tandis que l'impérialisme continental avait, même à ses débuts, réussi à développer l'hostilité impérialiste contre l'État-nation en organisant de larges couches de la population hors du système des partis, et qu'il n'avait jamais pu obtenir de résultats dans une expansion concrète, l'impérialisme colonial, lui, dans sa course effrénée et victorieuse pour annexer sans cesse davantage des territoires lointains, n'eut jamais beaucoup de succès lorsqu'il tenta de transformer la structure politique de ses métropoles respectives. La ruine du système de l'État-nation, que son propre impérialisme colonial avait préparée, fut finalement menée à bien par ces mouvements qui s'étaient constitués hors de sa propre orbite. Et quand vint le moment où les mouvements commencèrent à se mesurer avec succès au système de partis de l'État-nation, on vit aussi qu'ils pouvaient saper uniquement les pays dotés d'un système multipartite, que la seule tradition impérialiste ne suffisait pas à leur assurer la faveur des masses, et que la Grande-Bretagne, exemple classique d'un système bipartite, ne produisait pas, hors de son système de partis, de mouvement d'orientation fasciste ou communiste de quelque envergure.

Le slogan « au-dessus des partis », l'appel lancé aux « hommes de tous les partis » et l'affirmation pleine de vantardise selon laquelle ils allaient « se dresser loin des querelles de partis et ne représenter qu'un but national », tout cela était également caractéristique de tous les groupes impérialistes[75]. Ces formules apparaissaient comme une conséquence naturelle de leur intérêt exclusif envers une politique étrangère dans laquelle la nation était toujours supposée agir comme un tout indépendant des classes et

---

75. Ainsi que le président des Kolonialverein allemands le proclama en 1884. Voir Mary E. Townsend, *Origin of Modern German Colonialism : 1871-1885*, 1921. La Ligue pangermaniste n'a jamais cessé d'affirmer qu'elle se situait « au-dessus des partis ; ce fut et cela demeure une condition vitale pour la Ligue » (Otto Bonhard, *Geschichte des alldeutschen Verbandes*). Le premier véritable parti à s'être voulu davantage qu'un parti, un « parti impérial », fut le parti national-libéral allemand, dont le leader était Ernst Bassermann (Daniel Frymann, *Wenn ich der Kaiser wär...*). En Russie, les panslavistes n'eurent qu'à prétendre ne représenter rien de plus qu'un soutien populaire au gouvernement pour se trouver à l'écart de toute compétition avec les partis ; car le gouvernement, en tant que « pouvoir suprême en action [...] ne saurait se concevoir comme apparenté aux partis ». Ainsi parlait Mikhaïl N. Katkov, proche collaborateur journalistique de Konstantin Pobiedonostsev. Voir Moissaye J. Olgin, *The Soul of the Russian Revolution*, p. 57.

des partis[76]. Puisque, de surcroît, dans les systèmes continentaux cette représentation de la nation comme un tout avait été le « monopole » de l'État[77], on aurait pu penser que les impérialistes plaçaient l'intérêt de l'État au-dessus de tout, ou que l'intérêt de la nation en tant que tout avait trouvé en eux le soutien populaire longtemps cherché. Pourtant, en dépit de cette recherche d'une véritable popularité, les « partis au-dessus des partis » demeuraient de petites sociétés d'intellectuels et de gens fortunés qui, tout comme la Ligue pangermaniste, ne pouvaient espérer trouver une plus large audience qu'en cas de crise nationale[78].

Aussi l'invention décisive des mouvements annexionnistes n'a-t-elle pas été de se prétendre, eux aussi, à l'extérieur et au-dessus du système de partis, mais de s'appeler « mouvements », ce nom même renvoyant à la profonde défiance à l'égard des partis qui s'était déjà largement répandue en Europe depuis la fin du siècle et qui devint finalement si décisive, sous la République de Weimar, « chaque groupe nouveau croyant ne pas pouvoir trouver meilleure légitimation ni plus grande faveur auprès des masses qu'en insistant clairement sur le fait qu'il n'était pas un "parti" mais un "mouvement" »[79].

---

76. Cela demeurait manifestement le but des premiers groupes « au-dessus des partis », au nombre desquels on doit compter la Ligue pangermaniste jusqu'en 1918. « Situés en dehors de tous partis politiques organisés, nous sommes en mesure de suivre notre voie, une voie purement nationale. Nous ne demandons pas : êtes-vous conservateur ? êtes-vous libéral ? !!! La nation allemande est le point de rencontre où tous les partis peuvent faire cause commune. » Adolf Lehr, « Zwecke und Ziele des alldeutschen Verbandes », *Flugschriften des alldeutschen Verbandes*, n° 14. Traduction tirée de Mildred S. Wertheimer, *The Pan-German League*..., p. 110.

77. Carl Schmitt, *Staat, Bewegung, Volk : Die Dreigliederung der politischen Einheit* (1933), parle du « monopole de la politique » qu'avait acquis l'État au cours des XVIIe et XVIIIe siècles.

78. Mildred S. Wertheimer, *The Pan-German League*..., décrit assez fidèlement la situation lorsqu'il dit : « Prétendre qu'il existait avant la guerre un lien vital entre la Ligue pangermaniste et le gouvernement impérial est totalement irrationnel. » Par ailleurs, il est parfaitement vrai que la politique allemande au cours de la Première Guerre mondiale a été influencée de façon décisive par les pangermanistes, étant donné que le corps des officiers supérieurs était devenu pangermaniste. Voir Hans Delbrück, *Ludendorffs Selbstporträt*, 1922. Comparer également son premier article sur ce sujet, « Die Alldeutschen », *Preussische Jahrbücher*, n° 154, décembre 1913.

79. Sigmund Neumann, *Die deutschen Parteien*, 1932, p. 99.

En réalité, il faut reconnaître que la désintégration du système de partis européen n'a pas été l'œuvre des mouvements annexionnistes, mais celle des mouvements totalitaires. Les mouvements annexionnistes, qui se situaient quelque part entre les sociétés impérialistes, petites et au fond inoffensives, et les mouvements totalitaires, ont cependant été les précurseurs du totalitarisme, dans la mesure où ils avaient déjà éliminé l'élément de snobisme qui apparaît si nettement dans toutes les ligues impérialistes, que ce soit le snobisme de la richesse et de la naissance en Angleterre, ou bien de l'éducation en Allemagne, et où ils pouvaient par conséquent tirer parti de la profonde haine populaire pour ces institutions censées représenter le peuple[80]. Il n'est pas surprenant que la popularité des mouvements en Europe n'ait guère souffert de la défaite du nazisme ou de la peur grandissante devant le bolchevisme. Actuellement, le seul pays d'Europe où le Parlement ne soit pas méprisé et où le système des partis ne soit pas détesté est la Grande-Bretagne[81].

Face à la stabilité des institutions politiques dans les îles Britanniques et au déclin simultané de tous les États-nations sur le continent, il serait bien difficile de ne pas conclure que la différence entre le système des partis anglo-saxon et celui du continent doit être un facteur important. Car, d'un point de vue purement matériel, les différences entre une Angleterre considérablement appauvrie et une France intacte n'étaient pas bien grandes à la fin de la dernière guerre mondiale ; le chômage, principal élément révolutionnaire dans l'Europe d'avant-guerre, avait frappé l'Angleterre encore plus durement que la plupart des pays du continent ; et le choc auquel

---

80. Arthur Moeller van den Bruck, *Das Dritte Reich*, 1923, p. VII-VIII, décrit ainsi la situation : « Lorsque la guerre mondiale se fut terminée par une défaite [...] nous rencontrâmes partout des Allemands qui se disaient en dehors de tous les partis, qui parlaient de "se libérer des partis", qui essayaient de trouver un point de vue "au-dessus des partis" [...]. Une totale absence de respect pour les Parlements [...] qui n'ont jamais la moindre idée de ce qui se passe réellement dans le pays [...] s'est déjà répandue très largement parmi la population. »

81. Le mécontentement des Britanniques à l'égard du système du *Front Bench* n'a rien à voir avec ce sentiment antiparlementaire, les Britanniques étant, dans ce cas précis, opposés à tout ce qui empêche le Parlement de fonctionner correctement.

la stabilité politique de l'Angleterre a été soumise après la guerre, alors que le gouvernement travailliste liquidait son administration impérialiste en Inde et tentait de remettre sur pied une politique anglaise mondiale sur une ligne non impérialiste, a probablement été terrible. Ce n'est pas non plus à une simple différence de structure sociale que la Grande-Bretagne doit de jouir d'une certaine force ; car la base économique de son système social a été sérieusement transformée par le gouvernement socialiste sans toutefois apporter de changements décisifs aux institutions politiques du pays.

Derrière la différence extérieure entre le système bipartite anglo-saxon et le système multipartite du continent, il faut voir une distinction fondamentale entre la fonction des partis au sein du corps politique, distinction qui a des conséquences importantes quant à l'attitude des partis vis-à-vis du pouvoir et à la situation du citoyen dans son État. Dans le système bipartite, l'un des partis représente toujours le gouvernement et gouverne effectivement le pays, de sorte que, pour un temps, le parti au pouvoir s'identifie à l'État. L'État, garantie permanente de l'unité du pays, est seulement représenté par la permanence de la Couronne[82] (le sous-secrétariat permanent aux Affaires étrangères n'est là que pour assurer une certaine continuité). Comme les deux partis sont conçus et organisés en fonction d'une alternance gouvernementale[83], toutes les branches de l'administration sont conçues et organisées en fonction d'elle. Étant donné que le gouvernement par chacun des partis est limité dans le temps, le parti de l'opposition exerce un contrôle dont l'efficacité est renforcée par sa certitude d'être le gouvernement de demain. En fait, c'est l'opposition bien plus que le pouvoir symbolique

---

82. Le système de partis britannique, le plus ancien de tous, « n'a commencé à prendre forme [...] que lorsque les affaires de l'État eurent cessé d'être la prérogative exclusive de la Couronne... », c'est-à-dire après 1688. « Le rôle historique du roi a toujours été de représenter la nation en tant qu'unité face à la lutte factieuse des partis. » Voir l'article « Political Parties » 3 : « Great Britain » de Walter Arthur Rudlin, *Encyclopedia of Social Sciences*.

83. Dans *The History of Party*, 1836, la première histoire du parti, George W. Cooke le décrit (dans sa préface) comme un système selon lequel « deux groupes d'hommes d'État [...] gouvernent chacun leur tour un puissant empire ».

du roi qui garantit l'intégrité de l'ensemble contre une dictature de parti unique. Les avantages manifestes de ce système font qu'il n'y a pas de différence essentielle entre le gouvernement et l'État, que le pouvoir comme l'État restent à la portée des citoyens organisés dans le parti, lequel représente le pouvoir et l'État, sinon d'aujourd'hui, en tout cas de demain. Il ne saurait par conséquent y avoir de raisons pour s'abandonner à des spéculations oiseuses sur le Pouvoir et l'État, comme s'ils étaient une réalité échappant à la portée de l'homme, des entités métaphysiques indépendantes de la volonté et de l'action des citoyens.

Le système des partis continental suppose que chaque parti se définisse consciemment comme élément d'un tout, lequel est lui-même représenté par un État au-dessus des partis[84]. Le gouvernement d'un parti unique ne peut donc que signifier la domination dictatoriale d'un groupe sur tous les autres. Les gouvernements formés par alliances entre leaders de parti ne sont jamais que des gouvernements de partis nettement distincts d'un État qui demeure au-dessus et au-delà d'eux-mêmes. L'une des défaillances mineures de ce système tient à ce que les membres du cabinet ne peuvent pas être choisis en fonction de leur compétence, car trop de partis sont représentés, et les ministres sont nécessairement choisis en fonction des alliances entre partis[85] ; le système britannique, au contraire, permet de choisir les meilleurs

---

84. La meilleure analyse de la nature du système continental des partis est celle que donne le juriste suisse Johann Caspar Bluntschli, *Charakter und Geist der politischen Parteien*, 1869. Il dit : « Il est exact qu'un parti n'est que l'une des composantes d'un tout plus important, et jamais ce tout lui-même [...]. Il ne doit jamais s'identifier avec le tout, le peuple ou l'État [...] ; en conséquence, un parti peut combattre d'autres partis, mais il ne doit jamais les ignorer et, d'ordinaire, ne pas chercher à les détruire. Aucun parti ne peut exister seul » (p. 3). La même idée s'exprime chez Karl Rosenkranz, philosophe allemand de l'école hégélienne, dont le livre sur les partis parut avant que les partis n'existent en Allemagne : *Über den Begriff der politischen Partei : Rede* (1843) : « Le parti est une partialité consciente » (p. 9) !

85. Voir John Gilbert Heinberg, *Comparative Major European Governments*, 1937, chap. VII et VIII. « En Angleterre, un seul parti politique a généralement la majorité à la Chambre des communes, et les leaders du parti sont membres du cabinet [...]. En France, aucun parti politique n'a jamais, dans la pratique, la majorité des sièges de la Chambre des députés, et par conséquent le Conseil des ministres est composé par les leaders d'un certain nombre de groupes de partis » (p. 158).

hommes dans les nombreux rangs d'un seul parti. Mais il est un point encore plus significatif, c'est que le système multipartite ne permet jamais à un seul homme ou à un seul parti d'assumer une pleine responsabilité, d'où il découle naturellement qu'aucun gouvernement, constitué par une alliance entre les différents partis, ne se sent jamais pleinement responsable. Si, contre toute probabilité, il arrive toutefois qu'un parti ait la majorité absolue au Parlement et qu'il en résulte un gouvernement d'un seul parti, cela ne peut se terminer que par une dictature, parce que le système n'est pas apte à un tel type de gouvernement, ou par la mauvaise conscience d'un leader qui demeure au fond sincèrement démocratique et qui, accoutumé à se concevoir uniquement comme partie d'un tout, craindra naturellement d'user de son pouvoir. Cette mauvaise conscience a fonctionné d'une manière que l'on pourrait dire exemplaire lorsque, après la Première Guerre mondiale, les partis sociaux-démocrates allemand et autrichien sont apparus un court moment comme partis à majorité absolue et qu'ils ont néanmoins repoussé le pouvoir résultant de cette position[86].

Dès l'apparition des systèmes de partis, on a considéré comme normal d'identifier les partis à des intérêts particuliers, économiques ou autres[87] ; tous les partis continentaux,

---

86. Voir l'introduction de *Demokratie und Partei*, édité par Peter R. Rohden, 1932 : « La caractéristique distinctive des partis allemands est [...] que tous les groupes parlementaires sont résignés à ne pas représenter la *volonté générale** [...]. C'est pourquoi les partis ont été si embarrassés lorsque la révolution de Novembre les a conduits au pouvoir. Chacun d'eux était organisé de telle manière qu'il ne pouvait exprimer que des revendications partielles, c'est-à-dire que chacun comptait toujours sur l'existence d'autres partis représentant d'autres intérêts partiels et trouvait ainsi une limite naturelle à ses propres ambitions » (p. 13-14).

87. Le système continental des partis est très récent. À l'exception des partis français, qui remontent à la Révolution française, aucun pays européen n'a connu de représentation parlementaire avant 1848. Les partis sont apparus dans la foulée des factions qui s'étaient formées au sein du Parlement. En Suède, le parti social-démocrate a été le premier à présenter (en 1889) un programme dûment formulé (*Encyclopedia of Social Sciences*). À propos de l'Allemagne, voir Ludwig Bergstraesser, *Geschichte der politischen Parteien in Deutschland*, 1921. Tous les partis se fondaient ouvertement sur la protection d'intérêts ; ainsi le parti conservateur allemand se développa-t-il à partir de l'« Association pour la protection des intérêts de la grosse propriété foncière » fondée en 1848. Ces intérêts, toutefois, n'étaient pas

et pas seulement les groupes travaillistes, l'ont admis de bon gré tant qu'ils ont pu être sûrs qu'un État au-dessus des partis exerçait plus ou moins son pouvoir dans l'intérêt de tous. Le parti anglo-saxon, au contraire, fondé sur quelque « principe particulier » pour servir l'« intérêt national »[88], est lui-même l'État présent ou futur du pays ; les intérêts particuliers sont représentés dans le parti lui-même en tant qu'aile droite et aile gauche, et contrôlés par les obligations mêmes du gouvernement. Et puisque dans le système bipartite un parti ne saurait se maintenir s'il n'acquiert pas assez de force pour assumer le pouvoir, nulle justification théorique n'est nécessaire, aucune idéologie ne se développe, et le singulier fanatisme de la politique de lutte entre les partis sur le continent, suscité moins par des intérêts conflictuels que par des idéologies rivales, est totalement absent[89].

Le malheur, pour ces partis continentaux séparés par principe du gouvernement et du pouvoir, n'était pas tant d'être coincés dans les étroites limites des intérêts particuliers que d'avoir honte de ceux-ci ; ils ont alors tenté de justifier leur action à l'aide d'une idéologie affirmant que leurs intérêts spécifiques coïncidaient avec les intérêts les plus généraux de l'humanité. Le parti conservateur ne se contentait pas de défendre les intérêts de la propriété foncière, mais il lui fallait s'appuyer sur une philosophie selon laquelle Dieu avait créé l'homme pour cultiver la terre à la sueur de son front. La même chose est vraie de l'idéologie progressiste des partis de la classe moyenne et des partis socialistes qui proclament le prolétariat

---

nécessairement économiques. Les partis néerlandais, par exemple, se sont constitués « sur les deux questions qui dominent si largement la politique néerlandaise – l'élargissement du droit de vote et la subvention de l'éducation privée, d'ailleurs essentiellement confessionnelle » (Walter Arthur Rudlin, « Political Parties » 3 : « Great Britain », *Encyclopedia of Social Sciences*).

88. Définition du parti d'Edmund Burke : « Le parti est un corps d'hommes unis pour défendre, par leurs efforts conjugués, l'intérêt national, en vertu d'un principe particulier sur lequel ils sont tous d'accord » (Edmund Burke et lord John Russell, *Upon Party*, 2ᵉ éd., 1850).

89. Arthur N. Holcombe (*Encyclopedia of Social Sciences*) a souligné à juste titre le fait que dans le système bipartite, les principes des deux partis « tendent à être les mêmes. S'ils n'avaient pas été les mêmes en substance, se soumettre au vainqueur eût été intolérable pour le vaincu ».

leader du genre humain. Cette étrange combinaison d'une philosophie éthérée et d'intérêts terre à terre n'est paradoxale qu'à première vue. Au lieu de s'employer à organiser leurs membres (ou à éduquer leurs leaders) dans l'idée de gérer les affaires publiques, ces partis les présentaient uniquement comme des individus privés, avec des intérêts privés : ils devaient dès lors pourvoir à tous les besoins individuels, tant spirituels que matériels. En d'autres termes, la différence capitale entre le parti anglo-saxon et le parti continental, c'est que l'un est une organisation politique de citoyens devant « agir de concert » pour pouvoir exercer une quelconque action[90], tandis que l'autre est l'organisation d'individus privés entendant voir leurs intérêts protégés contre toute interférence des pouvoirs publics.

La logique de ce système voulait donc que la philosophie d'État continentale ne reconnût aux hommes leur citoyenneté que dans la mesure où ils n'étaient pas membres d'un parti, c'est-à-dire dans leur relation individuelle et non organisée avec l'État (*Staatsbürger*) ou en fonction de leur enthousiasme patriotique en temps de crise (*citoyens**)[91]. Ce

---

90. Edmund Burke, *Upon Party* : « Ils croyaient impossible que des hommes pussent agir efficacement s'ils n'agissaient pas de concert ; impossible que des hommes pussent agir s'ils n'agissaient pas en toute confiance ; impossible que des hommes pussent agir en toute confiance s'ils n'étaient pas liés par des opinions communes, des sympathies communes et des intérêts communs. »

91. Au sujet du concept de citoyen (*Staatsbürger*) pour l'Europe centrale par opposition au membre d'un parti, voir Johann Caspar Bluntschli, *Charakter und Geist der politischen Parteien* : « Les partis ne sont pas des institutions d'État, ni des membres de l'appareil d'État, mais des associations sociales libres dont la formation repose sur un ensemble de membres fluctuant et uni par une conviction précise en vue d'une action politique commune. » La différence entre l'intérêt de l'État et l'intérêt d'un parti est soulignée à tout propos : « Le parti ne doit jamais se placer au-dessus de l'État, il ne doit jamais faire passer ses intérêts de parti au-dessus de l'intérêt de l'État » (p. 9 et 10). Edmund Burke, au contraire, combat l'idée selon laquelle les intérêts du parti ou l'appartenance au parti font de l'homme un plus mauvais citoyen. « Les commonwealths sont faits de familles ; les commonwealths de partis aussi ; et l'on pourrait tout aussi bien affirmer que nos amitiés et nos liens du sang naturels tendent inévitablement à faire des hommes de mauvais citoyens à l'instar de ceux qui affirment que nos attaches avec notre parti affaiblissent celles qui nous lient à notre pays » (*Upon Party*). Lord Russell (*ibid.*) fait même un pas de plus lorsqu'il déclare que le plus important des bienfaits des partis c'est « qu'ils donnent une substance aux opinions fumeuses des politiciens, et qu'ils les attachent à des principes stables et durables. »

qui eut pour triste résultat, d'une part la transformation du *citoyen** de la Révolution française en *bourgeois** du XIXe siècle, d'autre part l'antagonisme entre État et société. Les Allemands voyaient plutôt dans le patriotisme une abnégation docile vis-à-vis des autorités et les Français une loyauté enthousiaste envers le fantôme de la « France éternelle ». Dans les deux cas, patriotisme voulait dire renoncement de chacun à son parti et à ses intérêts particuliers en faveur du gouvernement et de l'intérêt national. À la vérité, cette déformation nationaliste était pratiquement inévitable dans un système qui créait les partis politiques à partir d'intérêts privés, de sorte que le bien public dépendait nécessairement d'une force venant d'en haut et d'un vague et généreux sacrifice de soi venant d'en bas, lequel ne pouvait s'obtenir à moins d'allumer des passions nationalistes. En Angleterre, au contraire, l'antagonisme entre intérêts privés et intérêt national n'a jamais joué de rôle décisif dans la politique. Par conséquent, plus le système des partis du continent correspondait aux intérêts de classe, plus il était urgent pour la nation de pouvoir s'appuyer sur le nationalisme, sur une expression et un soutien populaires des intérêts nationaux, soutien dont l'Angleterre n'a jamais eu à ce point besoin du fait de son gouvernement direct par le parti majoritaire et par le parti d'opposition.

Si l'on examine la différence entre le système multipartite continental et le système bipartite britannique du point de vue de leur prédisposition au développement de mouvements, on se dit qu'il devrait vraisemblablement être plus facile pour une dictature de parti unique de s'emparer de l'appareil d'État dans les pays où l'État est au-dessus des partis, donc au-dessus des citoyens, que dans ceux où les citoyens, en agissant « de concert », c'est-à-dire à travers une organisation de parti, peuvent également prendre le pouvoir et se sentir propriétaires de l'État de demain, sinon d'aujourd'hui. Il semble encore plus vraisemblable que la mystification du pouvoir inhérente aux mouvements soit d'autant plus facile à réaliser que les citoyens sont plus éloignés des sources du pouvoir – plus facile, donc, dans les pays à gouvernement bureaucratique où le pouvoir transcende vraiment la capacité de comprendre de la part des gouvernés, que dans les pays à gouvernement constitutionnel où la loi est au-dessus du pouvoir et où celui-ci sert uniquement à la promulguer ; plus facile encore dans les pays où le pouvoir d'État se situe hors de la portée des partis, et où, par conséquent, même s'il demeure à portée de la compréhension des citoyens, il se retranche hors de leur champ d'expérience et d'action pratique.

L'exclusion des masses du gouvernement, qui marqua le début de leur haine et de leur mépris définitifs à l'égard du Parlement, n'était pas la même d'une part en France et dans les autres démocraties occidentales, d'autre part dans les pays d'Europe centrale, en Allemagne en particulier. En Allemagne, où l'État se situait par définition au-dessus des partis, les leaders de partis rompaient en règle générale leur serment d'allégeance à leur parti dès l'instant où ils devenaient ministres et se voyaient chargés de fonctions officielles. L'infidélité au parti était le devoir de chacun une fois admis dans la fonction publique[92]. En France, pays gouverné par des alliances entre partis, aucun véritable gouvernement n'a été possible depuis l'instauration de la IIIe République et son fantastique record de cabinets. Sa faiblesse était à l'opposé de celle de l'Allemagne ; elle avait liquidé l'État qui était au-dessus des partis et du Parlement, sans réorganiser son système de partis en un corps capable de gouverner. Le gouvernement devenait nécessairement l'expression dérisoire des sautes d'humeur du Parlement et de l'opinion publique. Le système allemand, de son côté, fit du Parlement le champ de bataille plus ou moins utile d'intérêts et d'opinions contradictoires essentiellement destiné à influencer le gouvernement,

---

92. Comparer à cette attitude le fait très éloquent qu'en Grande-Bretagne, Ramsay MacDonald ne put jamais faire oublier sa « trahison » envers le parti travailliste. En Allemagne, l'esprit de devoir civique exigeait de ceux qui appartenaient à la fonction publique de se placer au-dessus des partis. Pour vaincre cet esprit d'obéissance civique hérité de la vieille Prusse, les nazis affirmèrent la primauté du parti, parce qu'ils voulaient arriver à la dictature. Goebbels demandait explicitement : « Tout membre du parti qui devient fonctionnaire d'État doit avant tout rester un national-socialiste [...] et coopérer étroitement avec l'administration du parti » (tiré de Gottfried Neesse, *Partei und Staat*, 1936, p. 28).

mais dont la nécessité pratique pour la direction des affaires d'État était pour le moins discutable. En France, les partis ont étouffé le gouvernement ; en Allemagne, l'État a émasculé les partis.

Depuis la fin du siècle dernier, la réputation de ces Parlements et de ces partis constitutionnels n'a cessé de décliner ; aux yeux du grand public, ce ne sont que d'inutiles et coûteuses institutions. Il n'en fallait pas davantage pour que tout groupe qui prétendît proposer quelque chose au-dessus des intérêts de parti et de classe et qui se constituât à l'extérieur du Parlement eût toutes chances de devenir populaire. De tels groupes semblaient plus compétents, plus sincères et plus soucieux des affaires publiques. Ils n'en avaient toutefois que les apparences, car l'enjeu réel de chacun de ces « partis au-dessus des partis » était de favoriser un intérêt particulier jusqu'à ce qu'il eût dévoré tous les autres, et de faire d'un groupe particulier le maître de l'appareil d'État. C'est ce qui finit par se produire en Italie sous le fascisme de Mussolini, qui, avant 1938, n'était pas un gouvernement totalitaire, mais simplement une dictature nationaliste ordinaire développée logiquement à partir d'une démocratie multipartite. Tant il est vrai qu'il y a bel et bien une part de vérité dans le vieux truisme de l'affinité entre gouvernement de la majorité et dictature, mais cette affinité n'a rien à voir avec le totalitarisme. Il est évident qu'après de nombreuses décennies d'un gouvernement pluripartite aussi inefficace que confus, la prise de l'État au profit d'un parti unique peut apparaître comme un grand soulagement, parce qu'elle assure au moins, même si c'est pour une durée limitée, une certaine cohérence, un minimum de permanence et un peu moins de contradictions.

Qu'on ait souvent assimilé la prise de pouvoir des nazis à ce type de dictature de parti unique montre tout simplement combien la pensée politique était encore enracinée dans les vieux modèles établis, et combien le peuple était peu préparé à ce qui allait réellement se produire. Le seul aspect typiquement moderne de la dictature du parti fasciste est que, là encore, le parti insistait sur le fait qu'il était un mouvement ; en réalité, il n'était rien de tel et il n'avait usurpé le label

« mouvement » que pour attirer les masses. Cela devint évident dès qu'il se fut emparé de l'appareil d'État sans changer radicalement la structure de pouvoir du pays, se contentant de remplir tous les postes gouvernementaux de membres du parti. C'est précisément par suite de l'identification du parti à l'État – chose que les nazis comme les Bolcheviks ont toujours soigneusement évitée –, que le parti cessa d'être un « mouvement » pour devenir indissociable de la structure fondamentalement stable de l'État.

Même si les mouvements totalitaires et leurs prédécesseurs, les mouvements annexionnistes, n'étaient pas des « partis au-dessus des partis » aspirant à s'emparer de l'appareil d'État, mais des mouvements visant à détruire l'État, les nazis ont parfaitement compris l'intérêt de passer pour tels, à savoir de prétendre suivre fidèlement le modèle italien du fascisme. Ainsi purent-ils gagner l'appui de l'élite des classes aisées et du monde des affaires, qui voyaient à tort dans les nazis quelque chose d'analogue aux anciens groupes qu'ils avaient eux-mêmes fréquemment soutenus et qui n'avaient eu que l'ambition relativement modeste de conquérir l'appareil d'État pour imposer un parti unique[93]. Les hommes d'affaires qui aidèrent Hitler à prendre le pouvoir croyaient naïvement qu'ils ne faisaient que soutenir un dictateur, et l'une de leurs propres créatures qui gouvernerait naturellement au profit de leur propre classe et au détriment de toutes les autres.

Les « partis au-dessus des partis » d'inspiration impérialiste n'avaient jamais su comment profiter de la haine populaire pour le système des partis en tant que tel ; l'impérialisme frustré de l'Allemagne d'avant-guerre, en dépit de ses rêves d'expansion continentale et de sa violente dénonciation des institutions démocratiques de l'État-nation, n'était jamais devenu un véritable mouvement. Il ne suffisait certes pas de repousser dédaigneusement les intérêts de classe, fondement

---

93. Comme le Kolonialverein, le Centralverein für Handelsgeographie, le Flottenverein, ou même la Ligue pangermaniste, qui jusqu'à la Première Guerre mondiale n'avait jamais eu le moindre contact avec les milieux d'affaires. Voir Mildred S. Wertheimer, *The Pan-German League*, p. 73. Les Nationalliberen constituaient bien sûr l'exemple typique de cette attitude « au-dessus des partis » de la bourgeoisie ; voir *supra*, note 75, p. 224.

même du système des partis de la nation, car cette attitude leur laissait encore moins de popularité que celle dont bénéficiaient les partis ordinaires. Ce qui leur faisait manifestement défaut, en dépit de toutes les belles phrases nationalistes, c'était une idéologie véritable, nationaliste ou autre. Après la Première Guerre mondiale, lorsque les pangermanistes allemands, surtout Ludendorff et sa femme, eurent compris leur erreur et tentèrent d'y remédier, ils échouèrent, malgré leur remarquable habileté à en appeler aux croyances les plus superstitieuses des masses, parce qu'ils restaient respectueusement attachés à un État rétrograde, non totalitaire, et qu'ils n'avaient pas su comprendre que le furieux intérêt des masses contre lesdits « pouvoirs supra-étatiques » (*überstaatlichen Mächte*) – c'est-à-dire les jésuites, les Juifs et les francs-maçons – ne découlait pas de leur respect pour la nation ou pour l'État, mais bien au contraire de l'envie et du désir de devenir elles aussi un « pouvoir supra-étatique[94] ».

Les seuls pays où, selon toute apparence, l'idolâtrie de l'État et la vénération de la nation n'étaient pas encore démodées et où les slogans nationalistes contre les forces « supra-étatiques » étaient encore une préoccupation sérieuse aux yeux du peuple, étaient ces pays latins d'Europe, comme l'Italie et, à un moindre degré, l'Espagne et le Portugal, dont le développement national avait été nettement et sérieusement entravé par le pouvoir de l'Église. C'est en partie à cause de cet authentique facteur de retard dans le développement national – et en partie à cause de l'habileté de l'Église qui reconnaissait avec une grande sagacité que le fascisme n'était dans son principe ni antichrétien ni totalitaire, mais qu'il établissait seulement la séparation entre l'Église et l'État déjà en vigueur en d'autres pays – que le parfum anticlérical des débuts du nationalisme fasciste disparut assez vite pour faire place à un *modus vivendi*, comme en Italie, ou à une alliance pure et simple, comme en Espagne et au Portugal.

---

94. Erich Ludendorff, *Die überstaatlichen Mächte im letzen Jahre des Weltkrieges*, 1927. Voir également *Feldherrnworte*, 1938, 2 vol. ; t. I, p. 43, 55 ; t. II, p. 80.

L'interprétation mussolinienne de l'idée d'État corporatiste fut une tentative visant à réduire les périls nationaux évidents, dans une société tyrannisée par ses classes, au moyen d'une nouvelle organisation sociale fondée sur l'intégration[95], et à résoudre l'antagonisme entre État et société sur lequel avait reposé l'État-nation, en incorporant la société dans l'État[96]. Le mouvement fasciste, « parti au-dessus des partis », parce qu'il affirmait représenter l'intérêt de la nation dans sa totalité, s'empara de l'appareil d'État, s'identifia à la plus haute autorité nationale, et tenta de faire de la totalité du peuple une « partie de l'État ». Cependant, il ne se proclamait pas « au-dessus de l'État » et ses leaders ne se considéraient pas comme « au-dessus de la nation »[97]. Quant aux fascistes, leur mouvement était arrivé à son terme avec la prise du pouvoir, tout au moins en ce qui concernait la politique intérieure ; il ne pouvait désormais conserver un dynamisme que dans les questions de politique étrangère, dans le sens d'une expansion impérialiste et d'aventures typiquement impérialistes. Avant même de s'emparer du pouvoir, les nazis s'étaient nettement tenus à l'écart de cette forme fasciste de dictature, dans laquelle le « mouvement » ne sert qu'à amener le parti au pouvoir, et ils avaient sciemment utilisé le parti « pour faire avancer le mouvement »

---

[95]. Le but primordial de l'État corporatiste était « de corriger et de neutraliser la situation qu'avait engendrée la révolution industrielle du XIXᵉ siècle en dissociant dans l'industrie le capital et la main-d'œuvre, donnant naissance d'un côté à une classe capitaliste composée des employeurs de main-d'œuvre, de l'autre à une vaste classe de non-possédants, le prolétariat industriel. La juxtaposition de ces classes aboutissait inéluctablement à une confrontation de leurs intérêts contradictoires » (*The Fascist Era* [Year XVII], publié par la Confederazione Generale dell'Industria Italiana, 1939, chap. III).

[96]. « Si l'État doit vraiment représenter la nation, le peuple qui constitue la nation doit être une partie de l'État. Comment garantir cela ? La réponse des fascistes consiste à organiser le peuple en groupes selon les activités respectives de chacun, des groupes qui, sous l'action de leurs leaders [...], s'élèvent par degrés comme dans une pyramide à la base de laquelle il y aurait les masses, et, au sommet, l'État. Pas de groupe extérieur à l'État, pas de groupe contre l'État, rien que des groupes au sein de l'État [...] qui [...] est la nation rendue structurée » (*ibid.*).

[97]. Sur les relations entre parti et État dans les pays totalitaires, et en particulier l'intégration du parti fasciste dans l'État italien, voir Franz Neumann, *Behemoth*, 1942, chap. 1.

qui, contrairement au parti, ne doit pas avoir de « buts définis, nettement déterminés »[98].

Rien n'exprime mieux la différence entre un mouvement fasciste et un mouvement totalitaire que leur attitude respective à l'égard de l'armée, c'est-à-dire à l'égard de l'institution nationale *par excellence**. À la différence des nazis et des Bolcheviks, qui avaient détruit l'esprit de l'armée en la subordonnant aux commissaires politiques ou aux formations d'élite totalitaires, les fascistes pouvaient utiliser des instruments aussi intensément nationalistes que l'armée, à laquelle ils s'identifiaient tout comme ils s'étaient identifiés à l'État. Ils voulaient un État fasciste et une armée fasciste, mais qui fût encore un État, encore une armée ; c'est seulement dans l'Allemagne nazie et dans la Russie soviétique que l'armée et l'État sont devenus des fonctions subalternes du mouvement. À la différence de Hitler et de Staline, le dictateur fasciste fut le seul véritable usurpateur en termes de théorie politique classique, et son gouvernement de parti unique fut en un sens le seul encore intimement lié au système multipartite. Il réalisa ce que les ligues, les sociétés d'inspiration impérialiste, les « partis au-dessus des partis » avaient visé, de sorte que c'est bien le fascisme italien qui constitue le seul exemple d'un mouvement de masse moderne organisé au sein de la structure d'un État existant, inspiré uniquement par une forme radicale de nationalisme, et qui a de façon permanente transformé le peuple en ces *Staatsbürger* ou ces *patriotes** que l'État-nation n'avait mobilisés qu'en temps de crise et *d'union sacrée**[99].

---

98. Voir le remarquable exposé sur les relations entre parti et mouvement dans le *Dienstvorschrift für die Parteiorganisation der NSDAP*, 1932, p. 11 et suiv., ainsi que celui de Werner Best, dans *Die deutsche Polizei*, 1941, p. 107, qui va dans le même sens : « C'est la tâche du parti [...] de maintenir la cohésion du mouvement et de lui apporter un soutien et une direction. »

99. Dans son discours du 14 novembre 1933, Mussolini défend sa dictature de parti unique avec des arguments qui sont monnaie courante dans tous les États-nations en temps de guerre : un parti politique unique est indispensable pour « que la discipline politique puisse exister [...] et que le lien créé par un sort commun puisse unir tout le monde au-dessus des intérêts contradictoires » (Benito Mussolini, *Four Speeches on the Corporate State*, 1935).

Il n'est pas de mouvements sans haine de l'État, et cela était virtuellement inconnu des pangermanistes allemands dans la stabilité relative de l'Allemagne d'avant-guerre. Ces mouvements sont nés en Autriche-Hongrie, où la haine de l'État était une marque de patriotisme pour les nationalités opprimées et où les partis – à l'exception du parti social-démocrate (seul parti sincèrement loyal envers l'Autriche après le parti social-chrétien) – étaient formés selon des valeurs nationales et non de classe. Cela fut possible parce que les intérêts économiques et nationaux y étaient pratiquement identiques, et parce que le statut économique et social reposait en grande partie sur la nationalité ; aussi le nationalisme, qui avait été une force unificatrice dans les États-nations, y devint-il aussitôt un principe de démembrement interne, ce qui aboutit à une différence décisive dans la structure des partis par rapport à ceux des États-nations. Ce qui unissait les membres des partis dans l'Autriche-Hongrie aux multiples nationalités n'était pas un intérêt particulier, comme dans les autres systèmes de partis continentaux, ou un principe particulier servant de base à une action organisée, comme dans le système anglo-saxon, mais essentiellement le sentiment d'appartenir à la même nationalité. À vrai dire, cet élément semblait devoir être – et fut – la grande faiblesse des partis autrichiens, parce qu'il ne pouvait naître aucun but ni programme précis d'un sentiment d'appartenance tribale. Les mouvements annexionnistes firent de ce défaut vertu en transformant les partis en mouvements et en découvrant cette forme d'organisation qui, à la différence de toutes les autres, n'avait jamais besoin d'un but ou d'un programme, mais pouvait changer de politique du jour au lendemain sans danger pour ses membres. Bien avant que le nazisme ne déclarât fièrement que, quoiqu'il eût un programme, il n'en avait nul besoin, le pangermanisme avait découvert combien, pour rallier les masses, un état d'esprit général importe plus que des grandes lignes ou des plates-formes précises. Car, dans un mouvement, seul compte qu'il se maintienne sans cesse en mouvement[100]. Aussi les nazis se

---

100. L'anecdote suivante, que l'on doit à Nicolas Berdiaev, mérite d'être rapportée : « Un jeune Soviétique qui était allé en France [...] fut interrogé sur l'impression

référaient-ils volontiers aux quatorze années de la République de Weimar comme à l'« époque du Système » – *Systemzeit* –, impliquant par là que cette époque avait été stérile, qu'elle avait manqué de dynamisme, qu'elle n'avait pas « bougé », et que lui avait succédé leur « ère du mouvement ».

L'État, même sous la forme d'une dictature de parti unique, était ressenti comme un obstacle aux besoins toujours changeants d'un mouvement toujours croissant. On ne saurait trouver de différence plus caractéristique entre le « groupe au-dessus des partis » impérialiste de la Ligue pangermaniste en Allemagne même, et le mouvement pangermaniste en Autriche, que dans leur attitude envers l'État[101] : tandis que le « parti au-dessus des partis » voulait uniquement s'emparer de l'appareil d'État, le véritable mouvement visait à le détruire ; tandis que l'un reconnaissait encore l'État comme la plus haute autorité une fois que sa représentation était tombée entre les mains des membres d'un parti unique (comme dans l'Italie de Mussolini), l'autre reconnaissait au mouvement une totale indépendance vis-à-vis de l'État et une autorité supérieure à celle de ce dernier.

L'hostilité des mouvements annexionnistes à l'égard du système des partis eut des conséquences pratiques lorsque, après la Première Guerre mondiale, ce système des partis cessa d'être une arme efficace et que le système de classes de la société européenne céda sous le poids de plus en plus lourd des masses déclassées par les événements. On vit que l'on n'avait plus affaire à de simples mouvements annexion-

---

que la France lui avait laissée. Il répondit : "Il n'y a pas de liberté dans ce pays." [...] Le jeune homme expliqua son idée de la liberté : [...] La soi-disant liberté française était un de ces types de liberté qui laissent les choses inchangées ; chaque jour ressemblait aux précédents ; [...] aussi le jeune homme venu de Russie s'était-il ennuyé en France » (*Les Sources et le Sens du communisme russe*, 1951 [H. Arendt se réfère à l'édition anglaise parue en 1937, *The Origin of Russian Communism*, p. 182-183]).

101. L'hostilité des Autrichiens envers l'État se retrouvait aussi parfois parmi les pangermanistes allemands, surtout lorsqu'ils se trouvaient être des *Auslandsdeutsche*, comme Moeller van den Bruck.

nistes mais à leurs successeurs, les mouvements totalitaires, qui déterminèrent en quelques années la politique de tous les autres partis, à tel point que ceux-ci devinrent soit antifascistes, soit antibolcheviques, soit les deux[102]. Par cette approche négative et comme imposée à eux de l'extérieur, les vieux partis montraient clairement qu'ils n'étaient plus capables, eux non plus, de fonctionner en tant que représentants d'intérêts de classe spécifiques, mais qu'ils étaient réduits au rôle de défenseurs du *statu quo*. La rapidité avec laquelle les pangermanistes allemands et autrichiens se rallièrent au nazisme a son pendant dans le processus, beaucoup plus lent et beaucoup plus complexe, par lequel les panslavistes comprirent finalement que la liquidation de la Révolution russe de Lénine avait été assez complète pour qu'il leur fût désormais possible de soutenir Staline avec un enthousiasme sans mélange. Le fait que le bolchevisme et le nazisme à l'apogée de leur pouvoir dépassaient le simple nationalisme tribal et n'avaient que faire de ceux qui y croyaient encore fermement dans le principe, si ce n'est qu'ils pouvaient contribuer à leur propagande, ne fut la faute ni des pangermanistes ni des panslavistes, et ne refréna guère leur enthousiasme.

La dégradation du système des partis continental alla de concert avec le déclin du prestige de l'État-nation. L'homogénéité nationale était gravement perturbée par les migrations et la France, la *nation par excellence**, devint en quelques années un pays dépendant totalement de la main-d'œuvre étrangère ; une politique de restriction de l'immigration, mal adaptée aux besoins nouveaux, était encore véritablement « nationale », mais il n'en devenait que plus manifeste que l'État-nation n'était plus capable de faire face aux questions politiques majeures du temps[103]. Plus grave

---

102. Hitler traduisait parfaitement la situation lorsque, à l'occasion des élections de 1932, il déclara : « Contre le national-socialisme, il n'est en Allemagne que des majorités négatives » (tiré de Konrad Heiden, *Der Führer*, 1944, p. 564).

103. Lorsque la Seconde Guerre mondiale éclata, au moins 10 % de la population de la France était d'origine étrangère et non naturalisée. Les mines du Nord employaient principalement des Polonais et des Belges, l'agriculture dans le Midi, des Espagnols et des Italiens. Voir A. M. Carr-Saunders, *World Population*, 1936, p. 145-158.

encore fut l'infructueux effort des traités de paix de 1919, qui visaient à introduire des structures étatiques nationales en Europe orientale et méridionale où les peuples de ces États n'avaient bien souvent qu'une relative majorité et se trouvaient inférieurs en nombre aux « minorités » réunies. À elle seule, cette situation nouvelle aurait été suffisante pour ébranler sérieusement ce système des partis fondé sur les classes ; dorénavant, les partis s'organisaient partout selon des lignes nationales comme si la liquidation de la Double Monarchie n'avait servi qu'à permettre à une kyrielle d'expériences similaires de se déclencher sur une échelle miniature[104]. Dans certains autres pays, où les migrations et l'hétérogénéité de la population n'avaient entamé ni l'État-nation ni ses partis de classe, l'inflation et le chômage avaient provoqué une débâcle analogue ; et il est évident que plus le système de classes du pays avait été rigide, et plus la conscience de classe de son peuple avait été profonde, plus cette débâcle se révélait dangereuse et dramatique.

Telle était la situation dans l'entre-deux-guerres, époque où le moindre mouvement avait plus de chances que n'importe quel parti, parce qu'il s'attaquait aux institutions de l'État et ne faisait pas appel aux classes. Le fascisme et le nazisme ont toujours soutenu qu'ils ne dirigeaient pas leur haine contre les classes en particulier mais contre le système de classes en tant que tel, qu'ils dénonçaient comme une invention du marxisme. Plus significatif encore : les communistes, eux aussi, en dépit de leur idéologie marxiste, furent contraints d'abandonner la rigidité de leur argument de classes quand, après 1935, sous prétexte d'élargir leur base, ils constituèrent partout des Fronts populaires et se mirent à faire appel à ces mêmes masses qui se développaient en dehors de toutes les classifications sociales et qui, jusque-là, avaient été la proie naturelle des mouvements fascistes. Aucun des vieux partis n'était préparé à recevoir ces masses, pas plus qu'ils n'éva-

---

104. « Depuis 1918, aucun des États successeurs n'a produit [...] un seul parti capable d'englober plus qu'une seule race, une seule religion, une seule classe sociale ou une seule région. L'unique exception est le parti communiste de Tchécoslovaquie » (*Encyclopedia of Social Sciences*).

luaient à leur juste mesure l'importance croissante de leur nombre et l'influence politique croissante de leurs leaders. Cette erreur de jugement de la part des vieux partis peut s'expliquer par le fait que l'assise de leur position au Parlement et leur confortable représentation au sein des services et des institutions de l'État les faisaient se sentir beaucoup plus proches des sources du pouvoir que des masses ; ils croyaient que l'État resterait à tout jamais le maître incontesté de tous les instruments de violence, et que l'armée, cette suprême institution de l'État-nation, resterait l'élément décisif dans toutes les crises intérieures. Aussi se sentaient-ils libres de ridiculiser les nombreuses formations paramilitaires qui étaient apparues sans aide officielle. Car plus le système des partis s'affaiblissait sous la pression des mouvements extérieurs au Parlement et aux classes, plus vite disparaissait le vieil antagonisme entre les partis et l'État. Forts de l'illusion d'un « État au-dessus des partis », les partis croyaient voir dans cette harmonie une source de force, une relation privilégiée avec une instance d'ordre supérieur. Pourtant l'État était aussi menacé que le système des partis par la pression des mouvements révolutionnaires et il ne pouvait plus se permettre de conserver sa position hautaine et nécessairement impopulaire au-dessus des luttes internes. L'armée avait depuis longtemps cessé d'être un rempart sûr face à l'agitation révolutionnaire, non pas parce qu'elle avait des sympathies avec la révolution mais parce qu'elle avait perdu son pouvoir. Par deux fois dans l'histoire contemporaine, et à chaque fois en France, *nation par excellence**, l'armée avait prouvé sa répugnance ou son incapacité foncière à aider ceux qui étaient au pouvoir comme à s'emparer elle-même du pouvoir : en 1850, lorsqu'elle avait laissé la populace de la Société du 10 décembre porter Napoléon III au pouvoir[105], et une nouvelle fois à la fin du XIXe siècle, au cours de l'affaire Dreyfus, alors que rien n'aurait été plus facile que la mise en place d'une dictature militaire. La

---

105. Voir Karl Marx, *Le 18 Brumaire de Louis Bonaparte* [H. Arendt se réfère à l'édition anglaise parue en 1898 : *The Eighteenth Brumaire of Louis Bonaparte* (1852)].

neutralité de l'armée, prête à servir n'importe quel maître, laissait finalement l'État dans une situation de « médiation entre les intérêts de partis organisés. Il n'était plus *au-dessus* des classes de la société mais *entre* elles[106] ». Autrement dit, l'État et les partis défendaient tous le *statu quo* sans réaliser que cette alliance contribuait précisément à transformer le *statu quo*.

La débâcle du système des partis européen se produisit de manière spectaculaire avec la montée de Hitler au pouvoir. On oublie aujourd'hui souvent, et fort à propos, qu'au moment du déclenchement de la Seconde Guerre mondiale la majorité des pays européens avaient déjà adopté une certaine forme de dictature et éliminé le système des partis, et que cette transformation révolutionnaire du gouvernement s'était effectuée, dans la plupart des pays, sans insurrection révolutionnaire. L'action révolutionnaire était dans bien des cas une concession théâtrale aux désirs des masses violemment insatisfaites, bien plus qu'une lutte réelle pour le pouvoir. Après tout, où était la différence quand, en Italie, quelques milliers de gens pratiquement sans armes marchaient sur Rome et s'emparaient du gouvernement, ou quand en Pologne (en 1934) un soi-disant « bloc des sans-parti », fort de son programme de soutien à un gouvernement semi-fasciste et de ses membres regroupant à la fois noblesse et paysannerie la plus pauvre, travailleurs et hommes d'affaires, catholiques et Juifs orthodoxes, s'emparaient légalement des deux tiers des sièges du Parlement[107] ?

En France, la montée de Hitler au pouvoir, accompagnée par une poussée du communisme et du fascisme, eut tôt fait de détruire la relation originelle des autres partis entre eux et de transformer du jour au lendemain leurs lignes de conduite traditionnelles. La droite française, jusque-là fortement antiallemande et favorable à la guerre, devint après 1933 la championne du pacifisme et de l'alliance avec l'Allemagne. La gauche passa non moins rapidement du pacifisme à tous

---

106. Carl Schmitt, *Staat, Bewegung, Volk...*, p. 31.
107. Vaclav Fiala, « Les partis politiques polonais », *Le Monde slave*, février 1935.

crins à une ferme attitude d'opposition à l'Allemagne, et se vit bientôt accusée d'être un parti de bellicistes par ces mêmes partis qui, quelques années auparavant, avaient dénoncé son pacifisme comme une trahison nationale[108]. Les années qui suivirent l'ascension de Hitler se révélèrent encore plus désastreuses pour l'intégrité du système des partis français. Pendant la crise de Munich, chaque parti, de la droite à la gauche, vit éclater sa structure interne à propos de la seule question politique pertinente : qui était pour, qui était contre la guerre avec l'Allemagne[109]. Chaque parti abritait en son sein une faction favorable à la paix et une faction favorable à la guerre ; aucun d'eux ne réussit à rester uni face aux décisions politiques essentielles, et aucun ne passa l'épreuve du fascisme et du nazisme sans se scinder en compagnons antifascistes d'une part, pro-nazis de l'autre. C'est cette situation de l'avant-guerre qui devait permettre à Hitler de choisir en toute liberté parmi tous les partis pour mettre en place ses gouvernements fantoches, et non une machination nazie particulièrement habile. Il n'est pas un seul parti d'Europe qui, à cette époque, n'ait fourni de collaborateurs.

Face à cette désintégration des vieux partis se dressait partout l'unité sans bavure des mouvements fascistes et communistes – les premiers, hors d'Allemagne et d'Italie, plaidant loyalement en faveur de la paix, fût-ce au prix d'une domination étrangère, et les seconds prêchant inlassablement la guerre, fût-ce au prix de la ruine de la nation. Pourtant, le point essentiel n'est pas tant que l'extrême droite ait renié son nationalisme traditionnel en faveur d'une Europe hitlérienne et que l'extrême gauche ait oublié son pacifisme traditionnel au profit des vieux slogans nationalistes, mais bien que l'un et l'autre mouvement aient pu compter sur la loyauté de membres et de leaders qu'un aussi soudain virage politique n'était pas fait pour troubler. Ce

---

108. Voir l'analyse approfondie de Charles A. Micaud, *The French Right and Nazi Germany, 1933-1939*, 1943.

109. L'exemple le plus fameux fut la division du parti socialiste français, en 1938, lorsque la faction de Blum se retrouva en minorité face au groupe promunichois de Déat, lors du congrès socialiste du département de la Seine.

phénomène s'est exprimé de manière tragique dans le pacte de non-agression germano-russe, lorsque les nazis durent laisser tomber leur slogan numéro un contre le bolchevisme et que les communistes durent retourner à un pacifisme qu'ils avaient toujours dénoncé comme petit-bourgeois. Ces revirements brutaux ne leur faisaient pas le moindre tort. On se souvient encore combien les communistes sont restés forts après leur deuxième *volte-face**, moins de deux ans plus tard, lorsque l'Union soviétique fut attaquée par l'Allemagne nazie, et cela bien que les lignes politiques de l'une et de l'autre eussent poussé leurs troupes à des activités politiques aussi sérieuses que dangereuses et qui imposaient des sacrifices réels et une action permanente.

En apparence différente, mais en réalité beaucoup plus violente fut la débâcle du système des partis dans l'Allemagne pré-hitlérienne. Elle apparut au grand jour à l'occasion des dernières élections présidentielles en 1932, quand tous les partis adoptèrent des formes de propagande de masse radicalement nouvelles et fort complexes.

Le choix des candidats était lui-même déconcertant. Alors qu'il allait de soi que les deux mouvements, qui se tenaient à l'extérieur d'un système parlementaire qu'ils combattaient de deux bords opposés, comptaient présenter leurs candidats respectifs (Hitler pour les nazis, Thälmann pour les communistes), il fut assez surprenant de voir tous les autres partis soudain capables de se mettre d'accord sur un même candidat. Que ce candidat ne fût autre que le vieil Hindenburg, lequel jouissait de la popularité sans pareille qui, depuis l'époque de Mac-Mahon, est l'apanage du général en retraite, n'était pas simplement une bonne plaisanterie ; cela montrait à quel point les vieux partis s'acharnaient exclusivement à s'identifier à l'État du bon vieux temps, cet État au-dessus des partis dont le symbole le plus puissant avait été l'armée nationale ; à quel point, en d'autres termes, ils avaient d'ores et déjà abandonné le système des partis lui-même. Face aux mouvements, les divergences entre partis avaient bel et bien perdu toute signification ; c'était leur vie même qui était en jeu, et par conséquent ils s'unissaient dans l'espoir de maintenir un *statu quo* qui garantissait cette existence. Hindenburg devint le symbole de l'État-nation et du système des partis, cependant que Hitler et Thälmann rivalisaient pour devenir le véritable symbole du peuple.

Le choix des affiches électorales était aussi significatif que le choix des candidats. Aucune d'elles ne faisait l'éloge de son candidat pour son mérite personnel ; les affiches en faveur de Hindenburg se bornaient à affirmer qu'« une voix pour Thälmann était une voix pour Hitler » – en conseillant aux travailleurs de ne pas gaspiller leurs suffrages sur un candidat assuré d'être battu (Thälmann), ils mettaient ainsi Hitler en bonne position. C'est ainsi que les sociaux-démocrates choisirent de se réconcilier avec Hindenburg, dont le nom ne fut même pas mentionné. Les partis de droite jouèrent le même jeu et clamèrent à cor et à cri qu'« une voix pour Hitler était une voix pour Thälmann ». Les uns et les autres, de surcroît, faisaient assez clairement allusion aux circonstances dans lesquelles nazis et communistes avaient fait cause commune, de manière à convaincre tous leurs fidèles partisans, à droite comme à gauche, que seul Hindenburg saurait maintenir le *statu quo*.

À la différence de la propagande en faveur de Hindenburg, qui s'adressait à ceux qui voulaient le *statu quo* à tout prix – et, en 1932, cela voulait dire chômage pour près de la moitié de la population allemande –, les candidats des mouvements devaient miser sur ceux qui voulaient le changement à tout prix (même au prix de la destruction de toutes les institutions légales), et ceux-ci étaient au moins aussi nombreux que les millions et les millions de chômeurs et leurs familles. Aussi les nazis ne bronchèrent-ils pas devant l'absurde proclamation : « Une voix pour Thälmann est une voix pour Hitler », dans la mesure où les communistes n'hésitèrent pas à rétorquer qu'« une voix pour Hitler est une voix pour Hindenburg », tout en brandissant à leurs électeurs la menace que constituait le *statu quo* exactement comme leurs adversaires brandissaient le spectre de la révolution.

Derrière la curieuse uniformité des méthodes employées par les partisans de tous les candidats résidait la conviction tacite que l'électorat irait aux urnes parce qu'il avait peur – peur des communistes, peur des nazis, ou peur du *statu quo*. Avec cette peur généralisée, toutes les divisions de classe disparaissaient de la scène politique ; tandis que l'alliance des partis au nom du *statu quo* venait brouiller la vieille structure de classes maintenue par les partis séparés, le gros des mouvements était complètement hétérogène et aussi dynamique et fluctuant que le chômage lui-même[110]. Tandis qu'à l'intérieur de la structure des institutions nationales, la gauche parlementaire s'était jointe à la droite parlementaire, les deux mouvements[111] se hâtaient d'organiser ensemble la célèbre grève des transports dans les rues de Berlin, en novembre 1932.

On ne peut considérer la surprenante rapidité du déclin du système des partis continental sans observer quelle courte vie eut cette institution dans son ensemble. Elle n'existait nulle part avant le XIXe siècle, et dans la plupart des pays européens la formation de partis politiques ne débuta qu'après 1848, si bien que son règne en tant qu'institution incontestée de la politique nationale dura à peine quarante ans. Au cours des vingt dernières années du XIXe siècle, tous les développements politiques importants, en France aussi bien qu'en Autriche-Hongrie, se situaient déjà hors des partis parlementaires et en opposition avec eux, pendant que les plus petits « partis au-dessus des partis » impérialistes attaquaient partout cette institution au profit d'une politique étrangère définie par l'agressivité et l'expansionnisme.

Tandis que les ligues impérialistes se plaçaient au-dessus des partis en vue de s'identifier à l'État-nation, les mouve-

---

110. Le parti socialiste allemand avait subi une transformation caractéristique entre le début du siècle et 1933. Avant la Première Guerre mondiale, il n'y avait que 10 % de ses membres qui n'appartenaient pas à la classe ouvrière, tandis que 25 % de ses voix venaient des classes moyennes. Pourtant, en 1930, les ouvriers ne représentaient que 60 % de ses membres environ, alors qu'il trouvait au moins 40 % de ses voix dans les classes moyennes. Voir Sigmund Neumann, *Die deutschen Parteien*, p. 28 et suiv.

111. NdÉ. Le 12 septembre 1932, les communistes présentent une motion de défiance envers le chancelier von Papen, motion à laquelle se rallient les nationaux-socialistes : le Reichstag est dissout. Cette alliance trouve un prolongement lors de la grève des transports de Berlin initiée par les communistes qui veulent déstabiliser les sociaux-démocrates : les nazis apportent leur soutien aux grévistes.

ments annexionnistes attaquaient ces mêmes partis en tant qu'élément d'un système global qui incluait l'État-nation ; ils n'étaient pas tant « au-dessus des partis » qu'« au-dessus de l'État », au nom d'une identification directe avec le peuple. Les mouvements totalitaires, marchant sur les traces des mouvements annexionnistes, en arrivèrent au point d'écarter aussi le peuple qu'ils avaient toutefois coutume d'utiliser à des fins de propagande. L'« État totalitaire » n'a d'un État que l'apparence, et le mouvement ne s'identifie même plus véritablement aux besoins du peuple. Désormais, le Mouvement est au-dessus de l'État et du peuple, prêt à sacrifier l'un et l'autre au nom de son idéologie : « Le Mouvement [...] est l'État autant que le peuple, et ni l'État actuel [...] ni le présent peuple allemand ne sauraient se concevoir sans le Mouvement[112]. »

Rien ne prouve mieux l'irrémédiable chute du système des partis que les grands efforts déployés après la Deuxième Guerre mondiale pour le faire revivre sur le continent, leurs pitoyables résultats, le succès accru des mouvements après la défaite du nazisme et la grossière menace du bolchevisme envers l'indépendance nationale. Le résultat de tous les efforts déployés pour restaurer le *statu quo* n'a abouti qu'à la restauration d'une situation politique dans laquelle les mouvements destructeurs sont les seuls « partis » qui fonctionnent correctement. Leurs leaders ont maintenu leur autorité à travers les conjonctures les plus éprouvantes et en dépit de lignes de parti sans cesse changeantes. Pour évaluer correctement les chances de survie de l'État-nation européen, il serait sage d'éviter d'accorder trop d'attention aux slogans nationalistes que les mouvements adoptent à l'occasion dans le but de dissimuler leurs véritables intentions, et de considérer plutôt ce que chacun sait désormais : qu'ils ne sont que les branches locales d'organisations internationales, que leurs troupes ne sont pas le moins du monde troublées lorsqu'il devient manifeste que leur politique est au service d'intérêts extérieurs, parfois même hostiles au pouvoir, et

---

112. Carl Schmitt, *Staat, Bewegung, Volk...*

que voir leurs leaders dénoncés comme espions, traîtres au pays, etc., n'impressionne pas outre mesure leurs membres. À l'inverse des vieux partis, les mouvements ont survécu à la dernière guerre et ce sont aujourd'hui les seuls « partis » encore vivants, encore chargés de signification aux yeux de leurs adhérents.

Chapitre V

Le déclin de l'État-nation
et la fin des droits de l'homme

Aujourd'hui encore, il est presque impossible de décrire ce qui s'est réellement produit en Europe le 4 août 1914. Les jours qui ont précédé la Première Guerre mondiale et ceux qui l'ont suivie sont séparés non pas comme la fin d'une vieille époque et le début d'une nouvelle, mais comme le seraient la veille et le lendemain d'une explosion. Cette figure de rhétorique est pourtant aussi inexacte que toutes les autres, car la calme désolation qui s'installe après une catastrophe ne s'est ici jamais produite. La première explosion semble avoir déclenché une réaction en chaîne dans laquelle nous sommes pris depuis lors et que personne ne paraît pouvoir arrêter. La Première Guerre mondiale a fait exploser le concert des nations européennes sans espoir de retour, ce que nulle autre guerre n'avait jamais fait. L'inflation a détruit toute la classe des petits possédants sans possibilité pour eux de jamais retrouver leurs biens ou de pouvoir reconstituer leur capital, ce que jamais auparavant aucune crise monétaire n'avait fait aussi radicalement. Le chômage, lorsqu'il s'est installé, a atteint des proportions fabuleuses, il a cessé de se limiter à la classe ouvrière pour s'emparer, à de rares exceptions près, de nations entières. Les guerres civiles qui ont inauguré et marqué les vingt années d'une paix incertaine n'ont pas seulement été plus cruelles et plus sanglantes que les précédentes ; elles ont entraîné l'émigration de groupes qui, moins heureux que leurs prédécesseurs des guerres de religion, n'ont été accueillis nulle part, n'ont pu s'assimiler nulle part. Une fois qu'ils ont quitté leur patrie, ils se sont retrouvés sans patrie ; une fois qu'ils ont abandonné leur État, ils sont devenus apatrides ; une fois qu'ils ont été privés des droits que leur humanité leur conférait, ils se sont retrouvés sans-droits, la lie de la terre. Rien de ce qui était en train de se faire, quelle qu'en fût la stupidité, quel que fût le nombre de gens qui en connaissaient et qui en prédisaient les conséquences, ne put être défait ou évité. Le moindre événement a pris l'inéluctabilité d'un jugement dernier, jugement qui ne serait l'œuvre ni de Dieu ni du diable, mais ressemblerait plutôt à l'expression de quelque irrémédiable et stupide fatalité.

Avant que la politique totalitaire n'attaque sciemment et ne détruise en partie la structure même de la civilisation européenne, l'explosion de 1914 et ses graves séquelles d'instabilité avaient suffisamment ébranlé la façade du système politique de l'Europe pour mettre à nu les secrets de sa charpente. Ainsi se dévoilèrent aux yeux de tous les souffrances d'un nombre croissant de groupes humains à qui les règles du monde environnant cessaient soudain de s'appliquer. C'était précisément le semblant de stabilité du reste du monde qui faisait apparaître chacun de ces groupes, loin de la protection de ses frontières, comme une exception malheureuse à une règle au demeurant saine et normale, et qui inspirait avec un égal cynisme, à la fois aux victimes et aux témoins, l'idée d'un destin apparemment aussi injuste qu'anormal. Les uns et les autres confondaient ce cynisme avec une sagesse grandissante vis-à-vis des voies de ce monde, alors qu'en réalité ils étaient dupés et devenaient par conséquent plus stupides qu'ils ne l'avaient jamais été auparavant. La haine, qui ne faisait certes pas défaut dans le monde d'avant-guerre, se mit à jouer un rôle central dans les affaires publiques de tous les pays, si bien qu'il se dégagea de la scène politique, durant le calme trompeur des années 20, l'atmosphère sordide et étrange d'une querelle de famille à la Strindberg. Rien ne saurait sans doute mieux illustrer la dégradation générale de la vie politique que cette haine vague, insinuante, de tous et de tout, sans le moindre point précis sur quoi porter une attention passionnée, sans personne à rendre responsable de cet état de choses – ni le gouvernement, ni la bourgeoisie, ni quelque puissance étrangère.

Aussi se mit-elle à virer en tous sens, à l'aveuglette, imprévisible et incapable d'afficher un air de belle indifférence à l'égard de toutes choses sous le soleil.

Cette atmosphère de dégradation, bien qu'elle fût caractéristique de toute l'Europe de l'entre-deux-guerres, était plus perceptible dans les pays vaincus que dans les pays victorieux, et elle s'épanouissait tout particulièrement dans les États nouvellement établis, après la liquidation de la Double Monarchie et de l'empire tsariste. Les derniers vestiges de solidarité entre les nationalités non émancipées de la « ceinture de populations mêlées » s'évanouirent avec la disparition de cette bureaucratie centrale despotique qui avait également servi à rassembler et à détourner les unes des autres les haines diffuses et les revendications nationales rivales. Désormais, chacun était contre quelqu'un d'autre, et surtout contre ses voisins les plus proches – les Slovaques contre les Tchèques, les Croates contre les Serbes, les Ukrainiens contre les Polonais. Et ce n'était pas là un conflit entre nationalités et peuples d'un État (ou entre minorités et majorités) ; les Slovaques ne se contentaient pas de saboter en permanence le gouvernement démocratique tchèque de Prague, mais, simultanément, ils persécutaient la minorité hongroise sur leur propre sol, cependant que sévissait la même hostilité au sein des minorités insatisfaites de Pologne, d'une part envers le peuple majoritaire dans l'État, d'autre part entre elles-mêmes.

À première vue, ces problèmes apparus au cœur des traditionnels sujets de discorde de la vieille Europe avaient des allures de petites disputes nationalistes sans conséquence pour le destin politique de l'Europe. C'est toutefois de ces régions, et par suite de la liquidation des deux États multinationaux de l'Europe d'avant-guerre, la Russie et l'Autriche-Hongrie, qu'émergèrent deux groupes dont les souffrances, en cette période d'entre-deux-guerres, étaient différentes de celles de tous les autres ; bien pires que celles des classes moyennes dépossédées, des chômeurs, des petits *rentiers**, des pensionnés que les événements avaient privés de statut social, de la possibilité de travailler et du droit de posséder ; ils avaient perdu ces droits qui avaient été conçus et même définis comme inaliénables : les Droits de l'homme. Les apatrides et les minorités, les « cousins germains »[1] comme on les avait si bien nommés, n'avaient pas de gouvernement pour les représenter et les protéger, et se voyaient donc contraints de vivre soit sous le coup de la loi d'exception des traités sur les minorités, que tous les gouvernements (excepté la Tchécoslovaquie) avaient signés à leur corps défendant et qu'ils n'avaient jamais reconnus comme loi, soit dans des conditions d'illégalité absolue.

Avec l'apparition des minorités en Europe orientale et méridionale et l'arrivée de populations apatrides en Europe centrale et occidentale, un élément de désintégration tout à fait nouveau fut introduit dans l'Europe d'après-guerre. La dénationalisation devint une arme puissante entre les mains de la politique totalitaire et l'incapacité constitutionnelle des États-nations européens à garantir des droits humains à ceux qui avaient perdu les droits garantis par leur nationalité permit aux gouvernements persécuteurs d'imposer leurs modèles de valeurs, même à leurs adversaires. Ceux que le persécuteur avait distingués comme la lie de la terre – les Juifs, les trotskistes, etc. – étaient effectivement partout accueillis comme tels ; ceux que la persécution avait nommés indésirables devinrent les *indésirables** de l'Europe. Le journal officiel des SS, le *Schwarze Korps*, établit explicitement, en 1938, que si le monde n'était pas encore convaincu que les Juifs étaient la lie de la terre, ils allaient bientôt l'être, quand des mendiants impossibles à identifier, sans nationalité, sans argent et sans passeport, passeraient leurs frontières[2]. Et il

---

1. Par S. Lawford Childs, « Refugees, a Permanent Problem in International Organization », *War is not Inevitable, Problems of Peace*, 13ᵉ série, 1938.

2. La précoce persécution des Juifs par les nazis doit être comprise comme la tentative de répandre l'antisémitisme parmi « ces peuples qui sont disposés à témoigner de l'amitié aux Juifs, en particulier les démocraties occidentales », bien plus que comme un effort pour se débarrasser des Juifs. La circulaire du ministère des Affaires étrangères communiquée à toutes les autorités allemandes à l'étranger peu après les pogroms de novembre 1938 proclamait : « Le seul mouvement d'émigration de 100 000 Juifs a déjà suffi à attirer l'attention de nombreux pays sur le danger juif [...]. L'Allemagne a à cœur de poursuivre la dispersion de la juiverie [...] l'affluence des Juifs dans toutes les parties du monde suscite l'opposition de la population d'origine et représente ainsi la meilleure des propagandes pour la politique juive de l'Allemagne [...]. Plus pauvre et donc plus lourd sera l'émigrant juif pour le pays qui l'absorbe, plus vive sera la réaction du pays. » Voir *Nazi Conspiracy and Aggression*, 1946, t. VI, p. 87 et suiv.

est exact que cette propagande fondée sur des faits était plus efficace que la rhétorique d'un Goebbels, non seulement parce qu'elle instaurait les Juifs comme lie de la terre, mais aussi parce que l'incroyable condition d'un groupe toujours plus nombreux d'innocents était comme la démonstration pratique du bien-fondé des affirmations cyniques des mouvements totalitaires selon lesquelles cette histoire de droits inaliénables de l'homme était pure invention, et que les protestations des démocrates n'étaient qu'alibi, hypocrisie et lâcheté face à la cruelle majesté d'un monde nouveau. Les mots mêmes de « droits de l'homme » devinrent aux yeux de tous les intéressés – victimes, persécuteurs et observateurs aussi bien – le signe manifeste d'un idéalisme sans espoir ou d'une hypocrisie hasardeuse et débile.

1. La « nation des minorités » et les apatrides

Les conditions du pouvoir moderne, qui rendent dérisoire la souveraineté nationale sauf pour les États géants, la montée de l'impérialisme et les mouvements annexionnistes ont sapé le système européen de l'État-nation de l'extérieur. Aucun de ces facteurs n'était directement issu de la tradition ou des institutions des États-nations eux-mêmes. Leur désintégration interne n'a débuté qu'après la Première Guerre mondiale, avec l'apparition des minorités créées par les traités de paix et d'un mouvement de réfugiés prenant de plus en plus d'ampleur à la suite des révolutions.

On a souvent expliqué l'insuffisance des traités de paix par le fait que leurs artisans faisaient partie d'une génération formée par des expériences de l'avant-guerre, si bien qu'ils n'avaient jamais tout à fait estimé à sa juste mesure l'impact d'une guerre dont ils avaient à conclure la paix. Il n'en est pas de meilleure preuve que leur tentative pour régler le problème des nationalités en Europe orientale et méridionale en établissant des États-nations et en introduisant des traités sur les minorités. Si l'extension d'une forme de gouvernement qui, même dans les pays dotés d'une tradition nationale ancienne et bien établie, se révélait incapable de régler les problèmes nouveaux de la politique mondiale, était l'expression d'une sagesse discutable, il était encore plus douteux de penser pouvoir l'importer dans une zone où manquaient précisément les conditions favorables à l'essor des États-nations : une population homogène et solidement enracinée dans le sol. Mais croire que des États-nations pouvaient s'établir par le truchement des traités de paix était tout simplement absurde. « Il suffirait d'un simple coup d'œil à la carte démographique de l'Europe pour voir que le principe de l'État-nation ne peut pas être introduit en Europe orientale[3]. » Les traités agglutinaient ensemble une quantité de peuples dans des États uniques, appelaient certains de ces peuples « peuples d'un État » et leur confiaient le gouvernement, ils prétendaient tacitement que d'autres (tels les Slovaques en Tchécoslovaquie, ou les Croates et les Slovènes en Yougoslavie) étaient leurs partenaires égaux dans le gouvernement, ce qui était évidemment faux[4], et, dans un esprit non moins arbitraire, créaient à partir du reliquat un troisième groupe de nationalités portant le nom de « minorités », ajoutant ainsi aux innombrables fardeaux de ces nouveaux États celui de devoir observer des règlements spéciaux pour une partie de la population[5]. En conséquence, ces peuples à qui l'on refusait un État, qu'ils fussent des minorités officielles ou seulement des nationalités, regardaient les traités comme un jeu arbitraire qui octroyait la domination aux uns et la servi-

3. Kurt Tramples, « Völkerbund und Völkerfreiheit », *Süddeutsche Monatshefte*, 26 juillet 1929.

4. La lutte des Slovaques contre le gouvernement « tchèque » à Prague se termina par l'indépendance de la Slovaquie, sous la protection de Hitler, la Constitution yougoslave de 1921 fut « admise » au Parlement malgré l'opposition de tous les représentants croates et slovènes. Pour un bon résumé de l'histoire yougoslave entre les deux guerres, voir *Das Zeitalter des Imperialismus*, 1933, vol. 10, p. 471 et suiv.

5. Mussolini avait parfaitement raison lorsqu'il écrivit, après la crise de Munich : « Si la Tchécoslovaquie se retrouve aujourd'hui dans ce que l'on pourrait appeler une "situation délicate", c'est parce qu'elle n'était pas uniquement la Tchécoslovaquie, mais la Tchéco-Germano-Polono-Magyaro-Rathéno-Roumano-Slovaquie... » (Tiré de Hubert Ripka, *Munich : Before and After, a Fully Documented Czechoslovak Account of the Crises of September 1938 and March 1939*, 1939, p. 117.)

tude aux autres. Quant aux États récents, à qui l'on avait promis un statut de souveraineté nationale égal à celui des nations occidentales, ils voyaient dans les traités sur les minorités un manque de parole non déguisé et une mesure discriminatoire, dans la mesure où seuls les nouveaux États, mais pas même l'Allemagne vaincue, étaient engagés par ces traités.

Ce n'était pas seulement l'embarras causé par la vacance du pouvoir après la liquidation de la Double Monarchie et la libération de la Pologne et des pays Baltes du despotisme tsariste qui avait poussé les hommes d'État à tenter cette expérience désastreuse. Ce qui compta davantage, ce fut l'impossibilité d'ignorer plus longtemps les 100 millions d'Européens et plus qui n'avaient jamais atteint le stade de liberté et d'autodétermination nationales auquel les populations coloniales aspiraient déjà et qui leur était accordé peu à peu. Il était indéniable que le rôle du prolétariat de l'Europe occidentale et de l'Europe centrale, ce groupe d'opprimés et de souffre-douleur de l'histoire, dont l'émancipation était une question de vie ou de mort pour tout le système social européen, était joué à l'est par des « peuples sans histoire[6] ». Les mouvements de libération nationale de l'Est et les mouvements de travailleurs à l'ouest se ressemblaient beaucoup par leur aspect révolutionnaire ; les uns et les autres représentaient les couches « non historiques » de la population européenne et luttaient pour obtenir d'être reconnus et pouvoir participer aux affaires publiques. Puisque

---

6. Otto Bauer a été le premier à créer ce terme ; voir *Die Nationalitätenfrage und die österreichische Sozialdemokratie*. La conscience historique a joué un grand rôle dans la formation de la conscience nationale. L'émancipation des nations vis-à-vis d'une domination dynastique, la nouvelle suzeraineté d'une aristocratie internationale se sont accompagnées de l'émancipation de la littérature vis-à-vis du langage « international » des érudits (d'abord le latin, plus tard le français) et du développement de langues nationales à partir des idiomes populaires. Il semblait que les peuples dont la langue se prêtait à la littérature eussent atteint leur maturité *per definitionem*. C'est pourquoi les mouvements de libération des nationalités d'Europe orientale ont débuté par une sorte de renaissance philologique (les résultats ont été tantôt grotesques, tantôt fructueux) ayant pour rôle politique de prouver qu'un peuple qui possédait une littérature et une histoire en propre avait droit à la souveraineté nationale.

l'objectif était de conserver le *statu quo* européen, garantir l'autodétermination et la souveraineté nationales à tous les peuples d'Europe semblait bel et bien inévitable ; la seule alternative eût été de les condamner sans merci au statut de populations coloniales (ce que les mouvements annexionnistes proposaient depuis toujours) et d'introduire les méthodes coloniales au sein des affaires européennes[7].

Or le *statu quo* européen ne pouvait évidemment pas être préservé et c'est seulement après la chute des derniers vestiges de l'autocratie européenne qu'il devint clair que l'Europe avait été régie par un système qui n'avait jamais tenu compte d'au moins 25 % de sa population ni répondu à ses besoins. Ce mal ne fut pourtant pas guéri par la mise en place des États successeurs, puisque environ 30 % de leurs 100 millions d'habitants y étaient officiellement reconnus comme des exceptions qu'il fallait placer sous la protection spéciale des traités sur les minorités. Qui plus est, ces chiffres sont loin de rendre compte de toute l'affaire ; ils indiquent seulement la différence entre les peuples dotés d'un gouvernement qui leur appartenait en propre et ceux qui étaient soi-disant trop petits et trop disséminés pour prétendre à une véritable identité nationale. Les traités sur les minorités ne tenaient compte que des nationalités qui se trouvaient en grand nombre dans au moins deux des États successeurs, et ils omettaient de prendre en considération toutes les autres nationalités non dotées d'un gouvernement en propre, si bien que dans certains de ces États, les peuples dépouillés de leur identité nationale représentaient 50 % de la population totale[8]. Dans cette situation, le pire n'était pas qu'il allât de

---

7. Bien entendu, il ne s'agissait pas toujours d'une alternative aussi nette. Jusqu'ici, personne ne s'est soucié de chercher les similitudes caractéristiques entre l'exploitation coloniale et celle des minorités. Seul Jacob Robinson, « Staatsbürgerliche und wirtschaftliche Gleichberechtigung », *Süddeutsche Monatshefte*, 26 juillet 1929, remarque en passant : « Un curieux protectionnisme économique apparut, qui n'était pas dirigé contre les autres pays, mais contre certains groupes de la population. Curieusement, on pouvait observer en Europe centrale certaines des méthodes de l'exploitation coloniale. »

8. On a estimé qu'avant 1914, il y avait environ 100 millions d'individus dont les aspirations nationales n'étaient pas satisfaites (voir Charles Kingsley Webster, « Minorities : History », *Encyclopedia Britannica*, 1929). La population des

soi pour les nationalités d'être déloyales envers les gouvernements imposés, et pour ces derniers d'opprimer leurs nationalités de la manière la plus efficace possible, mais que la population dépouillée de son identité nationale eût la ferme conviction – comme d'ailleurs tout un chacun – que la véritable liberté, la véritable émancipation et la véritable souveraineté populaire ne pouvaient s'obtenir que par une complète émancipation nationale, et que les peuples privés d'un gouvernement national choisi par eux-mêmes étaient privés de droits humains. Ce sentiment pouvait s'appuyer sur le fait que la Révolution française avait proclamé conjointement la Déclaration des droits de l'homme et la souveraineté nationale ; ces peuples étaient confortés dans leur réaction par les traités sur les minorités eux-mêmes, qui n'avaient pas confié aux gouvernements la protection des différentes nationalités mais avaient chargé la Société des Nations de préserver les droits de ceux qui, pour des raisons territoriales, avaient été laissés sans État national.

Non que les minorités fissent davantage confiance à la Société des nations qu'ils ne l'avaient fait aux peuples pourvus d'un État. Après tout, la SDN se composait d'hommes d'État de différentes nationalités dont les sympathies ne pouvaient qu'aller à ces malheureux nouveaux gouvernements qu'environ 25 à 50 % de leur population gênaient et contestaient systématiquement. Aussi les auteurs des traités sur les minorités furent-ils bientôt contraints d'interpréter plus strictement leurs intentions réelles et d'insister sur les « devoirs » que les minorités avaient envers les nouveaux États[9] ; on

---

minorités était estimée à environ 25 à 30 millions de personnes (Pablo de Azcarate, « Minorities, League of Nations », *ibid.*). En Tchécoslovaquie et en Yougoslavie, la situation réelle était bien pire. Dans la première, le « peuple d'État » tchèque constituait, avec 7 200 000 personnes, environ 50 % de la population, et dans la seconde les 5 millions de Serbes ne représentaient que 42 % de la population totale. Voir Wilhelm Winkler, *Statistisches Handbuch der europäischen Nationalitäten*, 1931 ; Otto Junghann, *National Minorities in Europe*, 1932. Kurt Tramples, « Völkerbund und Völkerfreiheit », donne des chiffres légèrement différents.

9. Pablo de Azcarate, « Minorities, League of Nations » ; « Les traités ne contiennent aucune stipulation quant aux "devoirs" des minorités envers les États dont elles font partie. Toutefois, en 1922, la troisième assemblée ordinaire de la SDN [...] a adopté [...] des résolutions concernant les "devoirs des minorités"... »

voyait maintenant que les traités avaient été purement et simplement conçus comme une méthode humaine et sans douleur d'assimilation, interprétation qui mettait naturellement les minorités en rage[10]. Mais l'on ne pouvait rien attendre d'autre au sein d'un système d'États-nations souverains ; si les traités sur les minorités avaient été conçus pour être davantage que le remède temporaire à une situation de chaos, alors leurs restrictions implicites sur la souveraineté nationale auraient affecté la souveraineté nationale des pouvoirs européens depuis longtemps en place. Les représentants des grandes nations ne savaient que trop bien que des minorités au sein d'un État-nation doivent tôt ou tard être soit assimilées, soit liquidées. Et il importait peu qu'ils fussent motivés par un souci humanitaire de protéger de la persécution les nationalités désagrégées, ou que des considérations politiques les eussent amenés à s'opposer à la conclusion de traités bilatéraux entre les États concernés et les pays où les minorités étaient majoritaires (après tout, les Allemands constituaient la plus forte de toutes les minorités officiellement reconnues, tant en nombre que par leur position économique) ; ils n'avaient ni le désir ni la force de renverser les lois par lesquelles les États-nations existent[11].

---

10. À cet égard, les délégués français et britanniques parlaient un langage parfaitement clair. Ainsi Briand disait-il : « Le processus que nous devrions viser, ce n'est pas la disparition des minorités, mais une sorte d'assimilation... » Et sir Austen Chamberlain, le représentant britannique, déclarait même que « l'objet des traités des minorités était [...] de garantir [...] ces mesures de protection et de justice qui les prépareraient peu à peu à se fondre dans la communauté nationale à laquelle ils appartenaient » (Carlile Aylmer Macartney, *National States and National Minorities*, 1934, p. 276, 277).

11. Il est vrai que certains hommes d'État tchèques, les leaders des mouvements nationaux les plus libéraux et les plus démocratiques, avaient caressé le rêve de faire de la République tchécoslovaque une sorte de Suisse. La raison pour laquelle même Beneš ne tenta jamais sérieusement de trouver une solution de ce genre à ses écrasants problèmes de nationalités tenait à ce que la Suisse n'était pas un modèle que l'on pût imiter, mais bien plutôt une exception particulièrement heureuse qui prouvait au demeurant une règle établie. Les États récemment établis ne se sentaient pas assez sûrs pour abandonner un appareil d'État centralisé et ils ne pouvaient pas créer du jour au lendemain ces petits corps de communes et de cantons responsables de leur propre administration et dont les pouvoirs extrêmement étendus constituent la base du système confédéral suisse.

Ni la SDN ni les traités sur les minorités n'auraient empêché les jeunes États d'assimiler de gré ou de force leurs minorités. Le plus gros obstacle à cette assimilation était la faiblesse numérique et culturelle de ces peuples pourvus d'un État. Les minorités russe ou juive de Pologne ne ressentaient pas la culture polonaise comme supérieure à leurs propres cultures respectives, et ni l'une ni l'autre n'étaient particulièrement impressionnées par le fait que les Polonais représentaient quelque 60 % de la population de Pologne.

Remplies d'amertume et d'un profond mépris à l'égard de la Société des nations, les nationalités décidèrent bientôt de prendre les choses en main. Elles se réunirent en un congrès des minorités qui se révéla remarquable à plus d'un titre. Ce congrès niait l'idée même qui se dissimulait derrière les accords de la SDN en prenant officiellement le nom de Congrès de l'organisation des groupes nationaux des États européens, réduisant ainsi à néant l'immense effort dépensé pendant les négociations de paix pour éviter le funeste mot « national »[12]. Cette décision entraîna une grave conséquence : toutes les « nationalités », et non plus les seules « minorités », s'y joignirent, et « la nation des minorités » prit une telle ampleur que l'ensemble des nationalités réunies dans les nouveaux États l'emportait en nombre sur des peuples pourvus d'un État. Mais le Congrès des groupes nationaux devait porter d'une autre manière un coup décisif aux accords de la SDN. L'un des aspects les plus déconcertants du problème des nationalités de l'Europe orientale (plus déconcertant encore que la petitesse et la multitude des peuples concernés, ou que la « ceinture de populations mêlées[13] »)

---

12. Notamment Wilson, qui s'était ardemment battu pour obtenir des « droits raciaux, religieux et linguistiques aux minorités », mais qui craignait que des « droits nationaux » ne se révèlent d'autant plus nocifs que les groupes minoritaires ainsi marqués comme corps constitués à part deviendraient de ce fait « susceptibles de se montrer "jaloux et d'attaquer" » (Oscar J. Janowsky, *The Jews and Minority Rights*, 1933, p. 351). Carlile Aylmer Macartney (*National States and National Minorities*, p. 4) décrit la situation et le « travail prudent de la commission internationale des Affaires étrangères » qui s'était si bien employée à éviter le terme « national ».

13. Le terme est de Carlile Aylmer Macartney, *passim*.

tenait au caractère interrégional de ces nationalités qui, pour peu qu'elles missent leurs intérêts nationaux au-dessus des intérêts de leurs gouvernements respectifs, faisait d'elles un risque manifeste pour la sécurité de leurs pays[14]. Les accords de la SDN avaient tout fait pour ignorer le caractère interrégional des minorités en concluant un traité individuel avec chaque pays, comme s'il n'y avait pas de minorité juive ou allemande au-delà des frontières respectives de chaque État. Le Congrès des groupes nationaux ne se contentait pas de passer outre au principe territorial de la SDN ; il était naturellement dominé par les deux nationalités qui se trouvaient présentes dans tous les nouveaux États et qui étaient donc en mesure, si elles le désiraient, de faire sentir leur poids dans toute l'Europe orientale et méridionale. Ces deux groupes, c'étaient les Allemands et les Juifs. Les minorités allemandes de Roumanie et de Tchécoslovaquie votaient évidemment comme les minorités allemandes de Pologne et de Hongrie et personne ne se serait attendu à voir les Juifs polonais, par exemple, rester indifférents devant les pratiques discriminatoires du gouvernement roumain. En d'autres termes, les intérêts nationaux et non les intérêts communs aux minorités en tant que telles constituaient le véritable ciment entre les membres du Congrès[15], et seule la bonne relation existant entre Juifs et Allemands (la République de Weimar avait parfaitement réussi dans son rôle de protecteur spécial des minorités) maintenait leur union. Aussi, lorsqu'en 1933, la délégation juive réclama une motion de protestation contre le

---

14. « Le résultat du règlement de la paix fit que chaque État de la ceinture de populations mêlées [...] se voyait désormais comme un État national. Or ils avaient les faits contre eux [...]. Pas un de ces États n'était en fait uni-national, tout comme il n'y avait, par ailleurs, aucune nation dont les membres vécussent dans un seul et même État » (*ibid.*, p. 210).

15. En 1933, le président du Congrès souligna expressément : « Une chose est certaine : nous ne réunissons pas nos congrès uniquement en tant que membres de minorités abstraites, chacun de nous appartient corps et âme à un peuple spécifique, son propre peuple, et se sent lié au destin de ce peuple pour le meilleur et pour le pire. Aussi chacun de nous est-il ici, si j'ose dire, en tant qu'allemand pur sang, ou juif pur sang, en tant que hongrois pur sang ou ukrainien pur sang. » Voir *Sitzungsbericht des Kongresses der organisierten nationalen Gruppen in den Staaten Europas*, 1933, p. 8.

traitement infligé aux Juifs sous le IIIe Reich (motion qu'ils n'avaient aucun droit de demander, à strictement parler, puisque les Juifs allemands n'étaient pas une minorité), que les Allemands se déclarèrent solidaires de l'Allemagne et furent soutenus par une large majorité (l'antisémitisme était mûr dans tous les nouveaux États), le Congrès, une fois que la délégation juive l'eut définitivement quitté, sombra dans une totale insignifiance.

La signification réelle des traités sur les minorités ne réside pas dans leur application pratique, mais dans le fait qu'ils étaient garantis par un organisme international, la Société des nations. Les minorités existaient depuis longtemps[16], mais la minorité comme institution permanente, le fait acquis que des millions de gens vivaient à l'écart de toute protection juridique normale et qu'il fallait les placer sous la protection supplémentaire d'un organisme extérieur chargé de garantir leurs droits élémentaires, le postulat que cet état de choses n'était pas temporaire, mais que les traités étaient indispensables pour instaurer un *modus vivendi* durable – tout cela était un phénomène nouveau, tout au moins à cette échelle, dans l'histoire européenne. Les traités sur les minorités disaient textuellement ce qui jusque-là n'était resté qu'implicite dans le système de fonctionnement des États-nations, à savoir que seuls les nationaux pouvaient être des citoyens, que seuls les gens d'une même origine nationale pouvaient bénéficier de l'entière protection des institutions légales, qu'il fallait appliquer une quelconque loi d'exception aux personnes de nationalité différente jusqu'à ce que – ou à moins que – ils ne fussent complètement assimilés et coupés

---

16. Les premières minorités sont apparues lorsque le principe protestant de la liberté de conscience est venu marquer la fin du principe du *cujus regio ejus religio*. Le congrès de Vienne de 1815 avait déjà pris certaines mesures destinées à garantir certains droits aux populations en Russie, en Prusse et en Autriche, droits qui n'étaient certes pas uniquement « religieux » ; il est toutefois caractéristique que tous les traités ultérieurs – le protocole qui garantit l'indépendance de la Grèce en 1830, celui qui garantit l'indépendance de la Moldavie et de la Valachie en 1856, et le congrès de Berlin de 1878, notamment consacré à la Roumanie – ne parlent pas de minorités « nationales », mais de minorités « religieuses », auxquelles on a accordé des droits « civiques » mais non « politiques ».

de leurs origines. Les discours prononcés par les hommes d'État des pays sans obligations envers les minorités à propos de l'interprétation des traités de la SDN parlaient un langage encore plus clair : ils partaient du principe que la loi d'un pays ne pouvait être tenue pour responsable des personnes qui revendiquaient une nationalité différente[17]. Ils reconnaissaient par là – et ils eurent bientôt l'occasion de le prouver dans la pratique avec l'apparition des peuples apatrides – que la transformation de l'État d'instrument de la loi en instrument de la nation s'était accomplie ; la nation avait conquis l'État, l'intérêt national l'avait emporté sur la loi bien avant que Hitler puisse proclamer : « Le droit est ce qui est bon pour le peuple allemand. » Une fois encore, le langage de la populace n'était rien d'autre que le langage d'une opinion publique affranchie de toute hypocrisie et de toute contrainte.

La menace de cette transformation avait indéniablement existé de tout temps dans la structure même de l'État-nation. Mais, dans la mesure où la construction des États-nations avait coïncidé avec la mise en place de gouvernements constitutionnels, ils avaient toujours représenté la souveraineté de la loi et reposé sur celle-ci pour éviter le règne d'une administration arbitraire et du despotisme. Si bien que lorsque le fragile équilibre entre nation et État, entre intérêt national et institutions légales fut détruit, la désintégration de cette forme de gouvernement et d'organisation des peuples s'accomplit à une rapidité terrifiante. Chose curieuse, sa désintégration commença au moment précis où le droit à l'autodétermination nationale était reconnu dans la totalité de l'Europe et où son élément essentiel, la suprématie de la volonté de la nation sur toutes les institutions juridiques et « abstraites », était universellement admis.

---

17. De Mello Franco, représentant du Brésil au conseil de la Société des nations, a posé le problème en termes parfaitement clairs : « Il me semble manifeste que ceux qui ont conçu ce système de protection n'ont jamais souhaité créer à l'intérieur de certains États un groupe d'habitants qui se considéreraient en permanence comme étrangers à l'organisation générale du pays » (Carlile Aylmer Macartney, *National States and National Minorities*, p. 277).

À l'époque des traités sur les minorités, on pouvait dire en leur faveur et on ne s'en priva pas, comme si cela avait été une excuse, que les nations aînées bénéficiaient de Constitutions qui étaient implicitement ou explicitement (ainsi pour la France, la *nation par excellence**) fondées sur les Droits de l'homme, que même s'il se trouvait d'autres nationalités à l'intérieur de leurs frontières elles n'avaient pas besoin de loi complémentaire pour ces nationalités, et que c'était uniquement dans les États successeurs récemment établis qu'un renforcement momentané des droits humains était nécessaire en tant que compromis et exception[18]. L'arrivée des apatrides mit fin à cette illusion.

Les minorités n'étaient qu'à moitié apatrides ; elles appartenaient *de jure* à un certain corps politique, même si elles avaient besoin d'une protection supplémentaire sous la forme de traités et de garanties spéciaux ; certains droits secondaires, comme le droit de parler leur propre langue et de rester dans leur propre milieu culturel et social, se voyaient menacés et placés sous la protection hésitante d'un organisme extérieur ; mais d'autres droits plus élémentaires, comme le droit à la résidence et au travail, restaient intacts. Les artisans des traités sur les minorités n'avaient pas prévu la possibilité de transférer massivement les populations, ni le problème des gens qui étaient devenus « indéportables » parce qu'il n'était aucun pays sur terre où ils pussent bénéficier du droit à résidence. On pouvait encore regarder les minorités comme un phénomène exceptionnel, particulier à certains territoires déviants par rapport à la norme. Cet argument était toujours tentant, car il laissait intact le système proprement dit ; en un sens, il a survécu à la Seconde Guerre mondiale dont les négociateurs, convaincus de l'impossibilité d'appliquer les

---

18. « Le régime de protection des minorités a été conçu pour offrir un remède dans les cas où un règlement territorial était inévitablement imparfait du point de vue de la nationalité » (Joseph Roucek, *The Minority Principle as a Problem of Political Science*, 1928, p. 29). Malheureusement, cette imperfection du règlement territorial était une erreur non seulement pour l'établissement des minorités, mais aussi pour la mise en place des États successeurs eux-mêmes, étant donné qu'il n'existait dans cette région aucun territoire que plusieurs nationalités ne pussent revendiquer.

traités sur les minorités, se mirent à « rapatrier » les nationalités autant que possible dans le but de désembrouiller la « ceinture de populations mêlées »[19]. Or cette tentative de rapatriement à grande échelle n'était pas le résultat direct des expériences catastrophiques survenues à la suite des traités sur les minorités, elle était plutôt l'expression de l'espoir qu'une telle mesure allait enfin pouvoir résoudre un problème qui, au cours des décennies antérieures, avait pris de plus en plus d'ampleur et pour lequel il n'existait tout simplement aucune procédure internationalement reconnue et acceptée – le problème des apatrides.

Elle aura été bien plus opiniâtre dans les faits, et de bien plus d'envergure dans ses conséquences, cette apatridie qui représente le phénomène de masse le plus nouveau de l'histoire contemporaine, cependant que l'existence d'un peuple nouveau et de plus en plus nombreux, composé de personnes apatrides, aura été le groupe le plus symptomatique de toute la politique contemporaine[20]. On ne saurait imputer ces deux

---

19. On peut trouver un témoignage quasi symbolique de ce changement d'attitude dans les déclarations d'Eduard Beneš, président de la Tchécoslovaquie, seul pays qui, après la Première Guerre mondiale, se soit soumis de bonne grâce aux exigences des traités sur les minorités. Peu après le début de la Seconde Guerre mondiale, Beneš commença à défendre le principe du déplacement de populations, ce qui devait aboutir à l'expulsion de la minorité allemande et à l'arrivée d'une nouvelle catégorie dans la masse croissante des personnes déplacées. À propos de l'attitude de Beneš, voir Oscar I. Janowsky, *Nationalities and National Minorities*, 1945, p. 136 et suiv.

20. « Le problème des apatrides est devenu primordial au lendemain de la Grande Guerre. Avant la guerre, il existait, notamment aux États-Unis, un certain nombre de dispositions en vertu desquelles la naturalisation pouvait être annulée dans les cas où la personne naturalisée cessait de nourrir un attachement authentique envers son pays d'adoption. Toute personne ainsi dénaturalisée devenait apatride. Au cours de la guerre, les principaux États européens ont estimé nécessaire d'apporter certains amendements à leurs lois sur la nationalité afin de se donner le pouvoir d'annuler la naturalisation » (John Hope Simpson, *The Refugee Problem*, 1939, p. 231). La classe des apatrides créée par la révocation de leur naturalisation était très peu étendue, elle établissait néanmoins un précédent commode si bien que, pendant l'entre-deux-guerres, les citoyens naturalisés ont été en règle générale la première fraction de la population à devenir apatride. L'annulation massive des naturalisations, du type de celle que l'Allemagne nazie a introduite en 1933 à l'encontre de tous les Allemands d'origine juive naturalisés, précéda généralement

phénomènes à un seul et unique facteur, mais si l'on considère les différents groupes d'apatrides, il apparaît que chaque événement politique survenu depuis la fin de la Première Guerre mondiale a inéluctablement ajouté une nouvelle catégorie à ceux qui ont dû vivre hors du giron de la loi, tandis qu'aucune de ces catégories, quelque changement qu'ait subi le contexte originel, n'a jamais pu être renormalisée[21].

Parmi elles, nous retrouvons ce groupe le plus ancien des peuples apatrides, les *Heimatlosen* produits par les traités de paix de 1919, par la dissolution de l'Autriche-Hongrie et par la mise en place des États baltes. Parfois, l'origine réelle des individus ne pouvait être déterminée, surtout si à la fin de la guerre ils se trouvaient ne pas résider dans leur ville natale[22], parfois leur lieu d'origine avait changé de mains tant de fois dans le désordre des querelles d'après-guerre que la nationalité de ses habitants changeait d'année en année (ainsi à

---

la dénationalisation des citoyens de naissance dans les catégories analogues, et l'introduction de lois permettant de procéder à la dénaturalisation par simple décret, comme le firent la Belgique et certaines démocraties occidentales dans les années 30, et précéda généralement une véritable dénaturalisation de masse ; on en trouve un bon exemple dans l'action du gouvernement grec à l'égard des réfugiés arméniens : sur 45 000 réfugiés arméniens, 1 000 furent naturalisés entre 1923 et 1928. Après 1928, la loi qui aurait permis de naturaliser tous les réfugiés de moins de 22 ans fut suspendue, et en 1936 toutes les naturalisations furent annulées par le gouvernement (*ibid.*, p. 41).

21. Vingt-cinq ans après que le régime soviétique eut refoulé 1,5 million de Russes, on estimait qu'au moins 350 à 450 000 d'entre eux étaient toujours apatrides – ce qui représente un énorme pourcentage si l'on considère que toute une génération s'était écoulée depuis la première émigration, qu'une proportion considérable d'entre eux avait quitté le continent, et qu'une autre part importante avait obtenu la citoyenneté par mariage en divers pays. (Voir John Hope Simpson, *The Refugee Problem*, p. 559 ; Eugene M. Kulischer, *The Displacement of Population in Europe*, 1943 ; Winifred N. Hadsel, « Can Europe's Refugees Find New Homes ? », *Foreign Policy Reports*, août 1943, vol. 10, n° 10.) Il est vrai que les États-Unis ont placé les immigrants apatrides sur un pied d'égalité complet avec les autres étrangers, mais cela n'a pu se faire que parce que ce pays, terre d'immigration *par excellence**, a toujours considéré les nouveaux venus comme ses futurs citoyens, quelles qu'aient été leurs allégeances nationales antérieures.

22. L'*American Friends Service Bulletin* (mars 1943) publie le rapport complexe d'un de ses correspondants qui s'est trouvé face au problème d'« un homme qui est né à Berlin, Allemagne, mais qui est d'origine polonaise par ses parents et qui se trouve par conséquent [...] apatride, se déclare de nationalité ukrainienne et que le gouvernement russe réclame pour le rapatrier et l'envoyer servir dans l'armée Rouge ».

Vilna, qu'un fonctionnaire français désigna un jour comme la *capitale des apatrides**) ; plus souvent qu'on ne pourrait l'imaginer, les gens, après la Première Guerre mondiale, se sont abrités derrière leur apatridie afin de rester là où ils se trouvaient et d'éviter d'être déportés dans une « patrie » où ils auraient été des étrangers (comme ce fut le cas de nombreux Juifs polonais et roumains en France et en Allemagne, miséricordieusement secourus par l'antisémitisme de leurs consulats respectifs).

Dénué d'importance et en apparence simple jouet de la loi, l'*apatride** devint l'objet d'une attention et d'une considération tardives lorsqu'il fut rejoint dans son statut juridique par les réfugiés de l'après-guerre que les révolutions avaient chassés de leur pays et qui étaient promptement dénationalisés par les gouvernements en place. Appartiennent à ce groupe, par ordre chronologique, des millions de Russes, des centaines de milliers d'Arméniens, des milliers de Hongrois, des centaines de milliers d'Allemands et plus d'un demi-million d'Espagnols, pour n'énumérer que les catégories les plus importantes. L'attitude de ces gouvernements peut aujourd'hui apparaître comme la conséquence naturelle de la guerre civile ; mais, à l'époque, les dénationalisations massives étaient quelque chose d'entièrement nouveau et de tout à fait imprévu. Elles présupposaient une structure d'État qui, si elle n'était pas encore tout à fait totalitaire, n'était pas en tout cas prête à tolérer la moindre opposition, et qui aurait préféré perdre ses citoyens plutôt que donner asile à des individus aux vues divergentes. Elles révélaient, en outre, ce qui avait été dissimulé durant toute l'histoire de la souveraineté nationale, à savoir que les souverainetés entre pays voisins pouvaient se livrer une lutte à mort non seulement en cas extrême de guerre, mais aussi en temps de paix. Désormais, il était clair qu'une entière souveraineté nationale était possible seulement aussi longtemps qu'un concert des nations européennes existait ; car c'était cet esprit de solidarité et d'entente tacites qui empêchait les gouvernements d'exercer intégralement leur pouvoir souverain. En théorie, dans le domaine du droit international, il avait toujours été vrai que la souveraineté n'est nulle part plus absolue qu'en matière d'« émigration, [de] naturalisation, [de] nationalité et [d'] expulsion »[23] ; mais, quoi qu'il en soit, les considérations pratiques et le sentiment tacite d'intérêts communs avaient restreint la souveraineté nationale jusqu'à l'essor des régimes totalitaires. On est presque tenté de mesurer le degré de contamination totalitaire d'après le niveau auquel les gouvernements concernés utilisent leur droit souverain de dénationalisation (et il serait alors fort intéressant de découvrir que l'Italie de Mussolini répugnait au fond à traiter ses réfugiés de cette manière[24]). Mais il faut également se souvenir qu'il n'est pratiquement pas un seul pays du continent qui n'ait adopté entre les deux guerres une nouvelle législation qui, même si elle n'utilisait pas ce droit à outrance, était toujours formulée de manière à permettre de se débarrasser à tout moment considéré comme opportun d'un grand nombre de ses habitants[25].

---
23. Lawrence Preuss, « La dénationalisation imposée pour des motifs politiques », *Revue internationale française du droit des gens*, 1937, vol. 4, n°s 1, 2, 5.

24. La loi italienne de 1926 contre l'« émigration abusive » semblait annoncer des mesures de dénaturalisation contre les réfugiés antifascistes ; après 1929 toutefois, la politique de dénaturalisation fut abandonnée et des organisations fascistes furent mises sur pied à l'étranger. Sur les 40 000 membres de l'Unione Popolare Italiana en France, au moins 10 000 étaient d'authentiques réfugiés antifascistes, mais seuls 3 000 d'entre eux se trouvaient sans passeport. Voir John Hope Simpson, *The Refugee Problem*, p. 122 et suiv.

25. La première loi de ce type a été une mesure de guerre prise par la France en 1915 et qui ne s'appliquait qu'aux citoyens naturalisés d'origine ennemie qui avaient gardé leur nationalité d'origine ; le Portugal est allé beaucoup plus loin en promulguant en 1916 un décret dénaturalisant automatiquement toute personne née de père allemand. En 1922, la Belgique se dota d'une loi annulant la naturalisation des personnes qui avaient commis des actes antinationaux au cours de la guerre, loi qu'elle conforta en 1934 par un nouveau décret qui, avec cette manière vague, typique de l'époque, parlait des personnes « *manquant gravement à leurs devoirs de citoyens belges** ». En Italie, depuis 1926, pouvait être dénaturalisée toute personne qui ne « méritait pas la citoyenneté italienne » ou qui représentait une menace pour l'ordre social. En 1926 et 1928 respectivement, l'Égypte et la Turquie promulguèrent des lois en vertu desquelles pouvaient être dénaturalisés tous ceux qui menaçaient l'ordre social. La France menaçait de dénaturaliser tous ceux de ses nouveaux citoyens qui commettaient des actes contraires aux intérêts de la France (1927). En 1933, l'Autriche pouvait retirer la nationalité autrichienne à tous ceux de ses citoyens qui avaient servi à l'étranger ou qui avaient participé à une action hostile à l'Autriche. Enfin l'Allemagne, en 1933, suivait de près les divers décrets russes apparus depuis 1921 en établissant que la nationalité allemande pouvait être retirée arbitrairement à toute personne « résidant à l'étranger ».

Aucun paradoxe de la politique contemporaine ne dégage une ironie plus poignante que ce fossé entre les efforts des idéalistes bien intentionnés, qui s'entêtent à considérer comme « inaliénables » ces droits humains dont ne jouissent que les citoyens des pays les plus prospères et les plus civilisés, et la situation des sans-droits. Leur situation s'est détériorée tout aussi obstinément, jusqu'à ce que le camp d'internement – qui était avant la Seconde Guerre mondiale l'exception plutôt que la règle pour les apatrides – soit devenu la solution de routine au problème de la domiciliation des « personnes déplacées ».

Même la terminologie appliquée aux apatrides s'est détériorée. Le terme « apatride » reconnaissait au moins le fait que ces personnes avaient perdu la protection de leur gouvernement et que seuls des accords internationaux pouvaient sauvegarder leur statut juridique. L'appellation, postérieure à la guerre, « personnes déplacées » a été inventée au cours de la guerre dans le but précis de liquider une fois pour toutes l'apatridie en ignorant son existence. La non-reconnaissance de l'apatridie signifie toujours le rapatriement, c'est-à-dire la déportation vers un pays d'origine, qui soit refuse de reconnaître l'éventuel rapatrié comme citoyen, soit, au contraire, veut le faire rentrer à tout prix pour le punir. Étant donné que les pays non totalitaires, en dépit des mauvaises intentions qu'a pu leur inspirer ce climat de guerre, ont généralement refusé l'idée des rapatriements en masse, le nombre des apatrides – douze ans après la fin de la guerre – est plus important que jamais. La décision des hommes d'État de résoudre le problème de l'apatridie en l'ignorant se révèle encore mieux par l'absence de statistiques fiables sur la question. On sait toutefois ce qu'il en est : s'il y a un million d'apatrides « reconnus », il y a plus de 10 millions d'apatrides *de facto* ; et si la question relativement anodine des apatrides *de jure* est parfois soulevée lors des conférences internationales, le fond du problème des apatrides, identique à celui des réfugiés, est purement et simplement passé sous silence. Pis encore, le nombre d'apatrides en puissance augmente sans cesse. Avant la dernière guerre, seules les dictatures totalitaires ou semi-totalitaires avaient recours à l'arme de la dénaturalisation à l'égard des citoyens de naissance ; nous avons désormais atteint le stade où même les démocraties libres, comme les États-Unis, se mettent à envisager sérieusement de priver de leur citoyenneté ceux des Américains de naissance qui sont communistes. L'aspect sinistre de ces mesures tient à ce qu'elles sont envisagées en toute innocence. Et pourtant, que l'on se souvienne seulement du soin extrême avec lequel les nazis, qui insistaient pour que tous les Juifs de nationalité non allemande « soient déchus de leur citoyenneté soit avant, soit au plus tard le jour de leur déportation[26] » (un tel décret n'était pas nécessaire pour les Juifs allemands puisque le IIIe Reich avait promulgué une loi selon laquelle tous les Juifs qui avaient quitté le territoire – y compris, bien sûr, ceux qu'on avait déportés dans un camp polonais – perdaient automatiquement leur citoyenneté), s'étaient efforcés de réaliser les véritables implications de l'apatridie.

La première grave atteinte portée aux États-nations par suite de l'arrivée de centaines de milliers d'apatrides a été que le droit d'asile, le seul droit qui ait jamais figuré comme symbole des Droits de l'homme dans le domaine des relations internationales, a été aboli. Sa longue histoire, une histoire sacrée, remonte aux origines mêmes de la vie politique organisée. Depuis les temps les plus reculés, il a protégé à la fois le réfugié et la terre d'asile des situations où les gens étaient contraints de devenir des hors-la-loi par suite de circonstances échappant à leur volonté. Il a été le seul vestige moderne du principe médiéval du *quid est in territorio est de territorio*, car dans tous les autres cas l'État moderne tendait à protéger ses citoyens au-delà de ses propres frontières et à s'assurer, au moyen de traités réciproques, qu'ils demeuraient soumis aux lois de leur pays. Mais bien que le droit d'asile ait continué à exister dans un monde organisé en États-nations et qu'il ait même, dans les cas individuels, survécu aux deux guerres mondiales, il était ressenti comme un

---

26. Cette citation est tirée d'un arrêté de l'*Hauptsturmführer* Dannecker daté du 10 mars 1943 et se référant à la « déportation de 5 000 Juifs de France, contingent 1942 ». Le document (du Centre de documentation juive de Paris) fait partie des *Documents de Nuremberg*, n° RF. 1216. Les Juifs bulgares furent l'objet de semblables arrêtés. Cf. *ibid.* le mémorandum de L. R. Wagner s'y référant, daté du 3 avril 1943, document NG 4180.

anachronisme et comme un principe incompatible avec les droits internationaux de l'État. Aussi le chercherait-on vainement dans la loi écrite, dans la Constitution ou dans un quelconque accord international ; le pacte de la Société des nations ne l'a jamais ne serait-ce que mentionné[27]. Il partage à ce titre la destinée des Droits de l'homme qui, eux non plus, ne sont jamais devenus loi, mais ont mené une existence plus ou moins floue comme recours dans les cas individuels exceptionnels pour lesquels les institutions juridiques normales étaient insuffisantes[28].

Le deuxième grand choc que le monde européen ait subi en contrecoup de l'arrivée des réfugiés[29] a été de prendre

---

27. Stephen Lawford Childs (« Refugees a Permanent Problem in International Organization ») déplore que le pacte de la SDN n'ait prévu « aucune charte en faveur des réfugiés politiques, aucune compensation en faveur des exilés ». La dernière tentative en date faite par les Nations unies pour obtenir, au moins pour un petit groupe d'apatrides – les fameux « apatrides *de jure* » –, un meilleur statut juridique, n'aura été qu'un simple geste, officiellement destiné à réunir les représentants d'au moins 20 pays, mais avec la garantie implicite que leur participation à cette conférence n'entraînerait de leur part aucune obligation. En dépit de ces restrictions, il demeure extrêmement douteux que cette conférence se tienne. Voir l'article du *New York Times* du 17 octobre 1954, p. 9.

28. Les seuls défenseurs du droit d'asile étaient les quelques associations qui avaient précisément pour but la protection des Droits de l'homme. La plus importante d'entre elles, la Ligue des Droits de l'homme, cautionnée par la France, qui avait des prolongements dans tous les pays démocratiques d'Europe, se comportait comme s'il ne s'agissait toujours que de sauver les individus persécutés à cause de leurs convictions et de leurs activités politiques. D'ores et déjà vaine dans le cas des millions de réfugiés russes, cette hypothèse devenait tout simplement absurde quant aux Juifs et aux Arméniens. La Ligue ne possédait ni les armes idéologiques ni les armes administratives nécessaires pour pouvoir régler les problèmes nouveaux. Du fait qu'elle refusait de regarder la nouvelle situation en face, elle s'engluaient dans des fonctions dont s'acquittaient mille fois mieux les innombrables organisations caritatives que les réfugiés avaient organisées eux-mêmes avec l'aide de leurs compatriotes. Si les Droits de l'homme devenaient l'objet d'un organisme caritatif particulièrement inefficace, le concept de Droits de l'homme ne pouvait qu'en être encore un peu plus discrédité.

29. Les efforts multiples et répétés des hommes de loi visant à simplifier le problème en établissant une différence entre l'apatride et le réfugié – garantir par exemple « que le statut de l'apatride est caractérisé par le fait qu'il ne possède pas de nationalité, tandis que celui du réfugié est déterminé par sa perte de toute protection diplomatique » (John Hope Simpson, *The Refugee Problem*, p. 232) – ont toujours été déjoués par le fait que « dans la pratique, les réfugiés sont tous des apatrides » (*ibid.*, p. 4).

conscience qu'il était impossible de se débarrasser d'eux ou de les transformer en nationaux du pays d'asile. Dès le début, tout le monde avait compris qu'il n'y avait que deux moyens de résoudre le problème : rapatriement ou naturalisation[30]. Lorsque l'exemple des premières vagues russes et arméniennes eut prouvé qu'aucun de ces deux procédés ne donnait de résultats concrets, les pays d'asile refusèrent purement et simplement de reconnaître apatrides toutes les vagues suivantes, rendant ainsi la situation des réfugiés encore plus intolérable[31]. Du point de vue des gouvernements concernés, on pouvait comprendre qu'ils rappellent à tout propos à la Société des nations « que ses travaux sur les réfugiés devaient être achevés au plus vite[32] » ; ils avaient maintes raisons de craindre que ceux qui avaient été exclus de la vieille trinité État-peuple-territoire, qui formait encore la base de l'organisation et de la civilisation politique de l'Europe, ne représentent que le début d'un mouvement appelé à prendre de l'ampleur, ne soient que la première goutte d'une vague de plus en plus énorme. Il était évident,

---

30. C'est à R. Yewdall Jermings (« Some International Aspects of the Refugee Question », *British Yearbook of International Law*, 1939) que nous devons la présentation la plus ironique de cette attente générale : « Le statut d'un réfugié n'est évidemment pas un statut permanent. L'idée est qu'il se débarrasse de ce statut le plus vite possible, soit par rapatriement soit par naturalisation dans le pays d'accueil. »

31. Seuls les Russes, qui constituaient à tous égards l'aristocratie de la population apatride, et les Arméniens, qui étaient assimilés au statut russe, ont de tout temps été reconnus officiellement comme « apatrides », placés sous la protection du bureau Nansen de la SDN, et munis de papiers leur permettant de voyager.

32. Stephen Lawford Childs, « Refugees a Permanent Problem in International Organization ». Cet effort désespéré pour faire au plus vite venait de ce que tous les gouvernements craignaient que même le plus petit geste positif « pût encourager les pays à se débarrasser de leurs indésirables et pousser nombre d'entre eux à émigrer, alors qu'autrement ils resteraient dans leurs pays même en cas de grave dénuement juridique » (Louise W. Holborn, « The Legal Status of Political Refugees, 1920-1938 », *American Journal of International Law*, 1938). Voir également Georges Mauco (dans *Esprit*, 7ᵉ année, n° 82, juillet 1939, p. 590) : « Assimiler les réfugiés allemands au statut d'autres réfugiés dont le sort avait été réglé par le bureau Nansen aurait naturellement été la solution la plus simple et la meilleure pour les réfugiés allemands eux-mêmes. Mais les gouvernements ne voulaient pas étendre les privilèges déjà accordés à une nouvelle catégorie de réfugiés dont le nombre menaçait au demeurant d'augmenter indéfiniment. »

et d'ailleurs la conférence d'Évian elle-même l'a reconnu en 1938, que tous les Juifs allemands et autrichiens étaient des apatrides en puissance ; et il était tout naturel que les pays à minorités se sentent encouragés par l'exemple de l'Allemagne à essayer de recourir aux mêmes méthodes pour se débarrasser de certaines de leurs populations minoritaires[33]. De toutes les minorités, c'étaient les Juifs et les Arméniens qui couraient les plus grands risques, et ils ont eu bientôt la plus forte proportion d'apatrides ; mais ils ont aussi donné la preuve que les traités sur les minorités n'assuraient pas nécessairement une protection mais pouvaient également être utilisés comme un instrument afin d'isoler certains groupes en vue de leur éventuelle expulsion.

Presque aussi effrayant que ces dangers nouveaux qui naissaient des vieux points sensibles de l'Europe, se développait également un type de comportement radicalement nouveau chez tous les Européens pourvus d'un État-nation, consistant à se livrer à une lutte « idéologique ». Non seulement on voyait des gens exclus de leur pays et dépouillés de leur citoyenneté, mais on voyait aussi de plus en plus de gens de tous pays, y compris des démocraties occidentales, se porter volontaires pour partir à l'étranger combattre dans les guerres civiles (ce que, jusque-là, seuls une poignée d'idéalistes ou de volontaires avaient fait), même lorsque cela revenait à se couper de leurs communautés nationales. La guerre d'Espagne en est le meilleur exemple et explique les raisons pour lesquelles les gouvernements ont été si effrayés par les Brigades internationales. Les choses n'auraient pas été tout à fait aussi graves si cela avait signifié que les gens cessaient d'être autant liés à leur nationalité et qu'ils étaient prêts à s'assimiler éventuellement à une autre communauté nationale. Or il n'en était

---

33. Aux 600 000 Juifs d'Allemagne et d'Autriche qui étaient en 1938 des apatrides en puissance, il faut ajouter les Juifs de Roumanie (le président de la Commission fédérale roumaine aux minorités, le professeur Dragomir, venait d'annoncer au monde la révision imminente de la citoyenneté de tous les Juifs roumains) et de Pologne (le ministre des Affaires étrangères, Beck, avait déclaré officiellement que la Pologne comptait un million de Juifs de trop). Voir John Hope Simpson, *The Refugee Problem*, p. 235.

rien. Les apatrides avaient déjà fait preuve d'une surprenante opiniâtreté à vouloir conserver leur nationalité ; à tous égards, les réfugiés représentaient des minorités à part qui n'avaient en général aucune envie d'être naturalisées ; ils ne se sont jamais groupés, comme l'avaient fait un moment les minorités, pour défendre leurs intérêts communs[34]. Les Brigades internationales étaient organisées en bataillons nationaux dans lesquels les Allemands avaient le sentiment de combattre Hitler et les Italiens Mussolini, tout comme, dans la Résistance, quelques années plus tard, les réfugiés espagnols ont eu le sentiment de combattre Franco en aidant les Français contre le gouvernement de Vichy. Ce qui a fait si peur aux gouvernements européens, dans ce processus, c'est qu'on ne pouvait plus dire des apatrides qu'ils étaient de nationalité discutable ou douteuse *(de nationalité indéterminée*)*. Même s'ils avaient renoncé à leur citoyenneté, même s'ils n'avaient plus ni attaches ni

---

34. Il est difficile de dire ce qui l'emportait, des hésitations des États-nations à naturaliser les réfugiés (la pratique de la naturalisation devenait de plus en plus courante à mesure que les réfugiés arrivaient) ou des hésitations des réfugiés à accepter une autre citoyenneté. Dans les pays qui comptaient des populations minoritaires, comme la Pologne, les réfugiés (russes et ukrainiens) avaient nettement tendance à s'assimiler aux minorités sans toutefois demander la citoyenneté polonaise (voir John Hope Simpson, *The Refugee Problem*, p. 364). Le comportement des réfugiés russes est absolument caractéristique. Le passeport Nansen décrivait son titulaire comme, « *personne d'origine russe** », parce que « nul n'aurait osé dire à l'émigré russe qu'il était sans nationalité ou de nationalité douteuse ». (Voir Marc Vichniac, « Le statut international des apatrides », *Recueil des cours de l'Académie de droit international*, vol. 33, 1933.) La tentative de munir tous les apatrides de cartes d'identité uniformes fut vivement critiquée par les titulaires du passeport Nansen, qui affirmaient que leur passeport était « la preuve que leur statut étranger était juridiquement reconnu ». (Voir R. Yewdall Jermings, « Some International Aspects... ») Avant la déclaration de guerre, les réfugiés d'Allemagne, même eux, n'avaient pas la moindre envie de se confondre avec la masse des apatrides ; ils préféraient le terme de « *réfugié provenant d'Allemagne** », dans lequel subsistaient au moins des traces de nationalité. Les plaintes des pays européens quant à la difficulté d'assimiler les réfugiés sont moins convaincantes que les déclarations des pays d'outre-mer, qui conviennent avec les premiers que « de toutes les classes d'immigrants européens, les moins faciles à assimiler sont les Européens du Sud, de l'Est et du Centre ». (Voir « Canada and the Doctrine of Peaceful Changes », publié par H. F. Angus, *International Studies Conference : Demographic Questions : Peaceful Changes*, 1937, p. 75-76.)

loyauté envers leur pays d'origine et qu'ils n'identifiaient plus leur nationalité à un gouvernement visible et pleinement reconnu, ils conservaient un attachement fort à leur nationalité. Les groupes nationaux éclatés et les minorités, qui, les uns comme les autres, étaient dépourvus de racines profondes dans le territoire et de loyauté vis-à-vis de l'État, avaient cessé de caractériser exclusivement l'Est. En tant que réfugiés et personnes apatrides, ils avaient désormais infiltré les plus anciens États-nations de l'Occident.

Les vraies difficultés commencèrent dès que les deux remèdes consacrés, rapatriement et naturalisation, furent testés. Les mesures de rapatriement ont naturellement échoué quand il n'y avait pas de pays où déporter ces gens. Si elles ont échoué, ce n'est pas à cause d'une quelconque considération pour la personne apatride (ainsi qu'on pourrait le croire aujourd'hui lorsque la Russie soviétique réclame ses ressortissants les plus anciens et que les pays démocratiques doivent les protéger contre un rapatriement auquel ils se refusent) ; ce n'est pas non plus à cause des sentiments humanitaires des pays qui furent submergés par les vagues de réfugiés ; c'est parce que ni son pays d'origine ni aucun autre pays n'acceptaient d'accueillir l'apatride. On aurait pu croire que l'impossibilité même de déporter une personne apatride aurait suffi à empêcher un gouvernement de l'expulser ; mais puisque l'homme sans État était « une anomalie pour qui il n'existe pas de niche appropriée dans le cadre de la loi générale[35] » – un hors-la-loi par définition –, il se retrouva totalement à la merci de la police qui, pour sa part, ne voyait guère d'inconvénients à commettre quelques actes illégaux de manière à rendre moins lourd pour le pays le fardeau des *indésirables**[36]. Autrement dit, l'État, en insistant sur son droit souverain d'expulsion, était contraint par la nature illégale de l'apatridie à des actes reconnus

---

35. R. Yewdall Jermings, « Some International Aspects... »

36. La circulaire du 7 mai 1938 émise par les autorités hollandaises considérait expressément tout réfugié comme « étranger indésirable », et définissait le réfugié comme un « étranger qui a quitté son pays sous la pression des circonstances ». Voir « L'émigration, problème révolutionnaire », *Esprit*, n° 82, juillet 1939, p. 602.

illégaux[37]. Il expulsait discrètement ses apatrides dans les pays voisins, et ceux-ci en retour lui rendaient la pareille. Le rapatriement, solution idéale pour faire rentrer subrepticement le réfugié dans son pays d'origine, ne réussit que dans quelques cas notoires, en partie parce qu'une police non totalitaire était encore retenue par quelques rudiments de considération morale, en partie parce que l'apatride était autant susceptible de se faire renvoyer de son pays natal que de tout autre pays, enfin et surtout parce que tout ce trafic ne pouvait se poursuivre qu'entre pays voisins. Cette « contrebande » d'hommes a abouti à des escarmouches entre les polices stationnées aux frontières, ce qui n'était pas exactement fait pour améliorer les relations internationales, et à une accumulation de sentences d'emprisonnement pour les apatrides qui, avec l'aide de la police de l'un des pays, étaient passés « illégalement » dans le territoire de l'autre.

Toutes les conférences internationales qui ont essayé de définir un statut juridique des apatrides se sont soldées par un échec, parce qu'aucun accord ne saurait remplacer le territoire vers lequel un étranger, selon le fonctionnement de la loi en vigueur, doit pouvoir être déporté. Toutes les discussions sur le problème des réfugiés ont tourné autour de la même question : comment rendre le réfugié à nouveau déportable ? La Seconde Guerre mondiale et les camps de personnes déplacées n'étaient pas nécessaires pour montrer que le seul substitut concret à une patrie inexistante était le

---

37. Lawrence Preuss (« La dénationalisation imposée pour des motifs politiques ») décrit l'illégalité comme suit : « L'acte illégal initial du gouvernement qui dénationalise [...] place le pays qui expulse dans une position de transgresseur du droit international, parce que ses autorités violent les lois du pays vers lequel l'apatride est expulsé. À son tour, ce pays ne peut plus s'en débarrasser [...] si ce n'est en violant [...] les lois d'un troisième pays [L'apatride se trouve dans l'alternative suivante] : ou bien il viole la loi du pays dans lequel il réside [...] ou bien il viole la loi du pays vers lequel il est expulsé. » Sir John Fischer Williams (« Denationalisation », *British Yearbook of International Law*, vol. 7, 1927) conclut de cette situation que la dénationalisation est contraire au droit international ; en 1930, pourtant, lors de la conférence de La Haye pour la codification du droit international, il ne s'est trouvé que le gouvernement finlandais pour soutenir que « la perte de nationalité [...] ne devrait jamais constituer une punition [...] ni être prononcée dans le but de se débarrasser d'une personne indésirable en l'expulsant ».

camp d'internement. De fait, ce fut dès les années 30 le seul « pays » que le monde eut à offrir aux apatrides[38].

Par ailleurs, la naturalisation devait elle aussi se révéler un échec. Tout le système de naturalisation des pays européens s'est effondré lorsqu'il a été confronté aux apatrides, pour les mêmes raisons que celles qui avaient condamné le droit d'asile. La naturalisation était essentiellement une annexe de la législation de l'État-nation qui ne voulait reconnaître que les « nationaux », personnes nées sur son territoire et citoyens de naissance. La naturalisation était nécessaire dans des cas exceptionnels, pour les individus isolés que les circonstances auraient pu mener en pays étranger. L'ensemble du processus s'est brisé lorsqu'il a été question d'appliquer la naturalisation à des masses[39] ; même du simple point de vue administratif, aucune administration européenne n'aurait pu régler ce problème. Au lieu de naturaliser une fraction au moins des nouveaux arrivants, les pays se sont mis à annuler les naturalisations antérieures, en partie à cause de la panique générale, en partie parce que l'arrivée massive de nouveaux venus changeait du même coup la situation toujours précaire des citoyens naturalisés de même origine[40]. L'annulation de la naturalisation ou l'intro-

---

38. « La réelle difficulté d'accueillir un réfugié, c'est que s'il tourne mal [...] il n'existe aucun moyen de s'en débarrasser » : parvenu à cette triste conclusion, Stephen Lawford Childs (« Refugees a Permanent Problem in International Organization ») proposait des « centres de transit » vers lesquels le [s] réfugié [s] pourrait être renvoyé même de l'étranger, ce qui, autrement dit, tiendrait lieu de pays natal pour les besoins de la déportation.

39. Il se produisit au Proche-Orient deux exemples de naturalisation massive exceptionnels : le premier est celui des réfugiés grecs en provenance de Turquie que le gouvernement grec naturalisa *en bloc** en 1922 parce qu'il s'agissait en fait de rapatrier une minorité grecque et non pas d'accueillir des citoyens étrangers ; le second intervint en faveur des réfugiés arméniens venus de Turquie et cantonnés en Syrie, au Liban et dans d'autres pays anciennement turcs, c'est-à-dire une population avec laquelle, quelques années plus tôt, le Proche-Orient partageait une citoyenneté commune.

40. Lorsqu'une vague de réfugiés rencontrait des membres de leur propre nationalité déjà établis dans le pays où ils immigraient – comme cela se produisit pour les Arméniens et les Italiens en France, par exemple, et pour les Juifs dans tous les pays du monde – on constatait une certaine régression de l'assimilation des premiers arrivés. Car il n'était possible de mobiliser leur aide et leur solidarité qu'en

duction de nouvelles lois qui préparaient de toute évidence le terrain à des dénaturalisations massives[41] brisèrent le maigre espoir des réfugiés de s'adapter à une vie normale nouvelle ; si l'assimilation au nouveau pays avait d'abord pu paraître un peu mesquine ou déloyale, elle était désormais tout simplement ridicule. La différence entre un citoyen naturalisé et un résident apatride n'était pas assez grande pour justifier que quiconque s'en préoccupât, les premiers étant fréquemment privés des droits civiques importants et constamment menacés de subir le sort des seconds. Les personnes naturalisées étaient largement assimilées au statut des étrangers ordinaires, et comme les naturalisés avaient déjà perdu leur citoyenneté originelle, ces mesures signifiaient tout simplement que de nombreuses personnes étaient menacées de devenir à leur tour des apatrides.

Le désarroi des gouvernements européens était presque pathétique à voir, en dépit de leur conscience du danger que représentait le phénomène des apatrides pour leurs institutions juridiques et politiques établies, et en dépit de leurs efforts pour endiguer le flot. Il n'était plus besoin d'événements explosifs. Dès qu'un certain nombre d'apatrides étaient admis dans un pays par ailleurs normal, l'apatridie se répandait comme une maladie contagieuse. Non seulement les citoyens naturalisés se voyaient menacés de retourner au statut d'apatrides, mais les conditions de vie faites à tous les étrangers sans exception se détérioraient elles aussi nettement.

---

faisant appel à la nationalité d'origine qu'ils partageaient avec les nouveaux venus. Cet argument présentait un intérêt direct pour les pays qui étaient submergés de réfugiés et qui ne pouvaient ou ne voulaient pas leur accorder une aide directe ou le droit au travail. Dans tous ces cas, les sentiments nationaux du groupe le plus ancien se révélaient être « l'un des facteurs primordiaux pour la réussite de l'établissement des réfugiés » (John Hope Simpson, *The Refugee Problem*, p. 45-46), mais en faisant appel à cette conscience et à cette solidarité nationales, les pays d'accueil accroissaient naturellement le nombre des étrangers non assimilés. Pour prendre un cas particulièrement intéressant, il a suffi de 10 000 réfugiés italiens pour reculer indéfiniment l'assimilation de près de 1 million d'immigrants italiens en France.

41. Le gouvernement français, et après lui certains pays occidentaux, introduisit pendant les années 30 un nombre croissant de restrictions concernant les citoyens naturalisés : ils étaient éliminés de certaines professions jusqu'à 10 ans après leur naturalisation, ils n'avaient pas de droits politiques, etc.

Dans les années 30, il était devenu très difficile de distinguer clairement entre réfugiés apatrides et résidents étrangers normaux. Chaque fois que le gouvernement tentait de faire usage de son droit pour rapatrier un résident étranger contre son gré, celui-ci faisait tout son possible pour chercher refuge dans l'apatridie. Durant la Première Guerre mondiale, les étrangers ennemis avaient compris l'énorme avantage d'être apatrides. Mais ce qui avait été l'astuce de quelques individus pour ouvrir une brèche dans la loi était maintenant devenu la réaction instinctive des masses. Terre d'accueil des émigrants la plus importante d'Europe[42], parce qu'elle avait réglé son marché du travail toujours chaotique en faisant venir des travailleurs étrangers en temps de besoin, qu'elle déportait en période de chômage et de crise, la France donna à ses étrangers, sur les avantages de la situation d'apatride, une leçon qu'ils ne furent pas près d'oublier. Après 1935, année du rapatriement massif décrété par le gouvernement Laval et auquel seuls les apatrides avaient échappé, les immigrants dits « économiques » et certains groupes d'origine plus ancienne – des Balkans, d'Italie, de Pologne et d'Espagne – se mêlèrent aux vagues de réfugiés en un enchevêtrement que rien désormais n'aurait su démêler.

Cependant, le mal que l'apatridie a causé aux vénérables et nécessaires distinctions entre nationaux et étrangers et aux droits souverains des États en matière de nationalité et d'expulsion n'a pas été le pire ; le dommage qu'a subi la structure même des institutions juridiques nationales lorsqu'un nombre croissant de résidents ont dû accepter de vivre en dehors de la sphère d'application de ces lois, sans toutefois être protégés par aucune autre loi, a été plus grave encore. Privé du droit de résidence et du droit au travail, l'apatride devait évidemment transgresser continuellement la loi. Il était susceptible de se voir emprisonné sans avoir commis le moindre crime. Bien plus, toute l'échelle des valeurs qui sont le propre des pays civilisés était, dans son cas, inversée. Puisqu'il représentait l'anomalie pour laquelle la loi générale n'avait rien prévu,

---

42. John Hope Simpson, *The Refugee Problem*, p. 289.

mieux valait pour lui qu'il devînt une anomalie pour laquelle la loi prévoyait quelque chose – un criminel.

Le meilleur critère pour juger si quelqu'un se trouve dépourvu de toute protection juridique, c'est de se demander s'il n'aurait pas intérêt à commettre un crime. Si un petit larcin a des chances d'améliorer sa situation juridique, même momentanément, on peut être sûr que cet individu a été déchu de ses droits d'homme. Car un acte criminel devient alors la meilleure occasion de retrouver quelque égalité humaine, même si ce doit être en tant qu'exception reconnue à la norme. Soulignons que cette exception a été prévue par la loi. En tant que criminel, même un apatride ne sera pas plus mal traité que n'importe quel autre criminel, autrement dit, il sera traité comme tout le monde. C'est uniquement en contrevenant à la loi qu'il peut obtenir d'elle une certaine protection. Tant que dureront son procès et sa peine, il sera à l'abri de l'arbitraire de la police contre laquelle il n'est ni avocats ni recours. L'homme qui hier se trouvait en prison à cause de sa seule présence au monde, qui n'avait aucun droit d'aucune sorte et vivait dans la menace de la déportation, ou qu'on avait expédié sans jugement et sans procès dans une espèce quelconque d'internement parce qu'il avait essayé de travailler et de gagner sa vie, cet homme a des chances de devenir pratiquement citoyen à part entière s'il commet seulement un petit larcin. Même s'il n'a pas le sou, il peut alors obtenir un avocat, se plaindre de ses geôliers, et on l'écoutera avec respect. Considéré auparavant comme la lie de la terre, il devient désormais assez important pour être informé dans le détail de la loi selon laquelle il sera jugé. Il est devenu une personne respectable[43].

---

43. En termes clairs, cette sentence prononcée contre lui sera moins grave qu'un ordre d'expulsion, l'annulation de son permis de travail ou un décret l'expédiant dans un camp d'internement. Un Américano-Japonais de la côte ouest qui se serait trouvé en prison lorsque l'armée avait ordonné l'internement de tous les Américains d'ascendance japonaise n'aurait pas été contraint de liquider ses biens à n'importe quel prix ; il serait resté en droit là où il était, armé d'un avocat pour s'occuper de ses intérêts ; et s'il avait eu la chance d'être condamné à une longue peine, il aurait pu retourner en toute légalité comme en toute tranquillité à ses affaires et à son métier d'avant, fussent-ils ceux d'un voleur professionnel. Sa peine d'emprisonnement lui garantissait les droits constitutionnels que rien d'autre – ni protestations de loyauté ni appel – n'aurait pu lui obtenir une fois sa citoyenneté devenue douteuse.

L'autre moyen, beaucoup moins sûr et beaucoup plus difficile, de sortir d'une anomalie non reconnue et d'atteindre au statut d'exception reconnue, serait de devenir un génie. Tout comme la loi ne reconnaît qu'une seule différence entre les êtres humains, la différence entre le non-criminel normal et le criminel anormal, une société conformiste ne reconnaît qu'une seule forme d'individualisme particulier, le génie. La société bourgeoise européenne voulait que le génie restât en dehors des lois humaines, qu'il fût une sorte de monstre dont le principal rôle social était de faire sensation, et il importait peu qu'il fût en réalité un hors-la-loi. En outre, la perte de leur citoyenneté ne privait pas seulement les gens de protection, mais elle leur ôtait également toute identité nettement établie, officiellement reconnue ; leurs efforts incessants, frénétiques, pour obtenir au moins un acte de naissance du pays qui les avait dénationalisés en étaient le plus pur symbole. Leurs problèmes étaient résolus lorsqu'ils atteignaient à un degré de particularisme tel qu'il s'avérait seul capable de sauver un homme de la foule gigantesque, anonyme. Seule la célébrité peut éventuellement fournir la réponse à l'éternelle complainte des réfugiés de toutes les couches sociales : « ici personne ne sait qui je suis » ; et il est exact que les chances du réfugié célèbre sont plus grandes, tout comme un chien qui a un nom a davantage de chances de survivre qu'un chien errant qui n'est qu'un chien en général[44].

L'État-nation, incapable de fournir une loi à ceux qui avaient perdu la protection d'un gouvernement national, remit le problème entre les mains de la police. C'était la première fois en Europe occidentale que la police recevait les pleins pouvoirs pour agir de son propre chef et contrôler directement les gens ; dans le domaine de la vie publique, elle cessait d'être un instrument destiné à faire respecter et appliquer la loi pour devenir une instance gouvernante, indé-

---

44. Le fait que le même principe de formation d'une élite a souvent fonctionné dans les camps de concentration totalitaires où l'« aristocratie » se composait d'une majorité de criminels et de quelques « génies », c'est-à-dire d'amuseurs et d'artistes, montre à quel point les positions sociales de ces groupes sont liées.

pendante du gouvernement et des ministères[45]. Sa force et son émancipation vis-à-vis de la loi et du gouvernement augmentaient en proportion du flux des réfugiés. Plus la proportion d'apatrides et d'apatrides potentiels par rapport à la population globale était importante – dans la France d'avant-guerre, elle avait atteint 10 % de la population totale –, plus grand était le danger de voir la police se transformer peu à peu en police d'État.

Il va sans dire que les régimes totalitaires, où la police avait atteint l'apogée de son pouvoir, étaient particulièrement désireux de consolider ce pouvoir en dominant de vastes groupes de gens qui – tous méfaits commis par des individus isolés mis à part – se trouvaient de toute manière au ban de la loi. Dans l'Allemagne nazie, les lois de Nuremberg et leur distinction entre citoyens du Reich (citoyens à part entière) et nationaux (citoyens de deuxième classe privés de droits politiques) avaient ouvert la voie à un processus par lequel tous les nationaux de « sang étranger » pouvaient perdre leur nationalité par décret officiel ; seul le déclenchement de la guerre empêcha la mise en place de la législation correspondante, qui avait été préparée en détail[46]. Par

---

45. En France, par exemple, il allait de soi qu'un ordre d'expulsion émanant de la police était beaucoup plus sérieux que s'il était « simplement » lancé par le ministère de l'Intérieur, et que le ministère de l'Intérieur ne pouvait annuler une expulsion ordonnée par la police que dans de très rares cas, alors que l'inverse n'était souvent qu'une simple affaire de corruption. D'après la Constitution, la police n'en est pas moins placée sous l'autorité du ministère de l'Intérieur.

46. En février 1938, le Reich et le ministère prussien de l'Intérieur présentèrent un « projet de loi concernant l'acquisition et la perte de la nationalité allemande » qui allait bien plus loin que la législation de Nuremberg. Ce projet de loi stipulait que tous les enfants de « Juifs, Juifs de sang mêlé ou autres personnes de sang étranger » (qui de toute manière ne pouvaient en aucun cas devenir citoyens du Reich) n'avaient plus droit à la nationalité eux non plus, « même si le père possède la nationalité allemande de naissance ». Ces mesures ne s'appliquaient pas uniquement à la législation antijuive, ainsi que le montre clairement l'opinion exprimée le 19 juillet 1939 par le ministre de la Justice, qui suggère que « les mots de Juif et de Juif de sang mêlé soient autant que possible absents de la loi, pour être remplacés par "personnes de sang étranger" ou "personnes de sang non allemand ou non germanique *[nicht atverwandt]*" ». La préparation de cette extraordinaire expansion de la population apatride dans l'Allemagne nazie a un aspect assez intéressant en ce qui concerne les enfants trouvés, qui sont explicitement considérés

ailleurs, l'augmentation des groupes d'apatrides dans les pays non totalitaires provoquait une certaine forme d'illégalité organisée par la police, qui conduisait pratiquement à une coordination du monde libre avec la législation des pays totalitaires. Que, dans tous les pays, les camps de concentration aient été en dernier ressort prévus pour les mêmes groupes, même s'il y avait des différences considérables dans le traitement infligé à leurs pensionnaires, était d'autant plus caractéristique que la sélection de ces groupes était réservée à l'initiative exclusive des régimes totalitaires : si les nazis plaçaient une personne dans un camp de concentration et que cette personne réussissait à s'évader, en Hollande par exemple, les Hollandais la mettaient automatiquement dans un camp d'internement. Ainsi, bien avant la déclaration de guerre, la police avait-elle, dans un certain nombre de pays occidentaux et sous prétexte de « sécurité nationale », établi de sa propre initiative d'étroits contacts avec la Gestapo et la Guépéou, si bien qu'on pouvait dire qu'il existait une politique étrangère indépendante, celle de la police. Cette politique étrangère à direction policière fonctionnait tout à fait en dehors des gouvernements officiels ; les relations entre la Gestapo et la police française ne furent jamais plus cordiales qu'à l'époque du gouvernement de Front populaire de Léon Blum, gouvernement inspiré pourtant par une politique fermement anti-allemande. À la différence des gouvernements, les diverses organisations policières ne se sont jamais encombrées de « préjugés » à l'égard d'un régime totalitaire spécifique ; les renseignements et les dénonciations fournis par les agents de la Guépéou étaient aussi bienvenus que ceux qui provenaient des agents du fascisme ou de la Gestapo. Les polices connaissaient le rôle éminent de

---

comme apatrides, à moins que « l'on puisse procéder à des recherches sur leurs caractéristiques raciales ». Le principe selon lequel tout individu naît avec des droits inaliénables garantis par sa nationalité est ici complètement renversé : tout individu naît sans droits, autrement dit apatride, à moins que l'on n'en arrive ultérieurement à une conclusion différente. On pourra consulter le dossier original relatif à ce projet de législation, y compris les opinions de tous les ministères et du Haut Commandement de la Wehrmacht, dans les archives du Yiddish Scientific Institute de New York (G 75).

l'appareil policier dans tous les régimes totalitaires, elles connaissaient également son statut social élevé et son importance politique, et elles n'ont jamais cherché à cacher leurs sympathies. Que les nazis aient pu parfois, et de manière aussi scandaleuse, rencontrer aussi peu de résistance de la part de la police des pays qu'ils occupaient, et qu'ils aient pu organiser la terreur comme ils l'ont fait avec l'aide des forces de police locales, tout cela vient en partie de la position de puissance que la police avait atteinte au fil des années dans sa domination arbitraire et sans contrainte sur les apatrides et les réfugiés.

Les Juifs ont joué un rôle essentiel tant dans l'histoire de la « nation des minorités » que dans la formation d'un peuple apatride. Ils ont été à la tête de ce qu'on a appelé le mouvement des minorités à cause de leur grande faiblesse (que seuls les Arméniens partageaient au même degré) et de leurs excellentes relations internationales, et surtout parce qu'ils ne constituaient une majorité dans aucun pays et qu'on pouvait par conséquent voir en eux la *minorité par excellence**, c'est-à-dire la seule dont les intérêts ne pouvaient être défendus que par une protection garantie de matière internationale[47].

Les besoins particuliers des Juifs fournissaient le prétexte idéal pour nier que les traités fussent un compromis entre la tendance nouvelle des nations à assimiler de force les peuples étrangers *et* les nationalités qui, pour des raisons d'opportunité, ne pouvaient se voir garantir le droit à l'autodétermination.

Un semblable incident fit des Juifs l'élément prépondérant dans la discussion du problème des réfugiés et des apatrides. Les premiers *Heimatlose*, ou *apatrides**, qui avaient été créés par les traités de paix, étaient pour la plupart des Juifs qui venaient des États successeurs et qui ne pouvaient ou ne voulaient pas se placer sous la protection du statut des

---

47. Sur le rôle des Juifs dans la formulation des traités sur les minorités, voir Carlile Aylmer Macartney, *National States and National Minorities*, p. 4, 213, 281 et *passim* ; David Erdstein, *Le Statut juridique des minorités en Europe*, 1932, p. 11 et suiv. ; Oscar J. Janowsky, *Nationalities and National Minorities*.

minorités de leurs patries d'origine. Il a fallu que l'Allemagne contraigne les Juifs allemands à l'émigration et à l'apatridie pour qu'ils en viennent à former une proportion très importante du peuple apatride. Mais, au cours des années qui ont suivi la persécution des Juifs allemands accomplie avec succès par Hitler, tous les pays à minorités se sont mis à songer à expatrier leurs minorités, et il était tout naturel de commencer par la *minorité par excellence**, la seule nationalité qui n'eût réellement pour toute protection qu'un système de minorités désormais dérisoire.

La notion selon laquelle l'apatridie serait avant tout un problème juif[48] a été le prétexte avancé par tous les gouvernements qui ont voulu régler le problème en l'ignorant. Aucun homme d'État ne se rendait compte que la solution au problème juif imposée par Hitler, solution qui consista dans un premier temps à réduire les Juifs allemands à une minorité non reconnue en Allemagne, puis à leur faire passer les frontières en tant que peuple apatride, pour finalement les rassembler de toutes parts afin de les expédier dans les camps de concentration, était une démonstration éloquente, vis-à-vis du reste du monde, de la manière de « liquider » réellement tous les problèmes concernant minorités et apatrides. Après la guerre, la question juive, que tous considéraient comme la seule véritablement insoluble, s'est bel et bien trouvée résolue – en l'occurrence au moyen d'un territoire colonisé, puis conquis –, mais cela ne régla ni le problème des minorités ni celui des apatrides. Au contraire, comme pratiquement tous les autres événements de notre siècle, cette solution de la question juive n'avait réussi qu'à produire une nouvelle catégorie de réfugiés, les Arabes, accroissant ainsi le nombre des apatrides et des sans-droits de quelque 700 à 800 000 personnes. Or ce qui venait de se

---

48. Cette théorie n'était absolument pas le fait de la seule Allemagne nazie, bien que seul un auteur nazi ait osé l'exprimer : « Il est vrai que la question des réfugiés continuera d'exister même lorsqu'il n'y aura plus de question juive ; mais étant donné que les Juifs représentent un pourcentage si élevé parmi les réfugiés, la question des réfugiés s'en trouvera considérablement simplifiée » (Heinz Kabermann, « Das internationale Flüchtlingsproblem », *Zeitschrift für Politik*, fasc. 3, 1939).

produire en Palestine, au sein du territoire le plus exigu et à l'échelle de centaines de milliers d'individus, s'est ensuite reproduit en Inde à grande échelle et pour des millions et des millions de gens. Depuis les traités de paix de 1919 et de 1920, réfugiés et apatrides sont, telle une malédiction, le lot de tous les nouveaux États qui ont été créés à l'image de l'État-nation.

Pour ces nouveaux États, ce fléau porte les germes d'une maladie incurable. Car l'État-nation ne saurait exister une fois que son principe d'égalité devant la loi a cédé. Sans cette égalité juridique, qui avait été prévue à l'origine pour remplacer les lois et l'ordre de l'ancienne société féodale, la nation se dissout en une masse anarchique d'individus sur- et sous-privilégiés. Les lois qui ne sont pas égales pour tous constituent des droits et des privilèges, ce qui est en contradiction avec la nature même des États-nations. Plus ils font preuve d'une incompétence manifeste à traiter les apatrides en personnes légales, et plus grande y est l'extension de l'arbitraire exercé par les décrets de la police ; plus il est alors difficile à ces États de résister à la tentation de priver tous les citoyens de statut juridique et à les gouverner au moyen d'une police omnipotente.

2. Les embarras suscités par les droits de l'homme

La Déclaration des Droits de l'homme, à la fin du XVIIIe siècle, aura marqué un tournant de l'histoire. Elle déclarait ni plus ni moins que désormais l'Homme, et non plus le commandement de Dieu ou les coutumes de l'histoire, serait la source de la Loi. Ignorant les privilèges, dont l'histoire avait fait l'apanage de certaines couches de la société ou de certaines nations, la Déclaration stipulait l'émancipation de l'homme de toute tutelle et annonçait qu'il avait maintenant atteint le temps de sa maturité.

Par-delà ces notions, une autre conséquence se faisait jour, dont les artisans de la Déclaration n'étaient qu'à moitié conscients. La proclamation de droits humains était également conçue comme un instrument de protection, fort nécessaire à une époque où les individus n'étaient plus à l'abri dans les conditions où ils étaient nés, ou assurés de leur égalité devant Dieu en tant que chrétiens. Autrement dit, les hommes, dans cette société nouvelle, émancipée et laïcisée, ne pouvaient plus être sûrs de ces droits sociaux et humains qui, jusque-là, étaient demeurés en dehors de l'ordre politique et n'étaient garantis ni par le gouvernement ni par la Constitution, mais par des forces sociales, spirituelles et religieuses. Aussi tout le XIXᵉ siècle a-t-il unanimement estimé que les droits de l'homme devaient être invoqués chaque fois que des individus avaient besoin de protection face à la nouvelle souveraineté de l'État et au nouvel arbitraire de la société.

Comme les Droits de l'homme avaient été déclarés « inaliénables », irréductibles à, et non déductibles de tout autre droit ou loi, il n'était pas nécessaire d'invoquer une quelconque autorité pour les établir ; l'Homme lui-même était leur source aussi bien que leur but suprême. Aucune loi spéciale, en outre, n'était jugée nécessaire pour protéger ces droits, puisque toutes les lois étaient supposées en découler. L'homme apparaissait comme souverain unique en matière de loi, de même que le peuple était proclamé souverain unique en matière de gouvernement. La souveraineté du peuple (différente de celle du prince) n'était pas proclamée par la grâce de Dieu mais au nom de l'Homme, si bien qu'il semblait que les droits « inaliénables » de l'homme trouveraient tout naturellement leur garantie et deviendraient une part inaliénable du droit souverain du peuple à s'autogouverner.

Autrement dit, à peine l'homme venait-il d'apparaître comme un être complètement émancipé et autonome, portant sa dignité en lui-même sans référence à quelque ordre plus vaste et global, qu'il disparaissait aussitôt pour devenir membre d'un peuple. La déclaration de droits humains inaliénables impliquait d'emblée un paradoxe, puisqu'elle se référait à un être humain « abstrait » qui ne semblait exister nulle part, car même les sauvages vivaient dans une certaine forme d'ordre social. Si un groupe tribal ou quelque autre communauté « arriérée » ne jouissait pas de droits humains, c'était évidemment parce que, dans son ensemble, il n'avait pas encore atteint ce stade de civilisation, le stade de la souveraineté populaire et nationale, et qu'il était au contraire opprimé par des despotes indigènes ou étrangers. Aussi toute la question des droits de l'homme se trouva-t-elle bientôt et inextricablement mêlée à la question de l'émancipation nationale ; seule la souveraineté émancipée du peuple, de leur propre peuple, semblait être capable de mettre les hommes à l'abri. Comme le genre humain, depuis la Révolution française, était conçu à l'image d'une famille de nations, il devint peu à peu évident que le peuple, et non l'individu, était l'image de l'homme.

La pleine implication de cette identification des droits de l'homme aux droits des peuples dans le système européen de l'État-nation n'est apparue au grand jour qu'avec l'irruption soudaine d'un nombre croissant de gens et de peuples dont les droits élémentaires étaient aussi peu protégés par le fonctionnement ordinaire des États-nations au sein de l'Europe qu'ils auraient pu l'être au cœur de l'Afrique. Après tout, les Droits de l'homme avaient été définis comme « inaliénables » parce qu'ils étaient supposés indépendants de tout gouvernement ; or, il s'est révélé qu'au moment où les êtres humains se retrouvaient sans gouvernement propre et qu'ils devaient se rabattre sur leurs droits minimums, il ne se trouvait plus ni autorité pour les protéger ni institution prête à les garantir. Ou encore, lorsqu'un organisme international s'arrogeait, comme dans le cas des minorités, une autorité non gouvernementale, son échec était prévisible avant même que ses mesures aient totalement pris effet ; non seulement les gouvernements manifestaient plus ou moins ouvertement leur opposition à cette usurpation de leur souveraineté, mais les nationalités concernées elles-mêmes refusaient de reconnaître une garantie non nationale, elles se méfiaient de tout ce qui n'était pas un soutien sans réserve à leurs droits « nationaux » (par opposition avec leurs droits purement « linguistiques, religieux et ethniques ») et elles préféraient soit, comme les Allemands et les Hongrois, se tourner vers la protection de la mère patrie « nationale », soit, comme les Juifs, en appeler à une certaine forme de solidarité interterritoriale[49].

Les personnes apatrides partageaient la conviction des minorités que la perte des droits nationaux était identique à la perte des droits humains, que la perte des uns entraînait inévitablement celle des autres. Plus elles se voyaient exclues du droit sous n'importe quelle forme, plus elles avaient tendance à chercher à réintégrer une communauté nationale, leur propre communauté nationale. Les réfugiés russes n'ont été que les premiers à insister sur leur nationalité et à se défendre vigoureusement contre ceux qui cherchaient à les mettre dans le même panier que le reste des apatrides. Après eux, pas un seul groupe de réfugiés ou de personnes déplacées n'a manqué de nourrir une opiniâtre et violente conscience de groupe et de revendiquer ses droits en tant que – et exclusivement en tant que – polonais, juifs, allemands, etc.

Le pire, c'était que toutes les sociétés nées du souci de protéger les Droits de l'homme, toutes les tentatives faites pour obtenir une nouvelle charte de ces droits étaient parrainées par des personnalités marginales – quelques juristes du droit international sans expérience politique ou des philanthropes professionnels soutenus par les sentiments incertains d'idéalistes professionnels. Les groupes qu'ils formaient, les déclarations qu'ils faisaient, témoignaient tous d'une inquiétante similitude de langage et de contenu avec les sociétés protectrices des animaux. Aucun homme d'État, aucune figure politique de quelque envergure n'aurait pu les prendre

---

49. Il y eut des exemples pathétiques de cette confiance totale dans les droits nationaux : ainsi, avant la Seconde Guerre mondiale, lorsque près des trois quarts de la minorité allemande du Tyrol italien acceptèrent de quitter leurs maisons pour aller se réinstaller en Allemagne ; ainsi le rapatriement volontaire d'un îlot allemand de Slovénie qui existait depuis le XIVe siècle, ou encore, tout de suite après la guerre, les réfugiés juifs d'un camp de personnes déplacées italien qui repoussèrent la proposition du gouvernement italien de les naturaliser en bloc. Au regard des expériences vécues par les peuples européens entre les deux guerres, ce serait une grave erreur d'interpréter simplement cette attitude comme un exemple de plus du fanatisme du sentiment national ; les gens ne se sentaient plus sûrs de leurs droits élémentaires si ceux-ci n'étaient pas protégés par un gouvernement auquel ils appartenaient de naissance. Voir Eugene M. Kulischer, *The Displacement of Population in Europe*, 1943.

au sérieux ; et aucun des partis libéraux ou radicaux d'Europe ne jugeait nécessaire d'inclure dans son programme une nouvelle déclaration des droits de l'homme. Pas plus avant qu'après la Seconde Guerre mondiale, les victimes elles-mêmes n'ont jamais invoqué ces droits fondamentaux, qui leur étaient si manifestement refusés, dans leurs efforts répétés pour essayer de se sortir du labyrinthe de barbelés dans lequel les événements les avaient jetés. Bien au contraire, les victimes partageaient le dédain et l'indifférence de tous les partis en place à l'égard de l'ensemble de tentatives auxquelles se livraient ces sociétés marginales pour faire respecter les droits de l'homme dans un sens élémentaire ou général.

L'échec de tous les responsables à conjurer par la proclamation d'une nouvelle charte de droits la calamité représentée par le nombre de plus en plus élevé de gens contraints de vivre en dehors du champ d'action de toute loi concrète n'est certainement pas imputable à la mauvaise volonté. Jamais auparavant les Droits de l'homme, solennellement proclamés par les Révolutions française et américaine comme le nouveau fondement des sociétés civilisées, n'avaient constitué une question politique d'ordre pratique. Au XIXe siècle, ces droits avaient plutôt été invoqués pour la forme, afin de défendre les individus contre le pouvoir croissant de l'État et d'atténuer l'insécurité sociale provoquée par la révolution industrielle. Le sens de l'expression droits de l'homme avait alors acquis une nouvelle connotation : ils étaient devenus le slogan classique des protecteurs des défavorisés, une sorte de loi complémentaire, un droit d'exception nécessaire pour ceux qui n'avaient pas de meilleure planche de salut.

La raison pour laquelle le concept de droits de l'homme a été traité comme une sorte de parent pauvre par la pensée politique du XIXe siècle et pour laquelle aucun parti libéral ou radical du XXe siècle n'a jugé bon, même lorsque le besoin pressant de renforcer ces droits s'est fait sentir, de les faire figurer dans son programme, semble claire : les droits civiques – c'est-à-dire les droits des citoyens, variables selon les différents pays – étaient supposés incarner et énoncer sous la forme de lois concrètes les éternels Droits de l'homme, lesquels, en eux-mêmes, étaient supposés indépendants de la citoyenneté et de la nationalité. Tous les êtres humains étaient citoyens d'une certaine forme de communauté politique ; si les lois de leur pays ne répondaient pas aux exigences des Droits de l'homme, on attendait d'eux qu'ils pussent les changer, par le biais de la législation dans les pays démocratiques, ou de l'action révolutionnaire dans les régimes despotiques.

Les Droits de l'homme, en principe inaliénables, se sont révélés impossibles à faire respecter – même dans les pays dont la Constitution se fondait sur eux –, chaque fois qu'y sont apparus des gens qui n'étaient plus citoyens d'un État souverain. À ce phénomène déjà assez inquiétant en lui-même, il faut ajouter la confusion qu'ont récemment créée les efforts répétés pour échafauder une nouvelle charte des droits de l'homme, dont il ressort que personne ne semble capable de définir avec certitude ce que ces droits de l'homme en général, par opposition aux droits du citoyen, sont réellement. Bien que tous semblent penser unanimement que la croix que portent ces gens est précisément la perte des Droits de l'homme, nul ne paraît savoir quels droits ils ont perdus lorsqu'ils ont perdu ces droits humains.

La première perte que les sans-droits ont subie a été la perte de leur patrie, ce qui voulait dire la perte de toute la trame sociale dans laquelle ils étaient nés et dans laquelle ils s'étaient ménagé une place distincte dans le monde. Ce n'est pas une catastrophe sans précédent, loin de là : dans la longue mémoire de l'histoire, l'émigration forcée d'individus ou de groupes entiers pour des raisons politiques ou économiques apparaît comme un événement quotidien. Ce qui est sans précédent, ce n'est pas la perte de patrie, mais l'impossibilité d'en retrouver une. Tout à coup, il n'y a plus eu un seul endroit sur terre où les émigrants puissent aller sans tomber sous le coup des restrictions les plus sévères, aucun pays où ils aient une chance de s'assimiler, aucun territoire où ils pourraient fonder leur propre communauté. En outre, cela n'avait pour ainsi dire rien à voir avec un quelconque problème de surpopulation, ce n'était pas un problème d'espace, mais d'organisation politique. Personne ne s'était rendu compte que le genre humain, depuis si longtemps conçu à l'image d'une famille de nations, avait atteint le stade où quiconque était exclu de l'une de ces communautés fermées si soigneusement organisées se trouvait du même coup exclu de la famille des nations[50].

La seconde perte que les sans-droits subissaient, c'était celle de la protection d'un gouvernement, ce qui n'impliquait pas seulement la perte de leur statut juridique dans leur propre pays, mais dans tous. Les traités de réciprocité et les accords internationaux ont tissé autour de la terre un réseau de droits qui fait que le citoyen de chaque pays emporte son statut juridique avec lui où qu'il aille (de telle sorte que, par exemple, un citoyen allemand sous le régime nazi ne pût aller contracter un mariage mixte à l'étranger en vertu des lois de Nuremberg). Cependant, quiconque n'est plus pris dans ce réseau se retrouve du même coup hors de toute légalité (ainsi, pendant la dernière guerre, les apatrides étaient-ils invariablement dans une situation pire que celle des étrangers ennemis qui étaient encore indirectement protégés par leurs gouvernements du fait des accords internationaux).

En soi, perdre la protection de son gouvernement national n'est pas davantage un phénomène sans précédent que perdre sa patrie. Les pays civilisés offraient bel et bien le droit d'asile à ceux qui, pour des raisons politiques, avaient été persécutés par leur gouvernement, et cette pratique, bien qu'elle n'ait jamais figuré officiellement dans aucune Constitution, a relativement bien fonctionné pendant tout le XIXe siècle et même à notre époque. Les choses se sont compliquées lorsqu'il est apparu que les nouvelles catégories de persécutés étaient bien trop nombreuses pour être traitées selon une pratique non officielle destinée à des cas exceptionnels. Qui plus est, la majorité d'entre elles ne pouvaient guère prétendre au droit d'asile, lequel présupposait des convictions politiques ou religieuses qui ne fussent pas proscrites dans le pays refuge.

---

50. Les quelques chances de réintégration offertes aux nouveaux émigrants reposaient essentiellement sur leur nationalité : les réfugiés espagnols, par exemple, furent relativement bien accueillis au Mexique. Au début des années 20, les États-Unis adoptèrent un système de quotas selon lequel toute nationalité déjà représentée dans le pays recevait pour ainsi dire le droit d'accueillir une certaine proportion de ses anciens compatriotes selon son importance numérique dans la population totale.

Les nouveaux réfugiés étaient persécutés non pas à cause de ce qu'ils avaient fait ou pensé, mais parce qu'ils étaient nés pour toujours dans la mauvaise catégorie de race ou de classe, ou encore avaient été incorporés sous les drapeaux de la mauvaise catégorie de gouvernement (ainsi dans le cas de l'armée républicaine espagnole)[51].

Plus le nombre des sans-droits augmentait, plus la tentation devenait grande de prêter moins d'attention aux méfaits des gouvernements persécuteurs qu'au statut des persécutés. Or, le fait le plus marquant était que ces gens, bien que persécutés sous un prétexte politique, ne représentaient plus, comme l'avaient toujours fait les persécutés dans l'histoire, un passif et une image honteux pour leurs persécuteurs ; ils n'étaient pas considérés comme des ennemis actifs, et ils ne prétendaient guère à ce statut (les quelques milliers de citoyens soviétiques qui ont volontairement quitté la Russie soviétique après la dernière guerre et qui ont trouvé asile dans les pays démocratiques ont fait plus de mal au prestige de l'Union soviétique que n'en ont fait, dans les années 20, les millions de réfugiés qui avaient le malheur d'appartenir à la mauvaise classe) ; ils n'étaient de toute évidence rien d'autre que des êtres humains dont l'innocence même – à tous égards, et surtout du point de vue du gouvernement persécuteur – était la pire infortune. L'innocence, dans le sens de totale absence de responsabilité, était le signe de leur état de sans-droits tout comme elle était le sceau de leur perte de tout statut politique.

Aussi n'est-ce qu'en apparence que les impératifs d'un meilleur respect des droits de l'homme concernent le sort du réfugié politique véritable. Les réfugiés politiques, nécessairement peu nombreux, jouissent encore du droit d'asile en

---

51. Le danger qu'il peut y avoir à être innocent du point de vue du gouvernement persécuteur est devenu très clair lorsque, pendant la dernière guerre, le gouvernement américain a offert le droit d'asile à tous les réfugiés allemands qui se trouvaient sous le coup du paragraphe sur l'extradition contenue dans l'armistice franco-allemand. La condition était bien entendu que le postulant réussisse à prouver qu'il avait agi contre le régime nazi. La proportion de réfugiés allemands capables de satisfaire à cette condition était infime, et, chose curieuse, ils n'étaient pas le groupe le plus menacé.

de nombreux pays, et ce droit agit de manière officieuse comme authentique substitut à une loi nationale.

D'une manière surprenante, cette catégorie d'apatrides trouve un avantage juridique à commettre un acte criminel car il semble plus facile de priver d'existence légale une personne totalement innocente que quelqu'un qui a commis un méfait. Le fameux mot d'Anatole France : « Si je suis accusé d'avoir volé les tours de Notre-Dame, je n'ai qu'à quitter le pays », a bien exprimé cette horrible réalité. Les juristes sont tellement habitués à penser à la loi en termes de châtiment, lequel effectivement nous prive toujours de certains droits, qu'ils risquent d'avoir plus de difficulté que l'homme du commun à reconnaître que la privation de statut légal, c'est-à-dire de *tous* les droits, est désormais sans rapport avec des crimes spécifiques.

Cette situation illustre les innombrables complexités inhérentes au concept de droits de l'homme. Peu importe la manière dont ils ont été définis une fois pour toutes (la vie, la liberté, et la recherche du bonheur, selon la formule américaine, ou l'égalité devant la loi, la liberté, la protection de la propriété et la souveraineté nationale, selon la formule française) ; peu importe la manière dont on peut essayer d'améliorer une formulation aussi ambiguë que celle de la « recherche du bonheur », ou encore une formulation aussi archaïque que celle du droit sans réserves à la propriété ; la situation réelle de ceux que le XXe siècle a mis au ban de la loi montre qu'il s'agit de droits du citoyen et que la perte de ceux-ci n'entraîne pas une privation absolue de droits. Le soldat en guerre est privé de son droit à la vie, le criminel de son droit à la liberté, tous les citoyens en temps de crise de leur droit à rechercher le bonheur, mais personne n'irait jamais prétendre que dans l'un de ces cas il se soit produit une perte des droits de l'homme. D'ailleurs, ces droits peuvent continuer d'être garantis (même s'ils ne s'exercent guère) jusque dans des conditions de privation fondamentale de droits.

Le grand malheur des sans-droits n'est pas d'être privés de la vie, de la liberté et de la recherche du bonheur, ou encore de l'égalité devant la loi et de la liberté d'opinion – formules qui étaient supposées résoudre les problèmes *à l'intérieur* de communautés précises – mais d'avoir cessé d'appartenir à une communauté tout court. Leur tare n'est pas de ne pas être égaux devant la loi, c'est qu'il n'existe pour eux aucune loi ; ce n'est pas d'être opprimés, mais que personne ne se soucie même de les opprimer. C'est seulement au dernier stade d'un processus relativement long que leur droit à la vie est menacé ; c'est uniquement s'ils restent parfaitement « superflus », si l'on ne trouve personne pour les « réclamer », que leurs vies risquent de se trouver en danger. Même chez les nazis, l'extermination des Juifs avait commencé par les priver de statut juridique (le statut de citoyen de deuxième classe) en les coupant du reste du monde des vivants et en les parquant dans des ghettos et des camps de concentration ; avant de faire fonctionner les chambres à gaz, les nazis avaient soigneusement étudié la question et découvert à leur grande satisfaction qu'aucun pays n'allait réclamer ces gens-là. Ce qu'il faut bien savoir, c'est qu'une condition de complète privation de droits avait été créée bien avant que le droit de vivre ne soit contesté.

Il en va de même, et jusqu'à un degré paradoxal, de ce droit à la liberté qu'on considère parfois comme l'essence même des droits de l'homme. Il ne saurait être question d'accorder à ceux qui sont au ban de la loi plus de liberté de mouvement qu'à un criminel légalement emprisonné, ou de leur donner davantage de liberté d'opinion dans les camps d'internement des pays démocratiques qu'ils n'en auraient dans un régime despotique ordinaire, pour ne rien dire d'un pays totalitaire[52]. Mais ni la sécurité physique – consistant à être nourris par une organisation caritative publique ou privée – ni la liberté d'opinion ne changent le moins du monde leur situation fondamentale de sans-droits. La prolongation

---

52. Même dans les conditions de la terreur totalitaire, les camps de concentration ont parfois été le seul endroit où existaient encore quelques traces de liberté de pensée et d'expression. Voir David Rousset, *Les Jours de notre mort*, 1947, *passim*, à propos de la liberté d'expression à Buchenwald, et Anton Ciliga, *Au pays du grand mensonge*, 1938 [H. Arendt se réfère à l'édition anglaise parue en 1940 : *The Russian Enigma*, 1940, p. 200], à propos des « îlots de liberté », de « la liberté de pensée » qui régnaient dans certains lieux de détention soviétiques.

de leur vie, ils la doivent à la charité et non au droit, car il n'existe aucune loi qui pourrait obliger les nations à les nourrir ; leur liberté de mouvement, si tant est qu'ils en aient une, ne leur donne pas le droit de résidence, dont même le criminel incarcéré jouit automatiquement ; et leur liberté d'opinion est une liberté en monnaie de singe puisque, de toute façon, ce qu'ils peuvent penser n'a aucune importance.

Ces derniers points sont cruciaux. Être fondamentalement privé des droits de l'homme, c'est d'abord et avant tout être privé d'une place dans le monde qui donne de l'importance aux opinions et rende les actions significatives. Quelque chose de bien plus fondamental que la liberté et la justice, qui sont des droits du citoyen, est en jeu lorsque appartenir à la communauté dans laquelle on est né ne va plus de soi, et que ne pas y appartenir n'est plus une question de choix, ou lorsqu'un individu se trouve dans une situation telle qu'à moins de commettre un crime, la manière dont il est traité par autrui ne dépend plus de ce qu'il fait ou ne fait pas. Cette situation extrême, et rien d'autre, est la situation des gens qu'on prive des droits de l'homme. Ce qu'ils perdent, ce n'est pas le droit à la liberté, mais le droit d'agir ; ce n'est pas le droit de penser à leur guise, mais le droit d'avoir une opinion. Dans certains cas les privilèges, et dans la plupart les injustices, les bénédictions et les condamnations leur sont infligés au gré du hasard et sans aucune relation avec quoi qu'ils fassent, qu'ils aient fait ou pourraient faire.

Nous n'avons pris conscience de l'existence d'un droit d'avoir des droits (ce qui signifie : vivre dans une structure où l'on est jugé en fonction de ses actes et de ses opinions) et du droit d'appartenir à une certaine catégorie de communauté organisée que lorsque des millions de gens ont subitement perdu ces droits sans espoir de retour par suite de la nouvelle situation politique globale. Le drame, c'est que cette catastrophe n'est pas née d'un manque de civilisation, d'un état arriéré, ou tout simplement de la tyrannie, mais qu'elle était au contraire inéluctable, parce qu'il n'y avait plus un seul endroit « non civilisé » sur terre, parce que bon gré mal gré nous avons vraiment commencé à vivre dans un Monde Un. Seule une humanité complètement organisée pouvait faire que la perte de patrie et de statut politique revienne à être expulsé de l'humanité entière.

Auparavant, ce qu'aujourd'hui il nous faut bien appeler un « droit de l'homme » aurait passé pour une caractéristique générale de la condition humaine, qu'aucun tyran n'aurait pu nier. Sa perte rend toute parole hors de propos (or, depuis Aristote, l'homme est défini comme être doté de l'usage de la parole et de la pensée) ainsi que celle de tous rapports humains (et l'homme, toujours selon Aristote, est compris comme « animal politique », c'est-à-dire comme quelqu'un qui par définition vit en communauté), la perte, autrement dit, de certaines des caractéristiques les plus fondamentales de la vie humaine. C'était dans une certaine mesure le lot des esclaves, que par conséquent Aristote ne comptait pas au nombre des êtres humains. Le mal fondamental de l'esclavage eu égard aux droits de l'homme n'est pas de leur avoir ôté la liberté (cela peut se produire dans bien d'autres situations), mais d'avoir retiré à une certaine catégorie de gens jusqu'à la possibilité de lutter pour la liberté – lutte qui reste possible sous la tyrannie, et même dans les conditions désespérées de la terreur moderne (mais qui ne l'est plus dans les conditions de vie d'un camp de concentration). Le crime contre l'humanité de l'esclavage n'a pas commencé au temps où un peuple vainqueur faisait de ses ennemis des esclaves (aussi coupable que cela puisse être), mais lorsque l'esclavage est devenu une institution selon laquelle certains hommes « naissaient » libres et les autres esclaves, lorsqu'on a préféré oublier que c'était l'homme qui avait privé ses semblables de liberté pour en imputer la faute à la nature. Pourtant, à la lumière des événements récents, on peut dire que même les esclaves faisaient encore partie d'une certaine forme de communauté humaine ; leur travail était nécessaire, utilisé, exploité, et cela les maintenait au sein de l'humanité. Être esclave, c'était après tout avoir un signe distinctif, une place dans la société – c'était bien plus que la nudité abstraite d'un être humain et rien qu'humain. Ce n'est donc pas la perte de droits spécifiques, mais celle d'une communauté désireuse et capable de garantir des droits, quels qu'ils soient, qui s'est impitoyablement abattue sur un nombre de plus en plus grand de gens. L'homme, on le voit, peut perdre tous ses fameux Droits de l'homme sans abandonner pour autant sa qualité essentielle d'homme, sa dignité humaine. Seule la perte de toute structure politique l'exclut de l'humanité.

Le droit qui correspond à cette perte, et qui n'a jamais été même mentionné au nombre des droits de l'homme, ne saurait s'exprimer dans les catégories du XVIIIe siècle parce qu'elles supposent en effet que les droits découlent immédiatement de la « nature » de l'homme – il importe dès lors relativement peu que cette nature soit exprimée dans les termes de la loi naturelle ou par un être créé à l'image de Dieu, qu'il s'agisse de droits « naturels » ou de commandements divins. L'élément décisif est que ces droits et la dignité humaine qu'ils confèrent doivent rester valides et réels même s'il ne devait exister sur terre qu'un seul et unique être humain ; ils sont indépendants de la pluralité humaine et doivent demeurer valides même si un être humain est expulsé de la communauté des hommes.

Lorsque les droits de l'homme ont été proclamés pour la première fois, ils l'ont été indépendamment de l'histoire et des privilèges que l'histoire avait accordés à certaines couches de la société. Cette toute nouvelle indépendance constituait la dignité humaine que l'on venait de découvrir. Or, d'emblée, cette dignité nouvelle a été par nature assez ambiguë. Les droits historiques étaient remplacés par des droits naturels, la « nature » prenait la place de l'histoire, et on proclamait implicitement que la nature était moins étrangère à l'essence de l'homme que ne l'était l'histoire. Le langage même, tant celui de la Déclaration d'indépendance que celui de la *Déclaration des droits de l'homme** – « inaliénables », « reçus de naissance », « vérités incontestables » –, implique la croyance en une sorte de « nature » humaine qui serait soumise aux mêmes lois de développement que celles de l'individu, et d'où l'on pourrait déduire un certain nombre de droits et de lois. Aujourd'hui, nous sommes peut-être mieux à même de juger à quoi se résume exactement cette « nature » humaine ; en tout cas, elle nous a révélé des potentialités que ni la philosophie ni la religion occidentales n'avaient reconnues ni même soupçonnées, elles qui n'en finissent pas de définir et de redéfinir cette « nature » depuis plus de trois mille ans. Mais ce n'est pas seulement l'aspect humain, pourrait-on dire, de cette nature qui est devenu discutable à nos yeux. Dès l'instant où l'homme a appris à la maîtriser à un degré tel que la destruction de toute vie organique sur terre au moyen d'instruments inventés par l'homme est devenue concevable et techniquement réalisable, il s'est aliéné par rapport à la nature. Depuis qu'une meilleure connaissance des processus de la nature nous inspire des doutes sérieux quant à l'existence même des lois naturelles, la nature elle-même a revêtu un aspect sinistre. Comment serait-il possible de déduire des lois et des droits d'un univers qui ne connaît apparemment ni l'une ni l'autre de ces catégories ?

L'homme du XXe siècle s'est émancipé par rapport à la nature exactement comme l'homme du XVIIIe siècle s'était émancipé par rapport à l'histoire. L'histoire et la nature nous sont également devenues étrangères, étrangères en ce sens que l'essence de l'homme ne peut plus être appréhendée dans les termes de l'une ou l'autre de ces catégories. Par ailleurs, l'humanité, qui n'était pour le XVIIIe siècle, selon la terminologie kantienne, qu'une idée régulatrice, est aujourd'hui devenue un fait irréfutable. Cette situation nouvelle, dans laquelle l'« humanité » remplit effectivement le rôle autrefois attribué à la nature ou à l'histoire, voudrait dire dans ce contexte que c'est l'humanité elle-même qui devrait garantir le droit d'avoir des droits, ou le droit de tout individu d'appartenir à l'humanité. Il n'est absolument pas certain que ce soit possible. Car, contrairement aux louables tentatives humanitaires qui réclament de nouvelles déclarations des droits de l'homme émanant des instances internationales, il faudrait imaginer que cette idée transcende le domaine actuel du droit international qui fonctionne encore dans les termes de conventions et de traités mutuels entre États souverains ; et, pour le moment, un monde qui serait au-dessus des nations n'existe pas. Qui plus est, ce dilemme ne serait en aucun cas éliminé par un « gouvernement mondial ». Ce gouvernement mondial est certes de l'ordre du possible, mais il est permis de douter qu'il serait dans la réalité très différent de la version proposée par les organisations d'inspiration idéaliste. Les crimes perpétrés contre les droits de l'homme, et qui sont devenus la spécialité des régimes totalitaires, peuvent toujours être justifiés en affirmant que le droit équivaut à être bon ou utile pour le tout et non pour ses parties. (La devise hitlérienne « Le droit est ce qui est bon pour le peuple allemand » n'est que la vulgarisation d'une conception de la loi qu'on peut retrouver partout et qui, dans la pratique, demeurera sans effet aussi longtemps que les vieilles traditions encore en vigueur constitutionnellement l'en empêcheront.) Une conception de la loi qui identifie le droit à ce qui est bon pour quelque chose – pour l'individu, la famille, le peuple ou le plus grand nombre – devient inévitable dès lors que les valeurs absolues et transcendantes de la religion ou de la loi de la nature ont perdu leur autorité. Or, le problème n'est pas pour autant résolu si l'unité à laquelle s'applique le « bon pour » est aussi vaste que le genre humain lui-même. Car il est tout à fait concevable, et même du domaine des possibilités pratiques de la politique, qu'un beau jour une humanité hautement organisée et mécanisée en arrive à conclure le plus démocratiquement du monde – c'est-à-dire à la majorité – que l'humanité en tant que tout aurait avantage à liquider certaines de ses parties. Ici, dans le champ de la réalité factuelle, nous nous trouvons confrontés à l'une des plus vieilles interrogations de la philosophie politique, qui ne pouvait se poser tant qu'une théologie chrétienne stable tenait lieu de référence face à tous les problèmes politiques et philosophiques, mais qui a fait dire autrefois à Platon : « Ce n'est pas l'homme, mais un dieu qui doit être la mesure de toutes choses. »

Ces faits et ces réflexions apportent une confirmation ironique, amère et tardive aux fameux arguments qu'Edmund Burke opposait à la Déclaration française des Droits de l'homme. Ils semblent étayer sa théorie selon laquelle ces droits étaient une « abstraction » et qu'il valait bien mieux, par conséquent, s'en remettre à l'« héritage inaliénable » des droits que chacun transmet à ses enfants au même titre que la vie elle-même, et proclamer que les droits dont le peuple jouissait étaient les « droits d'un Anglais » plutôt que les droits inaliénables de l'homme[53]. Selon Burke, les droits dont nous jouissons naissent « du cœur de la nation », si bien qu'il n'est nul besoin de chercher la source de la loi dans une quelconque loi naturelle, un commandement divin ou encore un concept de l'humain tel que la « race humaine » et la « souveraineté du territoire » chères à Robespierre[54].

La force pragmatique du concept de Burke prend un caractère irréfutable à la lumière de nos multiples expériences. Non seulement la perte des droits nationaux a entraîné dans tous les cas celle des droits de l'homme ; jusqu'à nouvel ordre, seule la restauration ou l'établissement de droits nationaux, comme le prouve le récent exemple de l'État d'Israël, peut assurer la restauration de droits humains. La conception de droits de l'homme, fondée sur l'existence reconnue d'un être humain comme tel, s'est effondrée dès que ceux qui s'en réclamaient ont été confrontés pour la première fois à des gens qui avaient bel et bien perdu tout le reste de leurs qualités ou de leurs liens spécifiques – si ce n'est qu'ils demeuraient des hommes. Le monde n'a rien vu de sacré dans la nudité abstraite d'un être humain. Et, au regard des conditions politiques objectives, il est difficile de dire comment les différents concepts de l'homme sur lesquels sont fondés les droits de l'homme – qu'il soit une créature à l'image de Dieu (selon la formule américaine), ou représentatif du genre humain, ou encore qu'il abrite en lui les commandements sacrés de la loi de la nature (selon la formule française) – auraient pu aider à résoudre le problème.

Les survivants des camps d'extermination, les détenus des camps de concentration et d'internement, et même les apatrides relativement heureux n'ont pas eu besoin des arguments d'un Burke pour comprendre que l'abstraite nudité de

---

53. Edmund Burke, *Réflexions sur la Révolution de France* [H. Arendt se réfère à l'édition parue en 1790 : *Reflections on the Revolution in France*].

54. Maximilien Robespierre, discours du 24 avril 1793 [H. Arendt se réfère à une édition anglaise des discours parue en 1927, *Speeches*].

celui qui n'est rien qu'un homme constituait pour eux le pire des dangers. À cause de cela ils ont été traités comme des sauvages et, de peur de finir par être considérés comme des bêtes, ils ont insisté sur leur nationalité, cet ultime vestige de leur citoyenneté perdue, leur dernier lien existant et reconnu par l'humanité. Leur méfiance à l'égard des droits naturels et leur préférence pour les droits nationaux proviennent précisément de ce qu'ils ont compris que les droits naturels sont reconnus même aux sauvages. Déjà Burke avait craint que des droits naturels « inaliénables » ne fissent que confirmer le « droit du sauvage nu[55] », réduisant par suite les nations civilisées au rang de sauvages. Parce que les sauvages sont les seuls à n'avoir d'autre recours que le fait minimum de leur origine humaine, les gens s'accrochent d'autant plus désespérément à leur nationalité dès qu'ils ont perdu les droits et la protection qu'elle leur avait conférés. Seul le passé, avec son « héritage héréditaire », semble attester qu'ils continuent à faire partie du monde civilisé.

Si un être humain perd son statut politique, il devrait, en fonction des conséquences inhérentes aux droits propres et inaliénables de l'homme, tomber dans la situation précise que les déclarations de ces droits généraux ont prévue. En réalité, c'est le contraire qui se produit. Il semble qu'un homme qui n'est rien d'autre qu'un homme a précisément perdu les qualités qui permettent aux autres de le traiter comme leur semblable. C'est l'une des raisons pour lesquelles il est beaucoup plus difficile de détruire la personnalité juridique d'un criminel, c'est-à-dire d'un homme qui a engagé sa responsabilité dans un acte dont les conséquences vont déterminer son sort, que celle d'un homme à qui on a retiré toutes les responsabilités humaines qui sont le lot commun.

Aussi les arguments de Burke prennent-ils une signification accrue pour peu que l'on considère l'ensemble de la condition humaine des individus qui ont été chassés de toute communauté politique. Quel que soit leur sort, quel que soit leur degré de liberté ou d'oppression, qu'ils soient traités

---

55. Introduction de E. J. Payne à Edmund Burke, *Réflexions sur la Révolution de France*.

justement ou injustement, ils ont perdu tout rôle dans le monde, et tous ces aspects de l'existence humaine qui sont l'aboutissement de nos efforts communs, le fruit de l'invention humaine. Si le drame des tribus sauvages est de vivre dans une nature brute qu'ils ne savent pas maîtriser, mais dont la générosité ou le dénuement décide de leur subsistance, et qu'ils vivent et meurent sans laisser aucune trace, sans avoir contribué d'aucune manière à un monde commun, alors ces gens sans-droits sont réellement rejetés dans un étrange état de nature. Certes, ils ne sont pas barbares ; de fait, certains d'entre eux appartiennent aux couches les plus cultivées de leurs pays respectifs ; néanmoins, dans un monde qui a pratiquement éliminé la sauvagerie, ils apparaissent comme les premiers signes d'une possible régression par rapport à la civilisation.

Plus une civilisation est développée, plus accompli est le monde qu'elle a produit, plus les hommes sont à l'aise dans le domaine de l'invention humaine – et plus ils seront sensibles à quelque chose qu'ils n'ont pas produit, à tout ce qui leur est simplement et mystérieusement donné. Pour l'être humain qui a perdu sa place dans une communauté, son statut politique dans les luttes de son époque, et la personnalité juridique qui fait de ses actes et d'une part de sa destinée un tout cohérent, seules subsistent les qualités qui ne peuvent d'ordinaire s'articuler que dans le domaine de la vie privée, et qui doivent demeurer imprécises, au rang de la stricte expérience vécue, dans toutes les questions d'intérêt public. À cette existence réduite, c'est-à-dire à tout ce qui nous est mystérieusement accordé de naissance et qui inclut la forme de notre corps et les dons de notre intelligence, répondent seuls les imprévisibles hasards de l'amitié et de la sympathie, ou encore la grande et incalculable grâce de l'amour, qui affirme avec saint Augustin : « *Volo ut sis* » (« Je veux que tu sois »), sans pouvoir donner de raison précise à cette affirmation suprême et insurpassable.

Depuis les Grecs, nous savons qu'une vie politique réellement développée conduit à une remise en question du domaine de la vie privée, et à un profond ressentiment vis-à-vis du miracle le plus troublant : le fait que chacun de nous a été fait ce qu'il est – singulier, unique et immuable. Toute cette sphère du strictement donné, reléguée au rang de la vie privée dans la société civilisée, constitue une menace permanente pour la sphère publique qui se fonde sur la loi d'égalité avec la même logique que la sphère privée repose sur la loi de la différence universelle et sur la différenciation. L'égalité, à la différence de tout ce qui est impliqué dans l'existence pure et simple, n'est pas quelque chose qui nous est donné mais l'aboutissement de l'organisation humaine, dans la mesure où elle est guidée par le principe de justice. Nous ne naissons pas égaux ; nous devenons égaux en tant que membres d'un groupe, en vertu de notre décision de nous garantir mutuellement des droits égaux.

Notre vie politique repose sur la présomption que nous sommes capables d'engendrer l'égalité en nous organisant, parce que l'homme peut agir dans un monde commun, qu'il peut changer et construire ce monde, de concert avec ses égaux et seulement avec ses égaux. L'arrière-plan obscur du strictement donné, cet arrière-plan formé par notre nature immuable et unique, surgit sur la scène politique comme l'intrus qui, dans son impitoyable différence, vient nous rappeler les limites de l'activité humaine – qui sont identiques aux limites de l'égalité humaine. La raison pour laquelle les communautés politiques vraiment développées, telles les anciennes cités-États ou les États-nations modernes, se montrent si attentives au problème de l'homogénéité ethnique, c'est qu'elles espèrent éliminer, aussi complètement que possible, ces différences et ces différenciations naturelles omniprésentes qui, en elles-mêmes, déclenchent la haine aveugle, la méfiance et la discrimination, parce qu'elles n'indiquent que trop clairement les domaines où les hommes ne peuvent pas agir ou transformer à leur guise, c'est-à-dire les limites de l'artifice humain. L'« étranger » est le symbole effrayant du fait de la différence en tant que telle, de l'individualité en tant que telle : il désigne les domaines dans lesquels l'homme ne peut ni transformer ni agir, et où par conséquent il a une tendance marquée à détruire. Si, dans une communauté blanche, un Nègre est considéré comme nègre et uniquement comme tel, il perd, en même temps que son droit à l'égalité, cette liberté d'action spécifiquement humaine ; tous ses actes sont alors interprétés comme les conséquences « nécessaires » de certaines qualités « nègres » ; il devient un certain spécimen d'une espèce animale appelée homme. C'est bien ce qui arrive à ceux qui ont perdu toute qualité politique distincte et qui sont devenus des êtres humains, et rien que cela. Sans aucun doute, partout où la vie publique et sa loi d'égalité seront complètement victorieuses, partout où une civilisation parviendra à éliminer ou à réduire à son degré minimal l'arrière-plan obscur de la différence, elles finiront par se pétrifier et par être punies, si l'on peut dire, pour avoir oublié que l'homme n'est que le maître et non le créateur du monde.

Le grand danger qu'engendre l'existence d'individus contraints à vivre en dehors du monde commun vient de ce qu'ils sont, au cœur même de la civilisation, renvoyés à leurs dons naturels, à leur stricte différenciation. Ils sont privés de ce gigantesque égalisateur de différences qui est l'apanage des citoyens d'une communauté publique et cependant, puisqu'il leur est désormais interdit de prendre part à l'invention humaine, ils se mettent à appartenir à la race humaine de la même manière que les animaux appartiennent à une espèce animale spécifique. Le paradoxe impliqué par la perte des droits de l'homme, c'est que celle-ci survient au moment où une personne devient un être humain en général – sans profession, sans citoyenneté, sans opinion, sans actes par lesquels elle s'identifie et se particularise – *et* apparaît comme différente en général, ne représentant rien d'autre que sa propre et absolument unique individualité qui, en l'absence d'un monde commun où elle puisse s'exprimer et sur lequel elle puisse intervenir, perd toute signification.

L'existence de ces personnes entraîne un grave danger, qui est double : leur nombre croissant menace notre vie politique, notre organisation humaine, le monde qui est le résultat de nos efforts communs et coordonnés, menace comparable, voire plus effrayante encore, à celle que les éléments indomptés de la nature faisaient peser autrefois sur les cités et les villages construits par l'homme. Le danger mortel pour la civilisation n'est plus désormais un danger qui vien-

Le déclin de l'État-nation...   307

drait de l'extérieur. La nature a été maîtrisée et il n'est plus de barbares pour tenter de détruire ce qu'ils ne peuvent pas comprendre, comme les Mongols menacèrent l'Europe pendant des siècles. Même l'apparition des gouvernements totalitaires est un phénomène situé à l'intérieur, et non à l'extérieur de notre civilisation. Le danger est qu'une civilisation globale, coordonnée à l'échelle universelle, se mette un jour à produire des barbares nés de son propre sein, à force d'avoir imposé à des millions de gens des conditions de vie qui, en dépit des apparences, sont les conditions de vie de sauvages[56].

---

56. Cette expulsion moderne hors de l'humanité a des conséquences beaucoup plus radicales que la coutume de la proscription dans l'Antiquité et au Moyen Âge. La proscription, qui était sans doute le « sort le plus terrible que la loi primitive pût infliger » et qui plaçait la vie du proscrit à la merci de tous ceux qu'il rencontrait, a disparu avec l'établissement d'un système efficace de mise en application de la loi et a finalement été remplacée par des traités d'extradition entre nations. La proscription était à l'origine un substitut aux forces de police, destiné à forcer les criminels à se rendre. Le haut Moyen Âge semble avoir eu conscience du danger impliqué par la « mort civile ». Dans l'Empire romain finissant, l'excommunication signifiait la mort religieuse, mais laissait à la personne qui avait perdu son appartenance à l'Église une liberté totale à tous autres égards. La mort civile et la mort religieuse ne sont devenues identiques qu'à l'époque mérovingienne, et l'excommunication devint alors « limitée dans la pratique courante au retrait momentané ou à la suspension de droits communautaires qui pouvaient se recouvrer ». Voir les articles « Proscription » et « Excommunication » dans l'*Encyclopedia of Social Sciences*. Voir également l'article « Friedlosigkeit » dans le *Schweizer Lexikon*.

Bibliographie[1]

American Friends Service Bulletin, General Relief Bulletin, mars 1943.

[ANDLER, Charles]
Les Origines du pangermanisme (1800 à 1888). Textes traduits de l'allemand, préface de Charles Andler, L. Conard, 1915.

ANGUS, H. F., éd.
« Canada and the Doctrine of Peaceful Changes », *International Studies Conference. Demographic Questions. Peaceful Changes*, 1937.

ARNDT, Ernst Moritz
• *Ein Blick aus der Zeit auf die Zeit* [Francfort-sur-le-Main, Eichenberg], 1814.
• *Phantasien zur Berichtigung der Urteile über künftige deutsche Verfassungen*, 1815.
• *Erinnerungen aus Schweden*, 1818.

AZCARATE, Pablo de
« Minorities. League of Nations », dans *Encyclopaedia Britannica*, 1929.

BANGERT, Otto
Gold oder Blut ; Wege zur Wiedergeburt aus dem Chaos, Munich, F. Eher nachf., 1927.

---

1. NdÉ. Nous avons respecté le choix d'Hannah Arendt de présentation de sa bibliographie. Nous avons repris les articles cités et l'intégralité des titres, parfois tronqués dans la bibliographie américaine, les lieux et date d'édition avec, entre crochets, les traductions en français ou les rééditions récentes en langue originale.

BARKER, sir Ernest
• *Political Theory in England from Herbert Spencer to the Present Day*, 1915.
• *Ideas and Ideals of the British Empire*, Cambridge, The University Press, 1941.

BARNES, Leonard
Caliban in Africa. An Impression of Colour Madness, Philadelphie, 1931 [Londres, V. Gollancz Ltd, 1930].

BARON, Salo W.
Modern Nationalism and Religion, New York, Harper, 1947 [rééd. 1971].

BARRÈS, Maurice
Scènes et Doctrines du nationalisme, 1899 ; édition définitive, Plon, 1925 [rééd. d'après l'éd. de 1902, Éditions du Trident, 1987].

BARZUN, Jacques
Race. A Study in Modern Superstition, New York, Harcourt, Brace & Company, 1937 [rééd. New York, Harper & Row, vers 1965].

BASSERMANN, Ernst
« Nationalliberale », dans *Handbuch der Politik*, 1914, vol. 2.

BAUER, Otto
Die Nationalitätenfrage und die österreichische Sozialdemokratie, Vienne, 1907 [*La Question des nationalités et la socialdémocratie*, Guérin-Littérature/EDI-Arcantères, Montréal – Paris, 1987, 2 vol.].

BEAMISH, Henry Hamilton
South Africa's Kosher Press, Londres, 1937.

BECKER, Paul
Carl Peters, die Wirkung der deutschen Kolonialpolitik, 1934.

BELL, sir Hesketh
Foreign Colonial Administration in the Far East, Londres, E. Arnold & Co., 1928.

BENEDICT, Ruth
Race, Science and Politics, 1940 [rééd. augm. New York, The Viking Press, 1945 ; Westport, Greenwood Press, 1982].

BENIANS, E. A.
« The European Colonies », *Cambridge Modern History. The Latest Age*, 1934, vol. 12.

BENJAMIN, Walter
Über den Begriff der Geschichte [1940], *Werke*, Francfort-sur-le-Main, 1955 [*Œuvres*, Gallimard, « Folio Essais », 2000, III, p. 427-443].

BENTWICH, Norman
« South Africa. Dominion of Racial Problems », *The Political Quarterly*, 1939, vol. 10, n° 3.

BÉRARD, Victor
L'Empire russe et le tsarisme, Armand Colin, 1905 ; rééd. 1906.

BERDIAEV, Nicolas
The Origin of Russian Communism, Londres, Geoffrey Bles, 1937 [*Les Sources et le sens du communisme russe*, Gallimard, « Les Essais », 1938 ; rééd. « Idées », 1971].

BERGSTRAESSER, Ludwig
Geschichte der politischen Parteien in Deutschland, Mannheim, Bensheimer, 1921.

BEST, Werner
Die deutsche Polizei, Darmstadt, L. C. Wittich, 1940 [rééd. 1941].

BIBL, Viktor
Der Zerfall Oesterreichs, Vienne, Rikola Verlag, 1922 et 1924, 2 vol.

BLUNTSCHLI, Johann Caspar
Charakter und Geist der Politischen Parteien, Nördlingen, Beck, 1869 [rééd. Aalen, Scienta-Verlag, 1970].

BODELSEN, Carl Adolph
Studies in Mid-Victorian Imperialism, Copenhague, Gyldendal, 1924 [New York, Howard Fertig, 1968].

BODIN, Jean
Six Livres de la République, J. Du Puys, 1576 [rééd. Fayard, « Corpus des œuvres de philosophie française », 1986, 6 vol.].

BONHARD, Otto
Geschichte des alldeutschen Verbandes, Leipzig, Weicher, 1920.

BOUBNOFF, Nicolai V.
« Kultur und Geschichte im russischen Denken der Gegenwart », *Osteuropa : Quellen und Studien*, 1927, n° 2.

BOULAINVILLIERS, comte Henri de
Histoire de l'Ancien Gouvernement de la France..., La Haye – Amsterdam, aux dépens de la Compagnie, 1727, 3 vol.

BRAUN, Robert
« Political Parties. Succession States », dans *Encyclopedia of Social Sciences*.

BRIE, Friedrich
• *Imperialistische Strömungen in der englischen Literatur*, Halle, M. Niemeyer, 1928.
• *Der Einfluss der Lehren Darwins auf den britischen Imperialismus*, Fribourg-les-bains, Speyer & Kaerner, 1927.

BROGAN, Denis William
The Development of Modern France 1870-1939, Londres, H. Hamilton, 1940 [New York, Harper and Row, 1967, éd. rév., 2 vol.].

BRONNER, Fritz
« Georg Ritter v. Schoenerer », *Volk im Werden*, 1939, vol. 7, n° 3.

BRUECHER, Heinz
« Ernst Haeckel. Ein Wegbereiter biologischen Staatsdenkens », *Nationalsozialistische Monatshefte*, 1935, n° 69.

BRUGERETTE, Joseph
Le Comte de Montlosier et son temps (1775-1838), Aurillac, éditions USHA, 1931.

BRUUN, Geoffrey
Europe and the French Imperium, 1799-1814, New York – Londres, Harper & Brothers, 1938.

BRYCE, Viscount James
Studies in History and Jurisprudence, Oxford, Clarendon Press, 1901, 2 vol. [New York, Books for Libraries Press, 1968].

BUCHHOLZ, Paul Friedrich
Untersuchungen über den Geburtsadel, Berlin, 1807.

BUFFON, comte Georges Louis Leclerc de
Histoire Naturelle, 1769-1789.

BURKE, Edmund
Reflections on the Revolution in France (1790), Everyman's Library [*Réflexions sur la Révolution française* ; suivi d'un choix de textes de Burke sur la Révolution, Hachette, « Pluriel », 1989].

BURKE, Edmund et RUSSELL, lord John
Upon Party, Londres, William Pickering, 1850, 2ᵉ éd.

BURNS, Elinor
British Imperialism in Ireland, 1931.

Cambridge History of the British Empire, vol. 5 : *The Indian Empire 1858-1918*, 1932 ; vol. 8 : *South Africa*, 1936.

CARLYLE, Thomas
« Occasional Discourse on the Nigger Question », dans *Critical and Miscellaneous Essays* [Philadelphie, Carey & Hart, 1848].

CARR-SAUNDERS, Alexander Morris
World Population, Past Growth and Present Trends, Oxford, The Clarendon Press, 1936.

CARTHILL, Al. (pseudonyme)
The Lost Dominion, 3ᵉ éd., Édimbourg – Londres, W. Blackwood and Sons, 1924.

CHAMBERLIN, William Henry
The Russian Revolution, 1917-1927, New York, The Macmillan Company, 1935 [rééd. Princeton, Princeton University Press, 1987].

CHERIKOVER, E.
« New Materials on the Pogroms in Russia at the Beginning of the Eighties », *Historishe Schriften*, Vilna, 1937, vol. 2.

CHESTERTON, Cecil et BELLOC, Hilaire
The Party System, Londres, Latimer, 1911.

CHESTERTON, Gilbert Keith
The Crimes of England, Londres, C. Palmer and Hayward, 1915 [*Les Crimes de l'Angleterre*, G. Crès, 1916].

CHILDS, Stephen Lawford
« Refugees a Permanent Problem in International Organization », dans *War is not Inevitable, Problems of Peace*, 13ᵉ séries, publié par The International Labor Office, Londres, 1938.

CLAPHAM, John Harold
The Abbé Sieyès, an Essay in the Politics of the French Revolution, Londres, P. S. King, 1912.

CLASS, Heinrich (pseudonyme EINHART)
• *Deutsche Geschichte* [1909], Leipzig, Dieterich, 1910.

• *Zwanzig Jahre alldeutscher Arbeit und Kämpfe*, Leipzig, 1910.
• (pseudonyme Daniel Frymann) *Wenn ich der Kaiser wär. Politische Wahrheiten und Notwendigkeiten*, Leipzig, Dieterich, 1912.

CLEINOW, Georg
Die Zukunft Polens, Leipzig, 1914 [Leipzig, F. W. Grunow, 1908].

COMTE, Auguste
Discours sur l'ensemble du positivisme, ou exposition sommaire de la doctrine philosophique et sociale..., Mathias, Carilian-Gœury et V. Dalmont, 1848 [rééd. Flammarion, 1998].

Conditions of India, préface de Bertrand RUSSELL, Londres, 1934.

CONRAD, Joseph
• « The Heart of Darkness », dans *The Youth and Other Tales*, 1902 [*Œuvres*, Gallimard, « Bibliothèque de La Pléiade », 1985, II].
• *Victory, an Island Tale...*, 1915 [*Œuvres*, Gallimard, « Bibliothèque de La Pléiade », 1989, IV].

COOKE, George Wingrove
The History of Party, from the Rise of the Whig and Tory Factions, in the Reign of Charles II to Passing of the Reform Bill, 1666-1832, Londres, J. Macrone, 1836-1837, 3 vol.

COQUART, Armand
Pisarev (1840-1868) et l'idéologie du nihilisme russe, Institut d'études slaves, 1946.

CROMER, lord Evelyn Baring
• « The Government of Subject Races », *Edinburgh Review*, janvier 1908.
• « Disraeli », *Spectator*, novembre 1912.

CROZIER, John Beattie
History of Intellectual Development : on the Lines of Modern Evolution, Londres, Longmans & Green, 1897-1901, 2 vol.

CROZIER, W. P.
« France and her "Black Empire" », *New Republic*, 23 janvier 1924.

CURTISS, John S.
The Protocole of Zion, New York, 1942.

CURZON, lord George Nathaniel
Problems of the Far East. Japan, Korea, China [3ᵉ éd.], Londres – New York, Longmans & Green, 1894.

DANCE, Edward Herbert
The Victorian Illusion, Londres, W. Heinemann Ltd, 1928.

DANILEWSKI, Nikolai Yakovlevich
Russia and Europe, 1871.

DARCY, Jean
France et Angleterre, Cent années de rivalité coloniale. I : *L'Afrique*, Perrin, 1904.

[DAVIDSON, John]
Testament of John Davidson [1901-1902], Londres, G. Richards, 1908.

DECKERT, Emil
Panlatinismus, Panslawismus und Panteutonismus in ihrer Bedeutung für die Weltlage : ein Beitrag zur europäischen Staatenkunde, Francfort-sur-le-Main, Keller, 1914 [Vienne, 1914].

DELBRÜCK, Hans
• « Die Alldeutschen », *Preussische Jahrbücher*, décembre 1913, vol. 154.
• *Ludendorffs Selbstporträt*, Berlin, Verlag für politik und Wirtchaft, 1922.

DELOS, père Joseph-Thomas
Le Problème de la civilisation. La Nation, Montréal, Éditions de l'Arbre, 1944, 2 vol.

DETWEILER, E. G.
« The Rise of Modern Race Antagonism », *American Journal of Sociology*, 1932.

Dienstvorschrift für die Parteiorganisation der NSDAP, 1932.

DILKE, sir Charles Wentworth
Greater Britain : a Record of Travel in English-speaking Countries during 1866 and 1867, Londres, Macmillan, 1869.

DORNATH, J. V.
« Die Herrschaft des Panslawismus », *Preussische Jahrbücher*, Berlin, 1898, vol. 95.

DREYFUS, Robert
« La vie et les prophéties du comte de Gobineau », *Cahiers de la quinzaine*, 1905, 6ᵉ série, n° 16.

DUBUAT-NANÇAY, comte Louis Gabriel
Les Origines ou l'Ancien Gouvernement de la France, de l'Allemagne et de l'Italie (1757), La Haye [Paris], Letellier, 1789.

DUESBERG, Jacques
« Le comte de Gobineau », *Revue générale*, 1939.

DUVERGER, Maurice
Political Parties. Their Organization and Activity in the Modern State, New York, 1959 [*Les Partis politique*, Armand Colin, 1951].

EHRENBERG, Hans et BOUBNOFF, Nicolai, éd.
Östliches Christentum. Dokumente [Munich, C. H. Beck, 1923-1925], 2 vol.

Elemente der Staatkunst, 1809.

EMDEN, Paul Herman
Jews of Britain. A Series of Biographies, Londres, S. Low, Marston & Co., 1944.

Encyclopedia of Social Sciences

ERDSTEIN, David
Le Statut juridique des minorités en Europe, thèse de doctorat, Université de Paris-Faculté de droit, A. Pedone, 1932.

ESTÈVE, Louis
Une nouvelle psychologie de l'impérialisme, Ernest Seillière, F. Alcan, 1913.

Fascist Era, year XVII (The), Rome, Confederazione generale dell'Industria Italiana, 1939.

FAURE, Élie
« Gobineau et le problème des races », *Europe*, 1923.

FIALA, Vaclav
« Les partis politiques polonais », *Le Monde slave*, février 1935.

FISCHEL, Alfred
Der Panslawismus bis zum Weltkrieg, Stuttgart – Berlin, Cotta, 1919.

The French Colonial Empire (Information Department Papers, n° 25), The Royal Institute of International Affairs, Londres, 1941.

FROUDE, James Anthony
Short Studies on Great Subjects, New York, C. Scribner, 1867-1882 [1re, 2e et 3e séries, 1868-1892].

GAGARIN, Ivan S.
La Russie sera-t-elle catholique ?, C. Douniol, 1856.

GALTON, sir Francis
Hereditary Genius ; an Inquiry into its Laws and Consequences, Londres, Macmillan and Co., 1869 [rééd. New York, Horizon Press, 1952].

GEHRKE, Achim
Die Rasse im Schrifttum, 1933.

GELBER, N. M.
« The Russian Pogroms in the Early Eighties in the Light of the Austrian Diplomatic Correspondence », *Historishe Schriften*, Vilna, 1937, vol. 2.

GOBINEAU, Clément Serpeille de
« Le Gobinisme et la pensée moderne », *Europe*, 1923.

GOBINEAU, comte Joseph Arthur de
• *The Inequality of Human Races*, Londres, Heinemann, 1915 [*Essai sur l'inégalité des races humaines*, Firmin-Didot frères, 1853-1855 ; rééd. *Œuvres*, Gallimard, « Bibliothèque de La Pléiade », 1982, I, vol. 1].
• « Ce qui est arrivé à la France en 1870 », *Europe*, 1923.

GOERRES, Josef
Politische Schriften, Munich, 1854-1874.

GOHIER, Urbain
La race a parlé, La Renaissance du livre, 1916.

GRÉGOIRE, abbé Henri-Baptiste
• *De la littérature des Nègres, ou Recherches sur leurs facultés intellectuelles, leurs qualités morales...*, Maradan, 1808 [rééd. Perrin, 1990].
• *De la noblesse de la peau ou du préjugé des Blancs contre la couleur des Africains et celle de leurs descendants...*, Baudouin frères, 1826.

GREGORY, Theodore
Ernst Oppenheimer and the Economic Development of Southern Africa, New York, 1962.

Grell, Hugo
« Der alldeutsche Verband, seine Geschichte, seine Bestrebungen, seine Erfolge », *Flugschriften des alldeutschen Verbandes*, Munich, 1898, n° 8.

Guenin, E.
L'Épopée coloniale de la France, racontée par les contemporains, Librairie Larose, « Les Manuels coloniaux », 1932.

Hadsel, Winifred N.
« Can Europe's Refugees Find New Homes ? », *Foreign Policy Reports*, 1943, vol. 10, n° 10.

Haeckel, Ernst
Lebenswunder, Leipzig, Kröner, 1904 [*Les Merveilles de la vie, études de philosophie biologique pour servir de compléments aux Énigmes de l'univers*, Schleicher frères, 1907].

Halévy, Élie
L'Ère des tyrannies. Études sur le socialisme et la guerre, Gallimard, « Bibliothèque des idées », 1938 [rééd. Gallimard, « Tel », 1990].

Hallgarten, W.
Vorkriegsimperialismus, 1935.

Hancock, William K.
• *Survey of British Commonwealth Affairs*, Londres, 1937-1942.
• *Smuts : The Sanguine Years, 1870-1919*, New York, 1962.

Hanotaux, Gabriel
« Le général Mangin », *Revue des Deux Mondes*, 1925, vol. 27.

Harlow, Vincent
The Character of British Imperialism [public inaugural lecture at King's College... 1ᵉʳ mars 1939], Londres – New York, Longmans, Green and Co., 1939.

Harvey, Charles H.
The Biology of British Politics, Londres, S. Sonnenschein & Co. – New York, C. Scribner's Sons, 1904.

HASSE, Ernst
• « Deutsche Weltpolitik », *Flugschriften des Alldeutschen Verbandes*, 1897, n° 5.
• *Deutsche Politik*, I. *Das Deutsche Reich als nationalstaat*, 2. *Die Besiedelung des Deutschen Volfbodens*, 3. *Deutsche Grenzpolitik*, 4. *Die Zafunst des Deutschen Volkstums*, Munich, J. F. Lehmann, 1905-1906.

HAYES, Carlton Joseph Huntley
A Generation of Materialism, 1871-1900, New York, Harper & Brothers, 1941 [New York, Harper & Row, 1963].

HAZELTINE, H. D.
« Excommunication », dans *Encyclopedia of Social Sciences*.

HEINBERG, John Gilbert
Comparative Major European Governments, an Introductory Study, New York, Farrar & Rinehart, 1937.

HEIDEN, Konrad
Der Führer : Hitler's Rise to Power, Boston, Houghton Mifflin, 1944.

HERRMANN, Louis
History of the Jews in South Africa, 1935.

HILFERDING, Rudolf
Das Finanzkapital, eine Studie über die jüngste Entwicklung des Kapitalismus, Vienne, 1910 [*Le Capital financier. Étude sur le développement récent du capitalisme*, Éditions de Minuit, « Arguments », 1970].

[HITLER, Adolf]
The Speeches of Hitler : April 1922-August 1939, N. H. Baynes éd., Londres, Oxford University Press, 1942, 2 vol.

HOBBES, Thomas
Leviathan, or the Matter, Forme, and Power of a Common-Wealth, Ecclesiasticall and Civil, Londres, A. Crooke, 1651 ; Cambridge Edition, 1935 [*Léviathan. Traité de la matière, de*

la forme et du pouvoir de la République ecclésiastique et civile, Dalloz, 1999].

HOBSON, John Atkinson
• « Capitalism and Imperialism in South Africa », *Contemporary Review*, 1900.
• *Imperialism, a Study*, Édimbourg, Ballantine, Hanson & Co., 1902 [New York, J. Pott & Company, 1902] ; Londres, Constable, 1905 [2ᵉ éd. rév.] ; Allen & Unwin, 1938 [3ᵉ éd. entièrement rév.] ; Hyman, 1988.

HOETZSCH, Otto
Russland ; eine Einführung auf Grund seiner Geschichte von 1904 bis 1912, Berlin, G. Reimer, 1913.

HOFFMANN, Karl
Ölpolitik und angelsächsisches Imperium, Berlin, Ring-Verlag, 1927.

HOLBORN, Louise W.
« The Legal Status of Political Refugees, 1920-1938 », *American Journal of International Law*, 1938.

HOLCOMBE, Arthur N.
« Political Parties », dans *Encyclopedia of Social Sciences*.

HOTMAN, François
Franco-Gallia, 1573 [rééd. Aix-en-Provence, Presses universitaires d'Aix-Marseille, 1991].

HUEBBE-SCHLEIDEN
Deutsche Kolonisation, 1881.

HUXLEY, Thomas Henry
The Struggle for Existence in Human Society, 1888.

IPSERI, H. P.
« Vom Begriff der Partei », *Zeitschrift für die gesamte Staatswissenschaft*, 1940.

JAMES, Selwyn
South of the Congo, New York, Random House, 1943.

JAHN, Friedrich Ludwig
Das Deutsches Volkstum, 1810.

JANEFF, Janko
« Der Untergang des Panslawismus », *Nationalsozialistische Monatshefte*, 1937, n° 91.

JANOWSKY, Oscar Isaiah
• *The Jews and Minority Rights (1898-1919)*, New York, 1933 [rééd. New York, AMS Press, 1966].
• *Nationalities and National Minorities*, New York, Macmillan, 1945.

JERMINGS, R. Yewdall
« Some International Aspects of the Refugee Question », *British Year Book of International Law*, 1939.

KABERMANN, Heinz
« Das internationale Flüchtlingsproblem », *Zeitschrift für Politik*, 1939, vol. 29, n° 3.

KACHLER, Siegfried, éd.
Deutscher Staat und deutsche Parteien, Munich, 1922.

KAFKA, Franz
The Castle, a Novel, Londres, M. Secker, 1930 [*Le Château*, Gallimard, 1938, trad. Alexandre Vialatte, « Bibliothèque de La Pléiade », 1976].

KARBACH, Oscar
« The Founder of Modern Political Antisemitism : Georg von Schoenerer », *Jewish Social Studies*, janvier 1945, vol. 7, n° 1.

KAT ANGELINO, Arnold Dirk Adriaan de
Colonial Policy, I : *General Principles* ; II : *The Dutch East Indies*, Chicago, The University of Chicago Press, 1931.

KEHR, Eckart
Schlachtflottenbau und Parteipolitik 1894-1901 ; Versuch eines Querschnitts durch die innenpolitischen, sozialen und ideoloischen Voraussetzungen des deutschen Imperialismus, Berlin, E. Ebering, 1930.

KIDD, Benjamin
Social Evolution, New York, Macmillan, 1894 [*L'Évolution sociale*, Guillaumin, 1896].

KIEWIET, Cornelius W. de
A History of South Africa, Social and Economic, Oxford, Clarendon, 1941 [Londres, Oxford University Press, 1975].

KIPLING, Rudyard
• « The First Sailor », dans *Humorous Tales*, 1891.
• « The Tomb of His Ancestor » [1897], dans *The Day's Work*, Londres, Macmillan, 1898 [*Œuvres*, Gallimard, « Bibliothèque de La Pléiade », 1992, II].
• *Stalky and Company*, Londres, Macmillan, 1899 [*Œuvres*, Gallimard, « Bibliothèque de La Pléiade », 1992, II].
• *Kim*, 1900 [*Œuvres*, Gallimard, « Bibliothèque de La Pléiade », 1996, III].

KLEMM, Gustav
Allgemeine Kulturgeschichte der Menschheit, Leipzig, Druck und Verlag von B. G. Teubner, 1843-1852.

KLYUCHEVSKY, Vasilij O.
A History of Russia, Londres, 1911-1931.

KOEBNER, Richard, et SCHMIDT, Helmut Dan
Imperialism : The Story and Significance of a Political Word, 1840-1860 [Cambridge University Press], 1964.

KOESTLER, Arthur
Scum of the Earth, 1941 [*La Lie de la Terre*, Charlot, 1946 ; rééd. dans Arthur Koestler, *Œuvres*, Robert Laffont, « Bouquins », 1993].

KOHN, Hans
• *Nationalism*, 1938.
• *Panslavism, its History and Ideology*, Notre Dame, University of Notre Dame Press, 1953.
• « The Permanent Mission », *The Review of Politics*, juillet 1948.

KOYRÉ, Alexandre
Études sur l'histoire de la pensée philosophique en Russie au XIXe siècle, Institut français de Leningrad, vol. X, Paris, H. Champion, 1929 [rééd. Gallimard, « Idées », 1963].

KRUCK, Alfred
Geschichte des alldeutschen Verbandes 1890-1939, Wiesbaden, F. Steiner, 1954.

KUHLENBECK, L.
« Rasse und Volkstum », *Flugschriften des alldeutschen Verbandes*, n° 23.

KULISCHER, Eugene Michel
The Displacement of Population in Europe, Montréal, International Labor Office – Londres, P. S. King & Staples, 1943.

KULISCHER, J.
Allgemeine Wirtschaftsgeschichte, 1928-1929.

LANDSBERG, P. L.
« Rassenideologie », *Zeitschrift für Sozialforschung*, 1933.

LANGER, William
The Diplomacy of Imperialism, 1890-1902.

LARCHER, Émile
Traité élémentaire de législation algérienne (1903), A. Rousseau, 1903 [2e éd. revue et augmentée].

LAWRENCE, Thomas Edward
• « France, Britain and the Arabs », *The Observer*, 1920.

• *Seven Pillars of Wisdom, a Triumph*, New York, G. H. Doran, 1926 [*Les Sept Piliers de la sagesse : un triomphe*, Payot, 1936 ; Librairie générale française, 1995].
• *Letters*, éd. David Garnett, New York, 1939 [*Lettres*, Gallimard, 1948].

LEHR, Adolf
« Zwecke und Ziele des alldeutschen Verbandes », *Flugschriften des alldeutschen Verbandes*, n° 14.

LEMONON, Ernest
L'Europe et la politique britannique, 1882-1911, F. Alcan, 1912.

LEUTWEIN, Paul
Kämpfe um Africa, Lübeck, Coleman, 1936.

LEVINE, Louis
Pan-Slavism and European Politics, New York, 1914.

LEWIS, sir George Cornewall
An Essay on the Government of Dependencies [1841], Oxford, 1844.

LIPPINCOTT, Benjamin Evans
Victorian Critics of Democracy : Carlyle, Ruskin, Arnold, Stephen, Maine, Lecky, Minneapolis, The University of Minnesota Press, 1938.

LLOYD GEORGE, David
Memoirs of the Peace Conference, New Haven, Yale University Press, 1939, 2 vol. [New York, H. Fertig, 1972].

LOSSKY, Nikolaj O.
Three Chapters from the History of Polish Messianism, International Philosophical Library, Prague, 1936, vol. 2, n° 9.

LOVELL, Reginald Ivan
The Struggle for South Africa, 1875-1899 ; a Study in Economic Imperialism, New York, The Macmillan Company, 1934.

Low, Sidney
« Personal Recollections of Cecil Rhodes », *Nineteenth Century*, mai 1902, vol. 51.

LUDENDORFF, Erich
• *Die überstaatlichen Mächte im letzten Jahre des Weltkrieges*, Leipzig, Weicher, 1927 [Verlag für Ganzheitl. Forschung, 1999].
• *Die Judenmacht, ihr Wesen und Ende* ; Mathilde Ludendorff éd., Munich, Ludendorff Verlag, v. 1938.
• *Feldherrnworte*, Munich, Ludendorff, 1938.

LUXEMBURG, Rosa
Die Akkumulation des Kapitals, ein Beitrag zur ökonomischen Erklärung des Imperialismus (1913), Berlin, Vereinigung internationaler verlags-anstalten, 1923 [*L'Accumulation du capital : contribution à l'étude économique de l'impérialisme*, Maspero, 1969, 2 vol.].

MACARTNEY, Carlile Aylmer
• *The Social Revolution in Austria*, Cambridge [G.-B.], The University Press, 1926.
• *National States and National Minorities*, Londres, 1934 [rééd. New York, Russell & Russell, 1968].

MAHAN, Alfred Thayer
The Problem of Asia and its Effect upon International Policies, Boston, Little, Brown and Company, 1900.

MAINE, sir Henry
Popular Government, Four Essays [3ᵉ éd., Londres, J. Murray], 1886 [*Essais sur le gouvernement populaire*, E. Thorin, 1887].

MANGIN, Charles Marie Emmanuel
• *La Force noire*, Hachette, 1910.
• *Des Hommes et des Faits I*, Plon-Nourrit, 1923.

MANGOLD, Ewald Karl Benno
Frankreich und der Rassengedanke ; eine politische Kernfrage Europas, Munich – Berlin, J. F. Lehmann, 1937.

MANSERGH, Nicholas
• *Britain and Ireland*, Londres – New York, Longmans, Green and Co., 1942.
• *South Africa 1960-1961, the Price of Magnanimity*, New York, Praeger, 1962.

MARCKS, Erich, éd.
Lebensfragen des britischen Weltreichs, 1921.

MARX, Karl
The Eighteenth Brumaire of Louis Bonaparte [1852], New York, International Publishing Co., 1898 [*Le 18 Brumaire de Louis Bonaparte*, dans *Œuvres*, Gallimard, « Bibliothèque de La Pléiade », 1994, vol. IV, p. 431-579].

MASARYK, Thomas Garrigue
Zur russischen Geschichts – und Religionsphilosophie, soziologische Skizzen [Iéna, Eugen Diederichs Verlag], 1913.

MAUCO, Georges
« L'émigration, problème révolutionnaire », *Esprit*, juillet 1939, n° 82.

MAUNIER, René
Sociologie coloniale. 1 : Introduction à l'étude des races ; 2 : *Psychologies des expansions* ; 3 : *Les Progrès du Droit*, Domat-Montchrétien, 1932, 1936 et 1942 [rééd. 1949].

METZER, E.
Imperialismus und Romantik, Berlin, 1908.

MICAUD, Charles Antoine
The French Right and Nazi Germany 1933-1939 ; a Study of Public Opinion, Durham, Duke University Press, 1943.

MICHAELIS, Alfred [éd.]
Die Rechtsverhältnisse der Juden in Preussen seit dem Beginn des 19. Jahrhunderts, Berlin, L. Lamm, 1910.

MICHEL, P. Charles
« A Biological View of Our Foreign Policy », *Saturday Review*, Londres, février 1896.

MICHELL, Lewis
The Life of the Rt. Hon. Cecil John Rhodes, 1853-1902, New York – Londres, 1910.

MICHELS, Robert
• « Prolegomena zur Analyse des nationalen Leitgedankens », *Jahrbuch für Soziologie*, 1927, vol. 2.
• *Political Parties ; a Sociological Study of the Oligarchical Tendencies of Modern Democracy* (1915), Glencoe, 1949 [*Les Partis politiques : Essais sur les tendances oligarchiques des démocraties*, Flammarion, 1914 ; réed. 1971].

MILLIN, Sarah Gertrude
Rhodes, Londres, Chatto & Windus, 1933.

MOELLER VAN DEN BRUCK, Arthur
Germany's Third Empire [*Das Dritte Reich* (1923)], Londres, Allen & Unwin, 1934 [Authorized English ed. (condensed)].

MOLISCH, Paul
Geschichte der deutschnationalen Bewegung in Österreich von ihren Anfängen bis zum Zerfall der Monarchie, Iéna, G. Fischer, 1926.

MONTESQUIEU, Ch. L. de Secondat de
Esprit des Lois, Genève, Barrillot et fils, 1748 [réed. dans *Œuvres complètes*, Gallimard, « Bibliothèque de La Pléiade », 1951, II].

MORISON, Theodore
Imperial Rule in India ; Being an Examination of the Principles Proper to the Government of Dependencies, Londres, A. Constable & Co., 1899.

MULLER, H. S.
« The Soviet Master Race Theory », *The New Leader*, 30 juillet 1949.

MULTATULI (pseudonyme de Eduard Douwes DEKKER)
Max Havelaar or the Coffee Auctions of the Dutch Trading Company, Édimbourg, Edmonston & Douglas, 1868.

MUSSOLINI, Benito
• « Relativismo e fascismo », *Diuturna*, Milan, 1924.
• *Four Speeches on the Corporate State ; with an Appendix including the Labour Charter...*, Rome, « Laboremus », 1935.

NADOLNY, Rudolf
Germanisierung oder Slavisierung ? Eine Entgegnung auf Masaryks Buch Das neue Europa, Berlin, O. Stollberg, 1928.

NAUMANN, Friedrich
Central Europe, Londres, King, 1916 [rééd. Westport, Greenwood Press, 1971].

NEAME, L. E.
The History of Apartheid, Londres, 1962.

NEESSE, Gottfried
Partei und Staat, Hambourg, Hanseatische Verlagsanstalt, 1936.

NETTLAU, Max
Der Anarchismus von Proudhon zu Kropotkin, seine historische Entwicklung in den Jahren 1859-1880, Berlin, F. Kater, 1927.

NEUMANN, Sigmund
• *Die Stufen des preussischen Konservativismus : ein Beitrag zum Staats- und Gesellschaftsbild Deutschland im 19. Jahrhundert*, Berlin, Ebering, Historische Studien n° 190, 1930.
• *Die deutschen Parteien*, Berlin, Junker und Dünnhaupt, 1932.

NEUSCHÄFER, Fritz Albrecht
Georg Ritter von Schoenerer, Hambourg, 1935.

NICOLSON, sir Harold George
Curzon : The Last Phase 1919-1925, a Study in Post-war Diplomacy, Boston – New York, Houghton Mifflin Company, 1934.

NIPPOLD, Otfried
Der deutsche Chauvinismus, Stuttgart, Druck von W. Kohlhammer, 1913.

NOVALIS [Friedrich HARDENBERG]
Neue Fragmentensammlung, 1798 [« Les Fragments », dans *Œuvres complètes*, Gallimard, 1975, t. 2].

OAKESMITH, John
Race and Nationality, an Inquiry into the Origin and Growth of Patriotism, New York, Frederick A. Stokes Company, 1919.

OERTZEN, Adolf Friedrich von
Nationalsozialismus und Kolonialfrage, Saarbrücker Druckerei und Verlag, 1935.

OESTERLEY, William Oscar Emil
The Evolution of the Messianic Idea, a Study in Comparative Religion, Londres, sir I. Pitman, 1908.

OLGIN, Moissaye Joseph
The Soul of the Russian Revolution, New York, H. Holt and Company, 1917.

PEARSON, Karl
National Life from the Standpoint of Science..., Londres, A. and C. Black, 1901.

PETERS, Carl
• « Das Deutschtum als Rasse », *Deutsche Monatsschrift*, avril 1905.
• *Die Gründung von Deutsch-Ostafrika. Kolonialpolitische Erinnerungen*, 1906.

PICHL, Eduard [Herwig]
Georg Ritter von Schoenerer, Oldenburg – Berlin, 1938.

PINON, René
France et Allemagne, 1870-1913, Perrin, 1912 [rééd. 1913].

PIRENNE, Henri
A History of Europe from the Invasions to XVI Century, Londres, 1939 [*Histoire de l'Europe*, Alcan, 1936].

PLUCKNETT, Theodore F. T.
« Outlawry », dans *Encyclopedia of Social Sciences*.

POBIEDONOSTSEV, Konstantin
• *L'Autocratie russe. Mémoires politiques, correspondance officielle et documents inédits... 1881-1894*, 1927.
• *Reflections of a Russian Statesman*, Londres, 1898.

PREUSS, Lawrence
« La dénationalisation imposée pour des motifs politiques », *Revue internationale française du Droit des gens*, 1937, vol. 4, n°s 1, 2, 5.

PRIESTLEY, Herbert Ingram
France Overseas ; a Study of Modern Imperialism, New York – Londres, D. Appleton-Century Company, 1938.

PUNDT, Alfred George
Arndt and the Nationalist Awakening in Germany, New York – Londres, Columbia University Press-P. S. King & Son, 1935.

RAMLOW, Gerhard
Ludwig von der Marwitz und die Anferänge konservativer Politik und Staatsanchauung in Preussen, Berlin, Ebering, Historische Studien n° 195, 1930.

REIMER, E.
Pangermanisches Deutschland, 1905.

REISMANN-GRONE, Theodor
« Überseepolitik oder Festlandspolitik ? », *Flugschriften des alldeutschen Verbandes*, 1905, n° 22.

RENAN, Ernest
• *Histoire générale et Système comparé des langues sémitiques* [1855], Michel-Lévy frères, 1863.

- *Qu'est-ce qu'une nation ?*, C. Lévy, 1882. [rééd. Press Pocket, 1991], trad. anglaise dans *The Poetry of the Celtic Races, and Other Studies*, Londres, 1896.

RENNER, Karl
- *Der Kampf der österreichischen Nationen unter dem Staat*, Leipzig – Vienne, F. Deuticke, 1902.
- *Österreichs Erneuerung. Politisch-programmatische Aufsätze*, Vienne, I. Brand & Co., 1916-1917, 3 vol.
- *Das Selbstbestimmungsrecht der Nationen in besonderer Anwendung auf Österreich*, Leipzig – Vienne, F. Deuticke, 1918.

REVENTLOW, Ernst Graf Zu
Judas Kampf und Niederlage in Deutschland : 150 Jahre Judenfrage, Berlin, Zeitgeschichtliche-Verlag, 1937.

RICHARD, Gaston
Le Conflit de l'autonomie nationale et de l'impérialisme, Giard & Brière, 1916.

RIPKA, Hubert
Münich : Before and After ; a Fully Documented Czechoslovak Account of the Crises of September 1938 and March 1939, Londres, V. Gollancz Ltd, 1939 [rééd. New York, H. Fertig, 1969].

RITTER, Paul
Kolonien im deutschen Schrifttum, 1936.

ROBERT, Cyprien
- *Les Deux Panslavismes, situation actuelle des peuples slaves vis-à-vis de la Russie*, Leipzig, L. Michelsen, 1847.
- *Le Monde slave*, 1852.

ROBESPIERRE, Maximilien de
- *Œuvres*, 1840 [rééd. *Œuvres complètes*, F. Alcan puis PUF, 1923-1958, 9 vol.].
- *Speeches*, 1927.

ROBINSON, Jacob
« Staatsbürgerliche und wirtschaftliche Gleichberechtigung »,
Süddeutsche Monatshefte, juillet 1929.

ROEPKE, Wilhelm
« Kapitalismus und Imperialismus », *Zeitschrift für Schweizerische Statistik und Volkswirtschaft*, 1934, vol. 70.

ROHAN, duc Henri de
De l'intérêt des princes et États de la chrétienté, C. de Serey, 1638 [rééd. PUF, 1995].

ROHDEN, Peter Richard, éd.
Demokratie und Partei, Vienne, W. Seidel, 1932.

ROHRBACH, Paul
• *Der deutsche Gedanke in der Welt*, Königstein im Taunus, K. R. Langewiesche, 1912.
• *Die alldeutsche Gefahr*, Berlin, H. R. Engelmann, 1918.

ROSCHER, Wilhelm
Die Grundlagen der Nationalökonomie. Ein Hand- und Lesebuch für Geschäftsmänner und Studierende [1864], 1900 [*Traité d'économie politique rurale*, Guillaumin, 1888].

ROSENKRANZ, Karl
Über den Begriff der politischen Partei : Rede, Königsberg, 1843.

ROUCEK, Joseph
The Minority Principle as a Problem of Political Science, Prague, Orbis, 1928.

ROZANOV, Vassilij
Fallen Leaves, 1929 [*Feuilles tombées*, Lausanne – Paris, L'Âge d'homme, 1984].

RUDLIN, Walter Arthur
« Political Parties. Great Britain », dans *Encyclopedia of Social Sciences*.

SABINE, George Holland
A History of Political Theory, Londres, 1937 [Harcourt Brace College Publ. 1989].

SAMUEL, Horace B.
Modernities, Londres, 1914.

SCHAEFFLE, Albert
« Der grosse Boersenkrach des Jahres 1873 », *Zeitschrift für die gesamte Staatswissenschaft*, 1874.

[Schlegel, Friedrich]
Friedrich Schlegel Philosophische Vorlesungen aus den Jahren 1804 bis 1806 : Nebst Fragmenten vorzüglich philosophisch Inhalts, C. J. H. Windischmann Hrsg, Bonn, Weber, 1836-1837.

SCHMITT, Carl
• *Politische Romantik*, 1925.
• *Staat, Volk, Bewegung : Die Dreigliederung der politischen Einheit*, Hambourg, Hanseatische Verlagsanstalt, 1933.

SCHNEE, Heinrich
Nationalismus und Imperialismus, Berlin, R. Hobbing, 1928.

SCHULTZE, Ernst
« Die Judenfrage in Südafrika », *Der Weltkampf*, 1938, vol. 15, n° 178.

SCHUMPETER, Joseph
« Zur Soziologie der Imperialismen », *Archiv für Sozialwissenschaften und Sozialpolitik*, 1918-1919, vol. 46.

SCHUYLER, Robert Livingston
The Fall of the Old Colonial System. A Study in British Free Trade, 1770-1870, New York – Londres, Oxford University Press, 1945.

Schweizer Lexikon, « Friedlosigkeit », Zurich, Encyclios, 1945-1948, 7 vol.

SEELEY, John Robert
The Expansion of England, 1883 [*L'Expansion de l'Angleterre*, Armand Colin, 1901].

SEILLIÈRE, Ernest
• *La Philosophie de l'impérialisme*. 1 : *Le Comte de Gobineau et l'aryanisme historique* ; 2 : *Apollon ou Dionysos, étude critique sur Frédéric Nietzsche et l'utilitarisme impérialiste* ; 3 : *L'Impérialisme démocratique*, F. Alcan, 1903-1906.
• *Mysticisme et domination. Essais de critique impérialiste*, F. Alcan, 1913.

SIEVEKING, H. J.
« Wirtschaftsgeschichte », dans *Enzyklopädie der Rechts- und Staatswissenschaften*, 1935, vol. 47.

SIEYÈS, abbé Emmanuel Joseph, comte de
Qu'est-ce que le Tiers État ?, s.l., 1789 [rééd., PUF, 1982].

SIMAR, Théophile
Étude critique sur la formation de la doctrine des races au XVIIIe et son expansion au XIXe siècle, Bruxelles [M. Lamertin, Académie royale de Belgique. Mémoires], 1922.

SIMPSON, John Hope
The Refugee Problem : Report of a Survey, Londres – New York, Oxford University Press (Institute of International Affairs), 1939.

Sitzungsbericht des Kongresses der organisierten nationalen Gruppen in den Staaten Europas, 1933.

SOLOVIEV, Vladimir
Judaism and the Christian Question, 1884 [*Le Judaïsme et la Question chrétienne*, Desclée de Brouwer, 1992].

SOMMERLAND, Theo
Der deutsche Kolonialgedanke und sein Werden im 19. Jahrhundert, Halle, 1918.

SPIESS, Camille
Impérialismes. La conception gobinienne de la race, sa valeur au point de vue bio-psychologique, E. Figuière, 1917.

Sprietsma, Cargill
We Imperialists. Notes on Ernest Seillière's Philosophy of Imperialism, New York, Columbia University Press, 1931.

STÄHLIN, Karl
• *Geschichte Russlands von den Anfängen bis zur Gegenwart*, Stuttgart – Berlin, Deutsche Verlagsantalt, 1923-1939 [*La Russie des origines à la naissance de Pierre le Grand*, Payot, 1946].
• « Die Entstehung des Panslawismus », *Germano-Slavica*, 1936, n° 4.

STEINBERG, A.
« Die weltanschaulchen Voraussetzungen der jüdischen Geschichtsschreibung », *Dubnov Festschrift*, 1930.

STEPHEN, sir James Fitzjames
• *Liberty, Equality, Fraternity*, New York, H. Holt and Company [Londres, Smith Elder], 1873.
• « Foundations of the Government of India », *Nineteenth Century*, 1883, vol. 80.

STODDARD, Lothrop
The Rising Tide of Color against White World-Supremacy, New York, Scribner, 1920 [*Le Flot montant des peuples de couleur contre la suprématie mondiale des Blancs*, Payot, 1925].

STRIEDER, Jakob
« Staatliche Finanznot und Genesis des modernen Grossunternehmertums », *Schmollers Jahrbücher*, 1920, vol. 49.

STRZYGOWSKI, Josef
Altai-Iran und Völkerwanderung ; ziergeschichtliche Untersuchungen..., Leipzig, J. C. Hinrich, 1917.

SUARÈS, André
La Nation contre la race, Émile-Paul frères, 1916.

SUMNER, Benedict Humphrey
• *Russia and the Balkans 1870-1880*, Oxford, The Clarendon Press, 1937.
• *A Short History of Russia* [1943], New York, Harcourt Brace, 1949.

SYDACOFF, Bresnitz von
Die panslawistische Agitation und die südslawiche Bewegung in Österreich-Ungarn, Berlin, 1899.

SZPOTANSKI, Stanislaw
« Les messies au XIXe siècle », *Revue mondiale*, 1920.

TALLEYRAND, Charles Maurice de
« Essai sur les avantages à retirer des colonies nouvelles dans les circonstances présentes » (1799), *Académie des Sciences coloniales, Annales*, 1929, vol. 3.

THIERRY, Augustin
Lettres sur l'histoire de la France [1827], Jouvet, 1840 (2e éd. revue et corrigée).

THOMPSON, L. M.
« Afrikaner Nationalist Historiography and the Policy of Apartheid », *The Journal of African History*, 1962, vol. III, n° 1.

THRING, lord Henry
Suggestions for Colonial Reform, 1865.

TIRPITZ, Alfred von
Erinnerungen, Leipzig, K. F. Koehler, 1920 [*Mémoires du grand-amiral von Tirpitz*, Payot, 1922].

TOCQUEVILLE, Alexis de
• « Lettres de Alexis de Tocqueville et de Arthur Gobineau », *Revue des Deux Mondes*, 1907, vol. 199 [Correspondance

d'Alexis de Tocqueville et d'Arthur de Gobineau, *Œuvres complètes*, Gallimard, 1959, t. IX].
• *L'Ancien Régime et la Révolution*, 1856 [rééd. *Œuvres complètes*, Gallimard, 1952, t. II].

TONSILL, Ch. C.,
« Racial Theories from Herder to Hitler », *Thought*, 1940, vol. 15.

TOWNSEND, Mary Evelyn
• *European Colonial Expansion since 1871*, Philadelphie – New York, J. B. Lippincott Company, 1941.
• *Origin of Modern German Colonialism, 1871-1885*, New York, Columbia University, 1921.
• *The Rise and Fall of Germany's Colonial Empire*, New York, The Macmillan Company, 1930.

TRAMPLES, Kurt
« Völkerbund und Völkerfreiheit », *Süddeutsche Monatshefte*, juillet 1929.

TYLER, John Ecclesfield
The Struggle for Imperial Unity (1868-1895), Londres – New York, Longmans, Green and Co., 1938.

UNWIN, George
Studies in Economic History : the Collected Papers of George Unwin (éd. R. H. Tawney), Londres, Macmillan and Co., 1927.

[VALLERANCE, Prosper]
Le Panlatinisme. Confédération gallo-latine et celto-gauloise. Alliance fédérative de la France, la Belgique, l'Angleterre,..., etc.,..., Passard, 1862.

VICHNIAC, Marc
« Le Statut international des apatrides », *Recueil des cours de l'Académie de droit international*, 1933, vol. 33.

VOEGELIN, Eric
• *Rasse und Staat*, Tübingen, J. C. B. Mohr, 1933.
• *Die Rassenidee in der deutschen Geistesgeschichte von Ray bis Carus*, Berlin, Junker und Dünnhaupt, 1933.
• « The Origins of Scientism », *Social Research*, décembre 1948.

VOELKER, K.
Die religiöse Wurzel des englischen Imperialismus, Tübingen, 1924.

VRBA, Rudolf
Russland und der Panslawismus; statistische und sozialpolitische Studien, Prague, Selbstverlag, 1913.

WAGNER, Adolph
Vom Territorialstaat zur Weltmacht, Berlin, 1900.

WEBER, Ernst
Volk und Rasse. Gibt es einen deutschen Nationalstaat?, 1933.

WEBSTER, Charles Kingsley
« Minorities. History », dans *Encyclopædia Britannica*, 1929.

WENCK, Martin
Alldeutsche Taktik, Iéna, E. Diederichs, 1917.

WERNER, Bartholomäus von
Die deutsche Kolonialfrage, 1897.

WERNER, Lothar
Der alldeutsche Verband, 1890-1918, Berlin, E. Ebering, « Historische Studien » n° 278, 1935.

WERTHEIMER, Mildred Salz
The Pan-German League, 1890-1914, New York, Columbia University, 1924.

WESTARP, Graf Kuno F. V. von
Konservative Politik im letzten Jahrzehnt des Kaiserreiches, 1935.

WHITE, John S.
« Taine on Race and Genius », *Social Research*, février 1943.

WHITESIDE, Andrew G.
« Nationaler Sozialismus in Österreich vor 1918 », *Vierteljahrshefte für Zeitgeschichte*, (1961).

WILLIAMS, Basil
Cecil Rhodes, Londres, Constable and Company Ltd., 1921.

WILLIAMS, sir John Fische
« Denationalisation », *British Yearbook of International Law*, 1927, vol. 7.

WINKLER, Wilhelm
Statistisches Handbuch der europäischen Nationalitäten, Vienne, W. Braumüller, 1931.

WIRTH, Max
Geschichte der Handelskrisen [Francfort-sur-le-Main, 1858], Francfort-sur-le-Main, Sauerländer, 1874.

WOLMAR, Wolfram von
« Vom Panslawismus zum tschechisch-sowjetischen Bündnis », *Nationalsozialistische Monatshefte*, 1938, n° 104.

Das Zeitalter des Imperialismus : 1890-1933, Berlin, Propyläen-Verl., 1933, Propyläen Weltgeschichte, vol. 10.

ZETLAND, marquis Lawrence John Lumley Dundas de
Lord Cromer, Londres, Hodder and Stoughton, 1932.

ZIEGLER, H. O.
Die moderne Nation, Tübingen, 1931.

ZIMMERMANN, Alfred
Geschichte der deutschen Kolonialpolitik, Berlin, E. S. Mittler und Sohn, 1914.

ZOEPFL, [Gottfried]
« Kolonien und Kolonialpolitik », dans *Handwörterbuch der Staatswissenschaften*.

Index des personnes

AKSAKOV, Konstantin Sergueievitch
1817-1860
Historien, poète et linguiste slavophile.
• 185, 196, 203 •

ALEXANDRE II
1818-1881
Tsar de Russie de 1855 à 1881.
• 187, 188, 189, 206, 220 •

ALEXANDRE LE GRAND
356-323 (AV. J.-C.)
• 33 •

ALTER, William
Publiciste. S'affirme, vers 1810, partisan d'une fédération des peuples germaniques.
• 84 •

ARISTOTE (AV. J.-C.)
384-322
Philosophe grec.
• 298 •

ARNDT, Ernst Moritz
1769-1860
Poète allemand.
• 88, 89 •

AUGUSTIN, saint
354-430
Théologien.
• 304 •

BALZAC, Honoré de
1799-1850
Écrivain.
• 48, 71 •

BARNATO, Barney
1852-1897
Financier véreux, négociant en diamants.
• 142, 144, 146, 148 •

BARON, Salo Wittmayer
1895-1989
Historien juif et pédagogue. Occupe à partir de 1960 la première chaire d'histoire juive aux États-Unis (Université Columbia).
• 220 •

BARRÈS, Maurice
1862-1923
Écrivain catholique, député, l'un des chefs de file du nationalisme français.
• 109, 186 •

BASSERMANN, Ernst
1854-1917
Avocat. Député et chef du parti national-libéral.
• 224 •

BAUDELAIRE, Charles
1821-1867
Poète.
• 96 •

BAUER, Otto
1881-1938
Théoricien de la social-démocratie autrichienne. Meurt en exil.
• 194, 207, 257 •

BEACONSFIELD, lord
Voir DISRAELI, Benjamin

BEIT, Alfred
1853-1906
Négociant en diamant et financier sud-africain. Collaborateur de Cecil Rhodes. Philanthrope, fondateur d'une chaire d'histoire coloniale à Oxford.
• 144, 146, 148 •

BELL, sir Henry Hesketh Joudou
1864-1952
Commissaire en Ouganda de novembre 1907 à janvier 1910.
• 30, 69 •

BENEŠ, Eduard
1884-1948
Chef de l'État tchécoslovaque de 1938 à 1940, puis de 1945 à 1948.
• 260, 266 •

BENJAMIN, Walter
1892-1940
Écrivain et philosophe.
• 52 •

BERDIAEV, Nicolas
1874-1948
Philosophe russe, expulsé d'URSS en 1922, réfugié à Berlin puis en France.
• 196, 203, 209, 211, 239 •

BEST, Werner
1903-1989
Chef de l'administration militaire en France occupée de 1940 à 1942, puis Commissaire du Reich pour le Danemark de 1943 à 1944. Condamné à mort en 1948, peine commuée en douze ans de prison. Libéré en 1951. Conseiller auprès du ministère des Affaires étrangères de RFA en 1962. Arrêté à nouveau en 1969 (pour l'« aktion AB », le meurtre d'intellectuels et de Juifs polonais), condamné en 1972 et libéré la même année pour raison de santé, charges abandonnées en 1982.
• 238 •

BISMARCK, Otto von
1815-1890
Chancelier d'Allemagne de 1871 à 1890.
• 21, 22, 188, 189 •

BLEICHRÖDER, Gerson von
1822-1893
Conseiller et banquier de Bismarck.
• 40 •

BLOY, Léon
1846-1917
Écrivain et pamphlétaire.
• 212 •

BLUM, Léon
1872-1950
Écrivain et journaliste. Secrétaire du parti socialiste SFIO, président du Conseil de juin 1936 à juin 1937.
• 245, 284 •

BLUNTSCHLI, Johann Caspar
1808-1881
Juriste suisse.
• 228, 231 •

BODIN, Jean
1529-1596
Juriste et théoricien du politique.
• 192 •

Index des personnes

BOULAINVILLIERS, comte Henri de
1658-1722
Historien et philosophe.
• 81-83, 85, 97 •

BRENTANO, Clemens
1778-1842
Poète romantique allemand.
• 93 •

BRIAND, Aristide
1862-1932
Avocat et homme politique. Président du Conseil de 1915 à 1917, de 1921 à 1922, de 1925 à 1926, et de juillet à octobre 1929. Prix Nobel de la paix.
• 260 •

BROCA, Paul
1824-1880
Chirurgien et médecin.
• 78 •

BUCHHOLZ, Paul Friedrich
Essayiste libéral.
• 93 •

BUFFON, comte Georges Louis Leclerc de
1707-1788
Intendant du Jardin du Roi, naturaliste. Auteur de *Histoire naturelle*.
• 105 •

BURCKHARDT, Jacob
1818-1897
Écrivain et historien suisse d'expression allemande.
• 71 •

BURKE, Edmund
1729-1797
Libéral, parlementaire whig, critique de la Révolution française.
• 31, 102-104, 115, 119, 156, 230, 231, 301, 303 •

CARLYLE, Thomas
1795-1881
Historien et homme de lettres écossais.
• 111, 112 •

CARTHILL, Al. (pseudonyme)
Historien du colonialisme.
• 8, 28, 36, 52, 106, 120, 121, 170, 171 •

CAYLA, Léon Henri Charles
1881-1965
Gouverneur général de Madagascar de 1930 à 1939, et de juillet 1940 à avril 1941. Pétainiste.
• 37 •

CECIL, lord Robert
Voir SALISBURY, lord

CHAKA
1786-1828
Roi des Zoulous (1810), surnommé le « Napoléon Zoulou » pour avoir considérablement étendu le territoire de son ethnie.
• 131 •

CHAMBERLAIN, Houston Stewart
1855-1927
Publiciste antisémite qui a exalté la supériorité des Aryens. Gendre de Richard Wagner.
• 182 •

CHAMBERLAIN, sir Austen
1863-1937
Chancelier de l'Échiquier.
• 260 •

CHESTERTON, Gilbert Keith
1876-1936
Poète et écrivain anglais.
• 26, 27, 58 •

CHOMIAKOV, Alexeï Sergeïevitch
1804-1860
Philosophe russe slavophile.
• 219 •

CHURCHILL, sir Winston
1874-1965
Premier ministre britannique de 1940 à 1945.
• 7, 178 •

CLEMENCEAU, Georges
1841-1929
Journaliste et homme politique républicain radical. Ministre de l'Intérieur de 1906 à 1909 ; président du Conseil de novembre 1917 à janvier 1920.
• 21, 22, 29, 34 •

COMTE, Auguste
1798-1857
Secrétaire et disciple du duc de Saint-Simon. Fondateur de sa propre doctrine philosophique, appelée « Positivisme ».
• 114 •

CONRAD, Joseph
1857-1924
Écrivain anglais d'origine polonaise.
• 98, 119, 126, 127, 132 •

CROMER, lord Evelyn Baring
1841-1917
Diplomate et homme politique britannique. Administrateur en Égypte de 1883 à 1907.
• 8, 22, 32, 36, 69, 121, 162-170, 174, 176 •

CROMWELL, Oliver
1599-1658
Lord protecteur de 1653 à 1658.
• 27 •

CURZON, lord George
1859-1925
Homme politique britannique. Propose en 1919 une ligne de partage entre la Russie soviétique et la Pologne.
• 69, 159, 162, 170 •

DANCE, Edward Herbert
Historien britannique.
• 64, 111, 124 •

DANILEWSKI, Nikolaj
1822-1885
Écrivain, slavophile et panslaviste.
• 180, 182, 185 •

DANNECKER, Theodor
1913-1945
SS Oberstumführer. Chef du service juif du SD en France occupée (fin 1940-juillet 1942), organisateur de la déportation de milliers de Juifs de France. Envoyé ensuite en Bulgarie et en Italie. Se suicide en décembre 1945. Condamné à mort par contumace en France en 1950.
• 271 •

DELOS, Joseph-Thomas
1891- ?
Juriste américain.
• 191, 222 •

DERNBURG, Bernhard
1865-1937
Secrétaire aux colonies du gouvernement allemand de 1907 à 1910.
• 37 •

DILKE, sir Charles
1843-1911
Homme politique britannique libéral. Se consacre aux questions coloniales.
• 35, 111,-113 •

Index des personnes

DISRAELI, Benjamin
1804-1881
Homme d'État et écrivain britannique. Député tory en 1837, ministre en 1858, Premier ministre en 1868 puis de 1874 à 1880. Défenseur acharné des intérêts britanniques de par le monde.
• 95, 103, 111, 114-116, 127 •

DISSELBOOM, Jan
Écrivain sud-africain.
• 28 •

DOSTOÏEVSKI, Fedor
1821-1881
Écrivain russe.
• 184, 196 •

DREYFUS, Alfred
1859-1935
Capitaine.
• 34, 71, 109, 127, 190, 221, 243 •

DREYFUS, Robert
Frère d'Alfred Dreyfus.
• 96, 97 •

DUBUAT-NANÇAY, comte Louis Gabriel
1732-1787
Historien.
• 83 •

DULLES, Allan Welsh
1893-1969
Directeur de la CIA de 1951 à 1953.
• 12, 13 •

FAURE, Élie
1873-1937
Historien de l'art.
• 102 •

FRANCE, Anatole (Jacques Antoine Anatole Thibault, dit)
1844-1924
Écrivain. Académicien en 1897. Prix Nobel de littérature en 1921.
• 295 •

FRANCO, Francisco (Franco Bahamonde, dit)
1892-1975
Général. Chef de la junte militaire nationaliste. Chef de l'État de 1939 à 1975.
• 275 •

FRÉDÉRIC II
1712-1786
Roi de Prusse de 1740 à 1786.
• 87 •

FRÉDÉRIC-GUILLAUME III
1770-1840
Roi de Prusse de 1797 à 1840.
• 87 •

FROUDE, James Anthony
1818-1894
Historien britannique, ami de Carlyle.
• 27, 63, 112, 113, 125, 139-141 •

FRYMANN, Daniel (pseudonyme de Heinrich Class)
1868-1953
Président de la Ligue pangermaniste à partir de 1908. Monarchiste, soutient le putsch de Hitler (1923), rejoint le NSDAP en 1933.
• 65, 181, 200, 221, 224 •

GALTON, Francis
1822-1911
Voyageur et physiologiste britannique, cousin de Ch. Darwin. L'un des fondateurs de l'eugénisme.
• 109, 110 •

GAULLE, Charles de
1890-1970
Général. Chef de la France libre. Président du Gouvernement provisoire de juin 1944 à janvier 1946. Président de la République de 1958 à 1969.
• 8 •

GLADSTONE, William Ewart
1809-1898
Homme d'État britannique. Ministre des Colonies de 1845 à 1846. Chancelier de l'Échiquier de 1852 à 1866. Premier ministre de 1880 à 1885.
• 21, 22, 26, 66 •

GOBINEAU, Joseph Arthur
1816-1882
Écrivain, diplomate. Publie en 1855 son *Essai sur linégalité des races humaines*.
• 76, 86, 95-102, 105, 116, 182 •

GOEBBELS, Josef Paul
1897-1945
Journaliste nazi. Chef du NSDAP de Berlin à partir de 1926 puis chef de la propagande en 1928. Ministre de la Propagande et de l'Information du IIIe Reich en 1933. Chargé de la direction de la guerre totale en 1944. Se suicide en 1945.
• 233, 255 •

GOERRES, Jakob Josef
1776-1848
Professeur (Université de Iéna), converti au catholicisme ; fondateur du *Rheinische Merkur*.
• 88, 89 •

GOETHE, Johann Wolfgang von
1749-1832
Poète et écrivain allemand.
• 92, 121 •

GRANVILLE, lord George Levenson-Gower
1815-1891
Homme politique britannique. Ministre des Affaires étrangères de 1851 à 1852, de 1870 à 1874, et de 1880 à 1885.
• 165 •

GUILLAUME II
1859-1941
Roi de Prusse et empereur d'Allemagne de 1888 à 1918.
• 63, 120 •

GUIZOT, François
1787-1874
Historien et écrivain. Conservateur. Ministre des Affaires étrangères de 1840 à 1847. Président du Conseil de 1847 à février 1848.
• 84 •

HABSBOURG, dynastie des
• 189, 201, 205, 206 •

HAECKEL, Ernst
1834-1919
Naturaliste allemand, professeur de zoologie, darwinien convaincu. Théoricien de l'eugénisme, pangermaniste.
• 77, 108, 109 •

HALLER, Karl Ludwig von
1768-1854
Professeur de droit constitutionnel. Diplomate, se convertit au catholicisme en 1821. Membre du Grand Conseil suisse.
• 94 •

HARVEY, Charles H.
Essayiste. Applique les conceptions du darwinisme social aux nations.
• 110 •

Index des personnes

HASSE, Ernst
Statisticien, l'un des fondateur de l'*Allgemeiner Deutscher Verband* (1891), Ligue pangermaniste.
• 21, 180, 181, 203 •

HAYES, Carlton Joseph Huntley
1882-1964
Historien britannique.
• 21, 57, 59, 60, 76, 77, 109, 120 •

HEGEL, Georg Wilhelm Friedrich
1770-1831
Philosophe.
• 95, 205, 222 •

HEIDEN, Konrad
1901-1966
Journaliste et écrivain allemand.
• 241 •

HERDER, Johann Gottfried
1744-1803
Philosophe allemand.
• 81, 105 •

HILFERDING, Rudolf
1877-1942 ?
Économiste. Militant social-démocrate allemand livré par Vichy aux nazis.
• 59, 60, 62 •

HINDENBURG, Paul von
1847-1934
Maréchal allemand. Président de la République de Weimar de 1925 à 1934.
• 245, 246 •

HIRSCH, baron Moritz
1831-1896
Financier israélite. Soutien l'Alliance israélite universelle et l'installation de juifs russes en Argentine.
• 40 •

HITLER, Adolf
1889-1945
Fondateur du NSDAP. Chancelier d'Allemagne de janvier 1933 à 1934, puis *Reichsführer* jusqu'en 1945.
• 15, 34, 72, 179, 181, 197, 210, 235, 238, 241, 244,-247, 256, 264, 275, 286 •

HOBBES, Thomas
1588-1679
Philosophe anglais.
• 44-47, 49-51, 53, 55, 72-74 •

HOBSON, John Atkinson
1858-1940
Historien britannique et économiste.
• 19, 21, 24, 33, 39, 57, 58, 60, 61, 66-68, 145 •

HOHENLOHE-LANGENBURG, prince Hermann de
1832-1913
Général. *Statthalter* d'Alsace-Lorraine de 1894 à 1907. Président de la Ligue coloniale.
• 70 •

HOTMAN, François
1524-1590
Juriste. Théoricien monarchomaque.
• 81 •

HUEBBE-SCHLEIDEN, Wilhelm
1846-1916
Juriste. Fondateur de la première société théosophique allemande en 1884.
• 22 •

HUXLEY, Thomas Henry
1825-1895
Physiologiste anglais. Ami de Darwin et défenseur de sa théorie de l'évolution.
• 77, 110 •

JAHN, Friedrich Ludwig
1778-1852
Théologien et philologue. Nationaliste, auteur en 1810 de *Deutsche Volkstum (La Nationalité allemande)*. Combat les Français en 1813.
• 88, 89 •

JAMESON, sir Laender Starr
1853-1917
Médecin et homme politique installé en Afrique du Sud. Ami de Cecil Rhodes.
• 35, 167 •

JEFFERSON, Thomas
1743-1826
Président des États-Unis de 1801 à 1809.
• 105 •

JOYCE, James
1882-1941
Écrivain irlandais de langue anglaise.
• 52 •

KAFKA, Franz
1883-1924
Écrivain tchèque de langue allemande.
• 217 •

KATKOV, Mikhaïl Nikiforovitch
1818-1887
Écrivain et journaliste russe. Libéral, slavophile et panslaviste. Rallié à l'autocratie.
• 220, 221, 224 •

KIPLING, Rudyard
1865-1936
Écrivain anglais.
• 10, 31, 158, 159, 171 •

KIREJEVSKI, Ivan Vassilievitch
1805-1856
Philosophe russe, journaliste et critique slavophile.
• 219 •

KLEMM, Gustav
1802-1852
Historien allemand.
• 105 •

LA BRUYÈRE, Jean de
1645-1691
Moraliste.
• 81 •

LA ROCHEFOUCAULD, duc François de
1613-1680
Moraliste.
• 73 •

LAVAL, Pierre
1883-1945
Président du Conseil de janvier 1931 à février 1932, et de juillet 1935 à janvier 1936. Vice-président du gouvernement Pétain en 1940. Chef du gouvernement d'avril 1942 à août 1944. Fusillé en octobre 1945.
• 280 •

LAWRENCE, Thomas Edward
1886-1935
Colonel de l'armée britannique, écrivain.
• 36, 173-177 •

LÉNINE, Vladimir Ilitch Oulianov, dit
1870-1924
Chef du parti bolchevique, fondateur de l'État soviétique. Président du Conseil des commissaires du peuple.
• 60, 241 •

Index des personnes

LEONTIEV, Konstantin Nikolaïevitch
1835-1891
Écrivain et philosophe russe.
• 219 •

LÉOPOLD II
1835-1909
Roi des Belges de 1865 à 1909.
• 120 •

LOUIS-PHILIPPE Ier
1773-1850
Duc de Chartres, roi des Français.
• 97 •

LOYOLA, Ignace de
1491-1556
Fondateur de la Compagnie de Jésus.
• 167 •

LUC
1877-1961
Archevêque de Tambov de 1942 à 1946.
• 197 •

LUDENDORFF, Erich
1865-1937
Chef d'état-major des armées allemandes d'avril 1916 à octobre 1918. Soutien de Hitler. Théoricien de la guerre totale.
• 236 •

LUXEMBURG, Rosa
1870-1919
Théoricienne et économiste social-démocrate d'Allemagne. Opposante à la guerre, fondatrice du groupe *Spartacus* et du KPD.
• 59, 60 •

MACARTNEY, Carlile Aylmer
• 190, 195, 260, 261, 264, 285 •

MACDONALD, James Ramsay
1866-1937
Chef du parti travailliste. Premier ministre britannique en 1924, puis de 1929 à 1931, et de 1931 à 1935.
• 233 •

MAC-MAHON, Edme Patrice Maurice de
1808-1893
Maréchal de France. Président de la République de 1873 à 1879.
• 246 •

MAISTRE, comte Joseph de
1753-1821
Diplomate, essayiste.
• 79 •

MALAN, Daniel François
1874-1959
Ministre de l'Église réformée. Nationaliste sud-africain.
• 152 •

MANN, Thomas
1875-1955
Écrivain allemand. Prix Nobel de littérature en 1929.
• 97 •

MARKS, Sammy
Financier sud-africain.
• 146 •

MARWITZ, Ludwig von der
1770-1848
Lieutenant-général prussien. Commande l'armée d'occupation en France. Feldmarechal en 1835.
• 94 •

MARX, Karl
1818-1883
Philosophe, économiste et journaliste. Dirigeant révolutionnaire.
• 52, 59, 191, 222, 243 •

MAURRAS, Charles
1868-1952
Écrivain, théoricien politique et journaliste. Idéologue de l'Action française.
• 186 •

MILL, James
1773-1836
Historien, philosophe et économiste anglais.
• 69 •

MOELLER VAN DER BRUCK, Arthur
1876-1925
Théoricien de la révolution conservative.
• 185, 226, 240 •

MONTESQUIEU, Charles de Segondat, baron de la Brède et de
1689-1755
Philosophe.
• 82, 85 •

MONTLOSIER, comte Fernand de Reynaud de
1755-1838
Publiciste et homme politique.
• 84 •

MOSENTHAL (famille)
Ostréiculteurs d'Afrique du Sud.
• 146 •

MOURAVIEV-AMOURSKI, Nikolaï Nikolaïevitch
1809-1881
Général russe. Conquérant des territoires de l'Amour.
• 188 •

MUELLER, Adam Heinrich
1779-1829
Philosophe et économiste. Protestant converti au catholicisme en 1805.
• 90, 94 •

MUSSOLINI, Benito
1883-1945
Socialiste révolutionnaire, puis nationaliste. Fondateur des *Fasci di Combattimenti*. Chef du gouvernement italien de 1922 à 1925 puis Duce jusqu'en 1943.
• 91, 234, 238, 240, 256, 269, 275 •

NAPOLÉON Ier, Napoléon Bonaparte
1769-1821
Général. Premier Consul de 1799 à 1804. Empereur des Français de 1804 à 1815.
• 28, 30, 84, 86, 93 •

NAPOLÉON III, Louis Napoléon Bonaparte
1808-1873
Neveu de Napoléon Ier. Président de la République de 1848 à 1852. Empereur des Français de 1852 à 1870.
• 243 •

NAUMANN, Friedrich
1860-1919
Pasteur protestant, fondateur d'un parti socialiste-national confessionnel. Député en 1907, publie pendant la guerre un ouvrage retentissant : *Central Europe*.
• 182, 200 •

NICOLAS II
1868-1918
Tsar de Russie de 1894 à 1917.
• 210 •

NIETZSCHE, Friedrich
1844-1900
Philologue et philosophe.
• 96 •

NOVALIS, Friedrich von Hardenberg dit
1772-1801
Poète.
• 90 •

Index des personnes

PAGODIN, Michael
Folkloriste et philologiste russe du XIXe siècle.
• 187, 219 •

PEARSON, Karl
1857-1936
Mathématicien et statisticien anglais. S'attache à l'application des méthodes mathématiques à la biologie.
• 110 •

PÉGUY, Charles
1873-1914
Publiciste et dramaturge. Fondateur des *Cahiers de la Quinzaine*.
• 58 •

PETERS, Carl
1856-1918
Voyageur, fondateur de la Société allemande de colonisation en 1884. Établit la présence allemande en Afrique orientale.
• 37, 120, 126, 154 •

PLATON
428-348/347 (av. J.-C.)
Philosophe grec.
• 301 •

POBIEDONOSTSEV, Konstantin Petrovitch
1827-1907
Professeur de droit civil. Membre du conseil impérial, partisan de l'absolutisme, antisémite.
• 210, 214, 221, 224 •

POINCARÉ, Raymond
1860-1934
Président du Conseil de 1912 à 1913. Président de la République de 1913 à 1920. Président du Conseil de 1922 à 1924, et de 1926 à 1929.
• 29 •

RÉMUSAT, comte Charles François Marie de
1797-1875
Opposant à Guizot, rallié à la République en 1848. Proscrit de 1851 à 1859. Ministre des Affaires étrangères du gouvernement Thiers de 1871 à 1873.
• 86 •

RENAN, Ernest
1823-1892
Historien, philosophe.
• 23, 101, 211 •

RENNER, Karl
1870-1950
Président de la République d'Autriche de 1945 à 1950.
• 182, 194 •

REVENTLOW, Ernst Graf zu
1869-1943
Officier de Marine nationaliste. Se rallie aux communistes en 1932.
• 203, 209 •

RHODES, Cecil
1853-1902
Homme d'affaires et administrateur colonial britannique. Premier ministre du Cap en 1890, cherche à promouvoir une fédération sud-africaine et se heurte aux Boers.
• 17, 20-22, 34, 35, 40, 52, 64, 144, 148, 149, 159, 162, 163, 167, 168, 176, 200 •

RICHTER, Eugen
1838-1906
Chef du parti social-libéral allemand.
• 21 •

ROBESPIERRE, Maximilien
1758-1794
Avocat. Député à la Constituante et

à la Convention. Membre du Comité de salut public.
• 23, 94, 302 •

ROHAN, duc Henri de
1579-1638
Homme politique et publiciste.
• 192 •

ROZANOV, Vassilij Vassilievitch
1856-1919
Écrivain mystique russe.
• 189, 204 •

RUSSELL, lord John
1792-1878
Député whig en 1813. Leader du parti whig en 1834. Secrétaire d'État à l'Intérieur de 1835 à 1839. Premier ministre de 1846 à 1852, et de 1865 à 1866. Libre-échangiste.
• 230, 231 •

SALAZAR, Antonio de Oliveira
1889-1970
Président du Conseil et ministre des Finances. Maurrassien, organise l'*Estado novo*, antiparlementaire, corporatiste et catholique.
• 7 •

SALISBURY, lord Robert, Gascoyne Cecil
1830-1903
Secrétaire pour l'Inde de 1866 à 1867, et de 1874 à 1878. Ministre des Affaires étrangères en 1878. Chef du parti conservateur à la mort de Disraeli en 1881.
• 26, 36, 167 •

SALOMON, Saul
Membre du Parlement du Cap.
• 151 •

SCHELLING, Friedrich Wilhelm Joseph
1775-1854
Philosophe allemand.
• 79, 205 •

SCHLEGEL, Friedrich von
1772-1829
Poète et savant allemand.
• 88, 90 •

SCHMITT, Carl
1888-1985
Professeur de droit public et philosophe. Soutient le régime nazi jusqu'en 1936. Arrêté en 1945, libéré sans poursuites.
• 90, 225, 244, 249 •

SCHÖNERER, Georg Ritter von
1842-1921
Député autrichien. Chef de file du mouvement pangermaniste. Antisémite radical. Influence le jeune Hitler.
• 188, 189, 195, 197, 203, 205, 206, 210 •

SEELEY, sir John
1834-1895
Historien britannique.
• 112, 113 •

SEILLIÈRE, baron Ernest
1866-1955
Moraliste et sociologue. Académicien en 1946.
• 78, 81, 84, 85, 100 •

SELBOURNE, lord William Waldegrave Palmer
1859-1942
Premier lord de l'Amirauté en 1900. Haut-Commissaire en Afrique du Sud et gouverneur de l'Orange et du Transvaal de 1905 à 1910.
• 129, 165 •

Index des personnes

SHAW, George Bernard
1856-1950
Écrivain anglais.
• 173, 175, 176 •

SIEMENS, Werner von
1816-1892
Inventeur et industriel. Fondateur de la société du même nom en 1847.
• 40 •

SIEYÈS, Emmanuel-Joseph
1748-1836
Abbé, député à la Constituante puis à la Convention. Ambassadeur puis sénateur.
• 85 •

SPENCER, Herbert
1820-1903
Philosophe anglais.
• 107, 109 •

SPENGLER, Oswald
1880-1936
Philosophe allemand.
• 71, 96, 108 •

SPINOZA, Baruch
1632-1677
Philosophe.
• 82 •

STALINE, Iossif Vissarianovitch Dougatchvili, dit
1878-1953
Militant bolchevique. Secrétaire général du PCUS de 1927 à 1953.
• 8, 15, 179, 210, 223, 238, 241 •

STEPHEN, sir James Fitzjames
1829-1894
Juriste, professeur et juge.
• 103, 115 •

STÖCKER, Adolf
1835-1909
Théologien, prédicateur à la cour de Berlin. Fondateur d'un parti socialiste chrétien, député et agitateur antisémite.
• 190, 206 •

STRZYGOWSKI, Josef
1862-1941
Historien de l'art. Théoricien raciste.
• 78 •

SWINBURNE, Algernon Charles
1837-1909
Poète anglais.
• 96 •

TAINE, Hippolyte
1828-1893
Philosophe, critique et historien.
• 101, 211 •

TCHAADAÏEV, Piotr Iakovlevitch
1794-1856
Penseur russe prônant l'union de la Russie avec l'Église occidentale. Déclaré aliéné, se réfugie à Paris.
• 196, 199, 209 •

THÄLMANN, Ernst
1886-1944
Secrétaire général du parti communiste allemand (KPD) de 1925 à 1933. Interné à Buchenwald. Exécuté en 1944.
• 246, 247 •

THIERRY, Augustin
1795-1856
Historien.
• 86 •

TIOUTCHEV, Fedor Invanovitch
1803-1873
Poète russe.
• 196 •

TOCQUEVILLE, Alexis de
1805-1859
Essayiste politique, historien. Député, ministre des Affaires étrangères de juin à octobre 1849.
• 76, 105 •

TUDOR (Maison des)
Dynastie anglo-galloise.
• 27 •

VACHER DE LAPOUGE, Georges
1854-1936
Théoricien raciste.
• 109 •

VICTORIA Ire
1819-1901
Reine de Grande-Bretagne et d'Irlande de 1837 à 1901. Impératrice des Indes de 1876 à 1901.
• 114 •

VILLIERS, Charles-François Dominique de
Noble émigré. Essayiste.
• 84 •

VOLTAIRE, François-Marie Arouet de
1694-1778
Écrivain, philosophe.
• 104, 109, 211 •

WAGNER, Richard
1813-1883
Compositeur allemand.
• 97 •

WILSON, Thomas Woodrow
1856-1924
Président des États-Unis de 1913 à 1921.
• 261 •

ZIMMERER
Gouverneur allemand en Afrique du Sud.
• 37 •

Index thématique

ACCUMULATION DU CAPITAL
• 41, 42, 51 et suiv., 58-60, 64, 72, 73 •
Voir aussi CAPITALISME

ACTIONNAIRES ABSENTS
• 39, 148, 149 •

ADMINISTRATION/ADMINISTRATEURS
... en Inde
• 115, 120 n. 3, 155-156, 162 et suiv. •
... en tant que classe
• 41 •
... et décrets
• 31, 32, 120, 213-215 •
... et l'autorité à l'étranger
• 160-161 •
... et la loi
• 214 •
... impérialiste
• 31, 32, 34-37, 120-121 •
... impérialiste allemande
• 36-37 •
... impérialiste britannique
• 30 et suiv., 156, 160-164 •
... impérialiste française
• 37 •

ADMINISTRATIONS COLONIALES
• 69, 164 •

AFFAIRE DREYFUS
• 34, 71, 109 n. 54, 127, 190, 221 n. 73, 243 •
... antidreyfusards
• 71 •
... et les socialistes
• 109 n. 54 •

AFFAIRES ÉTRANGÈRES
... et la bourgeoisie
• 43-44 •
... et mouvements annexionnistes
• 182, 209-210 •

AFRIQUE
• 19, 31, 57, 64, 119, 121-155 •
... et impérialisme
• 165 •
... tribus d'
• 131 et suiv. •
Voir aussi AFRIQUE DU SUD ; « MÊLÉE POUR L'AFRIQUE »

Afrique du Nord
• 122 •
Voir aussi AFRIQUE

AFRIQUE DU SUD
• 14, 39 n. 34, 63, 121-155 •
... et Allemagne nazie
• 143, 153 •
... et racisme
• 106, 142-143 •
... gouvernement britannique en
• 35 n. 26, 112, 122 et suiv., 143 •

... immigration et émigration en
• 123-124, 139-140, 151 et n. 55, 153 et n. 58 •
... les Juifs en
• 145-153 •
... population
• 134, 139 n. 29, 151 et suiv. •
Voir aussi BOERS ; RHODES, Cecil

AFRIQUE SUD-ORIENTALE ALLEMANDE
• 37, 120 •

AIDE ÉTRANGÈRE
(comme instrument impérialiste)
• 11, 13-14 •

ALGÉRIE
• 8, 25, 29, 37, 155 •

ALLDEUTSCHER VERBAND
Voir LIGUE PANGERMANISTE

ALLEMAGNE
• 21 n. 3, 35, 36, 40, 52, 61 et n. 48, 65, 68, 69, 70, 72, 83, 86, 89 n. 22, 92, 94, 95, 105, 108, 111, 112, 181 n. 10, 182 n. 12, 188 et n. 23, 195, 202, 203, 206, 207, 219, 226, 233 et n. 92, 234 •
    ... et colonies
    • 36-37 •
    ... et impérialisme
    • 63 n. 51 •
    ... système de partis en
    • 225, 229 n. 87, 245-247 •
Voir aussi ALLEMAGNE NAZIE ; PRUSSE ; RÉPUBLIQUE DE WEIMAR ; TOTALITARISME

ALLEMAGNE NAZIE
• 8, 15, 72, 143, 155 n. 61, 179, 238, 246, 263, 271, 283 et suiv. •
    ... et Afrique du Sud
    • 143, 153 •

... et législation sur la citoyenneté
• 283 ; voir aussi DÉNATIONALISATION ; LOIS DE NUREMBERG •
... et Union soviétique
• voir PACTE GERMANO-SOVIÉTIQUE •
... politique étrangère de l'
• 179 et n. 1, 181 n. 10, 266 n. 20 •
Voir aussi GESTAPO ; NAZI, PARTI

ALSACE-LORRAINE
• 22 •

ANGLETERRE
• 10, 22, 26, 35, 59 n. 42, 67, 68, 69, 72, 103, 104, 106-108, 111-114, 115 et n. 64, 123, 124, 149, 155 n. 61, 166, 167 n. 79, 180, 224 et suiv. •
    ... et Afrique du Sud
    • 122 et suiv., 137 et suiv., 148-149 •
    ... et colonies
    • 26-27, 111 et suiv., 121 et suiv. •
    ... et Commonwealth
    • 26, 33 •
    ... et Égypte
    • 25 n. 7, 123 •
    ... et États-Unis
    • 112-113 •
    ... et Europe
    • 115 •
    ... et France
    • 21, 167 et n. 79 •
    ... et impérialisme
    • 20 et suiv. •
    ... et Inde
    • 114-115 •
    ... et Irlande
    • 26 •
    ... et Russie tsariste
    • 180 •
    ... fonction publique en
    • 68-69 •

Index thématique

... gouvernement travailliste
• 227 •
... système des *public schools*
• 161 •
... traditions en
• 158-159 •

ANTICLÉRICALISME
• 83, 197, 236 •

ANTILLES
• 111, 133 n. 18 •

APATRIDIE
• 252, 264-287, 292 et suiv. •
... et État-nation
• 289 et suiv. •
... et minorités
• 265 et suiv. •
... et nationalité
• 273-279, 292 et suiv. •
... et totalitarisme
• 286 •

ARABES
• 25, 36 n. 30, 122, 173 et suiv., 286 •

ARISTOCRATIE
... déclin de l'
• 88, 89 •
... de nature
• 116 •
... en Allemagne et en Prusse
• 86 et suiv., 93-94 •
... en Angleterre
• 57 n. 40, 103-104 •
... en France
• 82 et suiv., 89 •
... et classes moyennes
• 85, 92 •
... et doctrine de « la force fait droit »
• 107 •

ARMÉE
... et État-nation
• 191, 238, 243 •

... et expansion impérialiste
• 41-42 •
... et partis
• 243-244, 246 •
... française
• 243 •

ARMÉNIE, ARMÉNIENS
• 78 n. 5, 267 n. 20, 268, 272 n. 28, 273 et n. 31, 274, 278 n. 39 et 40, 285 •

ARYANISME, ARYENS
• 74, 78 n. 6, 85 et n. 15, 99, 101, 102, 184 •

ASIE
• 19, 114, 115 n. 64, 122, 153 et n. 58, 154, 163 •

AUSTRALIE
• 27 n. 10, 33 n. 23, 63, 114, 121, 122 n. 4, 139, 140, 142, 149 •

AUTRICHE
• 61, 183, 263 n. 16, 269 n. 25 •

AUTRICHE-HONGRIE
• 70, 253 •
... bureaucratie en
• 213 •
... et antisémitisme
• 204-205, 206 n. 54 •
... et mouvements annexionnistes
• 70, 180, 181 n. 10, 187-212 •
... et nationalités
• 187-188 et n. 23 •
... fin de la Double Monarchie
• 253, 257, 267 •
... littérature en
• 217 •
... partis
• 239 et suiv., 248 •

BAGDAD, CHEMIN DE FER DE
• 40 •

BANQUIERS
... en Afrique du Sud
• 141 •
... juifs
• voir FINANCIERS •
... juifs et impérialisme
• 38-40 •

BANTOUS
• 122 n. 4, 134 et n. 20, 150 •

BARNATO DIAMOND TRUST
• 148 •

BÂTISSEURS D'EMPIRE/
FONDATION D'EMPIRE
• 21-23 •
... britanniques
• 22, 26, 30-31, 38 •
... et la nation
• 27, 30, 34, 37 •
... français
• 28 et suiv., 37 •
... romains
• 7, 27 •

BELGIQUE
• 21, 30 n. 16, 35, 241 n. 103, 267 n. 20, 269 n. 25 •

BLANCS,
« LE FARDEAU DE L'HOMME BLANC »
• 10, 74, 105, 135, 139, 147, 159, 176, 196 •

BOERS
... et Britanniques
• 137-138, 142 et suiv. •
... et christianisme
• 135-136 •
... et esclavage
• 133-134 •
... et Hollandais
• 129-130, 133 •
... et Juifs
• 151 et suiv. •

... et racisme
• 112, 129-130, 134 et suiv., 155 •
Voir aussi GUERRE DES BOERS

BOLCHEVISME
• 235, 241 •
... et nazisme
• 75 n. 1, 179, 241 •
... et panslavisme
• 179, 201, 222 •
... et peuple russe
• 223 •
Voir aussi COMMUNISME ; TOTALITARISME ; UNION SOVIÉTIQUE

BONNE-ESPÉRANCE, CAP DE
• 33 n. 23, 63, 123 •
Voir aussi AFRIQUE DU SUD

BOURGEOISIE, BOURGEOIS
• 19-74 passim, 110-111 •
... aux Pays-Bas
• 72 •
... en Allemagne
• 72, 92 •
... en Angleterre
• 72, 104, 112 •
... en France
• 72 •
... et aristocratie
• 87 et suiv., 104 •
... et capitalisme
• 41, 61-62 •
... et citoyen
• 53, 231-232 •
... et civilisation occidentale
• 49 et suiv., 54-55, 72 •
... et État-nation
• 20, 43 •
... et fonction publique
• 68-70 •
... et impérialisme
• 24 et suiv., 61-62 •
... et l'État
• 43-44, 61-62 •
... et politique
• 20 •

Index thématique

... et populace
• 70 et suiv. •
... et pouvoir
• 38-57 •
... société
• 49, 126-128, 282 •
Voir aussi CLASSES MOYENNES EN ALLEMAGNE ET EN PRUSSE ; PETITE BOURGEOISIE

BOXERS, INSURRECTION DES
• 120 •

BRIGADES INTERNATIONALES
(en Espagne)
• 274, 275 •

BUCHENWALD
• 296 n. 52 •

BULGARIE, BULGARES
• 78 n. 5, 179 n. 1, 271 n. 26 •

BUREAU NANSEN
• 273 n. 31 et 32, 275 n. 34 •

BUREAUCRATIE
... comme forme de gouvernement
• 164 et suiv., 215-217 •
... en Algérie
• 155 •
... en Autriche-Hongrie
• 212-223 •
... en Égypte
• 155, 164 et suiv. •
... en France
• 215-216 •
... en Inde
• 155, 170 n. 86 •
... en Russie tsariste
• 218-223 •
... et impérialisme
• 120 et suiv., 165 et suiv. •
... et race
• 119-178 *passim* •
... et pouvoir
• 233 n. 92 •

... totalitaire
• 216 et suiv. •

BURKE
... et la Révolution française
• 102-104 •
... et les droits de l'homme
• 301 et suiv. •

CAMPS D'EXTERMINATION
• 120, 121, 128, 131, 296, 302 •

CAMPS DE CONCENTRATION
• 20, 221 n. 72, 284, 286, 296, 302 et suiv. •
... en Union soviétique
• 296 n. 52 •

CANADA, CANADIENS
• 27 n. 10, 63, 114, 140 n. 34, 142, 149 •

CAPITALISME
... et bourgeoisie
• 41, 53-54 •
... et impérialisme
• 33, 58 et suiv., 143-145, 150 •
... et les Juifs
• 38 et suiv. •
... lois du
• 41, 51, 53, 60 •

CARTHAGE
• 122 •

CENT-NOIRS
• 222 n. 73 •

CENTRAL-VEREIN FÜR HANDELSGEOGRAPHIE
• 181 n. 8, 235 n. 93 •

CHAUVINISME
• 9, 186 •

CHINE, CHINOIS
• 8, 120, 153, 168 •
... en Afrique du Sud
• 153 et n. 8 •

CHÔMAGE
• 242, 251, 253 •
... en Allemagne
• 247, 248 •
... en Angleterre
• 226 •
Voir aussi SUPERFLUITÉ

CHRÉTIENTÉ, CHRISTIANISME
• 53, 73, 83, 105, 122, 133 n. 18, 135 et n. 22, 136, 138, 141, 147, 157, 161, 196 et n. 35, 197, 198 et n. 39, 200, 204, 211, 212, 288, 301 •

CHRISTLICH-DEUTSCHE
TISCHGESELLSCHAFT
• 93 •

CIA
• 5 n. 5 •

CIVILISATION OCCIDENTALE
• 49 et suiv., 116, 299 •
... effondrement
• 19-20, 108 •
... et Angleterre
• 161-162 •
... rupture avec la
• 53, 72 •

CLASSE OUVRIÈRE
• 65, 71, 248 n. 110, 251 •

CLASSES MOYENNES
• 110, 230, 253 •
... en Allemagne ou en Prusse
• 87-88, 92, 95, 112, 248 n. 110 •
...en Angleterre
• 112 •
Voir aussi BOURGEOISIE

COLLABORATEURS, QUISLING
• 79, 245 •

COLONIALISME
• 7 et suiv., 111 et suiv. •

COLONIES
• 34-38 •
... allemandes
• 36-37 •
... britanniques
• 7, 26-27, 31 33 et n. 23, 35, 105, 106, 161-162 •
... extension des
• 21 •
... françaises
• 22, 28-29, 35 •
... néerlandaises
• 30 n. 16, 35 •

COLONISATION
... britannique
• 26-27, 111-112, 113-115, 141-142 •
... en Afrique du Sud
• 123 et suiv., 130 et suiv. •
... en Amérique
• 121 •
... européenne
• 63, 121-122 et n. 4 •

COLOR BAR BILL
• 150 et n. 52 •

COMMONWEALTH BRITANNIQUE
• 26, 27, 28 n. 11, 33 et n. 23, 59 n. 42, 123, 178 •

COMMUNISME
... aux États-Unis
• 271 •
... en Tchécoslovaquie
• 242 n. 104 •

COMMUNISME/PARTI COMMUNISTE
• 13, 224, 242-248 •
Voir aussi BOLCHEVISME

COMPAGNIE ANGLAISE
DES INDES ORIENTALES
• 123 •

COMPAGNIE DE JÉSUS
Voir JÉSUITES

Index thématique

COMPTOIRS MARITIMES
ET COMMERCIAUX
• 21, 33 n. 23, 34, 63, 37, 121-123 •

CONGO BELGE
• 30 n. 16, 120 et n. 2 •

CONGRÈS DE BERLIN
• 263 n. 16 •

CONGRÈS DE VIENNE
• 263 n. 16 •

CONGRÈS DES MINORITÉS
• 261 et suiv. •

CONGRÈS PANSLAVISTE
• 179 n. 1 •

CONTINENT NOIR
Voir AFRIQUE ; AFRIQUE DU SUD

CROATIE, CROATES
• 253, 256 •

DARWINISME
• 77 et n. 5, 96, 107 et suiv., 136 n. 23 •

DE BEERS COMPANY
• 148 •

DE PASS, LES FRÈRES
• 146 n. 45 •

DÉCLARATION D'INDÉPENDANCE
• 299 •

DÉCLARATION DES DROITS
DE L'HOMME
• 199, 259, 287, 291, 299 •

DÉCRETS
... et bureaucratie
• 213-233 •
... et la loi
• 213-233 •

... et pouvoir
• 213-233 •
... gouvernement par
• 37 •

DÉNATIONALISATION
• 254, 267 n. 20, 268-282 passim •
... et politique totalitaire
• 269, 282-283, 286 •

DÉRACINEMENT
• 138, 195, 201, 207-208 •

DESPOTISME
• 292, 296 •
... avant la Première Guerre mondiale
• 213 •
... en Russie tsariste
• 220-221 •
Voir aussi TYRANNIE (HOBBES et la...) ; TYRANNIES

DEUTSCHE BANK
• 40 •

DICTATURE
... et démocratie
• 233-235, 244 •
... et fascisme
• 234-235, 237-238 et n. 99 •
... militaire
• 243 •

DISRAELI
... doctrines raciales de
• 110-111, 114-116 •
... et droits de l'homme
• 103 •

DOCTRINE DE LA « FORCE FAIT DROIT »
• 79, 82, 98, 107 •

DOCTRINES RACIALES
... allemandes
• 83-95, 102 •

... anglaises
- 102-117 •

... et aristocratie
- 83 et suiv., 97 •

... et classes moyennes
- 110-112 •

... et les Juifs
- 101-102, 206-210 •

... et nationalisme
- 79-80, 83-84 •

... françaises
- 80-86, 95-105 •

DOMINIONS
- 26, 27, 28 n. 11, 33 n. 23, 63, 119, 123 •

DROIT D'ASILE
- 271-272 et n. 28, 278, 293-294 et n. 51 •

DROITS DE L'HOMME
- 270, 271-272, 299-301 et suiv. •
  ... au XIXe siècle
- 288 et suiv. •
  ... définition
- 295 et suiv. •
  ... et apatridie
- 289-298 •
  ... et Burke
- 301 et suiv. •
  ... et droits nationaux
- 102 et suiv., 192-193, 288-307 •
  ... et du citoyen
- 295 et suiv. •
  ... et Révolution française
- 259 •

DROITS NATIONAUX ET DROITS DE L'HOMME
- 102 et suiv., 288 et suiv. •

ÉGALITÉ
- 198, 305 •
  ... en Angleterre
- 103-105, 115 •

... et apatridie
- 286-287 •

... et doctrines raciales
- 80 •

... Hobbes et l'
- 46 •

ÉGLISE
  ... en pays latins
- 236 •
  ... et fascisme
- 236 •
  ... réformée hollandaise
- 135 n. 22, 136 •

ÉGYPTE
- 22, 36, 123 •
  ... et bureaucratie
- 155 •
  ... et Inde
- 123, 162 et suiv., 176 •
  ... politique britannique en
- 25 n. 7, 63, 66, 121, 162-169 •

ÉLECTION
  ... concept boer de l'
- 135-136 et suiv., 147 •
  ... concept juif de l'
- 147, 197-198, 207-209, 211, 212 •

ÉLITE
  ... et doctrines raciales
- 99-101, 109-110 •
  ... impérialiste
- 52 •

ÉMIGRATION
- 190, 197, 251, 269, 292 •
  ... allemande
- 63 n. 51 •
  ... au Canada
- 63 •
  ... britannique
- 27 n. 10, 59 n. 42, 123-124 et n. 6 •
  ... en Afrique du Sud
- 64, 139, 145, 151 n. 55, 154 •

Index thématique

... juive
• 145, 254 n. 2 •

... russe
• 267 n. 21 •

EMPIRE
• 7, 22, 24-25, 32 •
   ... allemand
   • 21, 63 n. 51 •
   ... asiatique
   • 124 •
   ... britannique
   • 26-27, 30, 32, 34-36, 156, 178 •
   ... britannique et émigration
   • 26 et n. 10 •
   ... britannique et impérialisme
   • 158 •
   ... britannique, légende de l'
   • 158 et suiv. •
   ... britannique, l'Inde et l'
   • 7, 8, 31, 114-115, 170 et n. 86 •
   ... dans l'Antiquité
   • 33 •
   ... égyptien
   • 123 •
   ... et Commonwealth
   • 26, 27, 33 et n. 23, 59 n. 42, 178 •
   ... français
   • 21, 25, 28 et suiv. •
Voir aussi BÂTISSEURS D'EMPIRE/ FONDATION D'EMPIRE

ESCLAVAGE
• 30 n. 16, 65, 84, 97, 98, 105-106, 128-137, 298 •

ESPAGNE
• 236, 268, 280, 293 n. 50 •
   ... Républicains espagnols
   • 274, 275, 294 •

EST
Voir POLOGNE ; UKRAINE

ÉTAT
   ... corporatiste
   • 237 et suiv. •

   ... et la bourgeoisie
   • 61-62 •
   ... et nation
   • 39, 188-195, 264 •
   ... hostilité à l'
   • 230 et suiv. •

ÉTAT-NATION
Voir NATION/ÉTAT-NATION

ÉTAT-PARTI
• 226-234 •
Voir aussi NATION/ÉTAT-NATION

ÉTATS
   ... multinationaux
   • 205, 213, 253 •
   ... successeurs
   • 242 n. 104, 258, 265 et n. 18, 285 •

ÉTATS-UNIS
• 63, 112, 168, 266 n. 20, 267 n. 21, 271, 281 n. 43, 293 n. 50 •
   ... et Union soviétique
   • 8 et suiv. •

EUGÉNISME
• 104, 108 et suiv. •

EUROPE
   ... après la Première Guerre mondiale
   • 252 et suiv. •
   ... avant la Première Guerre mondiale
   • 19-20, 58 •
   ... centrale
   • 10, 67, 180, 185, 186, 188, 190, 233, 254, 257 •
   ... et impérialisme
   • 70 •
   ... orientale
   • 67, 180, 185, 186, 195, 207, 242, 254-257, 261, 262 •

ÉVIAN, CONFÉRENCE D
• 274 •

ÉVOLUTIONNISME
• 96, 107-111 •

EXCOMMUNICATION
• 307 n. 56 •

EXPANSION
... Cecil Rhodes et l'
• 20-21, 144 et n. 42, 167-168 •
... économique
• 23 et suiv., 58 •
... en tant qu'extension ou surextension
• 11 •
... et État-nation
• 20-38, 62, 66, 70 •
... et impérialisme
• 7, 22-38, 38-42, 144-145, 168 •
... et loi
• 22 •
... Hobbes et l'
• 55-57 •
... mobiles de l'
• 10 et suiv. •
... outremer et continentale
• 10, 180 •
Voir aussi IMPÉRIALISME

EXPORTATION DE CAPITAUX,
DE DEVISES
• 31, 33, 38-41, 58 et suiv., 183 •
Voir aussi INVESTISSEMENTS À L'ÉTRANGER

« FACTEUR IMPÉRIAL »
• 35-38, 66 •

FASCISME
... et Église
• 236 •
... et politique étrangère
• 237 •
... et système de classes
• 242 •
... et système de partis
• 237 et n. 97, 238, 242-245 •
... et totalitarisme
• 234 et suiv., 238 •

FÉDÉRATION PANSLAVISTE
• 188 n. 20 •

FINANCIERS
• 38-40, 143-145 •
... juifs
• 38-40 et n. 34, 141, 145-148, 150-151 •
Voir aussi BANQUIERS

FINLANDE, FINLANDAIS
• 277 n. 37 •

FONCTION PUBLIQUE
... en Allemagne
• 68-69, 233 et n. 92 •
... en Angleterre
• 68-69, 141, 160-162, 166, 176 •
... et impérialisme
• 68 et suiv. •

FONCTIONNAIRES
ET IMPÉRIALISTES BRITANNIQUES
• 31 •

FORCE NOIRE
• 29, 74 •

FRANCE
• 28, 51, 61, 65, 69, 72, 80-82, 98, 100, 123, 190, 212 et n. 62, 226, 239 n. 100, 248, 269 n. 25, 272 n. 28, 278 n. 40, 283 n. 45 •
... comme État-nation
• 25, 215 •
... et Allemagne
• 244-245 •
... et Angleterre
• 22 •
... et colonies
• 8, 21, 22, 29, 35, 37, 70 •
... et étrangers
• 278 n. 40 •
... et les Noirs
• 105 •
... population immigrée en
• 241 et n. 103 •
... système de partis
• 228 n. 85, 231 et suiv., 241 •

Index thématique

Voir aussi TROISIÈME RÉPUBLIQUE ; VICHY

FRANC-MAÇONNERIE
• 236 •

FRONT BENCH, SYSTÈME DU
• 68 et n. 58, 226 n. 81 •

FRONT POPULAIRE, POLITIQUE DE
• 242-243, 282 •

GÉNÉTIQUE
• 201 n. 43 •

GENRE HUMAIN
... comme concept politique
• 200 •
... dans la Révolution française
• 289, 300 •
... et doctrines raciales
• 73-74, 114, 187, 199 et suiv. •
... et principe national
• 24, 79, 88-89, 103-104, 114, 198-199 •

GÉOPOLITIQUE
• 180 et n. 4 •

GERMANISME
Voir ARYANISME ; PANGERMANISME

GESTAPO
• 284 •

GOUVERNEMENT
... indirect
• 30 •
... invisible
• 12-13 •
... mondial
• 50 n. 38, 300 •

« GRAND JEU »
• 10, 163, 171 et suiv. •

GRANDE-BRETAGNE
Voir ANGLETERRE ; EMPIRE BRITANNIQUE

GRÈCE
• 263 n. 16, 267 n. 20 •

GRÜNDUNGSSCHWINDEL
• 61 •

GUÉPÉOU
• 284 •

GUERRE
... d'Espagne
• 274 •
... de 1870
• 100 •
... de Crimée
• 187 n. 20 •
... de Sécession
• 106 •
... des Boers
• 35 n. 26, 142, 143 n. 39 •
... froide
• 8 et suiv. •
Voir aussi PREMIÈRE GUERRE MONDIALE ; SECONDE GUERRE MONDIALE

HABSBOURG
• 189, 201, 205-206 •

HELGOLAND
• 22 •

HINDOUS
• 112, 160 •

HISTOIRE
... légendes et
• 156-157 •
... théories de l'
• 76-77, 88, 95 •

HOLLANDE, HOLLANDAIS
Voir PAYS-BAS

HOME RULE BILL DE GLADSTONE
• 26 n. 8 •

HONGRIE, HONGROIS
• 78 n. 5, 185 n. 17, 202, 253, 262 et n. 15, 268, 289 •

HOTTENTOTS
• 120, 130 n. 12 •

HUGUENOTS
• 129, 130 n. 12 •

IDÉOLOGIES
... allemandes
• 88 •
... au XIXe siècle
• 76-79, 100 •
... comme principe d'organisation
• 222 •
... et légendes
• 157 •
...et mouvements annexionnistes
• 184-185, 220 et suiv. •
... et partis
• 230-232 •
... et romantisme
• 102 •
... et science
• 77-79, 109 et suiv. •

IMPÉRIALISME, IMPÉRIALISTES
• 8-307 •
... allemand
• 21, 36, 63 n. 51, 87, 120, 235 •
... avant la Première Guerre mondiale en Europe
• 8, 58 •
... avant la Seconde Guerre mondiale
• 11 •
... belge
• 21, 30 n. 16 •
... britannique
• 7, 21, 26-27, 31, 158 et suiv., 170, 174 •
... continental
• 179-250 *passim* •
... du dollar
• 11 •
... et bourgeoisie
• 61-62 •

... et capitalisme
• 38 et suiv., 57-58 et suiv., 144 et suiv., 149-150 •
... et chômage
• 62-63 •
... et entreprises coloniales
• 123 •
... et État-nation/nationalisme
• 7 et suiv., 22, 32 et suiv., 37, 58, 66-67, 157-158, 181, 182-183, 223 et suiv. •
... et expansion
• 23-38 •
... et gouvernement par décrets
• 31-32, 37, 213-215 •
... et l'outre-mer
• 10, 180-181, 184 •
... et partis
• 64 et suiv., 223-248 •
... et racisme
• 67, 75 et suiv., 115-117, 135, 181-182 •
... et totalitarisme
• 14-15, 19, 43, 51, 173 •
... français
• 8, 21, 28-29, 37, 167 •
... hollandais
• 30 n. 16 •
... datation
• 7, 19 •
... débuts de l'
• 24, 124-125 •
... fin de l'
• 177-178 •
... partis
• 22 •
... terminologie
• 33 et n. 23 •
... théories de Cromer sur l'
• 164-166 •

INDE
• 52 n. 39, 63, 129, 177, 287 •
... et bureaucratie
• 155, 166, 178 •
... et Égypte
• 123, 162 et suiv., 176 •

Index thématique

... et Empire britannique
• 27, 33 n. 23, 114-115, 170 et n. 86 •
... gouvernement britannique de l'
• 36, 114-115 et n. 65, 119, 153 n. 58, 156, 162, 170 et n. 86, 227 •
... Kipling et l'
• 159-160, 171-172 •

INDES NÉERLANDAISES
• 30 n. 16, 69 n. 61 •

INTELLECTUELS
• 77, 90, 110-111, 183 •
... allemands
• 91-92, 94, 111, 185 •
... autrichiens
• 182 n. 12, 185 •
... et populace
• 185 •
... et société bourgeoise
• 48 et n. 37 •
... français
• 95, 97, 102 •
... russes
• 195, 201 •
Voir aussi INTELLIGENTSIA

INTELLIGENTSIA
... britannique
• 156 •
... et bureaucratie
• 120 •
... russe
• 183, 195, 201, 204, 206, 219 •

INTERNATIONALISME DE L'ARISTOCRATIE
• 84-85, 97, 101, 257 n. 5 •

INVESTISSEMENTS À L'ÉTRANGER
• 38 et suiv., 41, 60-61 et n. 46, 143-145 et n. 38 et 44 •
Voir aussi ACTIONNAIRES ABSENTS ; EXPORTATION DE CAPITAUX

IRLANDE, IRLANDAIS
• 26-27 et n. 9 •

ISRAËL
• 302 •

ISTRIE
• 185 n. 17 •

ITALIE, ITALIENS
• 89, 123, 181 n. 8, 234-238 et n. 97, 240, 244, 245, 269 et n. 24 et 25, 275, 278 n. 40, 280, 290 n. 49 •
Voir aussi FASCISME

JAPON, JAPONAIS
• 14, 168, 281 n. 43 •

JÉSUITES
• 102, 236 •

JOHANNESBURG
• 141 •

JUDÉITÉ
• 207 •

JUIFS
• 93, 136, 139 n. 29, 142, 145 et suiv., 181 n. 8, 189-190, 200 n. 41, 204, 206 et suiv., 236, 244, 254, 255, 262, 263, 268, 271 et suiv., 278 n. 40, 283 n. 46, 285-286, 290 et n. 49, 296 •

JUNKERS
Voir ARISTOCRATIE

KOLONIALVEREIN
• 70 n. 62, 224 n. 75, 235 n. 93 •

LATINISME
• 85 •

LIBAN
• 278 n. 39 •

LIBÉRALISME ET LIBÉRAUX
• 24, 50 n. 38, 55, 65-66, 76, 87 et suiv., 98, 110, 189, 193, 196 et suiv., 203-204, 224 et n. 75, 260 n. 11, 291 •

LIBERTÉ
• 23, 31 et suiv., 46, 51, 103-104, 115, 193, 201-202, 240 n. 100, 257, 259, 295 et suiv., 303 •

LIGUE DES DROITS DE L'HOMME
• 272 n. 28 •

LIGUE DU PEUPLE RUSSE
• 222 n. 73 •

LIGUE PANGERMANISTE (ALLDEUTSCHER VERBAND)
• 63 n. 51, 180 n. 4, 181 n. 8, 182 n. 11 et 13, 183 n. 15, 204, 206, 224 n. 75, 225 et n. 76 et 78, 235 n. 93, 240 •

LITTÉRATURE
... au XIXe siècle
• 48 n. 37 •
... austro-hongroise
• 217 •
... et essor de la langue nationale
• 257 n. 6 •
... russe
• 216-219 et n. 64 •

LOI
• 302 •
... conception nationale de la
• 25, 32 •
... dans la Russie tsariste
• 220-221 et n. 71 •
... et décret
• 213-215 •
... et droits de l'homme
• 271 et suiv., 287-307 *passim* •
... et expansion
• 169 •
... et fondation d'Empire
• 30-31 •
... internationale
• 300-301 •
Voir aussi DÉCRETS

LOIS DE NUREMBERG (1935)
• 283 et n. 46, 293 •

LUMPEN-PROLETARIAT
• 65 •

LUTTE DE CLASSE
• 65, 66, 85, 183, 192-193, 221 n. 72 •

MADAGASCAR
• 37 n. 32 •

MARCHE SUR ROME
• 244 •

MARXISME
• 65, 201, 242 •

MATÉRIALISME
• 109 n. 54 •

MATIÈRES PREMIÈRES « HUMAINES »
• 133, 140 •

« MÊLÉE POUR L'AFRIQUE »
• 19, 57, 76, 106, 116, 119, 128, 129 •

MESSIANISME POLONAIS
• 138, 196 n. 34 •

MEXIQUE
• 293 n. 50 •

MINORITÉS
• 189, 242, 254, 255-266 •
... et apatrides
• 265-266 •
... et droits de l'homme
• 289 et suiv. •
... et État-nation
• 255-256 •
... et principes territoriaux
• 265 •
Voir aussi TRAITÉS SUR LES MINORITÉS

« MISSION NATIONALE »
• 113, 114, 196, 198 •

Index thématique

MISSIONNAIRES
EN AFRIQUE DU SUD
• 135 n. 22, 136 et n. 26, 138, 141 •

MOLDAVIE
• 263 n. 16 •

MONARCHIE ABSOLUE
• 83, 87, 191 •

MOSSOUL
• 22 •

MOUVEMENT DE JEUNESSE
ALLEMAND
• 186 •

MOUVEMENT NATIONAL ARABE
• 174 •

MOUVEMENTS
• 212-250 *passim* •
  ... de libération nationale
  • 9, 10, 89, 195, 257-273 *passim* •
  ... et déracinement
  • 138 •
  ... et l'État
  • 235, 248 et suiv. •
  ... et système de classes
  • 242-245 •
  ... internationaux
  • 249 •
  ... ouvriers
  • 64-65, 72, 204 •; voir aussi
  SOCIALISME ; TRAVAILLISTES •

MOUVEMENTS ANNEXIONNISTES
• 70 •
  ... et antisémitisme
  • 189 et suiv., 205-207 •
  ... et capitalisme
  • 182-183 •
  ... et concept de l'élection
  • 196-200, 208 •
  ... et État-nation
  • 195, 204-205, 238 et suiv. •
  ... et idéologies
  • 221 et suiv. •
  ... et impérialisme
  • 179-212 •
  ... et mouvements totalitaires
  • 179-213, 238, 240-241 •
  ... et racisme
  • 199, 204 et suiv. •
  ... naissance des
  • 19, 179-180 •
Voir aussi PANGERMANISME ; PANSLAVISME

MOUVEMENTS TOTALITAIRES
  ... et mouvements annexionnistes
  • 220-221, 238-250 •
  ... et partis
  • 226-250 •

MOUVEMENTS/PARTIS
RÉVOLUTIONNAIRES
• 243 •

MUNICH, CRISE/ACCORDS DE
• 15, 245 et n. 109, 256 n. 5 •

NATION/ÉTAT-NATION
• 190-194, 287, 300 •
  ... en Europe orientale
  • 188-189, 253-262 •
  ... et apatrides
  • 271 et suiv. •
  ... et armée
  • 191, 243 •
  ... et bourgeoisie
  • 20 •
  ... et impérialisme
  • 7-8, 66, 190, 223 et suiv. •
  ... et naturalisation
  • 191, 278 et suiv. •
  ... et politique mondiale
  • 21-25, 37 •
  ... et système de partis
  • 241-243 •
  ... naissance de
  • 192 •
Voir aussi NATIONALISME

NATIONAL-SOCIALISME
Voir NAZISME

NATIONALISME
  ... allemand
  • 86-95, 111-112, 187-188 •
  ... anglais
  • 30, 68, 104, 111-113 •
  ... dans les pays latins
  • 236 •
  ... en Autriche-Hongrie
  • 187-212 *passim*, 239 et suiv., 257 •
  ... et impérialisme
  • 31-32, 61, 66-69, 157-158 •
  ... et racisme
  • 79-80, 113-114, 195-200 •
  ... et système de classes
  • 190 et suiv. •
  ... français
  • 29-30, 88, 186 •
  ... intégral
  • 186 •

NATIONALITÉ/NATIONALITÉS
• 194 et suiv., 201, 207, 255-266, 289-290, 292, 293 n. 50, 303 •
  ... en Autriche-Hongrie
  • 195, 201-202, 205-207, 239 •
  ... et apatridie
  • 275 et suiv. •
  ... et l'État
  • 190 et suiv. •

NATURALISATION
• 193, 241 n. 103, 266 n. 20, 269 et n. 24 et 25, 273-279, 290 n. 49 •

NAZI, MOUVEMENT/PARTI
• 153-154, 233 n. 92, 239, 246-247, 271, 285, 296 •
Voir aussi MOUVEMENTS TOTALITAIRES

NAZISME
• 20, 239 •
  ... et Afrique du Sud
  • 153-155 •
  ... et bolchevisme
  • 75 n. 1, 179 •
  ... et fascisme
  • 234-235, 238 •

  ... et pangermanisme
  • 179, 203 n. 47, 238 et suiv. •
  ... et racisme
  • 75, 87, 109, 153 •
  ... et système de partis ou de classes
  • 234-235, 242 •

NIHILISME
• 52, 73 •

NOBLESSE
Voir ARISTOCRATIE

NOIRS
• 98, 101 n. 40, 129, 132-152 *passim*, 305-306 •
  ... aux États-Unis
  • 128 •

NOUVELLE-ZÉLANDE
• 27 n. 10, 139, 142 •

ONU
(Organisation des Nations unies)
• 272 n. 27 •

ORGANISATIONS PARAMILITAIRES
• 243 •

OSTAFRIKANISCHE GESELLSCHAFT
• 40 •

OUGANDA
• 22, 30 n. 16 •

PACTE GERMANO-RUSSE
• 75 n. 1, 246 •

PALESTINE
• 287 •

PANGERMANISME
• 19, 138, 179-212 *passim*, 220, 221 n. 72, 223, 224 n. 75, 225 et n. 76 et 78, 236-241 •

PANLATINISME
• 196 n. 34 •

Index thématique

PANSLAVISME
• 138, 179-180 et n. 1 et 6, 183, 187-223 *passim*, 241 •

PARLEMENT
... autrichien
• 213, 248 •
... britannique
• 35, 68 et n. 58 •
... en Europe
• 233 et suiv. •
... français
• 248 •
... hostilité au
• 35, 225 et suiv., 233-234 •
... russe
• 213 •

PARTI AU-DESSUS DES PARTIS
• 67-68, 225, 234 et suiv. •

PARTI COMMUNISTE
... allemand
• 246-247 •
... français
• 244 •

PARTI CONSERVATEUR
... allemand
• 65 et n. 54, 229 n. 87 •
... britannique
• 26 n. 8, 103 •

PARTI LIBÉRAL
... autrichien
• 189, 204 •
... britannique
• 65, 66 •

PARTI NATIONAL LIBÉRAL ALLEMAND
• 65 et n. 54, 88, 224 n. 75 •

PARTI PROGRESSISTE ALLEMAND
• 21 •

PARTI SOCIAL-CHRÉTIEN
AUSTRO-HONGROIS
• 239 •

PARTI SOCIAL-DÉMOCRATE
... allemand
• 229, 247 •
... austro-hongrois
• 239 •
... autrichien
• 182 n. 12, 229 •
... suédois
• 229 n. 87 •
Voir aussi SOCIALISME

PARTI TRAVAILLISTE BRITANNIQUE
• 64, 227, 230, 233 n. 92 •

PARTIS DES CLASSES MOYENNES
• 230 •

PARTIS ET SYSTÈMES DE PARTIS
• 223-250 •

PARTIS SOCIALISTES
• 65-66, 230 •
... en Allemagne
• 65, 248 n. 110 •
... en Angleterre
• 237 •
... en Autriche
• 194 n. 32 •
... en France
• 245 n. 109 •

PATRIOTISME
• 22, 66, 80, 100-101 et n. 36, 166, 186, 189, 191, 195, 204, 231-232, 238-239 •

PAYSANNERIE
• 190-191, 194, 202, 244 •

PAYS-BAS
• 30 n. 16, 35, 69 n. 61, 72, 123, 129 et suiv., 154, 276 n. 36, 284 •

PERSONNES DÉPLACÉES
• 265-307 *passim* •
Voir aussi APATRIDIE

PEUPLES GERMANIQUES
• 81, 84-86, 181 n. 10, 185 •

POGROMS
• 145, 206, 222 n. 73 •
... de novembre 1938
• 254 et n. 2 •

POLICE
• 41, 44, 210, 276, 281, 283-284 •
... dans les pays non totalitaires
• 277, 282 et suiv. •
... secrète
• 13 n. 5, 210 •

POLOGNE, POLONAIS
• 89, 181 n. 8, 186, 189, 202, 209 n. 59, 241 n. 103, 244, 253, 257, 261, 262, 268, 274 n. 33, 275 n. 34, 280, 290 •

POLYGÉNISME
• 106-107 •

POPULACE
• 264 •
... caractéristiques de la
• 71, 204 •
... et bourgeoisie
• 20, 72-73 •
... et capitalisme
• 57-74 *passim*, 144, 147, 150, 184 •
... et idéologies
• 222 •
... et impérialisme
• 57 et suiv., 70, 73, 141 et suiv., 154-155, 184 et suiv. •
... et les intellectuels
• 185 •
... et les Juifs
• 145, 152, 208, 211 et suiv. •
... et racisme
• 65, 73-74, 154, 170, 177, 185, 204 •

PORTUGAL, PORTUGAIS
• 7, 123, 236, 269 n. 25 •

POSITIVISME
• 198 •

POUVOIR
... en Russie tsariste
• 201 •
... et bureaucratie
• 212-223, 232 et suiv. •
... et capitalisme
• 42-43, 50-51, 73 •
... et totalitarisme
• 216 •
... philosophie du
• 42-57 •

PREMIÈRE GUERRE MONDIALE
• 8, 15, 19, 36, 65, 79, 99, 155 n. 61, 174, 178, 179, 181 n. 10, 182 n. 13, 206, 213, 235 n. 93, 240 •
... et apatrides
• 266-268, 280 •
... et les pangermanistes
• 226 n. 80, 236 •
... et T. E. Lawrence
• 174 et suiv. •
... lendemains de la
• 251 et suiv. •

PRIMROSE LEAGUE
• 68 •

PROCHE-ORIENT
• 36 n. 30, 174, 278 n. 39 •

PROGRAMME DE LINZ
• 206 n. 54 •

PROGRÈS
• 51-53, 79, 97-98, 107, 154, 198, 230 •

PROLÉTARIAT
• 222, 230, 237 n. 95, 257 •
Voir aussi CLASSE OUVRIÈRE

PROPAGANDE
• 75 et suiv., 87, 109 n. 54, 185, 190, 201, 205-206, 221, 246-249, 254 n. 2, 255 •

PROSCRIPTION
• 307 n. 56 •

Index thématique

PROTOCOLES DES SAGES DE SION
• 210 •

PRUSSE
• 86-87, 89 n. 22, 233 n. 92, 263 n. 16, 283 n. 46 •

QUISLING
Voir COLLABORATEURS

RACE
... et esclavage
• 105-106, 130 et suiv. •
... et impérialisme en Afrique
• 112, 119-155 •
... et impérialisme en Asie
• 153 •
... problèmes raciaux
• 106 •
... société raciale
• 130 et suiv., 137 et suiv., 142-143, 147, 153 •

RACE DE MAÎTRES
• 65, 126, 154, 200 •

RACES NORDIQUES
• 78 n. 5, 85, 167-168 •

RACISME
... et impérialisme
• 67, 74, 75-117 *passim*, 135, 138-139, 149-150 •
... et mouvements annexionnistes
• 185, 199 •
... philosophie du
• 199 et suiv. •
... version nazie du
• 75-76 •

RAPATRIEMENT
• 266, 270, 273, 276 et suiv. •

RÉFORMATEURS PRUSSIENS
• 87 •

RÉFUGIÉS
• 255, 268-295 *passim* •

... arméniens
• 267 n. 20, 278 n. 39 •
... allemands
• 273 n. 32, 275 n. 34 •
... espagnols
• 275 •
... politiques
• 269 et n. 24, 272 n. 27 et 29, 275, 294 et suiv. ; voir aussi APATRIDIE ; DROIT D'ASILE •
... russes
• 268, 272 n. 28, 275 n. 34, 290 •

RÉGIME DE PARTI UNIQUE
• 228 et suiv., 234-235, 238 et n. 99, 240 •

RÉGIME DES DÉCRETS
• 214-215 •

RÉGIMES TOTALITAIRES
• 14, 43, 154, 185, 217, 249, 269, 283-285, 301, 307 •
Voir aussi ALLEMAGNE NAZIE ; UNION SOVIÉTIQUE

RÉPUBLIQUE DE WEIMAR
• 225, 240, 262 •
... et « époque du système »
• 240 •

RÉSISTANCE
• 275 •

RÉVOLUTION AMÉRICAINE
• 33 n. 23, 112, 291 •

RÉVOLUTION FRANÇAISE
• 27 n. 9, 53, 81-85, 94, 190 et suiv., 229 n. 87, 232, 289, 291, 301-302 •
... et Angleterre
• 102 et suiv. •
... et droits de l'homme
• 192, 259, 301-302 •
... et État-nation
• 190 et suiv. •

RÉVOLUTION RUSSE
• 241 •

RHODES SCHOLARSHIP ASSOCIATION
• 167 n. 81 •

ROMANTISME
• 86, 90-94, 98, 102, 111, 193 •

ROUMANIE, ROUMAINS
• 200 n. 41, 262, 263 n. 16, 268, 274 n. 33 •

ROYAUME-UNI
Voir ANGLETERRE

RUÉE VERS L'OR
• 119, 124, 125, 139, 140-141, 144, 149 •

RUSSIE
Voir RUSSIE TSARISTE ; UNION SOVIÉTIQUE

RUSSIE TSARISTE
• 65, 145, 164 n. 70, 180 et n. 4 et 5, 187, 189-190, 194-196, 201-203, 209 n. 58 et 59, 210, 213-222 *passim*, 253, 263 n. 16 •

RUTHÈNES
• 202 •

SAINT EMPIRE
• 185 •

SAINT SYNODE BULGARE
• 179 n. 1 •

SAINTE RUSSIE
• 185 et n. 18, 196 •

SAXONITÉ
• 64 n. 52, 112, 113, 124 •

SCANDALE DE PANAMA
• 61 •

SCANDALES FINANCIERS
• 38, 60 •

SCHWARZE KORPS
• 254 •

SDN
(Société des nations)
• 259 et n. 9, 261-264 et n. 17, 272 et n. 27, 273 et n. 31 •

SECONDE GUERRE MONDIALE
• 7, 13, 34, 75, 241 n. 103, 244, 265, 266 n. 19, 170, 277, 290 n. 49, 291, 294 et n. 51 •

SERBIE, SERBES
• 253, 259 n. 8 •

SERVICES SECRETS
• 12 •
... britanniques
• 156, 170, 178 •

SLAVOPHILES
• 180, 182 n. 11, 185 n. 18, 188 n. 23, 198 n. 39, 203, 205 n. 52, 206 •

SLOVAQUIE, SLOVAQUES
• 202, 253, 256 et n. 4 •

SLOVÉNIE, SLOVÈNES
• 256 et n. 4, 290 n. 49 •

SOCIALISME,
MOUVEMENT SOCIALISTE
• 65-66 •

SOCIÉTÉ
... anglaise
• 103, 161 •
... bourgeoise
• 47-48, 50, 51, 61, 71-73, 92, 282 •
... et populace
• 125 •

SOCIÉTÉ DU 10 DÉCEMBRE
• 243 •

Index thématique

SOCIÉTÉS SECRÈTES
• 167-168 et n. 80 et 81 •

SOUDAN
(CROMER et le…)
• 167 et n. 79 •

SOUVERAINETÉ NATIONALE
• 25, 30, 187, 190, 192-193 et n. 31, 236, 255, 257-260, 268-269 •
 … et apatridie
 • 280 •
 … et droits de l'homme
 • 288 et suiv. •
 … et totalitarisme
 • 237 •

SUÈDE, SUÉDOIS
• 101, 229 n. 87 •

SUEZ, CANAL DE
• 63, 123 •

SUISSE
• 260 n. 11 •

SUPERFLUITÉ
• 62-64, 70, 125-126, 129, 138, 144, 146, 183, 296 •

SUPRANATIONALISME
• 200 n. 42, 201 •

SYRIE
• 278 n. 39 •

SYSTÈME BIPARTITE
• 68, 224, 227-232 •

SYSTÈME DE CLASSES
• 50-52 •
 … effondrement du
 • 240-241 •
 … en Europe
 • 238-248 •
 … et État-nation
 • 191-193 •
 … et populace
 • 71 •

… et système de partis
• 234-244 •

SYSTÈME DU MANDAT
• 30 •

TCHÉCOSLOVAQUIE, TCHÈQUES
• 181 n. 8, 185 n. 17, 202, 242 n. 104, 253, 254, 256 et n. 4 et 5, 259 n. 8, 260 n. 11, 262, 266 n. 19 •

TERREUR
• 40-41, 221, 285, 298 •

THÉORIES DE L'HÉRITAGE
• 103-104, 107, 109-110 •

TIERS ÉTAT
• 81-85, 97 •

TOTALITARISME
• 45 n. 36, 201, 219, 269, 270, 283-285 •
 … et capitalisme
 • 154 •
 … et impérialisme
 • 14-15, 19, 172-173 •
 … et racisme
 • 153-154, 178 •
Voir aussi BOLCHEVISME ; NAZISME

TRAITÉS DE PAIX DE 1919 ET 1920
• 242, 255-256, 267, 285, 287 •
Voir aussi TRAITÉS SUR LES MINORITÉS

TRAITÉS SUR LES MINORITÉS
• 255-266, 274 •

TRANSVAAL
• 39 n. 34, 142, 143 n. 38 •

TRAVAIL, TRAVAILLEURS
 … en Afrique du Sud
 • 130 n. 12, 133-135, 138, 140 et suiv., 153 et n. 58 •
 … et impérialisme
 • 64-65 •

TRAVAILLISTES,
PARTIS OU MOUVEMENTS
• 64, 230, 233 n. 92 •
Voir aussi
PARTI SOCIAL-DÉMOCRATE ;
SOCIALISME

TROISIÈME REICH
Voir ALLEMAGNE NAZIE

TROISIÈME RÉPUBLIQUE
• 90, 101, 233 •

TROTSKISTES
• 254 •

TSAR
• 188-189 et n. 20 et 23, 196, 202, 220 •

TURQUIE
• 78 n. 5, 174, 185 n. 17, 188 n. 20, 269 n. 25, 278 n. 39 •

TYRANNIE
(HOBBES et la...)
• 53, 56-57 •

TYRANNIES
• 23, 28, 297-298 •

TYROL
• 290 n. 49 •

UITLANDERS
• 141 et suiv. •

UKRAINE, UKRAINIENS
• 78 n. 5, 253, 267 n. 22, 275 n. 34 •

UNION SOVIÉTIQUE
... et Allemagne
• 246 •
... et États-Unis
• 8, 13 •
... et réfugiés russes
• 267 n. 21, 275 n. 34, 276, 294 •

... politique étrangère de l'
• 179 et n. 1, 201, 246 •
Voir aussi RÉGIMES TOTALITAIRES

UNION SUD-AFRICAINE
Voir AFRIQUE DU SUD

UNIONE POPOLARE ITALIANA
• 269 n. 24 •

VALACHIE
• 263 n. 16 •

VALMY
• 84, 85 •

VERFASSUNGSPARTEI
(en Autriche)
• 203 n. 47 •

VICHY (État français)
• 275 •

VIETNAM
• 9, 15 •

VILNA
• 268 •

VOLKSGEMEINSCHAFT
(Communauté du peuple)
• 71 •

WITU (île de)
• 22 •

WITWATERSRAND, MINES D'OR
• 139 •

YOUGOSLAVIE
• 256 et n. 4, 259 n. 8 •

ZANZIBAR
• 22 •

ZOULOUS
• 131 •

Table des matières

Préface 7

I. L'émancipation politique de la bourgeoisie 19
   1. L'expansion et l'État-nation 20
   2. Le pouvoir et la bourgeoisie 38
   3. L'alliance de la populace et du capital 57

II. La pensée raciale avant le racisme 75
   1. Une « race » d'aristocrates
   contre une « nation » de citoyens 80
   2. L'unité de race
   comme substitut à l'émancipation nationale 86
   3. La nouvelle clef de l'histoire 95
   4. Les « droits des anglais »
   contre les droits des hommes 102

III. Race et bureaucratie 119
   1. Le monde fantôme du continent noir 121
   2. L'or et la race 139
   3. L'impérialiste 155

**IV. L'impérialisme continental :
les mouvements annexionnistes** 179
   1. Le nationalisme tribal 187
   2. L'héritage du mépris de la loi 212
   3. Parti et mouvement 223

V. Le déclin de l'État-nation et la fin des droits de l'homme 251
   1. La « nation des minorités » et les apatrides 255
   2. Les embarras suscités par les droits de l'homme 287

Bibliographie 309

Index des personnes 343

Index thématique 357

Du même auteur

Condition de l'homme moderne
Calmann-Lévy, « Liberté de l'Esprit », 1961
nouvelle édition préfacée par Paul Ricœur, 1983
Pocket, « Agora », 1988, 2002

Eichmann à Jérusalem
Rapport sur la banalité du mal
Gallimard, « Témoins », 1966
nouvelle édition, « Folio Histoire », 1991

Essai sur la révolution
Gallimard, « Les Essais », 1967
et « Tel », 1985
repris sous le titre
De la révolution
« Folio Essais », nouvelle traduction, 2013

La Crise de la culture
Gallimard, « Idées », 1972, 1989

Du mensonge à la violence
Essais de politique contemporaine
Calmann-Lévy, « Liberté de l'Esprit », 1972
Pocket, « Agora », 1989, 2002

Les Origines du totalitarisme
1. Sur l'antisémitisme
Calmann-Lévy, « Diaspora », 1973
nouvelle édition, Seuil, « Points Essais » n° 360, 2005
3. Le Système totalitaire
Seuil, 1972
et nouvelle édition, « Points Essais » n° 307, 2005

Vies politiques
Gallimard, « Les Essais », 1974
et « Tel », 1986

La Vie de l'esprit
1. La pensée
2. Le vouloir
PUF, « Philosophie d'aujourd'hui », 1981, 1992
et « Quadrige », 1983, 1999, 2005, 2013

Rahel Varnhagen
La vie d'une Juive allemande à l'époque du romantisme
Deux Temps Tierce, 1986
Pocket, « Agora », 1994

La Tradition cachée
Le Juif comme paria
Christian Bourgois, « Détroits », 1987
et « Choix Essais », 1993
10/18, 1997

Penser l'événement
Belin, « Littérature et politique », 1989

La Nature du totalitarisme
Payot, 1990, 2006

Le Concept d'amour chez saint Augustin
Deux Temps Tierce, 1991
Rivages, 1996, 1999

Auschwitz et Jérusalem
Deux Temps Tierce, 1991
Pocket, « Agora », 1993

Juger
Sur la philosophie politique de Kant
Seuil, « Libre examen », 1991
et « Points Essais » n° 500, 2003

Leçons sur la morale
Deux Temps Tierce, 1993

Qu'est-ce que la politique ?
Seuil, « L'Ordre philosophique », 1995
et « Points Essais » n° 445, 2001

Correspondance (1949-1975)
Hannah Arendt-Mary McCarthy
Stock, 1996, 2009

Considérations morales
Rivages, 1996

Correspondance (1926-1969)
Hannah Arendt-Karl Jaspers
Payot, 1996

Correspondance (1933-1963)
Hannah Arendt-Kurt Blumenfeld
Desclée de Brouwer, 1998, 2012

Correspondance (1936-1968)
Hannah Arendt-Heinrich Blücher
Calmann-Lévy, 1999

La Philosophie de l'existence
Payot, 2000

Lettres et autres documents
Correspondance avec Martin Heidegger
(1925-1975)
Gallimard, 2001

Les Origines du totalitarisme
suivi de
Eichmann à Jérusalem
Gallimard, « Quarto », 2002

Qu'est-ce que la philosophie de l'existence ?
Rivages, « Petite-Bibliothèque », 2002

Politique et pensée
Colloque Hannah Arendt, 14-16 avril 1988
*(éd. Miguel Abensour, Christine Buci-Glucksmann,
Barbara Cassin et al.)*
Payot, « Petite Bibliothèque », 2004

Journal de pensée
(1950-1973)
Seuil, « L'ordre philosophique », 2005

La philosophie n'est pas tout à fait innocente
Hannah Arendt-Karl Jaspers
(Lettres choisies et présentées par Jean-Luc Fidel)
Payot et Rivages, 2006

La Crise de l'éducation
Extrait de La Crise de la culture
Gallimard, 2007

Walter Benjamin
(1892-1940)
Allia, 2007, 2014

Édifier un monde
Interventions (1971-1975)
Seuil, 2007

La politique a-t-elle encore un sens?
L'Herne, 2007

Idéologie et Terreur
Hermann, 2008

Responsabilité et Jugement
Payot, 2009

Écrits juifs
Fayard, 2011

Correspondance (1933-1963)
Hannah Arendt-Gerschom Scholem
Seuil, 2012

« Eichmann était d'une bêtise révoltante »
Entretiens et lettres
(avec Joachim Fest)
Fayard, 2013